Chère Lectrice,

Ce mois-ci, c'est enc[illegible] ue vous proposent Les [illegible]

Et tout d'abord, [illegible] e romancière extrêmem[illegible] s, qui signe avec *Scandale* [illegible] er mondial. Dans ce roman situé en [illegible] durant le règne de la reine Victoria, elle nous conte le mariage arrangé de Simon, comte de Durby, et de la jeune Charity. Deux êtres d'exception qui vont défrayer la chronique en refusant de se plier aux contraintes morales de leur époque... *Scandale* passe avec brio du drame à la comédie, mêlant mystère et sensualité. A n'en pas douter, ce récit vous procurera de longues heures de plaisir !

Mais d'autres surprises vous attendent ! Ainsi, vous allez découvrir le premier volet d'une mini-série en deux parties qui vous entraînera dans l'Ecosse du XIIIe siècle. Une Ecosse pleine de bruit et de fureur merveilleusement restituée dans *Sur ordre du roi* par un auteur à suivre, Suzanne Barclay.

Un peu d'exotisme ne serait pas pour vous déplaire ? Dans ce cas, *L'héritière* vous comblera ! En compagnie de l'impertinente Mélissa, vous vous laisserez fasciner par les paysages et l'atmosphère de l'Inde du XVIIIe siècle.

Enfin, ne manquez pas *Piège d'amour*, le roman d'un auteur que vous connaissez bien si vous êtes une fidèle des Editions Harlequin : Heather Graham Pozzessere...

Bonne lecture, et rendez-vous dans deux mois, pour quatre nouveaux livres...

La Responsable de collection

Le 1er novembre

ÉDITION SPÉCIALE

Noël

A l'approche des fêtes de fin d'année, les Editions Harlequin vous offrent une ravissante décoration de Noël qui ornera votre sapin.

Dans un superbe coffret cadeau, vous découvrirez également en avant première l'un des 4 titres inédits des Historiques de décembre (N° 73), ainsi qu'un roman inédit d'une collection que vous ne connaissez peut-être pas encore mais que vous découvrirez avec plaisir :
Rouge Passion (N° 735).

Une ÉDITION SPÉCIALE
composée de 2 romans inédits
et, en cadeau,
une décoration de Noël.
À s'offrir... ou à offrir !

Scandale

CANDACE CAMP

Scandale

HARLEQUIN

LES HISTORIQUES

Si vous achetez ce livre privé de tout ou partie de sa couverture, nous vous signalons qu'il est en vente irrégulière. Il est considéré comme « invendu » et l'éditeur comme l'auteur n'ont reçu aucun paiement pour ce livre « détérioré ».

Cet ouvrage a été publié en langue anglaise
sous le titre :
SUDDENLY

Traduction française de
ENID BURNS

83-85, boulevard Vincent-Auriol, 75013 Paris — Tél. : 42 16 63 63
ISBN 2-280-16189-3 — ISSN 1159-5981

CANDACE CAMP

Scandale

Auteur très populaire aux Etats-Unis, Candace Camp a publié plus de 35 romans, lesquels ont été traduits dans une quinzaine de langues et se sont vendus à près de 10 millions d'exemplaires à travers le monde. Si *Scandale* se passe en Angleterre, durant le règne de la reine Victoria, le genre de prédilection de Candace Camp est le western. Ce goût s'explique sans nul doute par ses origines : elle est née et a été élevée au Texas. Elle y vit d'ailleurs toujours, dans la ville d'Austin, avec son mari et sa fille. *Scandale* est le second roman de Candace Camp traduit dans la collection Les Historiques. Le premier, intitulé *Anges et démons* (n°46), avait été publié sous le nom de Kristin James — un des trois pseudonymes que Candace Camp utilise régulièrement.

Prologue

Londres, 1871

Charity avait très bien préparé son expédition.

Le point le plus important était que personne ne devait savoir qu'elle avait quitté la maison, pas même les serviteurs ou sa sœur Serena, qui s'empresseraient de rapporter l'incident aux parents — et ce, en toute bonne foi. Nul n'ignorait en effet qu'une jeune fille bien élevée errant seule dans les rues de Londres mettait sa réputation en danger. On ne pardonnerait pas à Charity un comportement aussi irresponsable ; et même son père, pourtant plein de compréhension, se montrerait sévère à cet égard. Jamais il n'admettrait que le fait de n'avoir été vue de quiconque suffisait à sauver l'honneur de sa fille. Plus grave, il chercherait à connaître la raison pour laquelle elle s'était échappée de la maison de sa tante Ermintrude.

Or, il ne devait pas savoir.

Car si se promener, seule, dans les rues élégantes et tranquilles de Mayfair, constituait une faute, celle-ci n'était rien comparé au projet que Charity s'était mis en tête de mener à bien.

Après avoir réfléchi à tous les aspects de son problème, elle avait décidé que le meilleur moment, pour quitter la maison, était celui qui suivait le petit déjeuner. Sa mère et ses sœurs, alors, seraient encore endormies. Depuis que la famille s'était installée à Londres pour « lancer » Elspeth et

Serena, ces dames avaient adopté les horaires de la bonne société : elles assistaient aux soirées et aux bals qui les menaient aux petites heures du jour, et les obligeaient ensuite à dormir jusqu'à midi. Elles ne se rendraient donc pas compte que Charity s'était éclipsée. Quant à son père, un homme matinal, il aurait quitté la maison pour sa promenade quotidienne. Il ne resterait donc que les serviteurs ; mais Charity se permettait d'espérer qu'ils seraient trop occupés à leurs tâches domestiques pour s'inquiéter de savoir où elle était passée.

Sitôt que son père fut sorti, Charity descendit l'escalier à pas de loup, son chapeau à la main. Il lui fallait encore traverser le hall, heureusement désert, ouvrir sans bruit la grande porte d'entrée...

Tout se passa sans anicroche.

Nouant sous son menton les rubans de son chapeau, Charity survola les marches du perron et fit ses premiers pas dans la rue, non sans jeter un dernier coup d'œil derrière elle, pour vérifier que personne ne se lançait à sa poursuite. Rassurée, elle n'eut plus, dès lors, qu'à héler un cab. Quelques minutes plus tard, elle s'arrêtait devant Durby House, un édifice imposant construit dans le style géorgien.

Charity paya le cocher et gravit l'escalier avec une assurance qui pouvait donner à penser qu'elle accomplissait chaque jour ce rite. Elle savait, pour l'avoir souvent observé, que le meilleur remède à l'incertitude était précisément un aplomb à toute épreuve. Sa main ne trembla donc pas lorsqu'elle souleva le lourd anneau de laiton que lui présentait, entre ses crocs de cuivre étincelant, un lion à l'air féroce.

L'anneau retomba avec force. Le bruit résonna de façon spectaculaire à l'intérieur.

Funèbre dans son habit noir, aussi avenant et gai qu'un croque-mort, un homme ouvrit peu après la porte. Il arborait une expression si pleine de morgue que Charity comprit tout de suite qu'elle avait affaire au majordome.

Le regard de l'homme, aussitôt qu'il l'eut posé sur elle, se chargea d'un mépris indicible.

— Oui..., laissa-t-il tomber.

Ses sourcils se haussèrent vertigineusement, comme pour exprimer un jugement définitif sur les jeunes filles capables de venir frapper, seules, à la porte de Durby House.

Charity riposta d'un regard qui traduisait son opinion sur les majordomes imbus de leur personne. Elle disposait d'une ascendance assez peuplée de pairs du royaume pour ne point s'en laisser conter par un serviteur trop zélé.

— Je suis l'Honorable Mlle Charity Emerson, lui apprit-elle d'un ton très aristocratique, appris à l'école de sa mère. Je souhaiterais rencontrer lord Durby. Si vous voulez bien être assez aimable pour l'informer de ma visite...

Elle vit que le majordome hésitait; il lui sembla même qu'il luttait contre une furieuse envie de la rejeter à la rue. Mais Charity était persuadée que le nom d'Emerson était fort bien connu de cet homme, et qu'il ne prendrait pas le risque d'un impair aux conséquences dramatiques.

Finalement, il recula de quelques pas, autorisant la visiteuse à pénétrer dans le saint des saints.

— Si vous voulez bien attendre ici quelques instants, je m'enquiers de savoir si Sa Grâce est à la maison.

Charity ne fut pas dupe de cet euphémisme. Il s'agissait en fait de demander à lord Durby s'il acceptait de recevoir la gamine effrontée, qui, sans chaperon et sans carte de visite, osait solliciter la grâce d'une entrevue.

Charity trompa son attente en admirant les beautés du vaste hall, de forme ronde, dont le sol était dallé de marbre. Un escalier monumental s'ouvrait à mi-chemin en deux volées élégamment incurvées.

Le majordome, qui avait gravi ces marches avec une majesté digne d'un monarque, réapparut quelques minutes plus tard. Il gratifia Charity d'un mouvement de la tête à peine perceptible et lui dit :

— Si vous voulez bien me suivre, miss...

La jeune fille sentit ses genoux se dérober. Retenant sa respiration, elle suivit son guide dans l'escalier, jusqu'à l'étage, puis pénétra à sa demande dans un confortable cabinet de travail.

— L'Honorable Mlle Charity Emerson ! aboya le majordome.

Il ferma la porte, abandonnant la visiteuse à Simon Westport, comte de Durby.

Assis à son bureau, l'homme se leva comme il convenait. Et tandis qu'il déployait sa haute silhouette, Charity songea que, oui, elle s'attaquait à un homme dangereux.

Tout le monde le disait dangereux. Ne l'avait-on pas surnommé « Durby le Diable » ? Maintenant qu'elle le voyait, Charity comprenait l'origine de ces rumeurs. Il était grand, froid, implacable. Tout son personnage en imposait — par sa crinière noire, léonine ; par son torse et ses bras musclés, qu'on devinait sous l'étoffe de drap de sa jaquette ; par la qualité même de ses vêtements. Son visage, aux traits réguliers et durs, ce visage qu'on eût dit taillé dans le meilleur granite, restait indéchiffrable. Les yeux, d'une couleur étrange, peu commune, qui hésitait entre le vert de la mousse et le bleu de l'ardoise, semblaient capables de lire dans les âmes et les cœurs. Le regard avait la dureté et la finesse d'une épingle d'acier, et Charity se sentit dans la position peu enviable du papillon épinglé sur son bouchon de liège.

La bouche sèche, elle se demanda si, tout compte fait, elle n'avait pas commis une folie en entrant dans l'antre du lion.

— Oui, mademoiselle Emerson ? lui demanda-t-il. Que puis-je faire pour vous être agréable ?

Charity bomba la poitrine. Elle qui n'avait jamais fui n'avait pas l'intention de commencer aujourd'hui. En outre, l'avenir de sa sœur était en jeu.

Alors, d'une voix claire et nette, elle déclara :

— Je viens vous demander de m'épouser.

1.

Il y eut un moment de silence impressionnant, durant lequel, médusé, Simon Westport, comte de Durby, se rassit pour observer mieux sa visiteuse.

Il avait été fort étonné quand Chaney, son majordome, lui avait annoncé que Charity Emerson demandait à le voir. Il la connaissait et savait qu'elle était la sœur de Serena, encore qu'il ne l'eût jamais rencontrée. Néanmoins, cette visite l'intriguait au plus haut point, incapable qu'il était de comprendre par quel étrange concours de circonstances cette jeune personne avait été amenée à frapper à sa porte. Certes, une intéressante rumeur se répandait depuis deux semaines, selon laquelle il s'apprêtait à demander la main de Serena... Mais en aucune façon il n'était allié aux Emerson ! Dans ces conditions, la visite d'une jeune fille à un homme dépourvu de la qualité de parent constituait un très grave manquement aux règles sociales les plus élémentaires.

Lorsque Charity avait pénétré dans son cabinet de travail, l'étonnement de Simon s'était accru dans de considérables proportions. Il s'était attendu à voir paraître une écolière, non cette ravissante demoiselle. A présent, il comprenait mieux pourquoi elle restait à la maison tandis que ses sœurs Serena et Elspeth faisaient leurs premiers pas dans le monde : son trop joli minois eût attiré tous les regards des hommes en quête d'une fiancée, confinant ses deux malheureuses sœurs dans les ténèbres de la solitude. C'était d'ailleurs tellement vrai que Simon, qui la regardait depuis moins d'une minute, avait déjà oublié Serena tandis qu'une chaleur d'excellent aloi montait au creux de ses reins.

Soudain, il s'avisa que la requête de miss Charity n'avait encore suscité aucune réponse de sa part, et qu'un tel silence pouvait être mal interprété. Simon toussota avec distinction, comme pour s'éclaircir la gorge, puis murmura :

— Je vous demande pardon ?

Charity rougit jusqu'à la racine des cheveux en songeant que sa présentation des faits avait été à l'évidence inadéquate. Il s'agissait de la reformuler.

— Je crois savoir que vous cherchez une épouse. Est-ce exact ?

Les sourcils du jeune comte se haussèrent, de façon à peine perceptible, avant de revenir très vite à l'horizontale. Fidèle à sa réputation, l'interlocuteur de Charity entendait ne rien laisser paraître de ses émotions.

— Je doute que ce sujet vous intéresse de quelque manière que ce soit, mademoiselle Emerson, mais il est vrai que j'ai l'intention de convoler. Depuis le décès de mon grand-père, j'ai le devoir de m'établir et d'avoir un héritier.

— Très bien ! C'est précisément la raison de ma visite.

— Voulez-vous me dire, mademoiselle Emerson, que vous... euh, que vous cherchez vous-même un époux ?

Furieuse contre elle-même, Charity sentit son visage s'enflammer encore un peu plus. Elle n'avait rien dévoilé de ses intentions, et comptait exposer son idée de façon claire et logique ; mais comme toujours, elle avait laissé échapper des mots qui l'avaient trahie.

— Je ne suis pas..., commença-t-elle vivement.

Elle s'interrompit puis, après réflexion, conclut qu'elle ferait fausse route en poursuivant dans cette direction.

— Enfin... si, d'une certaine manière, convint-elle d'une voix plus retenue. Mais pas comme vous le supposez.

Une lueur de gaieté s'alluma dans les yeux de Simon Westport.

— Très intéressant, dit-il. Puis-je vous demander ce que vous cherchez... *exactement* ?

La question, Charity le savait, était une véritable insulte. Ne laissait-elle pas à entendre qu'elle n'était pas une lady, mais bien plutôt une aventurière. Cependant, cet homme avait une façon si subtile de faire vibrer sa voix qu'elle se trouvait dans l'incapacité de s'indigner.

Le dos raide, le front plissé, elle se rappela les motifs de sa visite.

— Tout le monde dit que vous avez l'intention de demander la main de ma sœur, souligna-t-elle. Hier soir, papa a même déclaré à maman que, selon lui, vous ne tarderiez plus à vous présenter.

— Oh, vraiment?

— Oui. Quand j'ai entendu cela, j'ai compris que la situation était désespérée et qu'il était temps pour moi de réagir.

— Je vois... Et de quelle façon entendez-vous réagir?

— En vous demandant de m'épouser, moi.

— Vous avez donc l'intention de piétiner les plates-bandes de votre sœur, si j'ose m'exprimer ainsi?

Charity accueillit avec horreur cette interprétation pour le moins tendancieuse de son discours.

— Ce n'est pas du tout cela! s'exclama-t-elle. N'imaginez pas que je veuille causer du tort à Serena. C'est même le contraire, puisque j'essaie de la sauver.

Cette fois, le comte ne put dissimuler sa surprise.

— La sauver? répéta-t-il. Je n'imaginais pas que son mariage avec moi pût être considéré comme une si grande catastrophe. Je pensais même que miss Serena y consentait avec joie. Mais peut-être ne s'agissait-il après tout que de résignation?

— C'est le mot, confirma Charity avec gravité. Elle est résignée. Ma sœur sait que son devoir consiste à vous épouser et, voyez-vous, Serena est de ces personnes qui accomplissent toujours leur devoir, surtout lorsque le sort de leur famille est en jeu. Elle vous épousera donc si personne n'essaie de l'en empêcher; ensuite elle sera, pour le restant de ses jours, la plus malheureuse des femmes.

Un court moment de silence ponctua cette mise en perspective. Puis lord Durby soupira.

— Je n'imaginais pas à quel point ma réputation pouvait être mauvaise, avoua-t-il en secouant la tête.

Charity rougit derechef lorsqu'elle comprit que ses paroles avaient été mal interprétées.

— Je suis désolée, balbutia-t-elle. Loin de moi l'idée d'insinuer que vous ferez le malheur de votre épouse — car si telle était ma pensée, je ne vous proposerais pas de prendre la place de ma sœur. Je sais faire preuve de désintéressement, mais je connais mes limites. Serena m'en remontrerait en ce domaine, comme en beaucoup d'autres, d'ailleurs.

Les yeux brillants, Simon Westport renchérit :

— Je trouve en effet que votre sœur possède des qualités rares. C'est pourquoi j'avais l'intention de demander sa main.

— Vous ne l'aimez pas, au moins ? s'enquit Charity avec anxiété. Serena pense que non. Elle prétend — et papa est d'accord avec elle sur ce point — que vous ne semblez pas faire de l'amour une question essentielle dans le mariage. Est-ce exact ?

— Il n'est pas inexact de dire que je cherche à conclure un arrangement raisonnable, admit le comte. J'ai essayé l'amour une fois, une seule, et j'entends bien ne plus connaître pareil désastre. Cela dit, je ne comprends toujours pas bien le sens de votre démarche.

— Je m'explique : Serena n'a pas peur de vous, ou alors, seulement un tout petit peu.

— Vous m'en voyez ravi.

Le regard de Charity croisa alors celui de son interlocuteur, et la lueur amusée qu'elle y découvrit la rassura. Elle sourit.

— Je mélange tout, l'avez-vous remarqué ? En fait, le problème est très simple. Serena aime un autre homme. Vous pouvez comprendre qu'elle n'ait aucun désir de vous épouser, puisque son cœur est déjà pris...

— Jamais votre sœur n'a mentionné un tel engagement, s'étonna le comte avec une mine dubitative. Elle semblait même charmée de mes approches. Si elle n'accueille pas favorablement ce mariage, pourquoi ne m'en a-t-elle rien dit ?

— Ce n'est pas dans sa manière ! Serena a le sens du

devoir, ainsi que je vous l'ai expliqué. Or, nos parents désirent cette union. C'est qu'ils ont cinq filles à placer, comprenez-vous ? Si leur aînée fait un splendide mariage, elle pourra entraîner à sa suite ses plus jeunes sœurs, et leur permettre de rencontrer des partis intéressants.

Simon Westport se renfrogna, à l'évidence peu excité par l'idée de faire entrer une ribambelle de jeunes filles dans sa maison. Charity approuva d'un air entendu.

— Je vois, dit-elle, que vous envisagez toute la difficulté d'une telle situation. C'est que vous n'auriez pas la tâche facile — surtout avec Belinda, qui est une enfant gâtée, une véritable petite peste. Toujours est-il que Serena a la conviction qu'elle doit se marier pour assurer le bonheur de sa famille — même si cela va à l'encontre son propre bonheur. Il faut vous préciser qu'elle est très amoureuse du pasteur de Siddley, le révérend Anthony Woodson. C'est un homme fort respectable, sans fortune comme il se doit, ce dont Serena se moque. Elle souhaite l'épouser et connaître avec lui le bonheur dans l'amour et les bonnes œuvres. Charitable comme elle l'est, il n'y a pas à douter qu'elle fera en effet une excellente épouse de pasteur. Peu lui importe de porter toujours les mêmes vêtements, de ne plus aller au bal. Les vanités ne l'intéressent pas.

Charity conclut son portrait en plissant le nez. Si elle admirait sa sœur, elle ne partageait pas sa conception très rigoriste de la vie.

— J'étais loin de me douter de tout cela, avoua lord Durby avec gravité. Je vous assure, mademoiselle Emerson, que je n'épouserai pas votre sœur si elle est éprise d'un autre homme. Je n'ai pas l'intention de l'obliger à un mariage non désiré.

— Je savais que vous n'étiez au courant de rien ! s'exclama Charity. Comment auriez-vous pu l'être ? Jamais Serena ne vous aurait fait un tel aveu ; quant à nos parents, ils sont à cent lieues d'imaginer qu'elle est amoureuse d'un autre que vous. De toute façon, ils n'approuveraient pas ce mariage, le révérend vivant quasiment dans l'indigence.

— Maintenant que je sais tout, je vous donne ma parole que je n'importunerai plus votre sœur, affirma Simon Westport avec dignité. Et à présent que votre mission est accomplie, mademoiselle Emerson, rentrez chez vous au plus vite. Je crois devoir vous avertir que votre réputation serait perdue à tout jamais si le bruit venait à se répandre que vous avez passé quelque temps dans la demeure d'un gentleman — surtout dans la mienne !

— J'en suis bien consciente. Tante Ermintrude dirait que j'ai perdu la raison. Elle ne cesse d'ailleurs de le répéter. Maman reconnaît que votre réputation n'est pas des meilleures. Au début, elle se demandait même si vos intentions à propos de Serena étaient honorables. Papa a dû lui jurer que vous ne recrutiez pas vos maîtresses chez les jeunes filles de bonne famille.

Simon partit d'un éclat de rire tonitruant, qui chagrina Charity.

— Je crains d'avoir commis une nouvelle maladresse, commenta-t-elle avec un soupir. Serena prétend que chez moi, la langue est un organe indépendant du cerveau. J'espère que je ne vous ai pas offensé ?

— Pas le moins du monde ! En fait, vous avez égayé une matinée qui s'annonçait plutôt morne. Mais il faut partir, maintenant. Je demanderai à Chaney de quérir une voiture pour vous. Il ne serait pas bon qu'on vous vît dans un véhicule à mes armes.

— Attendez ! s'écria Charity. Vous n'avez rien dit !

— J'ai dit ce qu'il convenait, ce me semble.

— Non, car il ne suffit pas que vous n'épousiez plus Serena. Maman me tuerait si elle apprenait que je vous ai découragé, et qu'ensuite vous avez demandé la main d'une autre... celle de lady Amanda, par exemple.

— Je vous jure que je n'ai aucun projet d'aucune sorte avec lady Amanda Tilford, affirma lord Durby.

— J'espère bien, car il faudrait être fou. Cependant, je crains que vous n'ayez pas compris le sens de ma démarche ; je ne l'aurais pas entreprise si j'avais pensé que vous pouviez refuser le remplacement que je vous propose... Papa dit souvent que Serena, en vous épousant, lui évitera de connaître l'asile des pauvres.

S'interrompant pour réfléchir à ce qu'elle venait de dire, Charity commenta :

— En fait, papa ne croit pas qu'il finira à l'asile. Il est vrai, néanmoins, que nous ne roulons pas sur l'or. Ces gants que vous voyez, j'ai dû les retourner, et mon chapeau est une coiffe de Serena, que j'ai moi-même arrangée. Papa nous a déjà prévenues que nous n'aurions pas de robes neuves cette année, car tout l'argent disponible sera consacré aux sorties de Serena et d'Elspeth. Nos parents se sont mariés par amour, voyez-vous, et ils n'ont jamais eu un sou vaillant. Heureusement que tante Grimmedge a laissé un petit héritage à maman ! Sans quoi, je me demande comment nous aurions survécu, ces dernières années. Cela dit, nous avons notre fierté et nous ne nous vendrions pas à n'importe qui, même si nous étions sur le point de mourir de faim. Il faut donc que vous sachiez, enfin, que votre famille a semblé assez convenable à la nôtre... Il y a bien ce scandale, au temps du roi Charles II, mais maman affirme qu'il ne compte pas, puisque tout le monde était assez scandaleux, à cette époque.

— La comtesse douairière sera charmée d'apprendre, j'en suis sûr, que le comté de Durby a semblé assez bon à votre mère.

Charity fronça les sourcils.

— Mon Dieu ! Vous aurais-je offensé ?

— Nullement. Néanmoins, pour en revenir à votre proposition, je voudrais vous faire part d'un scrupule : je crains qu'une permutation de fiancées ne soit pas aussi facile à arranger qu'un échange de chevaux.

— Mais si ! affirma Charity avec le plus grand sérieux. Que cherchez-vous dans l'affaire, sinon un héritier ? Je suis aussi capable que Serena de vous le procurer. Je suis parfaitement formée et en excellente santé.

Les bras légèrement ouverts, la jeune fille invita son interlocuteur à jeter sur elle un regard sans concession.

— Oui, reconnut-il, les yeux brillants. Je ne trouve en effet rien à redire.

— Vous voilà donc convaincu de ma capacité à enfanter des héritiers ! Est-il utile de préciser, en outre, que mon sang est le même que celui de Serena ? Ma respectabilité est donc indéniable.

— Peut-être pas, objecta le comte. Car si vous rendez de fréquentes visites aux messieurs célibataires, comme en ce moment...

— Je n'en fais pas une habitude ! protesta Charity avec indignation. Je suis venue chez vous poussée par une urgente nécessité, ainsi que je vous l'ai expliqué. Il s'agit de sauver ma sœur.

— Et vous êtes prête à... disons, vous sacrifier à sa place.

— Je suis la seule à pouvoir le faire. Elspeth s'y refuserait, tant vous l'impressionnez. En outre, je suis sûre que vous n'en voudriez pas. Elle pleurniche tout le temps et, pour tout dire, c'est une vraie raseuse. Belinda et Horatia, quant à elles, sont trop jeunes. Il ne reste donc que moi. Il me semble d'ailleurs exagéré de parler de « sacrifice » : vous êtes comte, de surcroît fort riche, et puis...

Charity s'interrompit alors pour envelopper son interlocuteur d'un regard très critique.

— Et puis, vous êtes un homme plutôt séduisant, conclut-elle. Pour celles qui aiment le genre ténébreux, bien entendu.

— Est-ce votre cas ? s'enquit Simon Westport d'une voix bénigne.

— Je ne déteste pas, répondit Charity.

Et elle baissa les yeux, ainsi qu'il convenait à une modeste jeune fille.

— Me craignez-vous ? lui demanda le comte avec une pointe d'amusement dans la voix.

— Pour parler franchement : non. D'ailleurs, je n'ai peur de personne ni de rien. Maman dit souvent que cela dénote chez moi un manque total de sensibilité.

Son interlocuteur, cette fois, ne put contenir son hilarité.

— Mademoiselle Emerson, vous êtes une friponne ! s'exclama-t-il en riant. Et tout homme soucieux de son salut ferait bien de vous éviter...

— Papa me l'a souvent répété, reconnut Charity en haussant les épaules.

Fataliste, elle conclut son propos d'une moue qu'elle savait charmante et qui sembla en effet avoir quelque effet sur Simon Westport.

— Cette démarche est de toute façon absurde ! lança-t-il

avec brusquerie. Vous n'avez aucune idée des conséquences qu'elle pourrait entraîner pour vous.

— C'est évident. Sans quoi, je n'aurais pas osé venir vous trouver.

Le regard clair et bleu de Charity s'attacha à celui du comte tandis qu'elle annonçait :

— Il faut toutefois que je vous avertisse que j'ai pour habitude de mener à bien les tâches que j'entreprends.

Simon se détourna et marcha vers la fenêtre. Pour la première fois depuis bien longtemps, il se sentait troublé, empli d'une étonnante indécision.

— Il est bien naturel que vous ayez des doutes, lui dit Charity, d'un ton engageant. En effet, vous ne me connaissez pas. Je puis affirmer cependant que je serais pour vous une bien meilleure épouse que Serena. Vous passez une grande partie de l'année à Londres? Or, c'est une ville où ma sœur serait très malheureuse. Pire encore, elle essaierait peut-être de vous faire changer vos habitudes.

— Voilà qui serait maladroit, murmura Simon, le regard perdu dans le lointain.

— Moi, j'aime beaucoup la capitale, reprit Charity. J'adorerais vous accompagner dans les soirées, les bals, les dîners, et toutes les réjouissances auxquelles vous participez. Pour parler franchement, je suis lasse de devoir rester à la maison alors que Serena et Elspeth sortent tous les soirs, ou peu s'en faut, et presque à leur corps défendant.

La jeune fille marqua une courte pause dans sa plaidoirie, fronça les sourcils, et reprit :

— Il va de soi que je devrais m'occuper de Belinda et d'Horatia; qu'il me faudrait aussi trouver un mari à Elspeth. Ce serait pour moi un devoir. Mais je me crois plus apte que Serena à les rendre présentables... et à nous en débarrasser assez vite.

Simon émit un bruit étrange, qui attira l'attention de Charity.

— Que se passe-t-il? demanda-t-elle. Quelque détail vous gêne-t-il?

— Non...

Simon se retourna, les lèvres serrées. Immobile, il enveloppa Charity d'un long regard pensif.

— Ma chère fille, ce n'est pas qu'un détail. Vous me tentez, je ne vous le cache point. Néanmoins, je crains que cette affaire ne soit impossible à conclure.

Le visage de Charity se décomposa. Simon crut même qu'elle allait éclater en sanglots.

— Oh, non ! fit-elle d'un ton rageur. J'ai tout raté, et maman sera furieuse contre moi. Jamais je ne serais venue si je n'avais pas été sûre que vous voudriez me prendre comme épouse à la place de Serena...

Elle glissa un regard plaintif et implorant vers Simon, avant de poursuivre :

— Pourquoi ne voulez-vous pas de moi ? Est-ce à cause de ma franchise ? Je sais que je suis directe ; un peu trop, même. Maman me recommande toujours de tourner sept fois ma langue dans ma bouche avant de parler, mais je n'y arrive pas. Je suis parfois très impulsive, c'est vrai, mais, l'âge venant, je m'assagirai. Ne croyez-vous pas ? En tout cas, soyez sûr que jamais je ne commettrai d'acte susceptible de déshonorer votre nom.

Simon recouvra le sourire.

— Je n'aimerais pas vous voir moins directe ou moins impulsive, chère mademoiselle Emerson. Telle que vous êtes, je vous trouve... divertissante.

Ce qualificatif plongea la jeune fille dans une évidente perplexité.

— D'où vient alors que vous ne voulez pas de moi ? s'étonna-t-elle. Sont-ce mes traits ? Vous préférez peut-être la complexion de Serena, sa maigreur ? Je suis rondelette, je ne l'ignore pas.

Jugeant que sa cause était perdue, elle se laissa tomber dans un fauteuil. Pris d'un désir très précis, Simon jugea prudent de s'écarter de quelques pas tandis qu'il prodiguait à sa visiteuse quelques mots de consolation.

— Vos rondeurs sont parfaites, affirma-t-il. Aucun homme ne pourrait prétendre que vous n'êtes pas attirante. Je suis d'ailleurs sûr que vous en avez conscience.

— On me l'a dit une fois ou deux, en effet, admit Charity. Pour cette raison aussi, j'ai pensé que vous ne seriez pas hostile à l'arrangement que je vous proposais.

J'imaginais même que vous ne penseriez pas perdre au change.

A l'idée d'avoir cette fille dans son lit, au lieu de la pâle et inerte Serena, Simon se sentit prêt à commettre l'irréparable. Il s'éloigna donc encore d'elle et alla se poster à l'autre bout de la pièce.

— Vous êtes aussi désirable que possible, avoua-t-il avec un soupir. Non, voyez-vous, la difficulté ne vient pas de vous. En fait, cet arrangement n'est pas convenable à cause de votre jeune âge.

Comme si elle venait de recouvrer l'espoir, soudain, Charity se leva d'un bond.

— Mais non! affirma-t-elle. J'ai dix-huit ans, soit trois ans de moins que Serena. J'aurais fait mes débuts dans le monde cette année, si la dépense à consentir pour trois filles à marier n'avait pas été trop importante pour nos parents.

Simon se rapprocha. Il voulait de nouveau la voir de près. A l'évidence, elle n'avait pas conscience des véritables raisons qui retenaient ses parents de lui permettre d'accomplir ses premiers pas dans le monde : sa trop grande beauté, qui eût éclipsé ses sœurs bien moins favorisées qu'elle.

— Cela fait entre nous une différence de douze ans, souligna-t-il. Je suis trop âgé et, je le crains, un peu trop blasé pour une jeune fille telle que vous.

Les joues de Charity se creusèrent de charmantes fossettes.

— Agé, peut-être, reconnut-elle. Blasé, je ne sais pas; mais pas complètement décrépit, je vous l'assure. Et moi, qui suis si jeune, je sais pourtant ce que je veux. Tous ceux qui me connaissent bien vous diront que l'indécision n'est pas dans mon caractère. J'ajouterai, enfin, que beaucoup de mariages se concluent sur des différences d'âges plus importantes que la nôtre.

— Admettons que ces douze ans ne soient pas un problème, acquiesça Simon avec une brusquerie non feinte. Votre jeunesse en est un, non?

Plus que des arguments somme toute sensés, il voulait combattre l'insidieuse petite voix qui lui soufflait combien la jeune fille serait une compagne agréable, dans la vie... et dans son lit.

— Je ne recherche pas une jeune demoiselle romantique, poursuivit-il. J'ai besoin d'une femme raisonnable, responsable ; d'une femme capable d'endurer un mariage sans amour ; d'une femme qui ne quémandera pas, sans cesse, des attentions, petites ou grandes, des cajoleries ou des mots doux ; d'une femme supportant de ne pas crouler, sans cesse, sous les cadeaux et les fleurs...

— Je ne veux rien de tout cela ! affirma Charity. Très au fait de vos attentes en matière de mariage, je vous assure que je suis prête à en assumer tous les aspects. En cela, je serai meilleure que Serena qui, en dépit d'une apparente indifférence, manifeste les aspirations les plus romanesques. C'est une vraie femme d'intérieur, qui se montrera très exigeante envers son mari, et ne cédera jamais sur ce qu'elle estime essentiel. Ce n'est pas comme moi, qui suis capable de m'accommoder d'un peu de solitude matrimoniale. Je serai très heureuse avec mes propres amis — je me lie très facilement, voyez-vous ? — et pourrai organiser avec eux des soirées des plus agréables, au bal ou à l'opéra. Il y a tant d'activités possibles dans une grande ville comme Londres ! Vous n'aurez pas à m'accompagner partout, je vous le promets. Bref, je ne vous condamnerai pas à la romance perpétuelle.

— Ne soyez pas stupide ! soupira Simon en secouant la tête avec gravité. Vous finirez bien par tomber amoureuse... Et alors, que se passera-t-il ? Vous serez prisonnière d'un mariage sans amour.

— Oh, non ! protesta Charity. Jamais je ne trahirai mon mari !

— Je n'insinue pas que vous le ferez, mais rien ne sera en mesure, alors, d'atténuer votre malheur. Or, je ne veux pas d'une épouse affligée.

— Je ne m'affligerai pas, je vous assure. Je ne suis en aucun cas romantique. Savez-vous que je n'ai jamais donné mon cœur à personne ; que jamais je n'ai soupiré pour un jeune homme, si beau fût-il ? Je suis très différente de bien des filles de ma connaissance. En fait, je pense que je ne suis pas faite pour l'amour.

— A dix-huit ans, vous n'avez peut-être pas eu d'occasion...

— Ne croyez pas cela ! s'écria Charity.

En entendant cet aveu, Simon se sentit piqué par un sentiment désagréable, qui ressemblait fort à de la jalousie. « Etrange, se dit-il ; étrange, et impossible, surtout. »

— J'ai participé à des soirées données à la maison, expliquait encore Charity, et je puis vous dire que mon carnet de bal est toujours plein. Je crois qu'on recherche beaucoup ma compagnie.

Si elle avait jusque-là gardé une expression digne et compassée, elle gloussa soudain, comme une petite fille espiègle.

— J'ai même reçu deux demandes en mariage ! avoua-t-elle. L'une n'était en fait pas très sérieuse, puisque le soupirant n'avait, je crois, d'autre ambition que de m'entraîner un moment dans les bosquets.

— Un homme a osé vous faire des propositions aussi indécentes ? s'exclama Simon avec férocité.

— Non, bien sûr que non ! Je ne suis pas allée dans le jardin, vous pensez bien. Ainsi que je vous le disais, je suis très capable de veiller sur moi-même... Mon cœur n'a jamais couru aucun danger. Croyez-moi, je n'ai aucun désir de tomber amoureuse, sachant trop bien ce qui arrive aux couples qui se forment sur ce sentiment. C'est le cas de mes parents, pour ne parler que d'eux. Après quelques années de mariage, ils ne s'aimaient déjà plus ; et je crois même qu'ils se détestent, maintenant. Maman accable papa de reproches, lui répète souvent qu'elle méritait mieux que d'épouser le plus jeune fils du plus jeune fils d'un comte. Quand il l'entend, papa soupire d'un air exaspéré et dit qu'elle aurait en effet été bien inspirée de suivre son inclination. Tout cela est très triste, et explique que je n'aie aucune envie de connaître le même sort. Voilà plusieurs années déjà que j'ai décidé de ne pas faire un mariage d'amour ; et quand, récemment, j'ai découvert que je n'avais aucune aptitude à l'amour, j'ai été plutôt rassurée.

Haussant les épaules, sans doute pour s'excuser de ce comportement si peu féminin, elle reprit :

— Je n'y peux rien, dit-elle, mais c'est ainsi que je suis faite. Toujours est-il que je suis exactement celle qu'il vous faut pour le mariage que vous projetez; et moi, je retirerai de cette union tout le bonheur possible. Je veux des enfants, naturellement, et j'ai l'intention de leur consacrer beaucoup de temps. C'est bien pour cela que vous désirez vous marier, n'est-ce pas? Pour les enfants?

— Oui, s'écria Simon, soudain exalté. Je veux des enfants, beaucoup d'enfants!

— Alors, nous sommes faits l'un pour l'autre. Nous avons le même but.

La voix rauque, Simon tenta de raisonner sa visiteuse imprévue.

— Vous êtes si innocente. Vous n'avez pas la moindre idée de ce qu'implique le mariage. Ce n'est pas, figurez-vous, une suite de scènes comme on en voit sur les aquarelles — soirées, promenades dans un parc ou autres scènes charmantes avec enfants et petits chiens. Voulez-vous savoir ce qu'est le mariage?

S'avançant vers Charity, il lui prit les bras.

— Je veux bien vous donner une petite idée...

Il attira à lui la jeune fille et chercha sa bouche.

2.

Glacée de surprise, Charity fut incapable de réagir — ce qui ne l'empêcha pas de vivre avec intensité toutes les péripéties d'un moment si inattendu.

Au début, elle ne put que noter la dureté du corps de lord Durby contre le sien ; puis, par contraste, elle trouva ses lèvres infiniment douces. Il avait une bouche fort habile à ce jeu — mais s'agissait-il d'un jeu ? —, une bouche qui cherchait, qui exigeait toujours plus. Et puis, il y avait sa langue, douce elle aussi, chaude, qui, ô surprise, chercha à franchir le barrage de ses dents... Choquée, Charity émit un gémissement. C'était l'occasion que le comte attendait, car il put alors approfondir son baiser, portant à son comble l'émoi de Charity.

Si la jeune fille avait déjà été embrassée, une fois ou deux, c'était pour recevoir des baisers chastes et naïfs, qui n'avaient rien de comparable à l'expérience qu'elle vivait en cet instant. La caresse de Simon était curieusement dure et douce à la fois ; brûlante, elle faisait pourtant frissonner Charity, comme si elle avait froid... D'instinct, elle comprit qu'elle devait calquer son comportement sur celui de son compagnon. Elle se pressa contre lui, noua les bras derrière sa nuque, et tenta quelques légers mouvements des lèvres. Tout son corps chavirait, lui semblait-il. Jamais elle n'avait rien ressenti d'aussi merveilleux, d'aussi exaltant !

Lord Durby émit un bruit rauque et étrange, qui tenait

du gémissement et du rugissement. Puis il repoussa Charity, non sans brutalité, tirant sur ses bras pour l'obliger à le relâcher. On eût dit qu'il était pressé de se défaire d'elle. Hagard, il recula à pas lents.

Charity vacilla, et sa main s'avança d'instinct pour agripper le dossier d'une chaise : sans cette béquille improvisée, elle n'était pas sûre de pouvoir rester debout. Immobile, les yeux écarquillés d'étonnement, le visage en feu, elle regarda le comte sans le reconnaître.

Pantelant d'un désir presque incoercible, haletant, ce dernier s'interrogeait sur sa folie.

Son intention était d'embrasser cette demoiselle pour lui prouver qu'elle faisait fausse route; il comptait l'effrayer en lui montrant combien elle en savait peu sur le mariage, auquel elle prétendait cependant aspirer. Il n'avait voulu que se jouer d'elle ! Mais quand ses lèvres avaient touché la bouche de Charity, il s'était senti embrasé par un feu étrange. Lui qui se décrivait complaisamment comme un homme blasé, avait l'impression de connaître les premiers émois de l'amour.

En même temps, cependant, il avait conscience d'avoir commis un acte grave, irréparable, en imposant à cette jeune fille une épreuve à laquelle rien ne l'avait préparée.

— Est-ce cela ? demanda-t-elle. Est-ce cela, un baiser d'homme ?

La pointe de sa langue vint effleurer ses lèvres, comme si elle cherchait à y retrouver le souvenir de certaines sensations.

Ce geste, si inconsciemment séducteur, fit tressaillir Simon.

— Oui, répondit-il d'une voix rauque.

— Est-ce cela qu'on fait quand on est marié, pour avoir des enfants ?

— Oui, cela... et bien plus encore.

Les yeux de Charity s'agrandirent. A cet instant, Simon fut sûr qu'elle allait pleurer d'horreur, et fuir à tout jamais.

Au lieu de quoi, elle dit :

— Dans ce cas, je... je pense que le mariage me plaira beaucoup.

Durby ferma les yeux et laissa échapper un gémissement exaspéré. Il avait de plus en plus de mal à conserver son maintien. Comme précédemment, il choisit la retraite et gagna la fenêtre, devant laquelle il se posta, le dos tourné. Pendant un long moment, il regarda au-dehors, tournant le dos à l'ennemi.

Puis, presque sûr de lui, il se tourna et s'inclina brièvement.

— Très bien, mademoiselle Emerson, déclara-t-il. Vous m'avez convaincu. Je passerai voir votre père cet après-midi pour lui demander votre main.

Tandis que la voiture s'ébranlait doucement, Charity se laissa aller contre le cuir de la banquette et ferma les yeux. Elle avait besoin de méditer.

Lord Durby l'avait embrassée... Et quel baiser ! Jamais Charity n'avait imaginé qu'un baiser pût conduire à de tels sommets de félicité. Il lui semblait encore sentir contre elle le corps de Simon, si dur, si masculin, et ses bras qui la maintenaient contre lui, la retenant prisonnière. En cet instant, elle ne voyait plus que lui, ne sentait plus que lui. Il était tout son univers. Et alors qu'elle aurait dû s'effrayer qu'un homme aussi fort et aussi puissant, un étranger pour elle, la retînt de la sorte, cela n'avait point été le cas. Au contraire, elle avait trouvé cette situation grisante et enthousiasmante.

D'un geste instinctif, elle posa sa main gantée sur ses lèvres — ces lèvres dont Simon s'était emparé comme si elles lui appartenaient. Penser que cela arrivait couramment entre un mari et son épouse, peut-être tous les jours, troublait Charity au plus haut point. Jusque-là, elle avait considéré l'état matrimonial comme une perspective rebutante. Peu de couples de sa connaissance donnaient en effet l'impression de vivre un état d'exaltation permanente !

Il était bien difficile pour Charity de réconcilier ce qu'elle croyait savoir avec ce qu'elle venait de découvrir...

Mais peut-être son expérience des gens mariés était-elle

trop limitée tandis que lord Durby était très différent des autres hommes. Se pouvait-il que lui seul fût capable de susciter les délicieuses sensations que Charity avait éprouvées pendant qu'elle se trouvait dans ses bras ? Elle pensa alors à tout ce qu'on murmurait à son propos, à l'air entendu que prenait sa mère pour évoquer ses « fréquentations »... Etait-ce en galante compagnie que lord Durby avait appris cette subtile façon d'embrasser? A moins qu'il n'ait tiré ses talents de l'enseignement de quelques femmes perdues...

« Dans ce cas, grand merci aux femmes perdues ! » songea Charity avec un délicieux frisson. Il était probablement peu convenable d'avoir de telles pensées, elle le savait ; mais voilà bien longtemps qu'elle était habituée à ne pas penser ni ressentir comme elle était supposée le faire. Son esprit n'avait jamais été délicat, timide ou douceâtre comme il sied à une vraie lady... au grand désespoir de sa mère. Plus d'une fois, Charity s'était d'ailleurs demandé pourquoi elle était ainsi, si différente de ses sœurs — et de toutes les jeunes ladies qu'elle connaissait, à la vérité. Souvent, aussi, elle s'étonnait de constater combien ce qu'elle disait choquait ceux qui l'écoutaient.

Mais lord Durby, lui, n'avait nullement semblé choqué par les propos qu'elle lui avait tenus ; surpris, certes, et à plusieurs reprises, mais ni horrifié ni dégoûté. Le sentiment qui avait semblé dominer chez lui était l'amusement. Il n'avait pas échappé à Charity qu'il avait souri à plusieurs reprises, de façon plus ou moins franche, et qu'il avait ri de plus en plus à mesure que l'entretien se déroulait — autant de signes qui avaient renforcé l'espoir de la jeune fille de le voir accepter son plan.

A son actif, elle devait ajouter qu'il n'avait rien d'un éteignoir — au contraire de la plupart des hommes qu'elle connaissait. En vérité, elle avait senti combien il était différent au premier coup d'œil, alors qu'elle le guettait, en compagnie de ses sœurs, derrière la balustrade de l'escalier. Belinda, la petite peste, avait dit qu'il semblait dangereux. Tel n'avait pas été l'avis de Charity.

S'il y avait certes de la dureté dans ses traits, si une indéniable impression de mystère se dégageait de son teint sombre, elle avait été sensible à tout autre chose. Intriguée, elle avait eu le sentiment que lord Durby ne venait rendre visite à Serena que par sens du devoir. Cela avait confirmé Charity dans son opinion qu'il n'éprouvait pas la moindre passion pour sa sœur, et que son unique but était d'épouser une jeune fille convenable.

Pourquoi pas elle ? s'était-elle demandé. L'idée n'avait rien de rebutant, au contraire. Elle ne trouvait en aucun cas l'homme effrayant — simplement ennuyé et impatient. Alors qu'elle l'observait avec attention, une question s'était imposée à elle : à quoi ressemblait-il lorsqu'il souriait ?

C'était alors que, pour la première fois, l'idée un peu folle d'un échange l'avait effleurée.

A présent, elle ne pouvait que se féliciter de cette intuition. Son plan avait réussi ! Lord Durby ne l'avait pas renvoyée avec des paroles outrageantes, pas plus qu'il ne l'avait traitée comme une enfant sans cervelle. Il avait accepté son idée.

Et il l'avait embrassée !

La voiture s'arrêta une rue avant la maison de tante Ermintrude, afin que Charity terminât le chemin à pied. Elle se glissa par la porte de service et se dirigea très vite vers sa chambre, trop heureuse de ne point rencontrer ses parents en chemin.

Serena se trouvait dans la chambre qu'elle partageait avec Charity. Assise devant la fenêtre, elle lisait. Elle leva la tête quand sa sœur entra.

— Ah ! vous voici enfin ! Où étiez-vous de tout le matin ? Je me suis fait un sang d'encre. Je vous ai bien sûr couverte devant maman, mais je me demande si j'ai eu raison...

— Vous avez eu mille fois raison ! affirma gaiement Charity. Je suis sortie me promener ; quoi de plus normal ?

— Aussi longtemps ? Vous m'avez réveillée lorsque vous vous êtes glissée hors de la chambre, ce matin. Pourquoi tant de précautions, s'il ne s'agissait que d'une promenade ? Et d'abord, où êtes-vous allée ?

— Eh bien... euh, à Hyde Park, bien sûr. Mais je crains en effet de m'être attardée plus que de raison. La campagne me manque beaucoup et...

En croisant le regard sceptique de sa sœur, Charity comprit que ses fables n'avaient aucune chance d'être crues. Elle changea et de discours, et de ton.

— Oh! vous me connaissez décidément trop bien! lança-t-elle avec légèreté. Je suis allée ailleurs... mais où, je ne vous le dirai pas — du moins, pas maintenant. Il faut d'abord que je sache si tout se déroule selon mes désirs. Je ne veux pas vous donner de faux espoirs.

— Des espoirs? questionna Serena d'une voix soudain chargée d'inquiétude.

C'était d'ordinaire une jolie jeune femme, au visage avenant. En cet instant, cependant, elle était défigurée par une moue suspicieuse, qui lui faisait plisser les paupières et pincer les lèvres.

— Charity, j'exige que vous me disiez exactement ce que vous avez fait. Dans quel pétrin vous êtes-vous encore fourrée?

— Je ne me suis fourrée dans aucun pétrin! répliqua Charity avec indignation. Cela ne m'est plus arrivé depuis... depuis si longtemps.

— Alors, qu'avez-vous fait? insista Serena.

Charity esquissa une grimace. Elle n'avait aucune envie de révéler la vérité à sa sœur, qui en serait à l'évidence choquée. Jamais Serena n'aurait eu l'idée d'accomplir un acte aussi scandaleux que de visiter dans sa demeure un jeune homme célibataire; jamais non plus elle n'aurait soutenu sa sœur dans un tel projet, quand bien même cela devait la libérer d'un mariage qu'elle ne désirait pas. Aussi Charity avait-elle pris garde de ne rien lui confier de ses intentions. Sa sœur eût alors tout fait pour l'empêcher d'agir — en allant jusqu'à se confier à leurs parents.

A présent, cependant, l'implacable mécanisme du destin avait été mis en branle, et Serena ne pouvait plus rien pour l'arrêter. Charity comprit que le moment était venu de la mettre au courant.

— Je suis allée chez lord Durby, révéla-t-elle, et je l'ai

dissuadé de vous épouser en lui proposant de me prendre à votre place.

Serena écarquilla les yeux. Sans doute trop choquée pour exprimer les remontrances que redoutait confusément sa sœur, elle s'exclama :

— Qu'avez-vous fait ?

Alors que Charity s'apprêtait à répéter mot pour mot ce qu'elle avait déjà dit, Serena agita la main.

— Non, inutile, j'ai bien entendu. Mais je n'arrive pas à vous croire. Charity, répondez-moi : vous êtes-vous vraiment rendue chez cet homme ?

— Oui.

Serena rougit violemment et porta les mains à ses joues, comme pour les rafraîchir.

— Oh ! mon Dieu ! gémit-elle. Que va-t-il penser de vous ? Et de moi ? Charity, comment avez-vous pu faire une chose pareille ?

Un peu moins sûre d'elle-même tout à coup, Charity se mordit la lèvre.

— J'ai pensé que c'était le mieux. Etes-vous très en colère contre moi ?

— Là n'est pas le plus important. Que vous a-t-il dit ? Vous a-t-il semblé furieux ?

— Au contraire, il fut très calme d'un bout à l'autre de notre entretien. J'oserais même dire que je l'ai charmé. Il a souri très souvent et, à une ou deux reprises, il a éclaté de rire.

— Oh, non ! gémit Serena en fermant les yeux. Il a ri de vous... de moi... de nous ! Il racontera à qui voudra l'entendre cette aventure insensée. Avez-vous songé que nous serons désormais la risée du Tout-Londres ?

— Il n'en est rien ! protesta Charity. Fille de peu de foi ! Jamais Simon ne répandrait de malsaines rumeurs sur la future lady Durby...

Elle marqua une courte pause, pour préparer son effet et lui donner le retentissement voulu.

— Il est vrai que je ne vous avais pas annoncé le plus important : il a accepté de m'épouser.

Serena rouvrit les yeux. Très grands, cette fois.

— Comment? Espérez-vous me faire accroire qu'il a trouvé bonnes à entendre vos folies!

— Ce ne sont pas des folies, protesta Charity. Il s'agit au contraire d'une idée très raisonnable — ce que lord Durby a d'ailleurs fort bien compris. Il est convenu qu'il lui était impossible d'épouser une femme qui ne voulait pas de lui, et que, puisqu'il ne s'agissait pour lui que d'avoir un héritier, je ferais aussi bien l'affaire que vous.

— Il a dit cela... Vraiment?

— Pas exactement dans les mêmes termes, certes, mais je crois avoir bien rendu compte de son point de vue. Nous sommes d'accord sur l'essentiel. La preuve en est qu'il viendra, dès cet après-midi, demander ma main à papa.

— Je ne peux le croire.

Face à tant d'incompréhension, Charity conçut quelque chagrin. Elle fut même blessée.

— Pensez-vous, demanda-t-elle, qu'aucun homme ne voudrait m'épouser, même dans un mariage sans amour?

— Non, bien sûr que non, assura Serena avec un enthousiasme non feint. Je connais beaucoup d'hommes qui se damneraient pour vous épouser. Vous êtes, et de loin, la plus jolie d'entre nous; en outre, vous ne manquez ni de gentillesse ni de générosité. Mais le comte de Durby! Surtout après une démarche si déplacée, si scandaleuse! Je ne comprends pas le sens de sa réponse. Etes-vous bien sûre qu'il ne s'est pas moqué de vous; qu'il ne vous a pas, en quelque sorte, rendu la monnaie de votre pièce?

Charity sentit son estomac se nouer douloureusement. Et si Serena avait raison? Simon Westport n'avait peut-être vu dans cette visite que l'occasion de jouer une excellente farce à une jeune écervelée. Charity imagina une suite à cette affaire, atroce en tout point : Durby rompait ses relations avec Serena, puis se répandait en propos acerbes sur Charity et sa famille. Bientôt, les salons de Londres feraient des gorges chaudes de cette aventure...

— Non! s'exclama-t-elle pour conjurer le mauvais sort. Simon ne fera pas cela. Il n'est pas cruel à ce point, ni si fier.

— Il me semble au contraire que sa fierté ne connaît pas de limites, rétorqua Serena. Quant à sa cruauté, elle peut être sans bornes. C'est un homme d'une froideur extrême.

Les deux sœurs se regardèrent en silence, jusqu'à ce que Charity levât le menton, par défi.

— Non ! répéta-t-elle. Je refuse de le croire. Lord Durby était sincère lorsqu'il m'a fait part de sa décision. Il a exprimé des doutes fort honorables, à propos de ma jeunesse et de la différence d'âge qui existe entre nous. Mais j'ai balayé tous ses arguments, et il a fini par se rendre à mes raisons.

Elle songea alors au baiser final, qui était sans doute, de tous les arguments, le plus percutant. Les joues en feu, elle se demanda avec une soudaine inquiétude s'il avait autant qu'elle apprécié ce moment, et si ce baiser avait emporté la décision comme elle voulait le croire.

Serena ne remarqua à l'évidence pas l'embarras de sa sœur. Le regard vide, elle fixait un point indéterminé à l'autre bout de la pièce : il était évident qu'elle cherchait à se familiariser avec l'incroyable nouvelle, la peur et l'espoir se disputant son cœur.

— Tout cela est-il bien vrai ? murmura-t-elle brusquement.

— Oui ! affirma Charity. Je crois à ce que m'a dit Simon. Il ne voudrait pas me mentir, et encore moins se jouer de moi. Ce n'est pas un homme mauvais.

Elle s'interrompit, en proie à une vive anxiété.

— Cela dit, reprit-elle, il est toujours possible qu'il change d'avis, après réflexion. Peut-être estimera-t-il que je me suis conduite de façon trop effrontée pour mériter de devenir lady Durby ; et finalement, il refusera de m'épouser...

— Oh, Charity ! s'exclama Serena. Je n'ai en aucun cas voulu dire que vous ne feriez pas une épouse convenable — pour lui ou pour un autre...

Elle traversa la chambre d'un pas vif pour aller prendre les mains de sa sœur.

— Vous êtes la plus douce et la plus aimable des

femmes, affirma-t-elle avec solennité. Tout homme sensé serait enchanté de vous avoir pour compagne. Quant à moi, je n'aurais pas dû vous tenir ces propos, qui dépassaient ma pensée. Seule la frayeur m'a fait parler ainsi. Imaginez combien j'ai été bouleversée d'apprendre où vous vous étiez rendue, et ce que vous aviez comploté ! J'ai eu des paroles dures, trop dures... Il reste que votre démarche n'était pas convenable. J'espère que vous y réfléchirez à deux fois la prochaine fois que germera en votre tête une idée un peu originale. Cela dit, si le comte décide que vous n'êtes finalement pas l'épouse qu'il lui faut, c'est que lui n'est pas digne de vous. Et si, en plus, il choisit de répandre sur notre famille de scandaleux ragots, alors, je vous le dis, il n'est digne d'aucune de nous deux.

Le regard décidé de sa sœur fit sourire Charity.

— Vous êtes trop indulgente, je le crains, répondit-elle en lui serrant les mains, mais je vous remercie de ces bonnes paroles. N'imaginons pas le pire. Espérons seulement que lord Durby sera conforme à l'idée que je me fais de lui.

Elle hésita, puis reprit, sur un ton plus hésitant :

— Serena... ai-je mal agi ? Etes-vous fâchée contre moi ? Dites-moi que vous n'avez vraiment aucune envie d'épouser le comte...

Le regard de Serena eût pu laisser croire qu'on venait de lui poser la plus obscène des questions.

— Mais non, bien sûr ! s'exclama-t-elle. Charity, comment pouvez-vous douter de moi ? Vous connaissez parfaitement les sentiments qui me lient au révérend Woodson. Pourrais-je souhaiter épouser un autre homme que lui ? Je n'ai accepté ce mariage avec lord Durby que par devoir filial.

— Je sais, murmura Charity en fronçant les sourcils. Serena, acceptez-vous de me dire toute la vérité, rien que la vérité ?

— Oui, mais à quel propos ?

— Le révérend vous a-t-il déjà embrassée ?

La rougeur qui monta au visage de Serena était une réponse assez explicite. Néanmoins, elle crut devoir confirmer en hochant la tête, les paupières baissées avec pudeur.

— Je sais que c'est mal, murmura-t-elle lorsqu'elle fut un peu remise de son émoi. D'autant que nous avions tous les deux la cruelle conviction que nos parents n'approuveraient pas notre union. Mais nous avons été incapables de résister à la tentation. Ainsi, un jour que nous nous promenions aux alentours de Lichfield...

— Cela était-il bon ? demanda Charity, avide de savoir.

— Charity ! On ne pose pas de telles questions !

Passé un moment d'indignation bien compréhensible, Serena s'adoucit cependant, et sourit.

— Oui, murmura-t-elle, rêveuse. Oui, petite effrontée, c'était très agréable. Je me sentais... C'était comme si je m'envolais.

Ses yeux brillants prouvaient amplement qu'elle ne mentait pas et n'exagérait en rien.

Soulagée, autant qu'émue, Charity avait bien d'autres questions à poser.

— Sa Grâce vous a-t-elle embrassée aussi ?

— Lord Durby ? Bien sûr que non ! Nous nous connaissons à peine.

— Vous étiez pourtant sur le point de vous fiancer à cet homme, souligna Charity. Ne vous êtes-vous pas demandé pourquoi il ne poussait pas un peu ses avantages ? Allons... il a bien essayé !

— Certes, il m'a plusieurs fois baisé la main, quand il s'apprêtait à partir...

Charity roula des yeux sévères.

— Ce n'est pas ce que je voulais dire.

— Je sais, soupira Serena. Pourtant, la vérité est bien là : lord Durby s'est toujours comporté en parfait gentleman.

De cette remarque, Charity déduisit que le comte, avec elle, ne s'était pas conduit en gentleman... Mais ce point lui parut de peu d'importance, si l'on considérait le plaisir qu'elle avait pris à cet oubli des bonnes manières.

Les deux sœurs passèrent sur des charbons ardents les heures qui suivirent. Chaque fois qu'une voiture passait dans la rue, elles se précipitaient à la fenêtre — pour constater, déçues et soulagées à la fois, qu'aucun véhicule n'amenait lord Durby à leur porte.

Elles consacrèrent un long moment à arranger la chevelure de Charity. Depuis des années, elles s'étaient accoutumées à se coiffer l'une l'autre, par obligation, puisqu'elles n'avaient pas les moyens de s'attacher les services d'une gouvernante. Fort pressée de partir le matin même, Charity n'avait pris que le temps de former un chignon approximatif, retenu par quelques épingles. Pour lui donner un air plus « comme il faut », Serena reprit tout le travail, confectionna une tresse qu'elle enroula avec soin, non sans laisser quelques longues boucles pendre de part et d'autre du visage. L'arrangement était élégant, avec ce qu'il fallait de fantaisie pour convenir à Charity.

Puis la jeune fille mit une robe d'après-midi, en satin rose pâle, qui appartenait en fait à Serena. Observant son reflet dans le miroir, elle fut très satisfaite du résultat. Elle apparaissait plus mûre, plus jolie aussi. En tout cas, elle se jugeait prête à accueillir lord Simon Westport, comte de Durby... si toutefois il daignait se présenter.

Ensuite, elle n'eut plus rien d'autre à faire qu'attendre.

Tandis qu'elle arpentait sans but la demeure, les doutes exprimés par Serena traçaient leur sillon malfaisant dans son esprit. Inquiète, elle s'irritait sans raison à propos de tout et de rien.

Ainsi, alors qu'elle réprimandait pour la énième fois Horatia et Belinda, qui jouaient trop bruyamment à son goût, le ton monta quand Belinda tira la langue. Charity tenta de rétablir son autorité en jetant un oreiller à la tête de l'effrontée. Bien mal lui en prit, car ce geste belliqueux donna le signal d'une grande bataille de polochons, à laquelle les quatre sœurs consacrèrent une énergie qu'elles avaient peu l'occasion de dépenser.

L'affrontement ne cessa que lorsque Elspeth surgit de la petite chambre contiguë, qu'elle était seule à occuper. A cause de ses fréquentes insomnies, ses maux de tête et tous ses petits malheurs, elle disposait en effet d'une pièce à son seul usage.

— Vous m'avez réveillée! s'écria-t-elle. Je venais à peine de m'endormir! J'ai une migraine épouvantable, aujourd'hui...

— Oh ! Je suis désolée, Ellie, répondit Charity.

Mais ses yeux brillants prouvaient qu'elle n'éprouvait pas le moindre remords.

Alors qu'Elspeth s'apprêtait à faire connaître sa façon de penser, la gouvernante de leur tante pénétra à son tour dans la chambre. Essoufflée, le regard étincelant d'une curiosité qu'elle ne cherchait pas à dissimuler, elle s'écria :

— Miss Charity, il faut que vous descendiez dans le grand salon, tout de suite. C'est votre papa qui vous demande.

Charity croisa le regard de Serena, aussi interrogateur que le sien devait l'être.

Durby était venu !

Vive comme l'éclair, elle virevolta et s'engagea dans l'escalier, la robe haut levée au-dessus des chevilles. Elle ne voulait plus envisager d'hypothèse catastrophique, comme celle d'un domestique du comte, que son maître aurait envoyé pour rapporter à Lytton Emerson le misérable comportement de sa fille. La tête haute, le regard altier, elle traversa le hall et entra dans le grand salon.

Les deux hommes qui s'y trouvaient se tournèrent vers elle, puis se levèrent.

Charity savait que son visage devait encore être rouge après sa trépidante bataille d'oreillers ; de même, elle avait conscience que sa chevelure n'avait plus le bel ordonnancement que Serena lui avait donné. Mais elle s'en moquait. Elle nota que Simon souriait à son approche, ce qui était plutôt bon signe. Quant à Lytton Emerson, son cher père, il gardait un air d'étonnement dont il n'avait pas dû se départir depuis que le comte de Durby l'avait informé qu'il lui demandait la main de sa fille — non pas l'aînée, mais la troisième, Charity.

— Ah ! Charity, vous voici donc ! dit Lytton en souriant.

Au vrai, il était mal à l'aise, et attendait avec angoisse la réponse de sa fille. Si le « oui » de Serena, fille respectueuse et dévouée, n'eût fait aucun doute, il s'inquiétait de la réaction de Charity, qui refuserait sans hésiter un homme qui lui déplaisait. Un homme que, de surcroît, elle n'avait jamais rencontré... Avec elle, on pouvait craindre le pire.

— Hello, papa ! lança-t-elle d'un ton primesautier.

Fort habilement, elle jeta à lord Durby un regard rapide — le regard de celle qui rencontre une personne pour la première fois, et qui attend les présentations d'usage.

— Charity, reprit M. Emerson, voici lord Durby. Je... Il... En fait, Sa Grâce nous fait l'honneur de demander ta main.

La jeune fille réussit à se composer un air d'étonnement poli, très convaincant.

— Vraiment ? dit-elle. Cependant, Votre Grâce, vous ne me connaissez pas. Comment pouvez-vous avoir conçu le désir de m'épouser ?

Simon se retint de sourire. Les lèvres pincées, il répondit :

— C'est que, mademoiselle Emerson, je vous ai observée de loin, sans que vous en prissiez conscience. L'amour, qui me prit la première fois que je vous vis, ne s'est jamais démenti.

— Eh bien, soupira Charity avec bonne humeur, on peut dire que vous êtes un homme qui se décide vite.

— Je le suis, en effet.

Simon s'approcha de la jeune fille, plus près que ne l'eussent voulu les convenances. Le regard vrillé dans le sien, il ajouta :

— Je sais toujours ce que je veux et ne perds jamais mon temps en actions inutiles ou dilatoires. Alors, quelle est votre réponse, mademoiselle Emerson ?

Charity pencha la tête, et se donna le luxe de quelques secondes d'attente.

— Ma réponse est oui, Votre Grâce, déclara-t-elle enfin.

— Par ce mot, vous faites de moi le plus heureux des hommes ! affirma Simon en s'inclinant.

Il prit la main qu'elle lui tendait. Au contact des lèvres sur sa peau, Charity se sentit parcourue d'un délicieux frisson. C'était un geste social assez commun que le baisemain, mais celui-ci avait pour elle une signification particulière; il lui rappelait trop de brûlants souvenirs pour qu'elle pût l'accueillir par une froideur bien élevée, d'usage en de telles occasions.

Pourquoi Serena n'avait-elle rien ressenti aux attouchements, même fort brefs, de cette bouche? se demanda Charity. Elle l'ignorait. Mais sans doute était-ce mieux ainsi. Et même, elle se félicitait que lord Durby n'ait jamais eu l'idée de baiser sa sœur sur les lèvres...

Avec un choc, elle s'aperçut alors que le monstre hideux de la jalousie avait fait irruption dans son cœur. Elle avait participé avec plaisir aux fêtes données à la maison, s'était réjouie de sa popularité chez l'un ou l'autre des jeunes gens invités, et avait écouté avec complaisance des compliments qui inclinaient à penser qu'on lui parlait d'amour. Mais jamais elle n'avait ressenti le moindre pincement lorsque son *flirt* du moment invitait à danser une autre demoiselle... Maintenant, tout devenait différent : Charity n'entendait partager *cet homme* avec personne — même pas avec sa sœur.

A ce signe, elle supposa qu'il fallait comprendre qu'il était désigné entre tous pour devenir son mari.

— Je dois partir, maintenant, annonça-t-il. J'espère vous revoir bientôt. Assisterez-vous au bal de lady Rotterham, demain soir?

— Je ne sais pas, murmura Charity en interrogeant son père du regard.

Ravi de l'heureuse conclusion d'un entretien si délicat, Lytton Emerson affirma avec bonne humeur :

— Bien sûr que nous y serons !

— Très bien. Ce sera une joie que de vous y rencontrer.

Lord Durby s'inclina alors devant Charity, puis devant son père, et quitta le salon d'un pas vif.

Lorsqu'il entendit se fermer la grande porte d'entrée, M. Emerson s'épongea le front avec son mouchoir et se tourna vers Charity.

— Je n'y comprends rien, avoua-t-il. Et toi?

A ce moment, Caroline Emerson fit irruption dans la pièce, tout sourire et les mains en avant. Mais le sourire se fana et ses mains retombèrent le long de son corps lorsque son regard tomba sur Charity. Les questions, alors, se succédèrent à grande vitesse :

— Que fais-tu ici, Charity ? Où Serena se trouve-t-elle ? Que s'est-il passé ? N'est-ce pas lord Durby que j'ai entendu ici, il y a un moment ?

— C'était bien lord Durby, ma chère Caroline, confirma Lytton. Et il m'a demandé la main de Charity.

Il fallut à ces mots un temps certain pour se nicher dans l'entendement de Caroline Emerson qui, alors, se laissa tomber dans un fauteuil et porta les mains à sa gorge, comme si elle craignait d'étouffer.

— Charity ? s'écria-t-elle. Que voulez-vous dire, mon ami ?

Puis, soupçonneuse, elle se tourna vers sa fille.

— Qu'avez-vous encore fait ? Comment avez-vous pu jouer ce tour affreux à votre sœur ?

— Mais de quoi parlez-vous, toutes les deux ? demanda Lytton, qui craignait de ne pas tout comprendre.

— Je n'ai rien fait d'autre que d'éviter à Serena un mariage qu'elle ne désirait pas, répondit Charity.

Bien qu'elle aimât sa mère, elle estimait que c'était une femme à la fierté mal placée, pleine de préjugés nocifs. Elles avaient d'ailleurs souvent débattu à ce propos, la plupart du temps avec férocité, et il était évident que jamais elles ne s'accorderaient sur ce point — comme en beaucoup d'autres, à dire vrai.

— *Serena ne désirait pas ?* répéta Caroline Emerson. Comment pouvait-elle refuser un tel mariage ? Durby est comte ! Elle serait donc devenue comtesse !

— Serena ne voit pas l'intérêt qu'il y a à être comtesse, affirma Charity.

— C'est absurde ! Vous essayez de faire excuser une intrigue menée aux dépens de votre sœur.

— Il n'y a pas d'intrigue. Serena sait tout, et elle approuve mon action.

Lytton Emerson, dont l'étonnement allait croissant, intervint soudain.

— Qu'avez-vous fait ? s'écria-t-il. Je ne comprends rien. Que se passe-t-il ici ?

— Voyons, Lytton, c'est évident ! lui lança son épouse. Charity a manigancé pour faire dévier sur elle l'intérêt que lord Durby portait à Serena.

— Je n'ai rien manigancé ! protesta la jeune fille. J'ai demandé à lord Durby s'il consentirait à m'épouser à la place de Serena, laquelle se refusait à ce mariage.

— Mais quand... comment ? glapit Lytton Emerson. Vous n'avez jamais rencontré Sa Grâce.

— Lytton, restez calme ! déclara Mme Emerson d'un ton apaisant. Il faut admettre le fait que notre fille a communiqué avec lord Durby, d'une façon ou d'une autre — sinon, comment aurait-elle pu mettre au point cette mascarade ? Mais la question n'est pas là. Du moins, pour le moment.

Elle se tourna vers sa fille.

— Pourquoi semblez-vous si sûre que Serena ne voulait pas épouser le comte ? Elle ne m'en a jamais rien dit.

— Elle ne le pouvait, car elle avait conscience de ce que ce mariage représentait pour vous et pour papa. Elle savait qu'elle devait épouser un homme riche, pour le bien de toute la famille. Ainsi, comme elle l'a toujours fait, elle aurait accompli son devoir — mais avec au fond du cœur un chagrin que vous ne soupçonniez pas. Vous ne l'avez pas entendue pleurer, tous les soirs, au fond de son lit...

Etonné, et chagriné, Lytton intervint.

— Je ne comprends pas pourquoi elle aurait été malheureuse. Ne serait-elle pas devenue comtesse en s'unissant à Durby ? Celui-ci n'est ni âgé, ni laid, même pas fou. Sa famille jouit d'une excellente réputation, il possède beaucoup d'argent et des terres en quantité... Serena aurait pu obtenir tout ce qu'elle voulait.

— Tout, sauf l'amour, précisa Charity.

A cette affirmation, lourde de sous-entendus, ses parents éclatèrent en criaillements interrogatifs. Caroline s'avachit un peu plus dans son fauteuil. S'éventant le visage des deux mains, elle annonça qu'elle allait sans doute s'évanouir.

— Que se passe-t-il ici ?

La voix cassée, mais sèche et impérieuse, réussit à

ramener dans la pièce un calme instantané. Tante Ermintrude s'avança dans la pièce, s'appuyant à chaque pas sur sa canne.

Celle qui était en fait la grand-tante de Charity, et la tante de Lytton, menait contre la vieillesse un combat perdu depuis longtemps. Le décolleté de sa robe découvrait de façon indécente sa poitrine et son dos, révélant à qui osait regarder de larges surfaces de peau tachetée et ridée. Ses cheveux, teints d'un improbable roux, flamboyaient.

La mère de Charity avait coutume de dire qu'Ermintrude était une sorte de dinosaure, le témoin d'un âge heureusement révolu où les femmes n'avaient ni pudeur ni morale. Caroline déplorait en outre un langage vigoureux, émaillé de mots grossiers, anciens et nouveaux — car sur ce chapitre, comme sur celui de la mode, Ermintrude restait à la page.

La vieille dame vouait à sa petite-nièce par alliance un mépris équivalent. Néanmoins, comme elle portait un intérêt sincère au destin des cinq filles Emerson, elle avait offert l'hospitalité de sa maison à la famille. Sans elle, elle le savait, Serena et Elspeth n'auraient jamais fait leur entrée dans le monde.

Elle jeta un coup d'œil circulaire sur la pièce.

— Qu'est-ce donc ? demanda-t-elle. Une ménagerie ? Une volière ? Un cirque ?

— Lord Durby a demandé ma main, annonça Charity.

Les yeux d'Ermintrude s'écarquillèrent, faisant craqueler l'ombre à paupières.

— *Votre* main ? répéta-t-elle en riant. Petite futée, vous coupez l'herbe sous le pied de votre sœur. C'est du propre !

— Je ne coupe rien du tout, protesta Charity. J'ai un peu aidé le destin, je vous l'avoue, mais pas dans une intention mauvaise. Serena ne voulait pas de ce mariage.

— Elle prétend que sa sœur en aime un autre, précisa Caroline.

Elle darda sur sa fille un regard accusateur, comme si Charity était l'unique responsable des amours interdites de son aînée.

— Quel autre ? demanda Ermintrude.

— Le révérend Woodson.

La mère de Charity ouvrit la bouche, pour ne rien dire. Elle n'avait plus de voix. Lytton tenta de prendre la parole, et y renonça aussi.

Il fallait plus, en revanche, pour avoir raison d'Ermintrude.

— Un pasteur ! s'exclama-t-elle avec mépris. J'espérais un bagnard, un vagabond — un homme intéressant, quoi. Mais un pasteur !

— Comment Serena aurait-elle pu faire la connaissance d'un bagnard ou d'un vagabond ? demanda Lytton, qui n'y était plus du tout.

— Je vous en prie, mon ami ! répliqua aussitôt Caroline. Tante Ermintrude nous gratifie d'un de ses traits d'esprit. Parlons sérieusement. Nous ne pouvons pas donner notre Serena à ce pasteur, qui n'a pas un sou vaillant.

— Un pasteur..., murmura Lytton. Elle ne rira pas tous les jours, la pauvre petite.

Charity gloussa de plaisir.

— C'est bien mon avis, papa. Pourtant, telle est la vie que Serena s'est choisie. Elle n'a pas besoin de richesse ou de position sociale. Ce qu'elle veut, c'est épouser le révérend Woodson, afin de mener avec lui une vie exemplaire.

— Il faut quand même qu'elle pense à sa famille, souligna Caroline. Ce serait faire preuve d'un grand égoïsme que d'épouser un pauvre.

— Et alors ? rétorqua Charity.

Elle était prête à affronter sa mère pour défendre Serena, sachant bien que c'était sous ses jupons, et chez Lytton, que résidait le pouvoir.

— Je me marierai le plus vite possible, précisa-t-elle. Le comte de Durby est prêt à devenir votre gendre. N'est-ce pas ce qui vous intéresse au premier chef ?

— Il nous fait des conditions très généreuses, ajouta Lytton. Il ne veut pas nous voir importuner Charity pour de sordides questions d'argent.

— Naturellement, j'assurerai les premiers pas de mes jeunes sœurs dans le monde, soupira Charity avec une expression de martyre. Si vous ne l'avez pas établie entre-temps, Elspeth passera la saison avec nous, l'année prochaine,

— Très bonne idée ! approuva Lytton, de plus en plus enthousiasmé.

Il préférait la campagne à la ville, et considérait les avantages que lui procurerait la situation dont les grandes lignes se dessinaient devant lui.

— Nous pourrons rester à Siddley, et Charity s'occupera de la vie mondaine de ses sœurs, précisa-t-il. Voilà qui me semble bel et bon. Qu'en pensez-vous, Caroline ?

— Vous voyez, maman, que nous ne perdons rien au change, insista Charity. Dans ces conditions, vous n'avez aucune raison de contrarier les amours de Serena et de son révérend.

— Se seraient-ils fait la cour dans notre dos ? questionna Caroline, le regard vengeur.

— Vous savez bien que Serena n'aurait jamais accepté ! Elle a rencontré le révérend dans différentes manifestations de charité, et ils se sont parlé, mais juste un peu. Elle l'aime, maman ; elle l'aime vraiment, et vous n'aurez pas le cœur à l'éloigner de lui. Elle ne serait pas heureuse avec un autre homme. Et maintenant que la famille n'a plus besoin d'elle pour les autres mariages, je suis sûre qu'elle refusera les fiancés qu'on lui présentera. Elle finira vieille fille...

— Elle aurait pu me prévenir ! s'obstina Caroline. C'était mal de me cacher cela.

Avec sa brutalité coutumière, tante Ermintrude intervint de nouveau dans le débat.

— Parce que vous auriez écouté ce que la pauvre fille avait à vous dire ? lança-t-elle. Vous ne saviez rien, parce que vous n'avez jamais rien demandé, et que vous n'avez jamais regardé Serena assez longtemps pour soupçonner quoi que ce soit. Vous étiez trop occupée à la pousser dans le monde, comme on place un pion sur un échiquier.

Alors que Caroline était sur le point d'éclater, Charity s'interposa en hâte.

— Serena savait combien vous désiriez pour elle ce mariage avantageux, et c'est la raison pour laquelle elle n'a jamais rien dit. Mais maintenant... Oh ! je vous en prie, maman, accordez-lui le droit d'épouser son pasteur.

Caroline soupira.

— Je suppose que je n'ai pas le choix. Si cet homme veut bien rencontrer votre père, selon les usages, nous aviserons. Mais je ne comprends vraiment pas ce que Serena trouve d'attirant dans une cure de campagne.

— Merci, maman !

Charity se pencha sur sa mère pour déposer un baiser sur sa joue.

— Au moins, avez-vous eu le bon sens de prendre Durby, vous ! conclut Caroline avec son habituel sens pratique. Bien ! Voyons, que devrons-nous faire d'abord ? Ah ! Une annonce dans le journal, cela va sans dire !

Ne voulant pas en écouter davantage, elle sortit du salon en courant, et remonta dans sa chambre pour annoncer la double bonne nouvelle à Serena tandis que sa mère dressait sa première liste d'invités.

3.

Tandis que la voiture roulait à petite allure dans les rues de Londres, Simon s'adossa confortablement à la banquette et sourit.

Il songeait à Charity et au visage qu'elle offrait, cet après-midi, en entrant dans le salon. Tout le long du chemin qui l'avait mené vers la demeure où résidait la famille Emerson, il n'avait cessé de se demander s'il ne commettait pas une folie grave : la fiancée était jeune, et il ne la connaissait pas. Il s'était dit et répété qu'il n'est jamais bon d'engager sa vie sur une impulsion, si amusante fût-elle. En outre, si l'aspect physique de l'aventure n'était pas le moins important, ce n'était pas pour les raisons qu'on eût pu croire : le désir extrême que Simon éprouvait pour la jeune fille, et qui ne le quittait plus depuis leur première rencontre, le perturbait énormément.

Il n'était pas enclin à s'engager dans un second mariage d'amour. Une première expérience, fort cruelle, lui avait enseigné que le plus sûr moyen de vivre l'enfer était d'abandonner son cœur à une femme. Aussi prenait-il grand soin, depuis ce désastre, d'éviter les dames et leurs mirages, préférant de loin les femmes du demi-monde. Une maîtresse rétribuée lui donnait du plaisir et ne mettait pas son cœur en danger.

Dans ces conditions, il s'était inquiété du flux de passion, si fort, qui l'avait submergé lorsqu'il avait embrassé Charity : quelles conséquences, pour lui, s'il en venait à donner trop d'importance à cette jeune personne?

Mais elle était entrée dans le salon comme en valsant, le visage clair et souriant, et tous ses doutes s'étaient évanouis comme par enchantement.

Trop vive et certainement imprévisible, Charity n'était pas exactement l'épouse idéale qu'il cherchait. Mais maintenant qu'il l'avait rencontrée, Serena ou les autres jeunes filles convenables qu'on lui présentait paraissaient ternes et sans intérêt. Une existence passée en compagnie de Charity, il s'en doutait, ne serait jamais ennuyeuse. Or, ne valait-il pas mieux épouser une femme qui l'amuserait et le distrairait, une femme qui ne sécréterait pas l'ennui par sa seule présence? En outre, il serait beaucoup plus agréable de concevoir un héritier avec une femme pour qui l'amour serait tout sauf une corvée.

Simon tâcha de se rassurer en se disant qu'il avait peu de chance de tomber amoureux de sa « presque » fiancée. Il avait appris à protéger son cœur, et la concupiscence — car c'était cela qu'il ressentait pour elle, il fallait s'en convaincre — n'avait rien à voir avec l'amour. Après quelque temps de vie commune, le désir s'affadirait, avant de disparaître tout à fait. Il ne resterait plus alors qu'une relation agréable, une association dont l'unique destination serait l'éducation des enfants. A ce stade de ses pensées, Simon imagina une ribambelle d'enfants aux yeux bleus et aux cheveux blonds, tout souriants à l'instar de leur mère, avec ces fossettes qu'il avait déjà bien observées et qui lui plaisaient tant.

Pour la première fois de sa vie, il se demanda si le mariage ne pourrait pas être une aventure plaisante.

La voiture s'arrêta. Avec souplesse, Simon sauta sur le trottoir, paya le conducteur et attendit un moment. Pour ce genre de rendez-vous, il n'utilisait jamais sa propre voiture, par discrétion, et il s'entourait d'un luxe de précautions peut-être inutiles, auxquelles il tenait néanmoins. Le chapeau bas sur le front, il traversa la rue et se dirigea vers une maison étroite, mais pimpante. Il gravit rapidement les marches du perron. Puis, après avoir donné du marteau sur la porte, il se prépara à la scène, sans doute difficile, qu'il était venu jouer.

Il savait depuis quelque temps déjà qu'il devrait rompre ; il s'était en effet lassé de Theodora, dont les indéniables talents amoureux, devenus un peu trop familiers au cours des mois, ne le surprenaient plus. Parfois même, il lui arrivait de se dire que la jeune femme en faisait trop ; s'il avait jusque-là repoussé le moment fatidique de la rupture, c'était parce qu'il redoutait les récriminations qui s'ensuivraient. Nullement naïf, il savait que Theodora ne l'aimait pas, mais qu'elle appréciait grandement l'argent dont il la gratifiait.

De toute façon, il fallait cesser d'atermoyer. Entretenir une maîtresse maintenant qu'il était sur le point de convoler ne serait point convenable, et le moment était donc venu d'annoncer à Theodora que leur liaison arrivait à son terme.

Le majordome vint ouvrir et se permit un sourire discret en constatant à qui il avait affaire. Simon était le visiteur le plus assidu de maison ; le mieux accueilli, aussi.

— Votre Grâce, c'est une réelle joie que de vous voir, zézaya-t-il.

Simon exprima d'un hochement de tête le plaisir que lui causait cette entrée en matière, et demanda :

— Sommers, Mme Graves est-elle visible ?

— Oui, Votre Grâce. Pour vous, Mme Graves est *toujours* visible.

S'effaçant pour laisser entrer Simon, Sommers conduisit le visiteur vers le salon où il l'abandonna en annonçant qu'il allait prévenir Mme Graves.

Quelques minutes plus tard, Simon entendit des pas rapides dans l'escalier. Une grande jeune femme fit irruption dans la pièce.

— Simon ! lança-t-elle d'une voix grave, rauque et sensuelle.

Elle s'avança vivement, les bras déjà ouverts.

— Theodora...

Très homme du monde, assez guindé, Simon pratiqua le baisemain dans les règles de l'art.

Theodora Graves était sans conteste une belle femme qui, à trente ans, connaissait l'apothéose de son charme.

Sa peau d'un blanc laiteux contrastait avec ses cheveux noirs et ses grands yeux bruns. Très fière de son teint, elle savait le mettre en valeur dans des robes très décolletées, avec de courtes manches bouffantes qui magnifiaient la jolie rondeur de ses bras. Le soir, elle était plus belle encore, quand la lumière dispensée par les candélabres donnait à sa peau des reflets dorés, cachant les agaçantes petites rides qui se dessinaient autour de la bouche et des yeux. Sa taille, naturellement mince, était réduite à rien par le corset. Ses seins épanouis invitaient quant à eux à la luxure. Un de ses admirateurs lui avait d'ailleurs déclaré un jour qu'elle était une invitation perpétuelle au péché...

Sans appartenir au demi-monde, comme la plupart des maîtresses que Simon avait eues dans le passé, elle faisait partie d'un milieu incertain, aux franges de la bonne société. Bien qu'elle ne fût que la fille d'un riche négociant, elle avait su, grâce à sa seule beauté, conquérir les faveurs d'un fils de famille. Cet officier de cavalerie, incapable de lui apporter l'aisance matérielle qu'elle recherchait, avait perdu la vie quelques années plus tard au cours de la campagne d'Ethiopie. Depuis, Theodora évoluait parmi les officiers, les femmes et les veuves de militaires, groupe considéré comme peu fréquentable par la bonne société. Elle réussissait néanmoins à se faire inviter parfois à des réceptions chic, à condition que celles-ci fussent d'importance, et donc ouvertes à un plus grand public ; ou bien elle se faisait emmener dans une soirée élégante par quelque officier de haut rang.

C'était à l'occasion de l'une d'elles, un an plus tôt, qu'elle avait rencontré Simon. Aussitôt attiré par son air sensuel, ce dernier avait reconnu en elle une femme qui, sans être une belle de nuit, ne répugnait pas à dispenser ses faveurs hors des liens sacrés du mariage, à condition qu'on voulût bien l'aider à assumer les charges matérielles imposées par la vie moderne. Très attachée en ce temps-là à un jeune gentleman, Theodora était cependant trop fine mouche pour ne pas comprendre qu'elle avait ferré un plus gros poisson. Quelques semaines lui avaient suffi pour se débarrasser de son encombrant prétendant, et s'attacher le zèle bienveillant — et exclusif ! — de Simon.

— Quelle réserve est la vôtre ! s'exclama-t-elle d'un ton joueur.

Elle retint la main de Simon et, se haussant sur la pointe des pieds, lui baisa les lèvres. Elle ne fut pas payée de retour. Simon restait droit et raide, très distant. Etonnée, elle fit une petite moue boudeuse tandis qu'elle recevait cet avertissement formulé à mi-voix :

— Les serviteurs...

Theodora chassa l'objection d'un geste léger de la main.

— Qui se soucie des serviteurs ? Je ne vous savais pas si formaliste, mon amour.

Simon, qui la regardait avec froideur, se demanda pourquoi il n'avait jamais remarqué jusque-là à quel point elle avait un sourire artificiel, factice. Il songea à celui de Charity, si ingénu, charmant avec ses fossettes, et qui lui faisait l'impression d'un rayon de soleil après l'orage. Poursuivant son examen, il compara les formes pleines et voluptueuses de Theodora avec la souple silhouette de Charity. La beauté de sa maîtresse lui apparaissait maintenant excessive, un peu lourde, à l'image des senteurs entêtantes de l'essence de patchouli, dont elle s'aspergeait sans mesure.

Comme il reculait, Theodora fronça les sourcils et se hâta d'aller fermer la porte du salon.

— Je suis si heureuse de vous voir, dit-elle. Il me semble que vous n'avez plus foulé le sol de ma maison depuis des siècles. On trouve les journées bien longues, quand on a le cœur solitaire...

La main sur la poignée, elle se retourna et s'immobilisa en constatant que son visiteur s'était installé dans un fauteuil, au lieu de prendre sa place habituelle sur le sofa. Cette position n'était pas la plus propice à l'intimité et aux débordements que Theodora souhaitait susciter.

Un sourire forcé aux lèvres, elle s'avança vers ce fauteuil, et obtint la confirmation dont elle n'avait pas réellement besoin : alors qu'autrefois, en une époque pas si lointaine, Simon l'eût attirée sur ses genoux, il la considérait d'un air ennuyé, comme s'il s'interrogeait sur les raisons de sa présence dans ce salon.

Perplexe, la jeune femme s'éloigna et s'assit sur le bord du sofa.

— Dois-je sonner pour le thé? demanda-t-elle en se forçant à la gaieté.

D'un mouvement de la tête, Simon lui signifia que c'était inutile.

— Je voudrais vous donner ceci, précisa-t-il.

Il plongea la main dans sa poche, dont il tira un long écrin de joaillier. Les yeux de Theodora s'écarquillèrent, son regard s'illumina et son sourire s'élargit tandis qu'elle avançait la main avec vivacité pour prendre l'objet. Elle l'ouvrit et découvrit un bracelet de diamants et de saphirs.

— Oh, Simon! murmura-t-elle.

Retenant sa respiration, elle admira longuement le bijou qui oscillait devant ses yeux en jetant mille feux.

— C'est magnifique, vraiment. Merci! Merci! Voulez-vous m'aider à le mettre?

Simon s'exécuta de bonne grâce.

— Le grand vilain qui me fait un si gros plaisir! s'exclama Theodora. Et moi qui craignais de vous avoir offensé, sans le vouloir...

— Vous ne m'avez aucunement offensé. Rassurez-vous. Cela dit, je suis ici pour vous faire une déclaration importante. Vous savez peut-être que j'ai l'intention de me remarier.

Le souffle coupé, Theodora jeta sur son interlocuteur un regard brillant.

— Je me suis fiancé cet après-midi, annonça-t-il. Pour cette raison, je crains de devoir mettre un terme à notre... arrangement.

Concentré jusque-là sur son discours, les paupières mi-closes, Simon leva à ce moment la tête et comprit aussitôt qu'il avait infligé un choc à Theodora. Très pâle, celle-ci le regardait avec une expression horrifiée.

— Je suis désolé, reprit-il pour ne pas la laisser s'exprimer trop vite. Sans doute vous ai-je surprise. Je n'imaginais pas que... En fait, je croyais que vous aviez eu vent des indiscrétions qui circulent sur mon compte. La moitié de Londres sait que je me suis mis en quête d'une nouvelle épouse.

Si le regard de Theodora brillait toujours, c'était de rage, à présent.

— Une épouse ! s'écria-t-elle en se levant d'un bond. Bien sûr que je le savais ! Mais j'avais pensé... Puisque vous m'aimez !

Incrédule, Simon la regarda mieux avant de se lever à son tour, le visage impénétrable, et prêt à jouer son rôle dans la scène qu'il redoutait.

— Non, madame, dit-il avec douceur. Jamais je ne vous ai donné à penser que je vous aimais. Pas une seule fois, j'en suis certain, mes lèvres n'ont prononcé ce mot : *amour*. Je n'aurais pas permis que notre relation devînt autre chose que ce qu'elle était, une suite de rencontres pour le plaisir, rien que pour le plaisir. Vous êtes une femme qui connaît la vie, madame, et vous saviez parfaitement ce que nous attendions l'un de l'autre.

— Vous n'avez pas le droit de me faire *ça!* cria Theodora, les yeux emplis de larmes. Je vous aime, moi ! Je vous ai tout donné, sans me soucier de ma réputation.

Esquissant un sourire cruel, Simon crut bon de préciser :

— Il me semble, madame, que vous oubliez William Pelling, ainsi que ce capitaine de hussards que vous eûtes avant moi — sans compter tous les autres que je ne connais pas, et dont je ne veux rien savoir.

— Vous m'insultez !

— Je ne dis que la vérité. Il n'y avait entre nous qu'un arrangement conclu pour notre mutuelle convenance. Jamais il n'a été question d'amour, et encore moins de mariage. Il serait fort hardi de votre part de prétendre le contraire. Si vous êtes flouée, j'en serai désolé, mais il ne faudra vous en prendre qu'à vous.

Theodora poussa alors un cri affreux. Saisissant le premier objet à sa portée, un petit vase de cristal, elle le jeta de toutes ses forces contre le mur.

— Comment osez-vous ? hurla-t-elle. Comment osez-vous ? Aucun homme ne m'a jamais rejetée ainsi !

En larmes, elle s'effondra sur le sofa.

Simon soupira discrètement. Tâchant de dissimuler la répugnance que lui inspiraient ces manifestations excessives de la sensiblerie — ou de l'hypocrisie — féminine, il s'agenouilla devant Theodora. Le visage dans les mains, celle-ci semblait ne jamais devoir s'arrêter de pleurer. Il voulut bien se rappeler qu'il avait après tout une dette de reconnaissance envers elle, pour tant d'agréables moments passés dans cette maison. Elle lui avait prodigué ses ardeurs ; et si lui, pour sa part, n'avait pas lésiné en matière de soutien matériel, il s'était établi entre eux une relation qui allait au-delà d'une simple liaison charnelle. Force lui était de reconnaître que *l'arrangement* dont il avait parlé n'avait pas été dénué d'émotion amoureuse. Il n'avait, dans ces conditions, aucune envie de faire à Theodora plus de mal qu'il n'était nécessaire ; en outre, bien qu'il n'eût aucune illusion sur l'amour qu'elle concevait à son égard, il savait qu'il n'est jamais bon de heurter l'orgueil d'une femme.

— Allons, Thea, murmura-t-il avec tendresse. Sachez découvrir les avantages de cette rupture. Plusieurs gentlemen seront ravis d'apprendre que je ne fréquente plus votre maison ; et vous n'aurez qu'à choisir celui qui vous plaira le plus. Qui imaginera que nous nous sommes séparés à cause d'un manquement quelconque de votre part ? Chacun sait que je désire me marier, et que je suis trop bien élevé pour imposer une maîtresse à ma fiancée.

Rouge de fureur, Theodora se leva.

— Votre maîtresse ! Je serais devenue votre épouse depuis longtemps, si vous me l'aviez demandé !

Simon la considéra avec stupéfaction, les yeux écarquillés, la bouche ouverte de fort inélégante façon.

— On vous a volé à moi ! poursuivit la jeune femme. Qui est la péronnelle qui a su capter vos faveurs ?

Moins enclin à l'indulgence, soudain, Simon se leva à son tour.

— Personne ne m'a volé à vous, Theodora, car je n'étais pas votre possession. Je ne vous ai jamais donné à penser que je vous appartenais d'une façon ou d'une autre. Notre relation, quelle qu'elle ait été, se termine ici et maintenant.

— Alors, partez ! cria Theodora en montrant la porte. Disparaissez de ma maison !

Simon s'inclina et quitta la pièce.

Le souffle court, les poings serrés, la jeune femme trépignait. Eprouvant le besoin d'une dernière manifestation de violence, elle attrapa un coussin du sofa et le jeta en direction de la porte; elle ne put faire mieux que de l'envoyer au milieu du salon. Elle rugit alors comme une bête blessée et saisit un coffret de bois, qu'elle alla jeter dans le hall, alors que Simon était déjà dehors. Sa rage ne connaissait à présent plus de bornes. Elle revint dans le salon pour détruire conseiencieusement tout ce qui lui tombait sous la main, poursuivant son œuvre dévastatrice jusqu'à ce qu'enfin elle s'écroulât, épuisée et tremblante, sur le tapis jonché de débris divers.

« S'il pense pouvoir se débarrasser aussi facilement de moi, songea-t-elle, il se trompe! » L'idée d'être délaissée la faisait enrager; et ce d'autant plus qu'elle s'était flattée d'asservir le comte de Durby grâce à ses charmes puissants. Elle ne laissait pas de s'étonner qu'un homme comme lui pût tenir soudain pour négligeables les délices expertes dont elle l'avait accablé au cours des mois. Et tout cela pour s'enticher de qui? D'une frêle jeune fille insipide... Comme si une débutante timide et effarouchée pouvait satisfaire les appétits immenses d'un Simon Westport!

Le sourire revint aux lèvres de Theodora quand elle se rappela que Simon, dans un lit, toujours passionné, faisait preuve d'une imagination débordante. Il l'avait satisfaite au-delà de tout ce qu'elle avait pu imaginer, il l'avait comblée de plaisir bien plus qu'aucun des amants qu'elle avait eus avant lui. C'était d'ailleurs une des raisons — avec l'aisance matérielle et le titre nobiliaire — qui lui avait fait espérer qu'un jour il l'épouserait. « Qu'il se marie, s'il en a envie! songea-t-elle encore. Il se lassera vite de son épouse trop comme il faut, et alors, il regrettera de m'avoir abandonnée. »

Cette idée, si elle ne la consola pas vraiment, procura néanmoins quelque satisfaction à Theodora. Tout espoir n'était pas perdu; peut-être lui fallait-il simplement trouver le moyen de profiter du temps qui restait avant que l'irréparable fût commis. Simon n'allait pas épouser cette fille dans la précipitation ! Il était donc possible de le reconquérir.

Déjà, l'esprit fébrile de la jeune femme rassemblait les éléments d'un plan de bataille. La première offensive aurait lieu dès ce soir, où lady Rotterham donnait un de ces bals qui attiraient tout ce que Londres comptait de riche et de titré — à commencer par Simon et sa toute nouvelle fiancée, à n'en pas douter. Or, Theodora avait reçu une invitation, qu'elle devait précisément à Simon...

— Videz vos poumons, Charity.

Belinda tira sur les lacets du corset, et s'impatienta.

— Encore un effort, je n'y arrive pas !

Charity gonfla les joues, roula des yeux et protesta.

— Comment, *encore* ? Je ne peux déjà plus respirer.

— Ce n'est pas assez parce que Serena n'a pas, comme vous, la taille épaisse, rétorqua Belinda. Vous ne pourrez pas mettre sa robe si le corset n'est pas serré au maximum.

Se tournant vers sa sœur, Charity lui jeta un regard furieux.

— Je n'ai pas la taille épaisse !

Serena, qui avait assisté à toute la scène, fit une petite grimace à Belinda pour l'encourager à modérer ses propos.

— Bien sûr que vous n'avez pas la taille épaisse, déclara-t-elle en s'adressant à Charity. Belinda, je vous engage à présenter des excuses. Votre sœur est toute en courbes, et c'est mieux que d'être trop plate, comme je le suis.

— Je suis désolée, grommela Belinda.

Le regard qu'elle décocha en même temps à Charity prouvait le peu de sincérité de ses paroles.

Serena, dès lors, prit la direction des opérations.

— Très bien ! lança-t-elle. Charity, inspirez à fond, puis videz complètement vos poumons, en plusieurs fois.

Charity s'exécuta. Très vite, Serena agrafa le corset, puis Belinda tira très fort sur les lacets, qu'elle réussit à nouer.

— Voilà ! s'exclama-t-elle, triomphante. Maintenant, vous pouvez enfiler la robe de Serena.

— Oui, à condition de ne plus respirer du tout, murmura Charity.

Les baleines du corset pénétraient dans sa chair et comprimaient son thorax, l'empêchant de respirer normalement. Cet engin de torture poussait en outre les seins vers le haut, ce qui ajoutait à son inconfort. Mais elle n'avait d'autre choix que d'endurer cela : elle devait en effet assister au grand bal de lady Rotterham, et ne possédait d'autre robe que celle de Serena.

Bien que Charity fût un peu plus grande que sa sœur, et moins fine aussi, leur mère avait décrété qu'avec le corset de Serena et des chaussures à talons plats, la robe lui irait de façon parfaite. « C'est Procuste ! » avait songé Charity qui, comme toutes les jeunes filles de son âge, connaissait bien la mythologie. Procuste attendait les voyageurs sur le bord du chemin, les obligeait à s'étendre sur son lit, puis les étirait ou les raccourcissait afin de leur donner les dimensions de sa couche. Il était rare que l'on sortît indemne d'une pareille rencontre. Prudente, Charity avait cependant gardé ses réflexions pour elle.

Elle attacha au corset la tournure, destinée à donner à la robe toute son ampleur. Puis, quand elle fut ainsi apprêtée, ses sœurs prirent sur le lit la masse de tissus et de dentelles, la soulevèrent et la lui passèrent par-dessus la tête. Serena s'agenouilla pour tirer le vêtement vers le bas, et le mettre en place de façon parfaite tandis que Belinda s'activait sur la multitude de petits boutons blancs qui fermaient le dos.

Assise sur le lit, les jambes croisées comme il ne convenait pas à une lady, ce que n'eût pas manqué de rappeler sa mère si elle avait été présente, Horatia observait les étapes de la transformation, les yeux brillants.

Charity, enfin, obtint l'autorisation d'aller se contempler dans le grand miroir. Quand elle découvrit son reflet, elle retint le peu de respiration qui lui était permis. Après tout, reconnut-elle, les tourments qu'elle avait endurés ne l'avaient pas été en vain.

La robe de satin blanc ornée de dentelle brillait doucement à la lueur des lampes et mettait en valeur les charmes de celle qui la portait — ses bras, de même que son long cou gracile, que dégageait un décolleté arrondi, agrémenté d'un nuage de tulle. Poussés vers le haut, les seins semblaient prêts à jaillir de leur écrin au moindre mouvement. La taille était quant à elle si réduite que deux mains d'homme pouvaient sans doute en faire le tour...

Serena s'était déjà occupée de la chevelure de Charity, brossant longuement les boucles blondes jusqu'à leur donner une brillance parfaite. Puis elle les avait torsadées et nouées en un gros chignon arrondi, bien planté au sommet du crâne et solidement arrimé par des dizaines d'épingles. Des faux gardénias en tulle avaient ensuite été disséminés sur l'ensemble de la construction, afin d'atténuer ce qu'elle pouvait avoir de rigide et de sévère. Pour le plus charmant des effets, Serena n'avait pas oublié de laisser quelques boucles folles tomber de chaque côté du visage.

Le résultat était tel que Charity ne pouvait plus détacher les yeux de son reflet. Elle se trouvait plus âgée, plus jolie — beaucoup plus jolie, même —, et accordait à Serena tout le crédit de cette heureuse transformation, ainsi qu'à la robe qui lui était prêtée.

Celle-ci, malheureusement, était d'un inconfort extrême ; le tulle lui grattait la peau, sa taille trop serrée la faisait souffrir atrocement, et la traîne à falbalas était bien lourde à tirer. En outre, Charity s'offusquait un peu de l'allure que cet accoutrement lui donnait : trop de chair exposée, lui semblait-il ; et cette mise en valeur de son arrière-train, n'était-ce pas indécent ?

Mais puisque tel était le prix à payer pour avoir l'air d'une grande dame, Charity était prête à oublier tous ses scrupules pour connaître l'étourdissement d'un premier bal.

— Vous ressemblez à une princesse de conte de fées ! s'écria Horatia en battant des mains.

Tandis que Charity la remerciait d'un sourire radieux, Belinda vint s'asseoir sur le lit, à côté de sa sœur.

— Ce que vous pouvez être puérile ! lui fit-elle remarquer d'un ton sévère.

— Elle n'est pas puérile! protesta Serena, non sans sourire. Je trouve même qu'elle a raison. Charity a vraiment l'air d'une princesse.

Avachie sur une chaise, l'air lugubre, Elspeth apporta son commentaire.

— Vous attraperez la mort, avec ce décolleté! A mon avis, vous n'irez même pas jusqu'au mariage.

— Ne faites pas votre rabat-joie, rétorqua Charity sans se départir de sa bonne humeur. Vous savez que je ne suis jamais malade.

Cette remarque parut peiner Elspeth.

— Je le sais, en effet! soupira-t-elle. Vous avez la santé d'une fermière.

Ce n'était pas un compliment, car Elspeth partageait l'opinion couramment admise selon laquelle une trop bonne santé était la marque d'une naissance de basse extraction, ainsi que d'un manque de sensibilité total.

— On n'a pas idée d'être toujours malade, lança Belinda, qui tenait à faire connaître son opinion.

Elspeth haussa les sourcils.

— Certaines, parmi nous, sont plus délicates, et donc plus raffinées que les autres, fit-elle remarquer d'un ton acide.

— Taisez-vous, toutes les deux! ordonna Serena.

Horatia mit à profit le court instant de silence qui suivit.

— Elles sont jalouses parce que Charity sera comtesse, expliqua-t-elle.

— Ah! s'exclama Belinda avec mépris tandis qu'Elspeth frissonnait avec ostentation.

— Son Durby, elle peut le garder! lança-t-elle. Moi, j'aurais peur de dormir avec un tel homme.

Elle s'attira un regard irrité de Charity.

— Il n'a rien pour effrayer une femme normalement constituée, affirma-t-elle.

Belinda s'approcha, visiblement intéressée par le tour que prenait la conversation.

— Vous croyez? demanda-t-elle. J'ai entendu dire que c'était un homme terrible.

— Il a la réputation d'avoir mené une vie agitée, précisa Serena. Mais beaucoup d'hommes en font autant ; et une fois établis, ils se révèlent des maris exemplaires.

— Pas celui-là !

— Le bruit court qu'il a fait mourir sa première épouse.

— Oui, et son frère a disparu de façon mystérieuse, si bien qu'il est maintenant l'héritier du titre et des domaines.

— Vous ne savez pas ce que vous dites ! s'écria soudain Charity.

C'en était trop ! Elle darda sur chacune de ses sœurs un regard extrêmement sévère, puis apporta ces précisions :

— Papa m'a parlé. D'après lui, la première femme du comte est morte en couches tandis que son frère a perdu la vie dans un accident de cheval. Il n'y a rien dans tout cela de très mystérieux.

— Quel genre d'accident de cheval ? demanda Belinda d'une voix sépulcrale.

Le regard de Charity s'alluma. Prête à l'affrontement physique s'il fallait en arriver là, elle posa ses poings sur les hanches.

— Un accident comme il en arrive tous les jours, affirma-t-elle. Le cheval a trébuché et a roulé sur le sol, écrasant son cavalier. Honnêtement, Belinda, je trouve que vous faites des mystères de peu de chose. Vous ne devriez pas prêter l'oreille à des ragots aussi indignes ! Ce n'est pas parce que lord Durby n'a jamais jugé digne de répondre à ces accusations sans fondement qu'il est coupable. Il méprise la calomnie, voilà tout !

— Son regard est si froid..., reprit Elspeth en faisant mine de frissonner. Je suis sûre que son cœur est pareil.

Charity, qui n'avait pas oublié le feu qui avait dansé pour elle dans les yeux vert sombre de Simon, secoua la tête.

— Vous ne savez plus ce que vous dites ! répliqua-t-elle. D'abord, vous ne connaissez pas cet homme.

— Et vous, le connaissez-vous ? insinua Belinda.

— Mieux que vous, certainement. Moi, au moins, je lui ai parlé. Je ne m'étonne pas qu'il vous regarde avec tant de froideur, Elspeth, quand vous faites le gros dos comme s'il s'apprêtait à vous battre. C'est une attitude ridicule, qui en irriterait plus d'un.

— Je ne comprends pas pourquoi vous défendez cet homme, répondit Elspeth avec emportement. Il n'y a pas d'amour entre vous — alors ?

— Il sera mon mari ! s'écria Charity, qui éprouvait de plus en plus de mal à se contenir. Je ne vous autorise donc pas à le dénigrer, de même que je n'ai jamais laissé personne dire du mal de vous devant moi.

— Oh ! là, là ! fit Belinda d'un ton dramatique. Je crains que notre Charity n'ait trouvé une nouvelle cause à défendre.

— Au moins, Charity aime-t-elle son prochain, souligna Horatia.

— Mes filles, je vous en prie !

Caroline Emerson se tenait dans l'entrée de la chambre. Son regard autoritaire se promena dans la pièce.

— On dirait vraiment un troupeau de petites oies, conclut-elle. On vous entend jusque dans le salon du rez-de-chaussée. Essayez de vous souvenir que vous êtes de jeunes ladies, et non des lavandières.

Puis elle se tourna vers Charity, qu'elle l'invita d'un signe de la main à tourner sur elle-même.

— Vous êtes charmante, ma chérie, commenta-t-elle avec un bref hochement de tête. Maintenant, tâchez de ne pas oublier votre rang, et ne commettez pas trop d'impairs.

— Oui, mère.

Souriante, Charity exécuta une petite révérence qui n'avait rien de formel.

La sévère Caroline Emerson, qui résistait à tout sauf aux espiègleries de sa fille, s'avança vers elle pour la gratifier d'un petit baiser sur la joue.

— Vous me comblez de fierté, lui dit-elle. Imaginez : vous, une comtesse !

Son regard s'embua d'émotion, qui se dissipa cependant très vite. Le naturel revenait au galop. Sortant vivement de la chambre, Caroline jeta à la cantonade :

— Allons, les filles, venez ! Il est temps de partir. Votre père nous attend en bas.

Elspeth, Serena et Charity la suivirent dans un flot de mousseline, laissant les deux plus jeunes se chamailler entre elles et avec leur gouvernante. Charity, qui descendait l'escalier au côté de Serena, s'efforça de garder un visage impénétrable.

Depuis le hall, où il faisait les cent pas, Lytton Emerson leva les yeux vers le trio.

— Mon Dieu ! s'exclama-t-il en joignant les mains. Que de belles femmes ! Je susciterai la jalousie de tous les hommes, ce soir.

— Vous avez raison, approuva tante Ermintrude, qui venait d'apparaître à son tour en haut de l'escalier.

Elle descendit les marches avec une lenteur majestueuse. C'était une vision étonnante que cette vieille femme drapée de pourpre à la manière d'un empereur romain de la décadence, et chargée de diamants qui incendiaient son cou, ses poignets et sa chevelure.

— Les Emerson ont toujours fait bonne figure, poursuivit-elle en posant le pied sur le dallage de marbre du hall. Je ne parle pas, bien sûr, de votre cousine Daphné, qui avait hérité — la malheureuse ! —, du visage chevalin de sa mère.

Caroline accueillit d'un regard sévère ces propos peu charitables, mais n'osa rien dire. De sa démarche claudicante, tante Ermintrude s'approcha de Charity pour l'examiner de plus près.

— Très joli, ma fille, très joli, commenta-t-elle. Vous avez exactement un air de future comtesse. Je ne donne pas longtemps à lord Durby pour vous manger dans la main.

— Vraiment, tante Ermintrude, intervint Caroline, devez-vous utiliser ces expressions si vulgaires ?

Pour le plaisir de contredire l'avis qui venait d'être donné, et manifester ainsi son autorité, elle ajouta, l'œil critique :

— Tout compte fait, je me demande si ce décolleté n'est pas un peu trop profond. Je ne voudrais pas qu'on juge ma fille trop légère.

— Sottises ! clama tante Ermintrude d'une voix aigre. Il

faut qu'une fille montre un peu ce qu'elle a en magasin. Moi, je la trouve très bien ; et comme en plus elle est déjà fiancée à son comte, elle n'a pas à courber l'échine devant les vieilles toupies qui la jugeront ce soir.

Les trois filles continrent, comme elles purent, leur sourire tandis que leur mère cherchait là un motif de réprimande, et donc un exutoire à son irritation.

— La robe de Serena est un peu petite pour moi, expliqua Charity, qui souhaitait avant tout éviter un affrontement entre Caroline et Ermintrude.

Elle tira un peu sur son corsage pour le faire remonter, sans grand succès toutefois.

S'approchant, Caroline joua dans le tulle, le fit friser un peu plus et l'organisa de manière à ce qu'il couvrît mieux les seins.

— Il faudra nous contenter de ces expédients jusqu'à ce que nous puissions faire exécuter des robes à vos mesures, soupira-t-elle. Penchez-vous, Charity.

— Oui, maman.

Tante Ermintrude, que ces simagrées impatientaient, voulut faire valoir son point de vue.

— Ce décolleté est loin d'être aussi audacieux que ceux dont nous étions si fières lorsque j'avais son âge. Tenez ! Je me rappelle qu'un jour, lady Derwentwater — Phoebe de son prénom, qui n'avait rien à voir, je vous prie de me croire, avec cette autre Phoebe, si ennuyeuse, que son pauvre fils a épousée, ce qui prouve que le prénom n'influe en rien sur la personnalité... Où en étais-je ? Ah, oui ! Eh bien, Phoebe portait une robe si décolletée qu'on lui voyait presque les...

— Tante Ermintrude ! Je vous en prie ! De jeunes oreilles vous écoutent !

La vieille femme partit d'un éclat de rire strident.

— Comme si les jeunes oreilles ne s'étaient pas rendu compte de ce qu'elles ont sur la poitrine ! Je termine mon anecdote. La pauvre Phoebe commit l'erreur de se baisser pour ramasser l'éventail qu'elle avait laissé tomber, et l'un de ses seins jaillit du corsage comme un diable sortant de sa boîte ; devant tout le monde !

Bouche bée, les trois jeunes filles ne parvenaient pas à détacher leur regard de leur tante, qui semblait avoir un répertoire illimité d'aussi croustillantes histoires. Il fallut que Caroline se fâchât pour les entraîner vers la sortie, non sans décocher à Ermintrude un coup d'œil meurtrier.

— Je pense que vous nous avez assez fait rire pour ce soir ! lui lança-t-elle.

Mais on voulait connaître la fin de l'aventure. Dévorée de curiosité, Charity demanda :

— Qu'a-t-elle fait, alors ?

— Phoebe avait plus de sang-froid qu'un concombre. Elle s'est redressée et, avec un calme olympien, a remis le fugitif en prison, aussi naturellement que s'il s'agissait de rattraper une mèche de cheveux. Mais cette péripétie n'est rien en comparaison de ce qui est arrivé à Mariana Vivier, le soir où elle avait oublié de lacer sa culotte. A peine avait-elle fait quelques pas sur la piste de danse...

— Cela suffit !

Bergère soucieuse de la moralité de ses ouailles, Caroline poussa d'une main ferme tout son petit monde vers la porte, et encore dans l'escalier, tandis que tante Ermintrude claudiquait derrière elles. Aidées par Lytton, ces dames s'engouffrèrent et se tassèrent dans la voiture, un gros landau à l'ancienne mode, dont les ressorts grincèrent de façon inquiétante.

— Pourquoi ne nous rendons-nous pas là-bas à pied ? s'étonna Charity. C'est tout près d'ici.

Pour une fois d'accord, Caroline et Ermintrude lui décochèrent le même regard scandalisé.

— On *doit* arriver dans une soirée en voiture, souligna Ermentrude en martelant ces mots.

— Cela ne se fait pas d'aller à pied, précisa Caroline.

Charity haussa les épaules et ne dit plus rien. Le landau fit quelques tours de roues avant d'aller s'agglomérer aux très nombreux véhicules qui se rassemblaient devant la maison de lady Rotterham. Plus de vingt minutes furent nécessaires pour parvenir devant le péristyle. Pourtant, Charity ne s'ennuya pas, occupée qu'elle était à observer les occupants des autres voitures, s'amusant de leurs airs graves tandis qu'ils se saluaient les uns les autres ou gravissaient les quelques marches du perron.

Enfin, ils purent sortir du landau pour entrer dans la maison. Il leur fallut de nouveau attendre un long moment au sommet du grand escalier, afin d'être présentés à l'hôtesse et à sa famille. Puis ils suivirent la galerie qui menait à la salle de bal, passant par un petit salon où des *ladies* d'âge respectable et quelques gentlemen s'engageaient déjà dans des parties de whist s'annonçant fort disputées.

La salle de bal, spacieuse, illuminée par trois énormes lustres de cristal, bruissait déjà d'une foule élégante et choisie. Beaucoup d'invités se promenaient entre les arbustes en caisses, ou s'installaient sur les fauteuils répartis en petits groupes dans les encoignures de fenêtres, pour observer les évolutions des danseurs. Les premières valses avaient attiré de nombreux amateurs. Emerveillée par ce spectacle, Charity retint sa respiration.

C'était, songea-t-elle, mieux que tout ce qu'elle avait imaginé.

Elle suivit sa mère et tante Ermintrude qui se frayaient un chemin en direction de quelques sièges encore libres. Elle avait fort à faire pour conserver un semblant de sérénité, à l'instar de Serena, mais son regard furetait de droite et de gauche, avide de ne rien perdre de toute la nouveauté qui s'offrait à elle.

Elle cherchait aussi lord Durby, s'étonnant de ne l'avoir point encore vu paraître. Il pouvait bien sûr se trouver dans une des nombreuses antichambres, où se rassemblaient les messieurs qui désiraient converser au calme ; ou bien dans le salon du rez-de-chaussée, qu'il fallait chercher lorsqu'on éprouvait le besoin d'un rafraîchissement. Lord Durby pouvait se promener ici ou là. Charity, qui avait hâte de le revoir, n'avait malheureusement pas le droit de quitter sa mère pour partir à sa rencontre.

Soudain, un changement se produisit. Charity n'eût su dire exactement de quoi il s'agissait : peut-être un murmure insistant dans l'assemblée, portant de bouche à oreille la nouvelle d'une arrivée attendue, un mouvement faisant tourner tous les regards vers un certain point de la salle ?

Comme tout le monde, elle essaya de voir ce qui se passait. Elle oublia soudain de respirer tandis que son cœur battait plus vite.

Lord Durby entrait dans la salle et se dirigeait droit vers elle.

4.

Simon portait la chemise blanc glacé, l'habit noir et les gants beurre frais de rigueur dans une telle soirée. Charity le trouva extraordinairement beau. Par la grâce de tant de force et de vitalité, il avait une présence qui le plaçait à part, ou très au-dessus des autres hommes de cette assemblée.

Charity lui sourit, ivre de bonheur, s'apercevant à peine que tous les regards se dirigeaient vers elle... vers lui... vers eux. Même les danseurs en avaient oublié leurs pas pour ne rien perdre de cette rencontre.

Simon, sans la quitter du regard, se pencha d'abord sur la main de sa mère, ainsi qu'il convenait. Il dut ensuite saluer tante Ermintrude, puis Serena, puis Elspeth, avant de pouvoir, enfin, se tourner vers sa fiancée.

— Miss Emerson...

— Lord Durby...

La voix de Charity tremblait un peu. Son regard s'était voilé.

— Puis-je vous dire que je vous trouve charmante, ce soir ?

Et Simon détailla du regard les charmes de la jeune fille, d'une manière peu civile, mais tellement agréable pour Charity !

— Merci, Votre Grâce, répondit-elle en souriant. Vous aussi... Je veux dire : vous êtes charmant aussi... très beau, en vérité.

Elle hésita, puis se demanda à haute voix :

— Peut-être ne devrais-je pas dire cela ?

Simon sourit à son tour.

— Pourquoi pas, si vous le pensez ?

Lorsqu'il l'avait aperçue, dans la salle de bal, Simon avait failli tomber à la renverse. L'ingénue qu'il avait rencontrée la veille s'était en effet transformée, comme par magie, en une merveilleuse jeune femme. Puis elle lui avait souri, et il avait alors distingué, dans une seule enveloppe charnelle, les deux facettes, également troublantes, d'une même personnalité.

A la vue des seins, comprimés dans le corsage, globes somptueux qui palpitaient et se soulevaient au rythme de la respiration, il se sentit pris d'une ardeur peu appropriée au lieu où il se trouvait. Charity avait-elle une idée de ce qu'elle était ? Une image vivante de la séduction, pleine d'une irrésistible contradiction. Sa robe blanche, virginale, parlait de pureté, mais sa bouche bien faite, de même que ses seins, appelaient à des délices sensuelles. Et alors qu'il eût voulu rester là, en admiration devant cette femme qui s'offrait à lui, il s'agaçait déjà de tous les regards étrangers qui virevoltaient autour d'elle. Soudain, il eût souhaité la voir porter des vêtements qui eussent mieux dissimulé ses charmes aux autres hommes présents.

Il ne la voulait que pour lui.

— Accepteriez-vous de danser ? lui demanda-t-il de façon très formelle.

Une valse s'était terminée pendant leur court entretien et, à présent, d'autres couples se formaient sur la piste.

— Bien sûr que j'accepte ! répondit Charity avec une candeur charmante.

Instinctivement, elle se tourna vers sa mère, dont il s'agissait d'obtenir la permission. Caroline Emerson approuva d'un hochement de tête. Charity prit alors le bras que lui offrait lord Durby, et tous deux firent leur chemin en direction de la piste.

Comme l'orchestre attaquait les premières mesures d'un nouveau morceau, Simon s'inclina. Charity répondit d'une révérence. Puis il plaça sa main droite sur la hanche de sa cavalière, de la gauche prit la main droite qu'elle lui tendait, et, ainsi, ils firent leurs premiers pas de valse.

Pour avoir déjà pratiqué cet art, dans des assemblées campagnardes, ou lors de certaines soirées que les amis de ses parents organisaient parfois, elle croyait tout savoir de la valse. Or, elle ne tarda pas à découvrir que cette danse, à Londres, était d'une autre catégorie. En outre, Simon était un expert, contrairement aux garçons qui avaient prétendu éblouir autrefois Charity; dans ses bras, le regard plongé dans le sien, elle avait l'impression de s'envoler. C'était un sentiment merveilleux, étourdissant! Tout autour d'elle, les choses aussi bien que les gens, le monde entier, tournait à un rythme effréné, se diluant dans une irréalité bienheureuse. Il n'y avait plus que Simon, et la musique, et les cercles qu'il lui faisait décrire.

Charity pensa s'écrouler quand la musique cessa et qu'il fallut s'arrêter. En hâte, elle exécuta la révérence réglementaire, puis reprit le bras de Simon.

— C'était merveilleux ! murmura-t-elle.

Il lui décocha un sourire charmé qui le fit paraître incroyablement jeune.

— Vraiment? dit-il. J'en suis ravi.

— Oh, oui ! C'est mieux que je ne pensais.

— Attention : à trop me flatter, vous risquez de me rendre d'une insupportable suffisance.

— Comme si vous ne saviez pas déjà que vous êtes un excellent danseur! remarqua Charity en riant.

— C'est un compliment qu'il est toujours agréable d'entendre — surtout venant de vous.

Simon eut alors le désir de prendre la main de Charity, pour la porter à ses lèvres et la baiser longuement. Et à la réflexion, la main ne lui suffisait pas; il voulait aussi la bouche, sur laquelle il avait envie de s'attarder plus longuement encore... Mais il savait que ni l'une ni l'autre des deux possibilités n'était acceptable en une telle occasion.

Mieux valait donc penser à autre chose.

— A la vérité, il est très facile de danser avec vous.

Charity gloussa.

— Je vois que vous savez aussi comment tourner un compliment, commenta-t-elle.

Tandis qu'ils quittaient la piste de danse, la jeune fille regarda autour d'elle, puis demanda :

— Pourquoi prenons-nous cette direction ?

— Il est d'usage, expliqua Simon, de faire parcourir à sa cavalière au moins un demi-tour de piste après une danse. La ramener directement à sa place serait considéré comme une insulte, car cela signifierait qu'on est pressé de s'en débarrasser.

Le visage de Charity s'illumina.

— Vraiment ? Que je suis aise de le savoir ! J'ai tout à apprendre, mais je suis sûre que vous ferez un excellent professeur... car vous voulez bien être mon professeur, n'est-ce pas ?

Elle le regarda avec incertitude tant il lui semblait, en effet, que lord Durby n'était pas homme à faire preuve d'une patience angélique.

Mais d'une voix profonde, tandis que son regard sombre brillait étrangement, il se pencha à son oreille pour lui répondre :

— Je veux vous apprendre... tout.

Charity ne comprit pas pourquoi ces simples mots, fort anodins en apparence, eurent un tel effet sur elle. Il lui sembla qu'une vague de feu partait de son ventre pour irradier tout son corps.

— Merci, murmura-t-elle.

Comme elle éprouvait quelques difficultés à respirer, elle regretta d'avoir laissé sa sœur trop serrer ce corset — qu'elle avait d'ailleurs presque oublié l'instant d'avant.

— Ah ! voici quelqu'un que je voudrais vous présenter, lui annonça Simon.

Il fit un crochet, pour se diriger vers une grande femme à l'air sombre, fort belle, au bras d'un homme encore plus grand, et aussi blond qu'elle était brune.

— Venetia...

Les deux personnes tournèrent la tête. La femme prit les mains de Simon et se hissa sur la pointe des pieds pour planter un baiser sur ses deux joues.

— Comment allez-vous, très cher ? demanda-t-elle.

— Très bien. Inutile de vous poser la même question, car je vous trouve radieuse.

L'homme blond salua d'un simple signe de la tête.

— Venetia, Ashford, reprit Simon, je voudrais vous présenter ma fiancée, Mlle Charity Emerson. Charity, voici ma sœur, Venetia, lady Ashford, et son mari, lord Ashford.

Les yeux de Venetia s'écarquillèrent de stupeur tandis que son regard allait de Simon à Charity.

— Vous moquez-vous, Simon ? Jamais vous n'avez...

Elle se reprit bien vite. Souriant chaleureusement à Charity, elle s'avança pour l'embrasser, elle aussi sur les deux joues.

— Ma chère mademoiselle Emerson, je vous souhaite la bienvenue dans notre famille. Pardonnez mon émoi, je vous prie. Mon frère s'enlisait tant dans le célibat que j'avais perdu tout espoir de le voir se remarier.

— Je suis ravi de faire votre connaissance, déclara lord Ashford en souriant avec bienveillance.

C'était un bel homme placide, visiblement doué d'un sang-froid à toute épreuve. Il prit la main de Charity et se pencha dessus.

— Bienvenue dans la famille...

Puis il se tourna vers Durby.

— Félicitations, mon vieux.

Charity murmura quelques mots de remerciement. Elle aimait déjà le sourire et le regard franc de lady Ashford. Sa crainte avait été que la famille du comte, toute pénétrée de son importance, ne se montrât guère aimable à son égard, et même très critique envers elle. Or Venetia, elle en était sûre, n'aurait pas de telles préventions.

Cette dernière se tourna d'ailleurs vers elle et, presque timidement, lui proposa de s'asseoir pour bavarder quelques instants.

— Il faut que j'apprenne à vous connaître, expliqua-t-elle. Pour que mon frère se décide à vous épouser, c'est que vous avez des talents spéciaux !

— Merci.

Elles se dirigèrent vers une fenêtre ouverte, devant laquelle se trouvaient par bonheur deux chaises vides. Venetia étant une femme très réservée, le début de la conversation manqua d'entrain. Mais Charity éprouvait rarement de la gêne lorsqu'il s'agissait de parler. Aussi, une fois qu'elle eut surmonté sa crainte de déplaire à un membre de la famille de lord Durby, entreprit-elle de commenter et de questionner, à sa manière habituelle, si vive, si gaie. Il ne lui fallut ainsi pas longtemps pour conquérir Venetia.

Bientôt, les deux jeunes femmes s'esclaffèrent comme des amies d'enfance. Elles évoquèrent leurs sœurs et conçurent le projet de se revoir un jour prochain pour courir les magasins ensemble. Charity avoua qu'elle avait été obligée d'emprunter une robe de sa sœur; elle obtint un franc succès lorsqu'elle se lança dans la description du laçage de corset.

Venetia se pencha pour lui prendre la main.

— Je suis heureuse que vous épousiez Simon, avoua-t-elle. Il mérite d'être heureux. Et avec vous, je crois qu'il trouvera ce qu'il cherche.

Non sans angoisse, Charity se demanda si Venetia croyait qu'il s'agissait d'un mariage d'amour.

— Je m'efforcerai d'être une bonne épouse, lui dit-elle un peu platement.

— Je le sais déjà. Quant à Simon, c'est un homme plein de qualités, et il fera un époux idéal. Il a connu... certains chagrins, et je n'ignore pas que, parfois, il paraît distant, voire un peu froid. Mais je vous en conjure, ne vous laissez pas décourager par ces moments plus difficiles. Vous ne tarderez pas à découvrir qu'il a bon cœur.

— Je n'en doute pas, affirma Charity.

— C'est bien, répondit Venetia en souriant. Je n'en espérais pas moins de vous.

Les deux jeunes femmes se levèrent. N'apercevant nulle part Simon, elles se dirigèrent vers Caroline Emerson qui, à l'autre bout de la salle, conversait avec une femme de son âge. Tandis qu'elle fendait la foule, Charity éprouva la sensation curieuse qu'on l'observait avec intensité. Elle jeta autour d'elle un rapide coup d'œil et aperçut près d'une autre fenêtre une femme en grande conversation avec un homme aux cheveux bruns, au visage orné d'une barbe courte et taillée avec le plus grand soin. Tout en s'intéressant à ce qu'on lui disait, l'inconnue ne quittait pas Charity du regard; elle ne daigna pas baisser les yeux lorsqu'elle comprit que son manège était repéré.

Sans se gêner, Charity fit subir à l'importune un examen aussi attentif. Elle trouva la femme très belle, un rien mystérieuse, avec son visage rond et sensuel, et ses cheveux presque noirs. Elle portait une robe de satin marron, qui mettait en valeur la blancheur de sa peau et magnifiait ses formes généreuses. Des pierres précieuses, en grand nombre, scintillaient à ses oreilles, à son cou et à ses poignets.

— Venetia, qui est cette femme ? murmura Charity.

La sœur de Simon suivit la direction que lui indiquait sa compagne et se troubla. Rougissante, elle bredouilla :

— Eh bien, c'est... Je... En fait, je ne la connais pas.

Charity la considéra avec étonnement. Elle était sûre que Venetia avait au contraire très bien reconnu la femme. Mais pourquoi affirmait-elle ne l'avoir jamais vue ? Elle jeta un nouveau coup d'œil en direction de la fenêtre, puis entraîna Charity vers Caroline Emerson.

Par la suite, la jeune fille dansa avec plusieurs jeunes gens, et avec Simon. Celui-ci la conduisit vers la salle du rez-de-chaussée où une collation était servie. Charity toucha à peine aux mets qu'on lui proposait. Elle était bien trop énervée, trop comprimée aussi par son corset. Elle n'avait pas faim.

— Vous appréciez le bal..., lui dit lord Durby à un certain moment.

C'était plus une constatation qu'une question.

— Oui, beaucoup, répondit-elle. Et vous ?

Simon haussa les épaules.

— Je suis un habitué de ces réunions, et je ne les déteste pas. Mais je n'aime pas certains murmures qu'on y entend.

— Oh...

— Vous devriez me demander : *quels murmures ?*

— Inutile, car je les ai entendus aussi.

— Et, les ayant entendus, désirez-vous toujours m'épouser ?

— Oui, car je ne les ai pas crus, répondit Charity avec simplicité.

— Vraiment ? Sans hésitation ?

A son tour, Charity haussa les épaules.

— Papa m'a expliqué ce qui s'était réellement passé. Il ne me mentirait pas.

— Certes. Néanmoins, votre père pourrait ne pas être très au fait des événements...

— C'est exact. De toute façon, depuis que je vous ai rencontré, il m'est impossible de croire le pire. Vous n'êtes pas un meurtrier !

— Merci, très chère.

— Pourquoi ne proclamez-vous pas la vérité, afin de faire taire tous les médisants ? demanda Charity.

Simon eut un sourire moqueur.

— Comment voulez-vous que je m'y prenne ? Dois-je organiser une grande réunion, pour m'écrier, la main sur le cœur : « Je ne suis pas un meurtrier » ; et raconter que le jour où mon frère est mort, j'ai cru perdre une partie de moi-même ?

— Je suis désolée, murmura Charity.

Touchée par l'émotion sincère qu'elle percevait sous l'ironie, elle laissa reposer sa main gantée sur le poignet de Simon.

— Je n'avais pas réfléchi à ce que je disais, déclara-t-elle avec un soupir. C'est un de mes gros défauts. Bien sûr, il est impossible de vous défendre, puisque personne ne vous accuse directement. Les rumeurs sont très difficiles à combattre, je le sais bien. Pourquoi vous accable-t-on ainsi ?

Le regard de Simon se durcit.

— J'ai des ennemis. En outre, une partie de ces rumeurs sont fondées. Il est vrai que j'ai joué et bu plus que de raison.

— Vous avez eu aussi beaucoup de maîtresses, ajouta Charity avec candeur.

Aussitôt, le masque sévère de Simon se fondit dans un sourire.

— Vous ne devriez pas être au courant de cela ! chuchota-t-il, comme s'il s'effrayait de ces propos.

— Et comment ne le serais-je pas ? J'entends dire cela de tout côté... surtout depuis que vous avez commencé à courtiser Serena.

Charity s'interrompit, le temps pour elle de décider si elle devait poser la question qui lui brûlait les lèvres. Elle se lança :

— Etes-vous un libertin, comme on le prétend?

Simon faillit tomber à la renverse.

— Mademoiselle Emerson, nous nous engageons dans une conversation qui n'a rien de convenable.

— Je m'en doute... Mais, s'il vous plaît, répondez à ma question.

Tout en considérant le visage attentif de la jeune fille, Simon se demanda si elle avait une idée de l'agitation où elle le mettait par la magie de ses seuls propos. Elle avait retiré sa main, mais il en sentait encore la douceur sur son poignet. Avisant la chair nue du bras, au-dessus des longs gants de soirée, il forma le projet de glisser la main dans la manche, et de la faire glisser sous le tissu pour aller chercher le tulle, autour du décolleté. Déjà, il imaginait le frottement rêche du tissu sous ses doigts, contrastant avec la suprême douceur de la peau.

— Je... j'aime les femmes, c'est vrai, convint-il à voix basse.

— Tant mieux! Je ne voudrais pas d'un homme qui éprouvât du dégoût pour elles.

— J'ai eu beaucoup de maîtresses, et j'ai longtemps fui la compagnie des femmes « comme il faut ».

— Trouvez-vous que ce sont des raseuses? demanda Charity, à tout hasard.

— Je l'ai dit... mais je ne le dirai pas de celle que j'épouserai.

Ravie, la jeune fille sourit.

— Bien. Je ferai de mon mieux pour vous divertir en toute occasion.

— Je ne doute pas que vous serez l'ornement et la joie de ma maison. Le plus tôt sera le mieux.

En effet! Il tardait à Simon de faire pénétrer cette jeune personne sous son toit, pour jouir de son brillant sourire, à la table du petit déjeuner; pour entendre résonner son rire frais dans toutes les pièces de sa maison; pour lui offrir — surtout! — l'hospitalité de son lit, et lui faire découvrir les joies de l'amour. Il se demanda si la passion qu'il avait lue dans son regard, pendant le baiser échangé la veille, était une preuve suffisante de ses ardeurs futures, et si elle ne resterait pas, comme Sybilla, froide et inerte dans ses bras. Non, ce n'était pas possible ! Charity s'ouvrirait à lui afin de partager les plaisirs insensés que procure l'union totale de deux êtres qui s'aiment. Loin de rappeler les excès convenus et un peu professionnels, qu'il avait souvent découverts chez ses maîtresses, la passion de son épouse serait l'expression du désir véritable d'une femme aimante.

Emu, il détourna le regard, songeant qu'il était décidément dangereux pour lui de passer trop de temps avec Charity. Celle-ci éveillait son désir avec une facilité déconcertante, et sans s'en douter encore ! L'impatience le gagnait. Lorsqu'il avait formé le projet de prendre une épouse, il avait prévu de faire durer un an environ les fiançailles — car il s'agissait alors de convenances, et non d'amour. A présent, cette idée le contrariait. Il craignait que des fiançailles trop longues ne le missent à la torture.

— Votre Grâce ?

Charity avait de nouveau posé sa main fine sur la manche de Simon.

— Ai-je dit quelque chose de mal ? demanda-t-elle d'un air soucieux. Ma mère affirme que j'ai une lamentable propension à la frivolité, et sans doute n'aurais-je pas dû aborder certain sujet...

— Je vous en conjure, ne perdez jamais ce sens de la frivolité ! lui répondit Simon. Il n'y a rien de mal en vous, et j'espère que vous ne changerez pas.

La jeune fille se mit à rire.

— J'en connais beaucoup qui ne seraient pas d'accord avec vous, remarqua-t-elle. Mais alors, pas du tout !

— Je n'en doute pas. Souvenez-vous toujours que vous n'avez pas à plaire à tout le monde.

— Seulement à mon mari.

— Oui, soupira Simon d'une voix rauque. Seulement à moi.

En entendant ces paroles qui exprimaient une exigence essentielle, Charity se sentit frémir. Rougissante, pleine d'une attente qu'elle ne s'expliquait pas, elle interrogea Simon du regard. Il la regardait, mais ne semblait pas comprendre ce qu'elle essayait de formuler. C'était pourtant si simple : elle souhaitait être embrassée de nouveau, comme la veille. Elle n'ignorait pas que de telles pensées étaient scandaleuses, et qu'une lady ne devait pas entretenir une imagination aussi dépravée. Mais elle n'y pouvait rien, songea-t-elle avec un fatalisme réconfortant. Elle était ainsi faite. Oui ! Elle voulait que la bouche de Simon se posât sur ses lèvres !

Serait-il choqué s'il savait à quoi elle pensait en cet instant ? Charity supposa que oui.

Finalement, il détourna le regard et annonça d'une voix blanche :

— Il faut que je vous reconduise près de votre mère.

C'était bien le dernier endroit où Charity avait envie de se rendre. Elle eût tant aimé se glisser dehors avec cet homme, pour se cacher en sa compagnie dans quelque sombre coin du jardin de lady Rotterham, et se laisser embrasser...

— Comme vous voulez, Votre Grâce, répondit-elle néanmoins.

Elle se leva et prit sur la table son éventail.

Un tout petit carré de papier, dissimulé entre les plis de l'objet, tomba sur la nappe. Surprise, Charity le déplia et découvrit qu'un message y était tracé à l'encre violette.

« N'épousez pas Durby, ou vous le regretterez. »

Ces mots n'avaient aucun sens. La jeune fille dut en faire la lecture plusieurs fois, et même les prononcer à voix basse, afin d'en bien pénétrer le sens. Lorsque la lumière se fit dans son esprit, elle se sentit prise d'effroi, puis de colère. Quelqu'un essayait donc de l'éloigner de Simon !

Sa colère enfla dans de telles proportions qu'elle en eut la respiration coupée.

— Charity ? lui demanda Simon. Que se passe-t-il ?

— Oh ? Rien...

Charity dissimula le papier dans le creux de sa main, et en fit une petite boulette qu'elle précipita habilement dans son verre de punch. Il ne fallait rien dire ; elle ne voulait pas ennuyer son fiancé avec ces propos pleins de perversité, surtout après la conversation qu'elle venait d'avoir avec lui. Il s'était expliqué très franchement sur les rumeurs, et l'affaire était désormais close.

— Ce n'est rien, répéta-t-elle d'un ton léger. Rien qu'un petit morceau de papier...

— Mais vous avez semblé...

— Je crois que je me suis levée trop vite, et j'ai eu un léger malaise. Ou alors, c'est que le punch était trop fort pour moi.

Souriante, Charity prit le bras de Simon.

Lorsque Simon l'eut confiée à sa mère, Charity s'assit et s'enferma dans un silence qui ne lui ressemblait pas. Deux jeunes gens l'invitèrent à danser, et elle accepta. Pourtant, elle n'avait plus l'esprit à la fête. Elle ne cessait en effet de penser au billet et de se demander qui avait osé lui adresser un tel avertissement. Malheureusement, trop de gens étaient passés près d'elle et de Durby ; n'importe qui pouvait avoir jeté en passant, sans attirer le regard, ce petit morceau de papier.

Qui pouvait bien croire nécessaire de la mettre en garde contre son futur mari ?

Charity supposa que le coupable prenait sans doute pour argent comptant les vilaines rumeurs circulant sur Simon, et s'inquiétait de voir une toute jeune fille abandonner son destin entre les mains d'un *meurtrier*. Pourtant, elle rejeta tout de suite cette hypothèse. Il lui semblait en effet détecter de la malice dans cette manœuvre — une malice dirigée contre Durby.

Qui agissait ainsi dans l'ombre ? Charity regarda autour d'elle, comme si elle s'attendait à surprendre un regard haineux, un rictus sardonique. Elle qui ne connaissait personne dans cette assemblée s'inquiétait de savoir qu'un ennemi y évoluait en toute impunité. Quelqu'un, donc, voulait du mal à Simon... Cette pensée la faisait enrager ; tant de lâcheté la dégoûtait. Elle eût de loin préféré une attaque à visage découvert, à quoi elle eût pu répondre avec la vigueur qui s'imposait.

— Charity... Charity...

Sursautant, la jeune fille tourna son regard vers sa mère, qui lui dit :

— Par Dieu, mon enfant, où aviez-vous l'esprit ?

— Désolée, maman.

— Avez-vous des soucis ?

Elle en avait, certes, mais impossibles à raconter. Charity éluda la question.

— Vouliez-vous me demander quelque chose ?

— Je voudrais vous présenter à M. Faraday Reed.

D'un geste élégant de son éventail, Caroline Emerson désigna le jeune homme qui se tenait devant elle et prononça les paroles rituelles.

— Monsieur Reed, voici ma fille Charity.

— Mademoiselle Emerson, c'est un plaisir que de faire votre connaissance.

L'homme se pencha sur la main qu'on lui tendait.

Charity, un sourire poli aux lèvres, examina l'homme avec la discrétion qui s'imposait. Grand et mince, les cheveux brun clair et les yeux noisette, il avait une courte barbe très bien taillée. On pouvait le trouver beau, estima Charity, encore qu'elle-même le jugeât un peu fade. Son visage n'avait rien de comparable avec les traits si expressifs de Durby...

Puis la jeune fille s'avisa, avec un tressaillement, qu'elle avait déjà vu cet homme : c'était lui qui conversait avec la femme de grande beauté qui n'avait cessé de l'observer depuis la fenêtre.

Piquée au vif, elle songea qu'elle tenait peut-être le moyen de satisfaire une curiosité légitime. Elle voulait en effet savoir qui était cette femme, autour de laquelle flottait un parfum de mystère. Charity ne comprenait pas quel intérêt une inconnue pouvait trouver en elle. De plus, la réaction de Venetia n'avait pas laissé de l'intriguer.

Cela dit, il paraissait difficile à Charity de poser à M. Reed une question directe, surtout en présence de sa mère, qui ne perdrait pas un mot de la conversation. D'ailleurs, Caroline s'était déjà lancée dans de grandes explications sans intérêt.

— M. Reed est marié avec lady Frances Reed, que j'ai rencontrée chez les Atherton. Vous vous souvenez sûrement de lady Atherton, ma chérie : elle est ma cousine au deuxième degré.

— Mais oui, maman, répondit Charity de façon distraite. Le cerveau en ébullition, elle cherchait le moyen d'amener habilement la conversation sur une certaine femme dont elle voulait tout savoir.

— J'espérais que vous me feriez l'honneur de m'accorder une danse, mademoiselle Emerson, dit le jeune homme. J'ai la permission de Mme votre mère.

— Certainement, monsieur Reed.

Ravie d'échapper pour un moment au contrôle de Caroline, Charity se leva, posa la main sur la manche de son cavalier, et se laissa conduire vers la piste de danse.

Elle jugea que Faraday Reed était presque aussi bon danseur que Durby, encore qu'elle n'éprouvât pas avec lui l'exaltation qu'elle avait connue dans les bras de son fiancé.

— Je n'avais pas eu le plaisir de vous apercevoir avant aujourd'hui, lui confia son cavalier, l'œil brillant. Je ne comprends pas comment j'ai pu ne pas remarquer une beauté aussi éclatante que la vôtre.

Charity accueillit ce compliment d'un sourire modeste, tout en cherchant une réponse appropriée. Elle n'en trouva pas. Sa mère ne venait-elle pas de lui expliquer que M. Reed était marié ? Il semblait étrange qu'un homme pourvu d'une épouse flirtât d'une façon aussi directe; en même temps, peut-être s'agissait-il d'un comportement courant. Cela confortait en tout cas Charity dans l'idée qu'elle avait tout à apprendre des mœurs de la capitale.

Dans l'immédiat, le mieux était encore d'éluder le compliment.

— C'est ma première soirée, apprit-elle à son compagnon.

— Dites-moi : la rumeur est-elle vraie ? Est-il exact que lord Durby a pris tout le monde de vitesse en s'emparant de votre main ?

— Je ne dirais pas qu'il s'est emparé de quoi que ce soit, remarqua Charity d'une voix songeuse. Néanmoins, il a en effet demandé ma main, et j'ai accepté de la lui donner. La rumeur est donc vraie.

Reed en parut attristé.

— Beaucoup d'hommes auront le cœur brisé, ce soir.

— Pas vous, monsieur Reed, puisque votre cœur bat déjà pour quelqu'un.

Le regard de plus en plus brillant, Reed tourna ce nouveau compliment :

— Mademoiselle Emerson ! Même marié, un homme ne peut s'empêcher d'admirer une jolie demoiselle comme vous !

« Voilà un personnage qui s'y entend en propos galants ! » songea Charity. Mais elle n'était pas dupe : ces commentaires exagérément laudatifs, ces regards lourds de sous-entendus, lui semblaient déplacés. Elle préféra donc abandonner cette conversation, qui ne l'intéressait pas, pour aborder un autre sujet, plus important à ses yeux.

— Je vous ai aperçu tout à l'heure, qui parliez avec une très belle femme. Elle avait les cheveux noirs.

Reed, d'abord, parut irrité de ce que la jeune fille ne répondît pas sur le même ton à ses propos audacieux — qu'elle le repoussât, en quelque sorte. Mais la question lui rendit sa bonne humeur, et il s'employa à satisfaire la curiosité de sa compagne.

— Je pense qu'il s'agissait de Mme Graves.

— J'ai eu le sentiment, étrange peut-être, et sans doute injustifié, qu'elle m'observait.

— C'est un sentiment que vous avez sans doute éprouvé plusieurs fois ce soir, mademoiselle Emerson. Vous êtes ravissante, et jeune, toute nouvelle de surcroît. Pourquoi ne vous admirerait-on pas ?

Alors qu'elle s'apprêtait à répondre, Charity aperçut lord Durby qui fendait la foule des danseurs pour venir droit sur elle, le visage fermé et le regard plus sombre que jamais. Etonnée, elle continua de virevolter, mais manqua plusieurs pas tant elle était intriguée ; Reed dut la soutenir avec fermeté pour l'empêcher de tomber.

Avec brutalité, Simon lui saisit le bras, l'obligea à s'arrêter, et l'arracha à l'étreinte de son cavalier. Charity vacilla derechef, pour se rétablir avec difficulté.

— Que faites-vous ? s'exclama Simon d'un ton furieux. Avez-vous perdu la raison ?

Se tournant vers Faraday Reed, il lui lança :

— Je vous prie de ne plus importuner Mlle Emerson.

Puis il entraîna Charity, la tirant derrière lui comme une gamine indisciplinée.

Trop étonnée pour réagir, la jeune fille se laissa d'abord faire. Mais alors qu'ils quittaient la piste de danse, elle recouvra soudain ses esprits. Arrachant son bras à la main qui menaçait de lui broyer les os, elle se rebiffa.

— Et vous, que faites-vous ? s'exclama-t-elle. S'il en est un qui a perdu la raison, je crains que ce ne soit vous !

L'incident éveilla un vif intérêt dans la salle. Avec plus ou moins de franchise, tous les regards se tournèrent vers les deux jeunes gens.

Simon se planta devant Charity.

— Vous ne danserez plus jamais avec cet homme ! lui ordonna-t-il. Vous ne lui parlerez plus. A partir de maintenant, évitez-le !

— Pourquoi ?

— Parce que c'est un homme que vous ne devez pas fréquenter. Maintenant, venez, je vous reconduis près de votre mère.

Visiblement décidé à n'en pas dire plus, Durby reprit le bras de la jeune fille et l'entraîna de nouveau à sa suite. Mais s'il croyait en avoir terminé avec l'incident, il se trompait.

— Vous ne vous en tirerez pas ainsi ! s'écria Charity en lui résistant de toutes ses forces. Je vous ordonne de me lâcher. Vous me faites mal ! Nous sommes peut-être fiancés, mais cela ne vous autorise pas à me traiter comme une servante. Vous n'avez pas le droit de me donner des ordres.

Elle réussit, une nouvelle fois, à reprendre sa liberté, et s'enfuit parmi la foule.

Simon ne parvint à la rattraper qu'à la porte de la salle. Il la ceintura, et de façon si étroite que Charity dut abandonner tout espoir de lui échapper encore. Il l'entraîna alors dans une galerie peu fréquentée, loin des regards indiscrets.

Charity se laissa faire. Malgré sa rage, elle ne voulait pas causer un scandale irréparable.

Finalement, Simon trouva la bibliothèque, espace silencieux et abandonné de tous, qu'éclairait le feu qui brûlait dans la cheminée. Il y attira Charity, et ferma la porte derrière elle, avant de tourner la molette d'une lampe à gaz fixée au mur. Il tenait toujours le bras de la jeune fille, qui se libéra soudain, sans difficulté, car il ne chercha pas à la retenir.

D'un pas vif, Charity gagna l'autre bout de la pièce, et se retourna, prête à l'affrontement.

— Comment osez-vous me traiter ainsi ? demanda-t-elle d'une voix sifflante.

— J'ose tout ce qui me plaît. Je suis votre époux.

— Pas encore ! Et je pourrais changer d'avis si votre conduite me cause quelque déplaisir. Vous auriez pu m'avertir que vous étiez sujet à des accès de folie !

Le visage aussi dur que la pierre, Simon se rapprocha.

— Rassurez-vous, je ne suis pas fou ; et j'ai de bonnes raisons d'agir ainsi que je l'ai fait. Je vous le répète : gardez vos distances avec Faraday Reed.

— Aviez-vous besoin de m'humilier en public ? s'écria Charity, les mains sur les hanches.

— Vous vous êtes humiliée vous-même en vous laissant serrer de si près par un homme qui ne vous est rien ! Et quel besoin avez-vous eu de vous esclaffer à ses plaisanteries sordides comme si vous aviez perdu l'esprit ?

— Comment ?

— Vous m'avez fort bien compris. Je vous le répète pour la dernière fois : vous ne verrez plus Faraday Reed, même de loin.

— Si je veux ! répliqua Charity.

— Non, lui répondit Simon d'une voix implacable, qui ne laissait aucun doute sur sa volonté. Je ne tolérerai aucune désobéissance de ma femme.

— Je ne m'étonne plus, à présent, que vous ne soyez pas encore remarié !

Charity fit deux pas de côté et se mit à arpenter la pièce, les poings serrés, sa robe virevoltant autour d'elle. Elle eût voulu hurler comme une démente, frapper à coups redoublés le torse de Simon. Il l'avait tant déçue ! L'image qu'elle s'était formée de lui se brisait maintenant, ne lui laissant que le goût amer de la désillusion.

— Je ne suis pas votre esclave ! s'écria-t-elle en désespoir de cause. Je ne le serai jamais, même si je vous épouse.

Même si...

Ces deux petits mots firent à Simon l'effet d'une flèche transperçant son âme, ravivant la jalousie et la rage qu'il avait ressenties lorsqu'il avait découvert Charity dans les bras de Reed. Face à ce spectacle révoltant, il avait d'abord envisagé de jeter le malotru sur le sol, pour le piétiner sauvagement ; il avait dû faire appel à sa raison troublée pour se contenter de lui arracher sa fiancée.

— Pas de *si* avec moi, gronda-t-il. Vous vous êtes engagée envers moi.

— Un engagement peut toujours être rompu !

Pivotant sur elle-même, Charity marcha sur Simon, les joues écarlates, les yeux brillants de fureur.

— Je refuse d'être traitée comme votre chien ! reprit-elle d'une voix haut perchée, bégayant presque sous le coup de l'émotion. Mais il me semble que vous êtes plus gentil avec vos bêtes qu'avec votre femme.

— Ma femme sera traitée avec toute la courtoisie qu'elle mérite, répondit Simon.

Charity voulait avoir le dernier mot dans cette querelle. Il lui fallait cette victoire ! Déjà, elle s'apprêtait à lancer une quelconque perfidie... Mais elle se figea, bouche bée, en découvrant que le visage de Simon avait changé, qu'il n'exprimait plus la colère, mais un autre sentiment, très différent, tout aussi violent. Le regard fixé sur ses seins, qui palpitaient, il ne la regardait plus. En comprenant qu'elle avait le pouvoir de susciter cette réaction, la jeune fille se sentit prise d'une étrange ivresse.

En deux enjambées, Simon combla l'espace qui les séparait et l'attira contre lui, l'enveloppa de ses bras, puis se pencha sur elle.

Ce fut un baiser violent et exigeant. Prisonnière, livrée à la volonté de cet homme fou de désir, Charity soupira — de révolte ou de plaisir, elle l'ignorait. Les bras de Simon resserrèrent encore leur étreinte. Sans cesser de l'embrasser, il la pressa plus fort contre son torse, dur comme le roc.

Enflammée de désir, Charity se sentait faiblir, elle s'abandonnait. Elle n'avait plus envie de résister. La respiration lui manquait, mais cela lui était égal.

Simon, qui avait un moment perdu la tête ; Simon, qui ne se connaissait plus, relâcha enfin son étreinte. Il ouvrit les bras et rendit à sa victime la liberté.

Charity se moquait bien de liberté. Elle n'y voyait plus rien... Pourquoi ? Exhalant un soupir de martyre, elle s'évanouit dans les bras de Simon.

5.

Incapable de réagir, Simon regardait Charity sans comprendre.

Puis, l'entendement lui revint, et il recouvra peu à peu ses esprits. Enfin, il prit conscience de la gravité du moment, et la peur lui transperça le cœur comme un poignard.

— Mon Dieu ! s'exclama-t-il dans un souffle. Charity... Qu'ai-je fait là ?

Il la souleva et la porta vers un sofa, où il la déposa avec délicatesse. S'agenouillant à côté d'elle, il lui pressa doucement les poignets, le regard fixé sur son visage aux yeux clos.

— Charity, je vous en supplie...

Il baisa le dos de sa main, puis reprit le mouvement de ses doigts sur les frêles poignets. Le remords brûlait son âme.

— Réveillez-vous ! Je suis désolé, Charity... Je ne voulais pas vous faire de mal. Je vous en prie, il faut me croire. Vous étiez si belle dans votre colère, avec vos yeux qui jetaient des éclairs, que cela a éveillé mon désir. Je me suis conduit comme un malotru. Je ne pensais pas à ce que je faisais.

Enfin, Charity souleva les paupières. Son regard était vide. Simon, cependant, laissa échapper un soupir de soulagement.

— Merci, mon Dieu !

Pour tenter de racheter sa faute, il expliqua l'origine d'un comportement si étrange.

— Lorsque je vous ai vue danser avec *lui*, j'ai été pris d'une rage que vous n'imaginez pas. Vous êtes jeune, innocente, et vous n'avez pas idée du mal qu'un homme comme celui-là pourrait vous infliger. Cela dit, je n'aurais jamais dû, je l'avoue, vous tirer ainsi. Je vous présente toutes mes excuses. Ensuite, je me suis jeté sur vous...

Il serra les mâchoires en se rappelant combien il avait été odieux — odieux et ridicule, aussi. Il détourna un moment le regard, submergé par la honte. Puis, décidé à aller jusqu'au bout de sa pénitence, il reprit :

— En temps ordinaire, je garde toujours le contrôle de moi-même. Je vous promets que cela n'arrivera plus jamais.

Charity laissa échapper un gloussement ironique et se redressa à moitié pour demander :

— Vraiment, Votre Grâce ?

Pris au dépourvu par cette réaction si inattendue, Durby murmura :

— N'êtes-vous pas fâchée contre moi ?

— Oh, mais si ! s'exclama Charity, sans se départir du plus charmant des sourires. Vous êtes impossible, brutal et impérieux — un vrai tyran, en quelque sorte ! Je ne suis pas sûre que ce soient là des qualités qu'on recherche chez un époux.

Incertain, Simon scruta le visage de Charity, pour trouver, au-delà des mots, la vérité qu'elle cherchait à exprimer.

— Je ne crois pas non plus que j'estimerais un tel mari, lui avoua-t-il. Je me suis conduit comme un rustre.

Du bout des doigts, il lui caressa le front. Sa peau, estima-t-il, était douce, et aussi fragile que des pétales de roses.

— Je suis désolé de vous avoir heurtée. J'ai été brutal et maladroit. Normalement, je ne suis pas un amant aussi inepte.

Le sourire de Charity s'agrandit et se teinta de malice.

— Nous vérifierons cela la prochaine fois, dit-elle.

Puis elle soupira, réfléchissant quelques secondes avant de poursuivre :

— En vérité, je ne me suis pas évanouie à cause d'une quelconque rudesse de votre part. Enfin, cette rudesse, si tant est qu'elle existe, n'est pas seule responsable.

Simon fronça les sourcils.

— Que voulez-vous dire ?

— J'ai perdu connaissance parce que je manquais d'air. Vous me serriez très fort, c'est vrai, mais j'avais aussi le souffle court à force d'avoir dansé. Ajoutez à ces raisons que j'étais folle de colère contre vous, et que je respire toujours difficilement dans ces conditions. Voilà donc pourquoi je me suis évanouie.

Simon, qui n'en croyait pas ses oreilles, envisagea l'hypothèse qu'on se moquait de lui.

— Dois-je comprendre que vous avez perdu connaissance parce que vous étiez en colère et que vous parliez trop vite et trop fort ?

— Pas seulement, soupira Charity. Il y a autre chose...

— Quoi ?

— Maman me tuera si elle apprend que je vous l'ai dit. C'est assez délicat, vous savez. Enfin, voici : il y a que mon corset est trop serré et que cela n'aide pas la respiration !

— Comment dites-vous ?

— Vous m'avez fort bien comprise. Ce corset me tue ! Comme je n'avais pas de robe assez belle pour cette soirée, Serena m'en a prêté une des siennes. Ma sœur, vous l'avez sans doute observé, est beaucoup plus mince que moi. Résultat : il a fallu serrer le corset au-delà du raisonnable, afin que je puisse entrer dans la robe.

Le regard de Simon s'attarda sur le corsage de la jeune fille, avant de s'attarder encore plus sur ses seins, durement comprimés.

— Je vois..., murmura-t-il.

Il *voyait*, en effet. La bouche sèche, il reprit son examen ; il s'intéressa à la taille, d'une finesse impressionnante, et compta les baleines, bien visibles sous le mince tissu.

— Il me déplaît de vous savoir torturée de cette manière ! commenta-t-il d'une voix rauque. Vous êtes assez belle sans avoir à réduire votre taille aux dimensions de celle d'une guêpe. Dorénavant, je vous interdis l'usage du corset.

Doucement, il tapota le ventre de Charity. Le satin était frais et glissant sous ses doigts. Il y laissa reposer sa main.

Son geste suscitait d'étranges sensations dans tout le

corps de la jeune fille. Elle savait que Simon, normalement, n'eût pas dû la toucher de la sorte ; mais ce geste était par trop émouvant pour qu'elle songeât à s'en plaindre.

— C'est facile à vous de donner des ordres, soupira-t-elle. Mais je ferais éclater mes robes si je ne me comprimais pas un peu.

Simon porta la main sur la poitrine, et enveloppa un sein.

— Il me semble, déclara-t-il d'un ton pénétré, que vous êtes déjà en danger de... déborder.

Sa voix faisait à Charity l'effet d'un alcool fort, qui la réchauffait et la rendait joyeuse. Elle ferma les yeux afin de mieux savourer le plaisir.

— Votre Grâce ! soupira-t-elle.

— Je pense, dit Simon en laissant peser sa main sur le sein offert, que nous sommes assez intimes désormais pour que vous m'appeliez par mon prénom.

La jeune fille ne se le fit pas répéter.

— Simon !

S'entendant appeler de si amoureuse façon, Simon sentit d'étranges picotements le parcourir. Charity avait les yeux mi-clos, le visage un peu rouge, la bouche humide. Elle semblait prête à s'évanouir de nouveau.

Il reconnut là les stigmates de la passion, qui portèrent son propre sang à l'ébullition. Incapable de résister à ses instincts, il se pencha sur la bouche de Charity. Celle-ci ne lui résista pas. Bien mieux, elle lui passa les bras autour du cou et l'attira contre elle en lui rendant son baiser.

Simon émit un gémissement plaintif, sans cesser de poursuivre, avide et exigeant, sa conquête de la bouche de Charity. Effrayé par l'audace de son acte, mais incapable d'y mettre fin, il attendait, rongé par la passion, que Charity exprimât son dégoût, sa révolte. Lorsqu'il comprit qu'elle n'en ferait rien, et qu'au contraire elle se montrait à son tour très audacieuse, il fut agité d'un spasme délicieux. Caressant de façon plus précise les seins de la jeune fille, il sentit bientôt leur pointe se tendre.

Il abdiqua toute raison et toute volonté, pour s'adonner alors pleinement au baiser, jouant à l'infini des variations que permettait cet exercice dans lequel il était passé maître.

Si parfois il esquissait un retrait, ce n'était que pour le plaisir de se sentir happé et retenu par les lèvres de Charity.

Jamais celle-ci n'avait imaginé que de telles sensations pouvaient naître du contact de deux êtres.

Elle en recevait un plaisir si fort qu'il en était presque insupportable. Elle pressait l'une contre l'autre ses cuisses, consciente d'une impatience qui la saisissait là, dans le bas de son corps. S'étirant sur le sofa, elle bougeait les hanches dans un mouvement instinctif venu du fond des âges. Elle voulait les mains de Simon, là... là où le désir naissait, entre ses jambes. Cette pensée licencieuse était choquante ; Simon, s'il en avait connaissance, la dirait débauchée... Mais elle s'en moquait. Elle n'avait conscience que de son corps pantelant, brûlant d'une fièvre que rien ne semblait devoir jamais apaiser.

— Simon...

Charity glissa ses doigts dans les cheveux noirs. Le souffle court, rapide, elle continuait de croiser et de décroiser les jambes. Elle souffrait de désirs insatisfaits, si nouveaux pour elle qu'elle eût été incapable de décrire avec précision son mal.

Pressé contre elle, la bouche contre sa peau, Simon murmura son prénom, plusieurs fois, comme une incantation. Puis ses lèvres tracèrent leur chemin, de la bouche aux seins de Charity. Quand il enfouit son visage entre les deux globes, elle eut l'impression qu'il cherchait le secret de la vie dans leur douceur et leur parfum.

— Charity ! Oh, Charity ! gémit-il.

Et brusquement, il se releva.

Charity tendit les mains pour le ramener à lui. La perte lui était trop insupportable.

— Attendez, Simon !

Elle ouvrit les yeux dans la pénombre et le regarda qui s'éloignait. Elle ne comprenait pas.

Avec un gémissement, il porta ses mains dans ses cheveux et tira dessus, comme si par une douleur intense, il essayait d'atténuer le désir qui le consumait.

— Mon Dieu ! s'exclama-t-il d'une voix grinçante. Que suis-je en train de faire ?

Il commença à arpenter la pièce, luttant à l'évidence contre lui-même. Charity se leva aussi, puis s'assit. Son cœur battait la chamade, des émotions confuses se disputaient son âme. Elle avait eu tort d'agir ainsi, elle le savait; et pourtant, elle ne regrettait pas ce qui venait de se passer. Il lui avait semblé que tout son être vibrait sous la magie du baiser de Simon, sous ses caresses aussi, dispensées par une main qu'on pouvait croire si dure...

Mais il s'était détourné d'elle. Pire que cela : il l'avait fuie. Se pouvait-il qu'il eût été déconcerté par sa hardiesse ? S'était-elle conduite comme une femme perdue ? Sa mère lui avait dit et répété que les hommes n'épousaient que les femmes *convenables*. Or, elle avait déjà indisposé Simon par sa conduite, laquelle, elle le savait, n'était pas celle qu'on eût pu attendre d'une lady.

Pensive, Charity lissa les plis de sa robe en jetant un coup d'œil furtif à Simon.

Il se retourna à cet instant pour lui faire face. Son visage avait la rigidité d'un masque tragique.

— Je vous demande pardon, lui dit-il, les mains jointes derrière le dos. Cette scène n'aurait jamais dû avoir lieu.

Au désespoir, Charity avait l'impression de se trouver face à un étranger, un étranger qui désapprouvait sans aucun doute sa conduite.

— Je suis... moi aussi désolée, Votre Grâce, bredouilla-t-elle. Vous ai-je déçu ? Je me suis comportée de façon très effrontée.

Elle détourna les yeux, incapable de supporter plus longtemps le regard qui la jugeait.

— Non, répondit Simon. Vous ne m'avez pas déçu.

Etonnée, Charity s'aperçut que son ton était dépourvu de toute sévérité, et même, qu'il souriait.

Il vint s'asseoir près d'elle et lui prit les mains.

— Vous n'avez rien fait de mal, affirma-t-il. C'est moi qui ai commis une erreur, car je me suis conduit comme un goujat. J'ai profité de votre innocence. Jamais je n'aurais dû vous amener dans cette pièce et, une fois ici, je n'aurais pas dû donner libre cours à mes...

Une nouvelle fois, ses yeux tombèrent sur les seins de

Charity, et sa voix faiblit. Nerveusement, il se releva et toussota.

— Je n'aurais pas dû, reprit-il, donner libre cours à mes désirs.

— Mais puisque vous serez mon mari...

— Cela ne me donne pas le droit de... Mon Dieu, Charity, vous rendez-vous compte? Quelques minutes de plus, et plus rien n'aurait été capable de m'arrêter. Je dois vraiment avoir perdu le sens des réalités. Cette porte n'était même pas fermée à clé. N'importe qui pouvait entrer et nous surprendre. Votre réputation eût été ruinée à tout jamais.

— Je comprends. Après cela, il vous aurait été impossible de m'épouser.

— Mais non! s'exclama Simon. Mon Dieu, non! Comment pouvez-vous penser cela? Je ne suis pas une telle canaille!

— Il n'empêche que si ma réputation avait souffert, je n'aurais plus été digne de devenir comtesse de Durby.

— Il va de soi que je vous aurais épousée! insista Simon, les dents serrées. Même s'il n'aurait pas été agréable pour vous d'avoir à traîner cette histoire jusqu'à la fin de vos jours, les ragots et les murmures...

Charity s'adoucit.

— Vous savez de quoi vous parlez, puisque vous-même subissez ce calvaire... Cela dit, je crois que nous partageons tous les deux la responsabilité de ce qui s'est passé.

Souriante, elle s'approcha de Simon.

— Pourquoi nous mettre en peine, puisque aucun mal n'a été commis? Personne n'étant entré, nous n'avons rien à craindre. Dans le futur, nous ferons un peu plus attention.

— Il n'y aura pas de futur, répondit Simon d'un ton morne. Je veux dire que ce genre de scène ne se reproduira plus. J'ai perdu le contrôle de moi-même, et je ferai en sorte que cela n'arrive plus.

— Oui, Votre Grâce, soupira Charity.

Elle avait aimé ces quelques minutes durant lesquelles Simon avait perdu le contrôle de soi. N'était-il pas plaisant, en outre, de songer qu'elle en était la cause? Se découvrir un tel pouvoir avait quelque chose de grisant.

— Nous voilà revenus en arrière, remarqua-t-il.

Charity lui décocha un regard interrogateur.

— Vous venez de me donner du Votre Grâce, expliqua-t-il, le regard tendre. Or, nous étions convenus que *Simon* était acceptable.

— J'avais craint de me montrer trop intime pour la conversation que nous avions à l'instant.

— Vous ne l'auriez pas été. Et puis, j'aime la façon dont vous prononcez mon prénom.

Simon se rapprocha du sofa et aida Charity à se lever. Plaçant ses mains autour du mince visage de la jeune fille, il plongea le regard dans ses yeux candides.

— J'attends avec impatience le moment où nous serons vraiment intimes. Lorsque vous serez ma femme, nous répéterons très souvent la scène que nous n'avons fait qu'ébaucher ce soir, et nous lui donnerons toutes sortes de prolongements...

Le regard de Charity se voila à cette évocation.

— J'en suis heureuse, conclut-elle sobrement.

— Doux Jésus ! soupira Simon. Voilà que vous me tentez de nouveau...

Ses mains glissèrent, caressèrent le cou de Charity, hésitèrent à descendre plus bas, puis retombèrent brutalement.

— J'ai promis que je ne le referais plus, rappela-t-il. Regagnez donc la salle de bal. Moi, je m'en vais.

Il se dirigea vers la porte, qu'il ouvrit.

— Je vous promets, dit-il alors en se retournant, une nuit de noces longue et bien remplie.

Il sortit.

Charity se laissa retomber sur le sofa. Elle n'avait plus la force de marcher.

Simon avait décidé qu'une explication sérieuse avec Faraday Reed ne serait pas inutile, afin de prévenir tout incident ultérieur. Et puis, il lui fallait un exutoire à sa passion mal éteinte. Il avait besoin de la violence des mots pour faire taire des désirs qui n'avaient pas encore droit de s'exprimer.

Parcourant à grands pas la galerie de lady Rotterham, il

aperçut son homme qui, devant la porte de la salle de bal, bavardait avec Theodora Graves. Celle-ci souriait et agitait son éventail avec une sensualité languissante tandis que Reed détaillait sans vergogne les charmes d'un corps qui s'offrait déjà.

Quand Simon avait aperçu la jeune femme, presque aussitôt après son arrivée, il avait craint qu'elle ne fût venue là que dans le but d'importuner Charity ; non seulement Theodora aimait les scènes dramatiques et bruyantes, mais un public nombreux n'était pas pour l'intimider.

On pouvait s'attendre aussi à la voir se répandre en rumeurs malveillantes sur le compte de son ancien amant ; de cela, Simon se moquait comme d'une guigne. Il avait depuis bien longtemps appris à mépriser l'opinion, et quelques médisances de plus ne le chagrineraient pas. En revanche, il se sentait pris d'une rage froide à l'idée que Theodora pût humilier Charity en public. Il n'avait donc cessé de la surveiller de loin, prêt à intervenir sans ménagement s'il la voyait rôder trop près de sa fiancée.

Mais rien dans le comportement de la jeune femme ne lui avait donné à craindre de tels projets. Rassuré, Simon s'était donc dit, à la voir rire et flirter avec plusieurs hommes en vue, qu'elle n'était venue à cette soirée que dans le but de le rendre jaloux. En la voyant déployer tous ses charmes pour Reed, il songea avec joie qu'elle lui avait déjà trouvé un successeur.

Simon rebroussa donc chemin et redescendit l'escalier. Il n'avait aucun désir de parler à Theodora ; et il ne voulait surtout pas lui donner à penser qu'il éprouvait un quelconque ressentiment pour l'avoir surprise dans un doux entretien avec Faraday Reed.

Il partit sans se retourner, et ne vit donc pas Faraday Reed qui l'observait tandis qu'il s'engageait rapidement dans l'élégant escalier.

Le visage de Reed se durcit, furtivement, car il n'avait rien oublié de l'incident dont il entendait tirer vengeance. Puis il se tourna vers la femme qui se tenait devant lui, faisant appel à toute sa volonté pour retrouver le visage aimable d'un mondain pris dans une conversation agréable.

Personnellement, il trouvait les charmes de Theodora un peu trop opulents, tout en sachant qu'il ne les dédaignerait pas quand on lui ferait comprendre qu'il pouvait les goûter de façon plus intime. L'idée de séduire une des maîtresses de Simon lui causait une grande joie. C'était un exercice qu'il avait déjà pratiqué plusieurs fois, et dont il retirait toujours une satisfaction piquante — laquelle n'était rien, toutefois, en comparaison du plaisir raffiné que lui donnerait la petite Charity lorsqu'il aurait réussi à l'attirer dans son lit... avant ses noces, cela allait sans dire !

Il était sûr d'arriver à ses fins, ayant une infinie confiance en ses aptitudes à séduire les femmes. En outre si, par le plus grand des hasards, Mlle Emerson ne succombait pas à ses charmes, personne ne l'empêcherait d'utiliser la force. Mais pour mettre en œuvre ce plan, hélas, il faudrait s'armer de patience, et attendre. Pour le moment, Faraday Reed estimait avoir une tâche plus urgente à accomplir : se débarrasser de l'agacement qu'il éprouvait chaque fois qu'il apercevait sir Simon Westport.

Après y avoir songé pendant un moment, il trouva une idée, qui lui parut amusante en même temps que fort utile. Il pria donc Theodora de l'excuser et regagna la salle de bal. Là, il survola du regard la foule encore nombreuse. Il ne tarda pas à découvrir la personne qu'il cherchait, et n'eut plus qu'à attendre de la voir se séparer du petit groupe avec lequel elle conversait, pour se diriger vers elle tandis qu'elle prenait la direction de la sortie.

— Lady Ashford ! s'exclama-t-il comme s'il était tout surpris de la voir là.

La sœur de Simon s'arrêta. Elle ne parut pas enchantée par la rencontre.

— Monsieur Reed...

Elle voulut le contourner, mais il se déplaça de côté, de façon à lui barrer le chemin.

— Non, je vous en prie, madame, ne partez pas déjà ! lui dit-il, avant d'ajouter d'un air entendu : Il fut un temps où vous ne me fuyiez pas.

— J'étais alors une gamine sans cervelle.

— Vraiment, vous me blessez. Moi, je ne me rappelle

jamais sans émotion cette époque heureuse entre toutes. Je dirais même que je regarde toujours d'un œil attendri les souvenirs qui m'en restent.

Venetia s'arrêta et pâlit.

— Quels souvenirs ? demanda-t-elle.

— Pas grand-chose... Quelques lettres... Ah ! une bague aussi ! Je suis sûr que vous n'avez pas oublié.

Une rougeur subite monta aux joues de la jeune femme.

— Vous avez donc gardé tout cela ?

— Bien entendu ! Je suis un sentimental. Cela me réchauffe le cœur, de caresser ces modestes objets, de temps en temps.

Le regard furieux de Venetia se nuança de peur.

— Que voulez-vous ? demanda-t-elle.

— Moi ? s'enquit Faraday Reed avec un air d'innocence bafouée. Que pourrais-je bien vouloir de vous ? Vous êtes, après tout, une femme heureuse en ménage. Je ne connais pas votre mari, mais j'aurai peut-être le plaisir de le rencontrer, un jour prochain. Nous avons au moins un intérêt commun, et nous pourrions avoir une très intéressante conversation, à échanger et comparer nos souvenirs...

— Hors de ma vue ! gronda Venetia à voix basse. Et prenez garde à ne plus reparaître sur mon chemin.

— Comme il vous plaira, milady !

Reed s'inclina de façon ironique, et céda le passage, un sourire satisfait aux lèvres.

Faraday Reed se présenta dès le lendemain chez les Emerson.

Caroline, qui s'était entichée de l'homme, trouvait navrant qu'il fût déjà marié, et se consolait en pensant qu'une de ses filles avait un beau mariage en vue. Estimant que Reed avait, en plus d'un charme certain, toutes les qualités d'un homme du monde, elle lui avait affirmé qu'il serait toujours le bienvenu dans sa maison.

Charity n'avait pas raconté à sa mère, une des rares personnes à n'en avoir rien vu, l'altercation survenue entre Reed et Durby. Si Caroline avait su que lord Durby éprouvait de l'aversion pour ce personnage, elle lui eût aussitôt interdit sa porte. Nul homme, quelles que fussent ses qualités sociales ou morales, n'avait en effet assez de valeur à ses yeux pour se permettre de heurter un futur gendre aussi puissant et aussi riche. Or, Charity ne voulait pas voir Reed repoussé par sa mère...

Non qu'elle fût très intéressée par l'homme. Léger et amusant, certes, et la bouche toujours pleine de compliments — encore que certains étaient si outrés qu'il était difficile de ne pas en rire—, il ne pouvait soutenir la comparaison avec Simon, beaucoup plus beau, bien plus fascinant, et dont la simple présence électrisait Charity. Celle-ci devait même convenir que Faraday Reed était, au fond, très ordinaire.

Si Charity voulait recevoir les visites de M. Reed, c'était parce que les remontrances de Simon l'avaient choquée au-delà de toute mesure, et qu'elle entendait exercer sa propre volonté. Elle n'était pas prête à laisser un homme, fût-il son fiancé, lui dicter sa conduite, lui dire qui elle pouvait ou ne pouvait pas rencontrer. En outre, s'il avait bien présenté des excuses pour s'être conduit rudement avec elle, et lui avoir fait une scène en public, il n'avait rien rabattu de ses exigences, ne daignant même pas expliquer ses raisons. Charity ne voyait donc pas pourquoi elle aurait dû abdiquer, jugeant en outre qu'il ne fallait pas créer de précédent fâcheux à leur future vie conjugale...

Aussi ne dit-elle rien à sa mère de l'interdiction lancée par lord Durby.

Aussi accueillit-elle M. Reed avec amitié, la première fois qu'il vint à la maison.

Quelques jours après le bal de lady Rotterham, il invita Charity à une promenade dans Hyde Park. Caroline jugea la proposition convenable, puisque les jeunes gens seraient dans une voiture découverte et qu'une sœur les accompagnerait.

Charity fit la grimace quand elle apprit qu'Elspeth serait chargée de cette mission; néanmoins, elle ne protesta pas, par peur de voir échapper une expérience dont elle attendait beaucoup de plaisir. Si elle n'avait encore jamais visité le Park, on lui avait dit que c'était un lieu de toute beauté, ainsi que le rendez-vous des élégances. Et puis, elle avait grande envie de prendre l'air. A Siddley, elle avait l'habitude des longues promenades dans la lande, par tous les temps ; dans la capitale, avec ses rues grises où l'on ne pouvait pas faire quelques pas sans être accompagnée par une domestique, elle végétait ! L'occasion était donc bonne à saisir, même avec Elspeth comme chaperon.

Un grand sourire aux lèvres, Charity noua les rubans d'un de ses plus jolis chapeaux. Il fallut à sa sœur un peu plus de temps pour se préparer, car la pauvre ne savait que choisir pour se prévenir contre d'hypothétiques frimas — fort hypothétiques, puisqu'on était au mois de mai ! Quand, enfin, elle fut prête, M. Reed accompagna les deux jeunes filles vers sa victoria. C'était le véhicule idéal pour une promenade par un beau jour de printemps ; le plus indiqué, aussi, pour voir et se faire admirer en parcourant au petit trot les allées du parc.

Faraday Reed se révéla un charmant compagnon, point avare de compliments et très au fait des potins mondains. Si Charity, naturellement, ne prenait pas au sérieux les flatteries dont il la gratifiait, elle trouvait agréable ce flirt sans danger, qui lui rappelait ses relations avec les amis de son père. Faraday, bien sûr, n'était pas aussi âgé, mais il avait tout de même plusieurs années de plus qu'elle, ce qui le plaçait *ipso facto* dans la catégorie des « vieux ».

C'est ainsi que les trois jeunes gens se promenaient, adressant des signes de la main à leurs amis et connaissances, et s'arrêtant parfois pour converser un peu avec les occupants d'une autre voiture. Ils n'avaient d'autre but que de rouler au hasard des allées.

Deux ladies et un gentleman à cheval s'avançaient vers eux. Charity ne put s'empêcher de tressaillir quand elle reconnut l'une des deux dames : c'était celle qui l'avait tant observée, lors du bal de lady Rotterham. Elle portait une redingote joliment taillée dans le style militaire, et sa luxuriante chevelure noire était coiffée d'un petit chapeau à bords retroussés, orné d'une plume. Une vraie gravure de mode ! songea Charity avec une pointe de jalousie. Pourquoi n'avait-elle pas autant d'élégance naturelle que cette femme, et des charmes aussi évidents ?

— Faraday ! s'écria la dame.

Poussant sa monture, elle vint se placer à côté de la victoria.

— Quelle bonne surprise ! minauda-t-elle. Qu'il est bon de vous revoir.

Reed retira son chapeau et s'inclina.

— Ma chère Theodora...

La dame se tourna ensuite vers les deux jeunes filles et leur sourit de manière engageante. Charity lui répondit poliment.

— Excusez-moi ! intervint Reed. J'oubliais que vous ne vous connaissez pas. Mesdemoiselles Emerson, voici Mme Graves. Madame Graves, je vous présente les demoiselles Emerson.

— Ravie de faire votre connaissance, répondit la dame.

Elle se pencha vers la voiture pour toucher la main de Charity, avant d'adresser un petit signe de tête à Elspeth.

— Je vous avais remarquée à la soirée de lady Rotterham, expliqua-t-elle. J'ai demandé à Faraday qui était cette si jolie demoiselle. N'est-ce pas, Faraday ?

— Tout à fait, très chère.

— Mais le malheureux a dû convenir qu'il ne vous connaissait pas.

Souriant de manière fort coquine, Mme Graves se tourna vers son ami, et le menaça de l'index.

— Je vois, mon ami, que vous n'avez pas perdu de temps.

— Hélas ! vous savez comme je suis : je ne résiste pas à la beauté.

Ils parlèrent encore un peu, débitant avec aisance les fadaises qui sont de mise dans ce genre de rencontre. Puis une autre voiture survint, à laquelle il fallait céder le passage. Reed dirigea donc sa victoria sur le côté de l'allée. Mme Graves le suivit, engageant ses compagnons à poursuivre leur promenade sans elle.

Comme elle sautait prestement sur le sol, Charity et Faraday Reed descendirent de voiture. Elspeth, qui s'aérait à petits coups d'éventail, préféra rester affalée sur la banquette. D'une voix mourante, elle recommanda à sa sœur, qui s'éloignait déjà :

— N'allez pas trop loin. N'oubliez pas que vous devez rester sous ma surveillance.

— J'ai l'impression que votre sœur ne se sent pas bien, souligna Reed à voix basse. Ne croyez-vous pas que je devrais la ramener à la maison ?

— Ne vous inquiétez pas, lui répondit Charity, avec bonne humeur. C'est quand Elspeth s'agite qu'elle est malade !

Theodora Graves lui prit le bras et l'entraîna d'un pas vif.

— Vous ne manquez pas d'esprit ! s'exclama-t-elle. Je savais que je vous apprécierais. Dites-moi : savez-vous monter ? Nous pourrions faire une promenade à cheval, un jour prochain.

— C'est impossible, malheureusement. Nos chevaux sont restés à la maison. Depuis que je suis à Londres, c'est l'un de mes grands regrets de ne pouvoir monter.

— Comment ? Durby ne vous permet pas d'utiliser ses bêtes ? Chacun sait pourtant qu'il a d'excellentes écuries.

— Non, soupira Charity.

Elle se demanda aussitôt si elle ne commettait pas d'impair en faisant cet aveu. Mais aussi, pourquoi Durby ne lui prêtait-il pas de cheval ? Cela voulait-il dire qu'il la jugeait indigne de ce plaisir aristocratique ?

— Peut-être les chevaux de Sa Grâce sont-ils trop fougueux pour moi, ajouta-t-elle.

— Si vous n'êtes pas sûre de vous, il vaut mieux ne pas les monter. Durby porte à ses chevaux un amour insensé.

— Vous connaissez donc lord Durby ?

— Nous nous sommes rencontrés, en effet, répondit Theodora Graves avec un sourire entendu. Mais je crains que Sa Grâce ne se souvienne pas de mon nom.

— Et moi, répondit aussitôt Charity, j'ai peine à croire qu'un homme puisse oublier une femme d'aussi grande beauté que vous !

D'abord interdite par ce propos naïf, Mme Graves se mit à rire en pressant le bras de sa jeune compagne.

— Chère enfant ! J'ai l'impression que nous ne tarderons pas à devenir les meilleures amies du monde. Peut-être vous plairait-il d'assister à une de mes petites soirées ? Rien de bien grandiose, je m'empresse de vous rassurer, mais je ne me vante pas en disant qu'on s'amuse bien chez moi.

— Il est vrai que vos soirées sont charmantes, confirma Reed.

Theodora, dont le regard s'enflammait, expliqua :

— Voyez-vous, j'appartiens à un petit cercle d'amis sans prétentions, des gens jeunes, qui se réunissent pour bavarder, jouer, et parfois même, danser.

Se penchant sur Charity, elle lui glissa à l'oreille :

— Chez nous, les chaperons grisonnants sont interdits de séjour !

— Tout cela me semble intéressant, convint Charity.

Depuis longtemps déjà, elle trouvait trop contraignantes les lois régissant la vie en société ; pour elle, les vieilles dames revêches qu'elle avait vues dans les soirées ressemblaient à des vautours surveillant la jeunesse d'un œil avide et méchant, prêtes à fondre sur leur proie au moindre manquement en criaillant leurs reproches d'une voix aigre.

— Malheureusement, soupira-t-elle, maman ne voudra jamais participer à une soirée de jeunes gens.

Theodora parut déroutée.

— Ce n'est pas votre maman que je souhaiterais inviter, dit-elle, mais *vous*.

— Comment pourrais-je venir sans me faire accompagner par maman, et Serena, et Elspeth ? s'étonna Charity.

Elle, qui faisait ses premières armes dans la vie mondaines, connaissait déjà la règle numéro un : « Une jeune fille ne doit jamais sortir seule. »

— Mais puisque vous êtes fiancée ! s'exclama Theodora. C'est presque comme si vous étiez mariée...

Charity sourit. Certaines perspectives lui apparaissaient fort encourageantes.

— Voulez-vous dire, demanda-t-elle, qu'une fois mariée à Durby, j'aurai le droit de me rendre seule dans certaines soirées ?

— Avant même d'être mariée, insista Theodora. Une jeune fille, quand elle est fiancée, peut aller où bon lui semble — à condition, toutefois, d'être bien accompagnée.

Un doute germa dans l'esprit de Charity.

— Le pensez-vous sérieusement ? Après tout, vous avez raison : si lord Durby vient avec moi, personne ne pourra trouver à redire.

— C'est vrai. Cependant, je crains que ma petite société ne soit pas assez distinguée pour Sa Grâce... Faraday, en revanche, se fera un devoir de vous rendre service.

— Ce sera un *plaisir*, corrigea aussitôt ce dernier.

Charity le remercia d'un sourire poli et émit une réponse qui ne l'engageait pas ; la présence de Faraday Reed serait en effet le dernier argument à avancer devant lord Durby pour rendre possible une soirée à laquelle elle souhaiterait se rendre.

— N'en parlons plus, dit alors Theodora.

Elle semblait déçue. Relâchant le bras de Charity, elle poursuivit :

— Ne croyez pas que j'aie voulu vous forcer la main. J'organise, comme je vous l'ai dit, de petites réunions amicales, et peut-être que leur simplicité ne vous conviendrait pas. Qui sait même si vous ne nous mépriseriez pas, à considérer nos jeux un peu puérils ?

Horrifiée à l'idée qu'on eût pu la prendre pour une horrible prétentieuse, Charity secoua la tête avec véhémence.

— Oh, non ! Ne croyez pas cela ! Je vous l'ai dit : j'adorerais venir, et je suis sûre que je me divertirais fort.

— Vous me faites l'impression d'une fort gentille demoiselle, soupira Theodora. J'aimerais tant devenir votre amie.

— Moi aussi, je voudrais ! Mais maman est si sévère... Et puis, mon fiancé n'acceptera jamais...

Charity chercha alors le moyen d'exprimer, sans blesser Faraday Reed, les réserves de Simon.

— Durby ? interrogea Theodora en souriant finement. Vous ne me ferez pas croire qu'il est tombé dans le puritanisme. Tout le monde sait...

Elle se mordit la lèvre et conclut abruptement :

— Enfin... N'en parlons plus.

— Chacun sait *quoi* ? demanda aussitôt Charity.

Tendue, elle s'apprêtait à défendre, s'il le fallait, la réputation de Simon, comme elle avait eu déjà à le faire plusieurs fois, devant ses parents ou certains de ses amis.

Excellente comédienne, Theodora parut hésiter avant de répondre.

— Vous connaissez le proverbe romain : « Un bon centurion prêche d'exemple. » Ne trouvez-vous pas rageant qu'un homme puisse sortir comme bon lui semble, alors qu'une femme doive toujours demander la permission — de sa mère, de son fiancé, de son mari — avant de faire le moindre pas ?

Charity se demanda si *un homme* désignait lord Durby, ou *les hommes* en général. Fallait-il comprendre que son fiancé se rendait à des soirées où elle n'allait pas ? Si oui, quel genre de soirées ? Malgré la curiosité qui la taraudait, elle ne trouva pas le courage d'interroger Theodora, craignant de paraître bien sotte en avouant qu'elle ne connaissait pas tout de la vie menée par son fiancé.

Son interlocutrice, remarqua-t-elle, avait recouvré le sourire.

— Mais je parle, je parle, et mes amis doivent s'impatienter ! Il faut que je les rejoigne. J'ai passé un très agréable moment en votre compagnie.

— Merci. La réciproque est vraie, et j'espère que nous aurons l'occasion de nous revoir.

— Cela ne fait pas de doute. Promettez-moi que vous viendrez à certaines de mes soirées.

Theodora semblait si anxieuse que Charity n'eut pas le cœur de la décevoir.

— Je viendrai volontiers... si maman y consent.

— Les mères, il est vrai, sont trop sévères, murmura Theodora. La mienne ne faisait pas exception à la règle. Il vaut mieux, parfois, ne pas leur dire la vérité...

— Me suggérez-vous de m'échapper de la maison ? s'exclama Charity avec incrédulité.

— Ma pauvre enfant ! Voilà que je vous ai choquée de nouveau ! Pardonnez-moi, j'avais oublié votre jeunesse. Vous avez l'air terrifiée à la simple idée de désobéir à votre mère.

— Ce n'est pas cela ! rétorqua Charity, agacée par ces paroles pleines de condescendance. Mais...

Elle ne put continuer, ne sachant comment expliquer

qu'elle voulait bien désobéir à sa mère, et même bousculer les conventions, à condition toutefois que ce fût pour une cause importante — ainsi qu'elle l'avait fait, par exemple, lorsqu'il avait fallu accomplir cette démarche auprès de lord Durby. Fuir la maison pour assister à une soirée lui semblait dérisoire, et elle n'envisageait pas d'embarrasser sa famille, ou d'indisposer Simon, pour une raison aussi frivole.

— Je regrette, conclut-elle, mais je ne pourrai pas.

— Bien sûr, je comprends.

Même si Theodora souriait, et fort gentiment, Charity lut beaucoup de tristesse dans son regard.

— Bonne journée, mademoiselle Emerson. Monsieur Reed...

Elle fit demi-tour et regagna à pas lents l'endroit où son cheval l'attendait.

Charity, qui la regardait s'éloigner en serrant les poings, comme pour mieux contrôler sa déception, éprouva une pointe de culpabilité.

— Je lui ai fait du mal, murmura-t-elle.

— Ne vous inquiétez pas, lui répondit Faraday Reed. Theodora est habituée à ces petites vexations que la société vous inflige.

— Comment ? Avez-vous eu l'impression que c'était une rebuffade de ma part ? Je vous jure que telle n'était pas mon intention. Mais je le lui ai dit : mes parents — surtout maman ! — sont très stricts, et je ne voudrais pas, par ma conduite, les embarrasser. Ils ne seraient guère ravis d'apprendre que je me rends à une soirée sans chaperon.

— Loin de moi l'idée de prétendre que vous avez montré du mépris à Theodora, affirma Reed d'un ton conciliant. Ce que j'ai voulu dire, c'est que plusieurs ladies refusent systématiquement ses invitations. Il faut vous dire qu'elle n'est pas vraiment de *notre* monde... Oh ! je m'empresse de vous rassurer : sa famille est tout à fait respectable, quoique de petite noblesse campagnarde. Ce n'est pas le monde, vous en conviendrez, où les barons vont pêcher leurs épouses. Cependant, Thea est d'une si grande beauté qu'elle a séduit Douglas Graves, un magnifique lieutenant de dragons. Il n'y eut jamais beaucoup d'argent dans ce ménage car le jeune homme, cadet de famille, n'avait pas droit à l'héritage. Il avait néanmoins un titre, qui lui permit d'emmener sa femme dans les soirées les plus huppées, où on semblait l'apprécier. Puis il mourut, et la pauvre Theodora vit se refermer bien des portes.

— Simplement parce que son mari était mort? s'étonna Charity.

— C'était lui qu'on invitait, comprenez-vous? Après sa mort, Theodora est retombée dans son insignifiance d'origine.

— C'est monstrueux!

— Tout à fait d'accord avec vous. Telle est pourtant la dure loi de la vie mondaine. Cela dit, je voudrais vous rassurer en vous apprenant que quelques amis sont restés fidèles à Theodora.

— Comme vous? demanda Charity avec admiration.

— Douglas et elle étaient mes meilleurs amis. Je me serais méprisé si j'avais rejeté la pauvre Theodora dans les ténèbres extérieures.

— Je comprends.

A présent, Charity se demandait où Simon puisait tant d'animosité envers un homme si bon et si généreux.

— C'est un honneur que de vous avoir pour ami! lança-t-elle avec émotion.

Elle posa sa main sur la manche de Faraday Reed et, à pas lents, ils regagnèrent la victoria.

6.

Au détour de l'allée, Charity et son compagnon aperçurent de loin un gamin dépenaillé qui tournait autour de la voiture. Il s'adressa à Elspeth qui, horrifiée, se rencogna au fond de l'habitacle. Alerté, le cocher se retourna alors et, à grands gestes, essaya de chasser l'intrus, avant de tendre l'oreille à ce qu'il lui disait. Finalement, il montra, de son fouet tendu, les deux jeunes gens qui arrivaient.

Le garçon s'élança aussitôt à leur rencontre.

— Mademoiselle Emerson ? demanda-t-il d'une voix teintée d'un fort accent cockney.

— Oui...

— Mademoiselle Charity Emerson ? insista le gamin.

— Mais oui ! répondit la jeune fille, agacée. C'est moi. Que voulez-vous ?

Il agita une grande enveloppe, que Charity hésita à prendre.

— Mais que...

— Pour vous.

Reed jeta une pièce au gamin, qui tendit la missive à sa destinatrice et s'enfuit sans remercier. Indécise, Charity tournait et retournait l'enveloppe, sur laquelle son nom était tracé d'une grande écriture brutale.

— Comme c'est étrange, murmura-t-elle. Qui pourrait...

— Ouvrez ! lui conseilla Reed.

Charity déchira l'enveloppe et déplia la feuille de papier.

— Qu'y a-t-il ? s'inquiéta son compagnon. Vous êtes si pâle, soudain.

N'obtenant aucune réponse, il prit à son tour la lettre et lut son contenu à haute voix.

— *Demandez-lui ce qui est arrivé à sa femme et à son frère.* Que signifie ceci ?

Charity chercha un appui car, soudain, elle se sentait mal.

— Je ne sais pas, répondit-elle. Mais j'aurais préféré que vous ne lisiez pas cela.

D'un geste vif, elle arracha le papier des mains de Reed et le replia nerveusement.

— Qui a envoyé cela ? voulut-il savoir. Croyez-vous qu'on fasse allusion à Durby ?

— J'en suis sûre... Oh ! Ces manigances me rendent malade d'angoisse et de colère. C'est bas et laid ! Attendez ! Où est ce garçon ?

Charity regarda autour d'elle, mais le garnement avait bien entendu disparu. La jeune fille exhala un soupir plein de dépit.

— J'aurais dû le retenir et lui demander qui lui avait remis cette lettre, soupira-t-elle. Mais je suis une sotte, je n'ai pensé à rien. Je ne saurai rien — comme pour l'autre.

— Auriez-vous donc reçu d'autres missives de ce genre ? s'enquit Faraday Reed avec intérêt.

— Oui : un billet, lors du bal de lady Rotterham. Quelqu'un l'avait jeté sur la table, devant moi.

— Et que disait ce billet ?

— *N'épousez pas Durby, ou vous le regretterez.*

— En avez-vous parlé à Durby ?

Charity leva sur Faraday un regard horrifié.

— Vous pensez bien que non !

— Il aurait sans doute cherché à savoir qui se permettait d'importuner ainsi sa fiancée.

— Oui, mais quel choc pour lui de se découvrir un ennemi aussi perfide, et assez haineux pour tenter d'empêcher notre mariage.

— Et votre père, l'avez-vous prévenu ?

— Non plus. Cela l'aurait chagriné ; maman aussi. Je ne veux pas qu'ils se fassent de souci à cause de moi, ou qu'ils conçoivent des doutes à propos de Durby. Et d'ailleurs, que pourraient-ils faire ? Je n'ai pas vu celui — ou celle — qui m'a jeté le billet. Examinez aussi l'écriture de cette lettre : elle n'est pas naturelle, donc impossible à identifier. Si seulement j'avais pensé à interroger le petit drôle !

— Vous avez été surprise, et n'avez pas à vous faire de reproche. Ne l'ai-je pas été aussi ?

— Mais comment ont-ils pensé à me chercher ici ? s'étonna alors Charity. Qui pouvait savoir que je me trouverais dans le parc ?

— Je vois ce que vous voulez dire, répondit Reed d'un ton songeur. Je vous accorde que c'est en effet assez étrange. Voyons... On peut imaginer qu'une personne mal intentionnée vous a aperçue par hasard et a profité de l'occasion pour griffonner ce mot. Il ne suffisait plus ensuite qu'à trouver le messager, ce qui ne devait pas être bien difficile.

— Quel intérêt peut-on avoir à m'effrayer ? Me hait-on à ce point ? Ou est-ce Durby qu'on essaie d'atteindre à travers moi ?

— Personne ne peut vous haïr, déclara Faraday Reed avec douceur. Je suis prêt à parier que vous n'avez pas d'ennemis.

— Durby en a, c'est sûr.

Reed haussa les épaules avec fatalisme.

— Tout le monde a des ennemis. Maintenant, il faut que vous parliez à votre père, ou à lord Durby.

— Non ! protesta Charity. Ils ne pourront pas agir, et se feront du mauvais sang pour rien. Je ne veux pas que Durby souffre de la méchanceté de ses semblables.

Reed soupira.

— Je pense que vous avez tort. Vous avez besoin d'aide.

Il prit les mains de Charity et la considéra avec un grand sérieux.

— Comme vous voulez, murmura-t-il au bout d'un instant. Mais laissez-moi au moins vous seconder. Je veillerai sur vous — comme l'ami que j'espère être.

Charity sourit et lui pressa la main.

— Merci, monsieur Reed. J'ai tant besoin d'un véritable ami.

Faraday Reed effleura de ses lèvres la main tremblante de la jeune fille, et conclut :

— Vous pouvez compter sur moi.

Après réflexion, Charity se dit que ces messages, à n'en pas douter l'œuvre d'un ennemi de Simon, témoignaient certes d'un sens de l'humour spécial, mais qu'ils n'étaient pas vraiment dangereux. Quel mal lui causaient-ils, en effet ? Une frayeur certaine lorsqu'elle les découvrait ; et cette angoisse, dans les réunions mondaines, qui l'obligeait à regarder sans cesse autour d'elle en se demandant laquelle, parmi les personnes aimables qui l'entouraient, pouvait s'amuser à ce jeu cruel. Le but de la manœuvre était facile à deviner : *on* voulait l'effrayer assez pour l'amener à rompre ses fiançailles et, par là même, infliger une défaite à Simon. Mais *on* serait déçu, car Charity était bien décidée à ne point flancher !

D'autant qu'elle n'avait jamais eu le moindre doute concernant Simon. Parfois, d'ailleurs, elle se demandait pourquoi elle avait placé une telle confiance dans un homme qui était à peine moins qu'un étranger pour elle. En fait, elle *savait* que Simon ne pouvait pas avoir tué sa femme et son frère.

Elle savait aussi que le reste de sa famille n'accueillerait pas avec autant de mépris ces *révélations* anonymes. En dépit des avantages qu'elle espérait d'un beau mariage, sa mère déciderait d'annuler les fiançailles si elle commençait à suspecter la moindre tache dans le passé de Durby. Or, ces billets donnaient aux accusations plus de consistance que les rumeurs, toujours vagues.

Pour toutes ces raisons, Charity ne parla des billets à personne, pas même à ses sœurs. Serena s'inquiéterait, Elspeth deviendrait hystérique, et Belinda rappellerait avec satisfaction qu'elle n'avait cessé de dire que Durby était un homme dangereux.

Plusieurs fois, Charity eut la tentation de se confier à Simon lui-même, pour se décharger d'un secret trop lourd pour elle. Mais elle s'interdit cette facilité, ne voulant pas devenir, en quelque sorte, la messagère de l'ennemi; en outre, elle refusait de donner l'impression qu'elle accordait foi à ces griffonnages indignes, et qu'elle attendait des éclaircissements. Elle ne voulait pas laisser le soupçon saper leur mariage avant même qu'il fût consommé.

D'ailleurs, quand eût-elle pu parler à Simon?

A sa grande déception, Charity passait en effet fort peu de temps avec lui; et lorsqu'ils se voyaient, ils étaient rarement seuls. Depuis qu'elle était fiancée, ses jours et ses soirées étaient occupés par un tourbillon d'événements sociaux, de visites, de dîners, de bals... et il lui semblait ne plus avoir jamais une seule minute pour se reposer.

Quand il lui arrivait de rencontrer Simon, c'était presque par hasard, et toujours au milieu d'une foule si dense qu'elle ne pouvait avoir avec lui que des conversations publiques, sans intérêt et fort insatisfaisantes. Quand son fiancé venait lui rendre visite, l'après-midi, il se trouvait là toujours d'autres personnes, à commencer par Caroline, qui écoutait tout et veillait à ce que la conversation ne quittât pas les sujets les plus anodins... et les plus ennuyeux!

Les fiançailles, avec leur formalisme, commençaient à sembler interminables à Charity.

Par bonheur, les distractions ne manquaient pas.

Comme elle l'avait promis, Venetia organisa pour Charity une expédition dans les magasins. Les deux jeunes femmes s'amusèrent beaucoup au cours de cet après-midi. Avant ce jour, jamais Charity n'avait obtenu de sa mère l'autorisation d'acheter comme bon lui semblait; aussi la somme dont elle disposait, quoique fort modeste, lui paraissait-elle énorme.

Entrant dans un magasin, elle était plongée dans ces pensées et ne s'aperçut pas que Venetia murmurait ses propres recommandations à la couturière. Elle fut donc agréablement surprise de constater que les prix de ce très élégant établissement défiaient toute concurrence, ce qui lui permit de multiplier les emplettes, alors qu'elle avait pensé ne pouvoir acheter qu'une robe. Il lui restait même encore assez d'argent pour des gants, ainsi que pour des rubans et des dentelles destinés à rajeunir ses vieilles robes.

Les jeunes femmes firent charger leurs achats dans la voiture, et, bras dessus, bras dessous, reprirent à pied le chemin conduisant chez tante Ermintrude, flânant avec plaisir dans les rues élégantes de Mayfair.

— Il faut que j'organise bientôt un dîner, déclara soudain Venetia, afin de vous présenter à toute la famille : notre oncle Ambrose, et son fils, Evelyn. Oncle Ambrose est l'héritier de Durby — pour le moment, du moins. C'est quelqu'un d'assez prétentieux, mais je crois que vous aimerez Evelyn, qui a pratiquement grandi avec nous. Nous devrons bien sûr inviter aussi ma tante Geneviève, ainsi que ma sœur Elizabeth. Par chance, cousine Louisa n'habite pas dans la capitale, et nous n'aurons donc pas à subir son bavardage insipide.

— Je serai enchantée de faire la connaissance de votre famille, affirma Charity. Mais je me rends compte que je connais à peine Simon...

— Il n'est pas homme à beaucoup parler de lui-même. Nous sommes très liés tous les deux, malgré nos six ans de différence, et pourtant, il ne s'est jamais véritablement confié à moi. Je sais qu'il n'a pas été très heureux, ces dernières années.

— Depuis le décès de son épouse ? interrogea Charity.

Venetia approuva.

— Oui. L'enfant auquel elle donnait naissance est mort aussi. Après ce drame, Simon est venu s'établir à Londres. C'est là, désomais, qu'il passe la plus grande partie de son temps.

Soudain grave, elle conclut :

— Vous entendrez peut-être dire que mon frère est méchant. C'est un mensonge, auquel je vous prie de ne pas accorder foi.

Pour toute réaction, Charity murmura un acquiescement poli. Elle ne pouvait pas révéler que de telles fables étaient déjà parvenues jusqu'à elle, et qu'elles la tourmentaient.

— Il a peut-être pris d'étranges habitudes, poursuivit Venetia, et fréquenté des compagnons peu recommandables... C'est possible, oui. Néanmoins, je pense qu'il était devenu presque fou à cause de trop de douleur. Cette période n'a de toute façon pas duré très longtemps, et il ne s'est pas laissé prendre au piège de la mauvaise vie. J'ajoute qu'il était encore très jeune, puisqu'il n'avait que vingt-trois ans lorsque Sybilla est morte. Ce n'est pas, croyez-moi, un homme méchant. Au contraire ! Il s'est toujours montré très bon envers moi. Ceux qui le prétendent cruel et dur ne le connaissent pas comme moi je le connais.

— Il faut qu'il ait beaucoup aimé sa femme, murmura Charity.

Il apparaissait donc que la vérité se situait à l'opposé de ce que prétendait le billet qu'elle avait reçu dans le parc. Simon avait souffert d'un terrible chagrin à cause de son épouse, dont la mort l'avait précipité aux confins de la débauche. S'il avait tant aimé cette femme, il n'avait pu la supprimer.

En même temps qu'elles rassuraient Charity, ces pensées suscitaient en elle un sentiment étrange, presque douloureux, assez proche de la jalousie. Simon ne tenait-il à faire un mariage sans amour que parce qu'il avait trop aimé Sybilla, ou que, pire encore, il l'aimait toujours ?

Perdue dans l'évocation du passé, Venetia ne regardait pas son interlocutrice à ce moment-là ; elle se trouvait donc incapable de prendre conscience de son trouble, qu'elle alimenta par ces paroles :

— Oui, mon frère aima sa femme à la folie. Ce fut véritablement un mariage d'amour, auquel notre père s'opposa de toutes ses forces. Il disait que ces enfants étaient trop jeunes, et je suppose qu'il avait raison. Songez que Simon n'avait pas vingt ans, et Sybilla tout juste dix-sept ! Mais mon frère ne voulut rien entendre, et les disputes familiales atteignirent une rare violence. Le mariage eut finalement lieu, malgré le *veto* paternel. Et si Simon ne fut pas déshérité, comme chacun s'y attendait, le malaise avec son père perdura jusqu'à la fin des jours de ce dernier. Ces deux hommes se parlèrent à peine, désormais, et la mort de Sybilla ne résolut rien.

— Comment était-elle ? demanda Charity.

Elle se trouvait subitement dévorée de curiosité envers une femme à qui elle avait à peine accordé jusque-là quelques pensées distraites. Maintenant, elle voulait tout savoir de celle qui avait pris le cœur de son fiancé avant elle, et l'avait laissé si meurtri.

Venetia fronça les sourcils, cherchant à rassembler ses souvenirs.

— Sybilla? J'aurai, je crois, du mal à satisfaire votre curiosité. J'étais toute jeune à cette époque; et comme elle était de trois ans mon aînée, nous n'avions pas fréquenté la même école. C'est donc vous narrer que je l'ai à peine connue — d'autant qu'après son mariage, pour les raisons que je vous ai dites, le jeune couple est rarement venu à la maison. Que pourrais-je vous dire, cependant? Que Sybilla était très belle, de cela je suis sûre. Elle avait des cheveux blonds, mais pas comme les vôtres, très clairs; des yeux gris... oui, gris; ah! elle avait aussi une peau d'une pâleur étonnante. L'ensemble était admirable. J'avais entendu dire plusieurs fois que cette femme avait un profil de camée, et c'était la vérité.

Songeant à tant de perfections, qu'elle devrait faire oublier, Charity fut prise de découragement. Elle n'attendait pas l'amour de Simon, et avait fait preuve de sincérité en lui disant qu'elle se satisferait de l'arrangement qu'il lui proposait. Mais elle espérait tout de même qu'une affection grandissante naîtrait entre eux — sinon l'amour, du moins un sentiment se situant quelque part entre l'amitié et l'intimité. Maintenant, elle se demandait si le cœur de son fiancé n'était pas trop pris par ses amours défuntes pour s'ouvrir un tant soit peu à elle. Il ne lui plaisait pas d'envisager toute une vie avec un homme qui la comparerait, à ses dépens, avec le souvenir parfait d'une épouse disparue.

Venetia soupira.

— Sybilla et moi n'avons jamais nourri l'une pour l'autre des sentiments très vifs. Je pense que j'étais trop jeune pour devenir son amie; et puis — faut-il l'avouer? — j'étais un peu jalouse d'elle, car elle m'avait pris mon frère bien-aimé.

Elle soupira avec une sorte de timidité, et poursuivit :

— J'avais toujours voué un véritable culte à Simon. Aujourd'hui, je me rends compte qu'il avait à peine conscience de mon existence; il se sentait beaucoup plus proche de Hal, notre frère, avec qui il n'avait qu'un an de différence. Les deux garçons ont du reste vécu toute leur enfance en véritables jumeaux. Ils avaient constitué une sorte de solidarité très masculine, dirigée contre le monde entier, et en particulier contre les filles !

— Et Hal est mort aussi...

Une fois de plus, Charity songea aux accusations griffonnées sur la lettre, accusations infondées, puisqu'il apparaissait que Simon avait aimé son frère comme il avait adoré son épouse. Quelle haine poussait le scripteur inconnu à propager des mensonges aussi monstrueux ? Pourquoi souhaitait-il desservir lord Durby ?

— Cela a dû être terrible pour Simon, ajouta-t-elle avec tristesse.

— Oui. Cette perte a été une épreuve pour nous tous, mais Simon en a souffert plus que tout autre. Un an à peine s'était écoulé depuis la mort de Sybilla et du bébé, et il a dû se croire frappé par une sorte de malédiction. Et puis, les rumeurs commençaient à se répandre. On disait que la malchance ne suffisait pas à expliquer tant de décès, et que Simon avait sans doute aidé le destin.

— Qui colportait ces bruits ? Et pourquoi ? demanda Charity.

Elle espérait une réponse qui lui fournirait quelque indice sur son mystérieux correspondant : celui qui avait parlé était peut-être celui qui écrivait...

— Je l'ignore, avoua Venetia. Tout cela était si vague, si diffus... Personne ne parlait ouvertement, il va sans dire. Ce n'étaient que des allusions, des murmures qui cessaient lorsque je m'approchais. Néanmoins, je comprenais de quoi il était question. Même Ashford en a reçu sa part.

Un sourire apparut sur les lèvres de la jeune femme tandis qu'elle évoquait son mari.

— Pauvre George ! Lui, le plus flegmatique des hommes, a failli en venir aux mains, dans son club, à cause de ces ragots. Il a toujours été le meilleur ami de Simon.

— Cette rixe lui fait honneur, commenta Charity. L'homme qui répandait ces bruits déshonorants méritait en effet une leçon.

— Pourtant, je le pense, le malheureux ne faisait que répéter ce qu'on lui avait dit, sans y mettre de malice. En aucun cas, il n'était l'auteur de ces rumeurs.

— Qui était-il ?

— Je ne sais pas.

Venetia avait jeté d'une voix rageuse cette dénégation.

— C'était affreux pour Simon ! poursuivit-elle en détournant le regard pour cacher ses larmes. Ainsi s'expliquent son goût pour la solitude et ses fréquents accès de tristesse. Je suis sûre qu'il a été profondément blessé par les vilenies qu'on répandait sur son compte. Mais il a fait face, n'a rien laissé voir de son désarroi, et a mené sa vie comme bon lui semblait, sans s'occuper du qu'en-dira-t-on, et jetant sur le monde un regard d'autant plus hautain qu'il souffrait davantage. Cela agace, bien sûr, et c'est sans doute pourquoi, aujourd'hui encore, on entend évoquer, ici et là, des *scandales* qui n'existent que dans l'esprit de personnes mal intentionnées.

Les yeux de Charity jetèrent des éclairs, et elle serra les poings.

— Je ne conseillerais à personne de me faire de semblables *confidences*, déclara-t-elle. Car on risquerait de s'attirer une réponse fort cuisante ; une réponse dont on se souviendrait longtemps !

— Je pense en effet que vous le feriez ! s'écria Venetia, ravie.

— Cependant, je ne m'explique toujours pas pourquoi on haïrait Simon au point de vouloir le dénigrer...

— Simon se montre parfois un peu brusque, voire brutal, expliqua Venetia. Il se moque tout à fait de ce qu'on peut penser ou dire de lui ; et il a plus d'une fois offensé certaines de ses relations, sans vraiment le vouloir, d'ailleurs.

— Certes, mais cela n'autorise personne à médire sur lui de la sorte !

— Une fois qu'ils sont lancés, les bruits acquièrent une sorte de vie propre, et on ne peut plus rien pour les retenir. Les histoires enflent, prennent de l'importance, deviennent aussi de plus en plus noires. Simon, trop fier pour contre-attaquer, prouve, aux yeux de certains, sa culpabilité par son silence.

— Bien sûr.

Charity connaissait déjà assez son fiancé pour savoir que Venetia présentait une analyse exacte de la situation.

Les deux jeunes femmes atteignaient presque la maison de Charity, marchant à pas lents tout en échangeant leurs idées. Elles ne virent pas tout de suite l'homme qui surgissait au coin de la rue, et marchait vers elles d'un pas vif, sourire aux lèvres.

— Mesdames ! s'exclama-t-il en mettant chapeau bas. Quelle plaisante surprise de vous rencontrer ainsi.

— Monsieur Reed..., répondit aussitôt Charity en lui rendant son sourire.

De son côté, Venetia se raidit et se contenta, pour saluer l'homme, d'un signe de tête très sec. Son regard était on ne pouvait plus froid.

— Je sors de chez votre charmante mère, poursuivit Faraday Reed, et j'étais désolé de n'avoir pu vous saluer. Mais le destin a eu pitié de moi, puisque le mal est réparé. D'autant mieux que j'ai la joie de voir aussi lady Ashford.

Il décocha à cette dernière un nouveau sourire, très appuyé, auquel il ne fut pas répondu. Nullement déconcerté, Faraday Reed revint à Charity.

— Ne vous donnez pas le mal de procéder aux présentations, puisque lady Ashford et moi nous nous connaissons — et même très bien — depuis de nombreuses années.

Il avait dans les yeux une gaieté dont Charity ne s'expliquait pas la cause. Faisant demi-tour, il se proposa pour accompagner ces dames, et la jeune fille s'aperçut que Venetia s'arrangeait pour ne pas côtoyer celui qu'elle semblait considérer comme un importun. A ce comportement bizarre, elle ne trouva pas d'explication satisfaisante : si Simon détestait M. Reed, Venetia semblait trop mal à l'aise pour ne manifester qu'une simple adhésion au ressentiment de son frère. Une fois encore, Charity s'interrogea sur les événements fâcheux qui avaient pu dresser les deux enfants d'une même famille contre Faraday Reed.

Ce dernier escorta les deux jeunes femmes jusqu'à leur porte. Charity gravit les quelques marches menant au perron, mais Venetia s'arrêta sur le trottoir. Elle semblait très agitée.

— Il... Il vaut mieux que je rentre chez moi, dit-elle à voix basse.

Elle fit quelques pas en direction de sa voiture, qui attendait sur la chaussée. Quoique étonnée de la voir partir si vite, Charity ne s'opposa pas à son désir.

— Comme vous voulez, lui dit-elle. Merci de m'avoir consacré votre après-midi.

— Ce fut un plaisir pour moi, répondit Venetia.

Elle voulut monter dans sa voiture. C'est alors que M. Reed se précipita pour lui prendre le bras.

— Laissez-moi vous aider, lady Ashford.

Charity avait atteint le perron de tante Ermintrude. Aussi n'entendit-elle pas cet intéressant dialogue :

— Avez-vous réfléchi à ma proposition de l'autre soir? demandait Faraday Reed.

— Non, mais je ne veux pas croire que vous parlerez à George, répondit Venetia.

Reed sourit froidement tandis qu'il ouvrait la porte de la voiture. Pour tout le monde, il apparaissait comme un gentleman; pour Venetia, il n'était rien d'autre qu'un monstre malfaisant.

— Bien sûr que si ! répondit-il. A moins, bien sûr, que vous consentiez à m'apporter votre aide. Je pense que cent cinquante livres me suffiraient.

— Cent cinquante livres! Jamais je ne pourrai...

— Détrompez-vous. Il est étonnant de constater les miracles que peut accomplir une dame lorsqu'elle est pressée par la nécessité.

Reed prit alors la main de Venetia, comme pour la baiser; mais il la serra si fort que la jeune femme dut se mordre la lèvre pour ne pas crier.

— Je vous accorde encore une semaine, milady. Pas un jour de plus, ajouta-t-il d'un ton menaçant.

— Non, je vous en prie.

— Oh, mais si !

Un sourire sardonique aux lèvres, le regard dur, Faraday Reed ferma la portière de la voiture. Comme le véhicule s'ébranlait doucement, il se tourna vers Charity, pour lui sourire aussi, mais de manière beaucoup plus agréable, avant de gravir deux à deux les marches du perron.

— Je suis désolé de vous avoir fait attendre, dit-il.

— Ce n'est rien, croyez-moi, assura la jeune fille.

Elle hésita un peu avant de demander :

— Lady Ashford m'a semblé gênée. En connaissez-vous la raison ?

— Oh oui ! soupira M. Reed. C'est une triste histoire, croyez-moi. Nous avons été amis autrefois, mais maintenant... Disons seulement qu'elle est loyale envers son frère.

— Pourquoi lord Durby ne vous aime-t-il pas ? Je le comprends d'autant moins que vous vous comportez en ami sincère. Je puis d'ailleurs en témoigner. L'autre jour, quand j'ai reçu cette lettre si inquiétante, vous n'avez pas profité de l'occasion pour vous répandre en propos venimeux. Vous m'avez même proposé votre aide pour découvrir qui se livrait à de tels agissements.

D'une petite moue, Faraday Reed indiqua qu'il n'avait pas l'intention de se livrer à des confidences.

— Je vous en prie ! insista Charity. Il doit bien y avoir une explication à tant de mystères. Durby refuse de me donner le moindre éclaircissement, comme si j'étais une enfant incapable de comprendre les actions des grandes personnes.

Son interlocuteur la dévisagea longuement avant de lui prendre le bras pour lui faire redescendre l'escalier.

— Venez. Marchons un peu. Je vous dirai tout.

Ils reprirent la direction d'où ils étaient venus quelques instants auparavant.

— Durby et moi n'avons jamais été amis, commença-t-il, mais seulement des connaissances. J'étais plus proche de Venetia... je veux dire : lady Ashford... Puis il y a eu... cet incident. Si je n'en ai jamais voulu à Durby, lui s'est révélé incapable de me pardonner — ce qu'on peut trouver étonnant, puisque c'est lui qui a gagné. Enfin, ne dit-on pas que le cœur a ses raisons, que la raison ne connaît point ?

Charity tourna brusquement la tête vers Reed. Son cœur s'était mis à battre à coups furieux. Elle se sentait la proie d'une rage aussi soudaine qu'inexplicable. Au prix d'un violent effort sur elle-même, elle parvint à garder une voix ferme et sereine pour demander :

— Dois-je comprendre que vous avez courtisé la même lady ?

Un sourire effleura les lèvres de Reed.

— Oh ! Nous n'en sommes pas venus aux poings, et encore moins à un duel ; rien de bien dramatique, vous en conviendrez. Il faut dire aussi que la femme en question n'était pas exactement une lady... N'empêche que nous sommes vraiment entrés en compétition pour elle.

Ces deux hommes s'étaient donc affrontés pour gagner les faveurs d'une femme de petite vertu... Comment, dès lors, s'étonner du peu d'empressement que montrait Durby lorsqu'il s'agissait de s'expliquer sur cet épisode de sa vie ? Les mâchoires serrées, Charity songea à la douzaine de réflexions très blessantes qu'elle lui servirait avec plaisir, la prochaine fois qu'elle le verrait... En même temps, elle savait qu'elle n'en ferait rien, car une lady n'était pas censée connaître l'existence des belles de nuit. Et puis, les événements dont il s'agissait s'étaient passés bien longtemps avant sa rencontre avec Simon ; elle n'avait aucun droit de lui adresser le moindre reproche pour ce qui devait être considéré comme une peccadille. Agir différemment eût été pris comme une vengeance tardive, sans objet, et du plus mauvais goût.

A côté de cela, Charity ne laissait pas de s'étonner à propos de sa propre réaction, qui n'avait en fait rien à voir avec la jalousie. Ce qui la blessait dans cette affaire, elle en avait bien conscience, n'était pas tant que Durby eût recherché la compagnie des femmes de petite vertu, mais qu'il eût pu accorder à l'une d'elles assez d'intérêt pour s'abaisser à haïr encore, des années après, un concurrent pourtant moins chanceux que lui. L'avait-il donc tant aimée ? L'aimait-il encore ? Il avait déjà été assez pénible pour Charity d'apprendre que Simon avait chéri sa première épouse jusqu'à la déraison ; il lui était insupportable de songer qu'une autre femme hantait peut-être encore la vie de son fiancé... Voilà qui laissait en tout cas mal augurer de leur futur mariage. D'autant qu'il était fort possible — hypothèse atroce entre toutes ! — que Simon, alors qu'il avait demandé et obtenu sa main, continuât d'entretenir une maîtresse.

A cette pensée, Charity sentit son regard se brouiller de larmes.

— Merci de m'avoir dit la vérité, monsieur Reed, déclara-t-elle. Je suis heureuse que vous m'en ayez jugée digne. Je crois que j'aimerais rentrer à la maison, maintenant.

— Comme vous voudrez, répondit son interlocuteur, qui entreprit aussitôt de refaire le chemin en sens inverse. J'espère ne pas vous avoir choquée par mes révélations.

— Bien sûr que non, répondit Charity avec un sourire forcé.

Elle se rendait compte qu'il était un peu sot de laisser une telle jalousie la perturber. Il n'avait jamais été question de mariage d'amour avec Simon, mais d'un simple arrangement pour leur mutuelle satisfaction. Alors qu'elle n'aimait pas son futur mari, elle ne devait pas s'attendre à la moindre affection de sa part.

Et pourtant...

Si c'était une chose que d'avoir un mari qui ne vous aimait pas, c'en était une autre que de voir son époux soupirer après d'autres femmes; que d'imaginer son fiancé, à ce même moment, passant d'agréables moments dans les bras de sa maîtresse!

7.

Quelques jours plus tard, Charity fut éveillée par les criaillements de ses plus jeunes sœurs. Une vive dispute avait éclaté entre Belinda et Horatia.

Vivant en recluses depuis le début de leur séjour dans la capitale, sans escapades grâce à quoi elles eussent pu libérer leur trop-plein d'énergie, sans les divertissements qui accaparaient — et tant fatiguaient ! — leurs aînées, ces deux jeunes personnes s'énervaient et devenaient de plus en plus irritables. Le moindre incident dégénérait en querelle majeure ; et la dernière en date avait pour prétexte une brosse à cheveux de Belinda, que Horatia avait empruntée et oublié — ou négligé — de rendre en temps opportun. L'explication avait vite donné lieu à des cris et à des cheveux tirés.

Tout d'abord, Elspeth avait essayé de mettre un terme à tant de bruit, qui lui causait une forte migraine — hélas ! sans succès. Ce fut alors que Serena et Charity firent à leur tour irruption sur le lieu de l'affrontement, afin de séparer les belligérantes. La tâche ne fut pas aisée, et il fallut que Serena poussât les hauts cris pour se faire entendre dans le tintamarre causé par les trois autres.

— Arrêtez ! s'écria-t-elle. Arrêtez tout de suite ! Etes-vous devenues folles ? Gare à vous si vous réveillez maman !

Soudain conscientes de la formidable colère dont elles seraient les victimes si jamais leur mère se mêlait de leurs affaires, les filles se calmèrent instantanément, n'exprimant plus leur animosité que par des murmures et des regards vengeurs.

— C'est sa faute ! protesta Belinda en adressant une horrible grimace à sa plus jeune sœur. Elle ne me rend jamais ce qu'elle m'emprunte.

— Peut-être, mais moi je ne suis pas une pleurnicharde égoïste comme vous ! rétorqua Horatia.

— Les filles, je vous en prie ! soupira Serena.

— Elles ne mettent jamais le nez dehors, avança alors Charity en guise d'explication. Je sais ce que c'est, car j'ai connu cette situation, il n'y a pas si longtemps. Nous sortons à peine, depuis que nous sommes à Londres. Nous avons certes nos soirées mondaines, mais je rêve d'une bonne promenade en pleine nature...

— Vous, au moins, vous allez au bal et à l'opéra ! lança Belinda avec aigreur. Moi, je suis coincée ici jour et nuit, avec cette... cette gamine !

— Ne traitez pas votre sœur de gamine ! répliqua machinalement Serena. Charity, vous avez raison. Je pense que nous avons toutes besoin de prendre l'air. Pourquoi, dans ces conditions, n'irions-nous pas à Hyde Park ? Les filles pourraient courir tout leur soûl, et personne ne se plaindra de prendre un peu le soleil.

— Voilà une excellente idée ! approuva aussitôt Charity.

— Que cela va être fatigant ! soupira Elspeth.

— Cela vous fera le plus grand bien, insista Serena.

Elle prit par le bras sa sœur toujours si lasse, et l'entraîna devant la fenêtre.

— Regardez comme il fait beau. Telle une bonne fée, le soleil printanier fera disparaître votre migraine d'un coup de baguette magique !

— Oui, peut-être... mais il faudra tout de même que je porte un châle pour me protéger de la fraîcheur.

— C'est cela, approuva Serena.

Ce disant, elle adressa un regard sévère à Charity, qui s'apprêtait à émettre un jugement peu charitable sur les frilosités de sa sœur.

Charity leva les yeux au ciel, mais retint sa langue, et se hâta de retourner dans sa chambre. Là, elle passa une des vieilles robes qu'elle avait apportées à Londres. Elle ne voulait pas gâter ses vêtements neufs pour une simple promenade ; et puis, la matinée n'étant pas encore très avancée, il y avait peu de chance qu'elle rencontrât des connaissances dont le regard critique lui eût fait honte.

Une demi-heure plus tard, les cinq sœurs marchaient d'un bon pas vers le parc.

Juste avant leur départ, Serena s'était demandé si elles ne devaient pas se faire accompagner par une servante d'Ermintrude ; mais Charity avait très facilement réduit à néant cette suggestion de bienséance en arguant qu'elles étaient en trop grand nombre pour risquer quoi que ce fût. De surcroît, il ne se trouverait personne, dans les rues ou le parc, pour les apercevoir et commenter leur conduite.

Dès leur arrivée dans le parc, Elspeth, déjà exténuée, se laissa tomber sur un banc et, s'enveloppant dans son vaste châle, déclara qu'elle ne ferait pas un pas de plus. Serena s'assit à côté d'elle, du papier et un crayon en main, car elle avait l'intention d'écrire une longue lettre au révérend.

De leur côté, Charity et les deux cadettes s'engagèrent dans une partie de « chat perché » fort animée qui, très vite, leur fit oublier toute retenue. Même Belinda, pourtant la plus réservée, s'abandonna à la joie du moment. Les trois filles se mirent à courir sans trêve ni repos, criant et hurlant de rire. L'inévitable arriva : Charity glissa sur l'herbe humide et s'étala de tout son long. Comme elle se relevait, elle constata que sa robe était à présent tachée de longues traces verdâtres. Elle avait aussi perdu dans la bataille plusieurs épingles à cheveux, et de longues mèches retombaient sur son visage, lui donnant l'apparence d'une sauvageonne.

Un petit chien qui passait non loin de là, sous les arbres, s'arrêta pour observer la scène. Ses oreilles dressées trahissaient l'intérêt qu'il portait à un spectacle si inattendu. Il poussa soudain un jappement plein de joie et s'élança en direction des trois jeunes filles. Comme s'il voulait lui aussi jouer à « chat perché », il multiplia les bonds et les aboiements, puis s'arrêta brusquement.

Assis, la tête penchée sur le côté et une patte de devant dressée, il attendit.

— Qu'il est laid ! s'exclama Elspeth qui, de son banc, avait observé toute la scène. Il est tout sale, en plus. Eloignez-le ! Je suis sûre qu'il sent mauvais.

— Voyons, Elspeth ! protesta Charity. Ne soyez pas si méchante. Moi, je trouve qu'il est très mignon, ce petit chien.

— Mignon ? s'exclama Elspeth, choquée.

Charity observa alors l'animal de plus près. Il était assez gros, jugea-t-elle, avec des poils qui eussent mérité une coupe et des jambes trop longues pour sa taille. Une de ses oreilles restait fièrement dressée tandis que l'autre retombait de façon comique, comme un vieux chiffon. La couleur du pelage se laissait mal définir, d'autant plus que l'animal était en grande partie couvert de boue. Cela établi, le chien avait un air fort sympathique, et semblait sourire à celles qu'il s'était choisies comme compagnes de jeu...

Il n'en restait pas moins qu'Elspeth avait raison : il était fort laid, malgré sa langue rose qui pointait entre les crocs trop petits pour inspirer la frayeur. « Laid, mais intéressant ! » conclut Charity, qui se refusait à renier son premier jugement.

Serena leva alors les yeux et évalua la situation.

— Faites attention, les filles ! recommanda-t-elle. Cette bête ne m'inspire pas confiance.

— Il veut jouer, c'est tout ! assura Charity.

Elle regarda autour d'elle et trouva ce qu'elle cherchait : un bâton, qu'elle ramassa, puis agita devant le museau du chien, avant de le jeter au loin.

Ravi, l'animal se précipita à la poursuite de l'objet tourbillonnant. Il ne tarda pas à revenir, pour déposer le bâton aux pieds de sa nouvelle maîtresse. Le regard humide, la queue frétillante de plaisir, il attendit sa récompense.

— Oui, lui dit Charity, de plus en plus attendrie. Tu es un chien-chien très intelligent.

La brave bête se planta sur son arrière-train et posa ses deux pattes de devant sur la robe de la jeune fille, qu'il orna de taches supplémentaires, brunâtres celles-ci. Insoucieuse de son apparence, Charity lui gratta le crâne, avant de se saisir du bâton pour le renvoyer dans les buissons.

Horatia et elle s'amusèrent ainsi un long moment avec leur nouveau compagnon, jusqu'à ce que Belinda, qui enrageait de se sentir abandonnée, se joignît au trio. Charity, qui s'était beaucoup dépensée, se laissa alors tomber sur l'herbe, pour se reposer un peu. Elle observa ses jeunes sœurs qui poursuivaient le dressage du chien et tentaient de lui apprendre des tours plus élaborés.

Le temps passa rapidement. Il fut presque midi, et les filles se découvrirent un appétit d'ogresses. D'un commun accord, elles décidèrent qu'il était temps de rentrer à la maison.

— Il est même plus que temps! ajouta Serena, qui venait de jeter un regard désespéré sur les robes salies et déchirées. Je ne voudrais pas qu'on nous voie dans cette tenue...

Charity souleva sa propre robe pour prendre la mesure des dégâts.

— Iriez-vous jusqu'à dire que je ne ressemble pas à une future comtesse? s'enquit-elle en gloussant.

— Une comtesse? s'exclama Elspeth avec mépris. On vous prendrait plutôt pour une fille des rues, oui! Mais le plus scandaleux, c'est que vous entraînez les plus jeunes dans vos jeux imbéciles, et que même Horatia commence à vous imiter.

— Vous racontez vraiment n'importe quoi! protesta Charity. Il n'est pas déshonorant de jouer et, que je sache, Horatia n'a pas encore l'âge d'une douairière.

Cela fut dit sans trop d'animosité, Charity étant trop accoutumée aux méchantes humeurs de sa sœur pour les prendre tout à fait au sérieux.

— En tout cas, ajouta Horatia, je préférerais ressembler à Charity qu'à Elspeth. Je ne veux pas périr d'ennui!

Elspeth jugea indigne d'elle de répondre à cet outrage. Tournant le dos à l'adversité, elle se mit en chemin, serrant son châle sur ses frêles épaules. Ses trois sœurs la suivirent à quelques pas — de même que le chien.

— Regardez qui nous suit ! s'exclama soudain Serena avec embarras. Qu'allons-nous faire de lui ? Charity, je vous en prie, faites-le partir.

— Mais je l'aime ! protesta Charity. Pourquoi ne pas le prendre avec nous ? Bien propre, il sera un animal de compagnie très convenable.

— C'est impossible ! Vous savez très bien que tante Ermintrude ne supporte pas les chiens.

— C'est vrai, admit Charity, soudain découragée. Jamais elle ne laissera cet animal franchir le seuil de sa demeure.

Comme s'il était conscient d'être l'objet de ce débat animé, le chien déployait ses maigres charmes, faisait le beau et poussait des gémissements attendrissants. Serena, qui l'observait d'un œil critique, reprit :

— Je ne pense pas, en effet, qu'il sera le bienvenu chez tante Ermintrude. Quand bien même il serait lavé et brossé, elle ne voudra pas le voir dans ses meubles.

— C'est désolant, soupira Charity.

— Mieux vaut l'abandonner ici...

Serena multiplia alors des gestes censés faire comprendre au chien qu'il devait s'éloigner. Réfugié dans la robe de Charity, l'animal observa toute cette pantomime avec intérêt, sans pour autant se décider à obtempérer.

— Charity, faites quelque chose ! ordonna bientôt Elspeth d'un ton impatient.

— Que me conseillez-vous ? Je refuse de lui donner des coups de pied ou de lui jeter des pierres. De toute façon, je crois que cela ne servirait à rien. On dirait qu'il nous a choisies.

De fait, le chien ne quittait pas Charity, comme s'il lui appartenait déjà.

— Il faudrait trouver un endroit où le cacher, souligna la jeune fille. Voyons si nous ne connaîtrions pas quelqu'un capable de l'héberger, jusqu'à ce qu'il nous soit possible de le ramener à la maison. Papa ne sera pas hostile à cet animal, j'en suis sûre.

Elspeth intervint d'un ton aigre.

— Je vous rappelle que vous serez bientôt mariée ! Croyez-vous sincèrement qu'un lord laissera son épouse entretenir un chien aussi déplaisant ?

— Durby ! s'exclama alors Charity. Bien sûr ! Pourquoi n'ai-je pas tout de suite pensé à lui ? Allons, les filles, cherchons de quoi confectionner une laisse pour *mon* chien. Nous ne pouvons pas le faire sortir du parc sans le tenir attaché, car il risquerait de s'élancer sur la chaussée, où il se ferait écraser.

— Qu'avez-vous encore imaginé ? demanda Serena, interloquée. Que voulez-vous imposer à lord Durby ?

— Je compte seulement lui demander de prendre mon chien en pension, dans sa résidence campagnarde. Chanceux sera très heureux de chasser les lapins.

— Chanceux ?

— Oui, c'est le nom que j'ai décidé de lui donner... parce qu'il a eu de la chance de se promener dans le parc au moment précis où nous y étions nous-mêmes.

— Chanceux ou pas, dit Elspeth, je doute que lord Durby accepte chez lui un bâtard pareil. Cet animal est dégoûtant !

— D'abord, nous l'amènerons à la maison pour lui faire subir un toilettage complet, énonça Charity avec patience. Tante Ermintrude n'aura pas la cruauté de lui refuser un bon bain. Ensuite, je conduirai Chanceux chez lord Durby.

— Vous ne pouvez pas vous rendre seule chez cet homme ! s'exclama Elspeth, épouvantée. Avez-vous perdu la raison ? Ce serait la ruine de votre réputation. Il ne suffit pas d'être la fiancée de lord Durby pour avoir le droit de lui rendre visite.

— Elle a raison, dit Serena.

Et elle appuya son propos d'un regard d'avertissement.

— Comme vous voulez, soupira Charity. Un valet de tante Ermintrude conduira donc Chanceux chez lord Durby, à qui j'écrirai une lettre pour tout expliquer.

— Je ne suis pas sûre qu'il veuille de cet animal..., reprit Serena d'un ton raisonnable.

— Ne soyez pas bête ! Mon fiancé comprendra que nous ne pouvons pas garder Chanceux avec nous, afin de ne pas indisposer tante Ermintrude, et que c'est donc à lui de se dévouer. D'ailleurs, je suis persuadée qu'il adore les chiens. Je n'imagine pas qu'il puisse en être autrement.

Serena jeta un nouveau coup d'œil à l'objet de la controverse, et soupira. Vraiment, ce chien n'avait rien pour plaire ; et il y avait fort à parier que lord Durby n'en voudrait pas, même pour le cacher dans la plus lointaine de ses résidences provinciales.

Sur ces entrefaites, Horatia découvrit un morceau de ficelle assez long pour confectionner une laisse de fortune, qu'on passa immédiatement au cou de l'animal. C'est dans cet équipage que les cinq sœurs sortirent de Hyde Park, l'animal trottant au côté de Charity.

Elles ne tardèrent pas à découvrir que Chanceux se conduisait fort bien. S'il observait d'un œil intéressé les voitures et les fiacres qui circulaient en nombre, il ne tentait jamais de se lancer à leur poursuite. Les passants n'eurent pas non plus à se plaindre de l'animal.

Tout se serait donc bien passé, sans l'arrivée de la voiture-citerne...

Cet énorme camion était arrêté le long du trottoir, le malheureux cheval qui le tirait écroulé entre les brancards. Rouge de fureur, le charretier jouait une scène digne de son état.

— Lève-toi, sale fainéant ! hurlait-il en brandissant son fouet. Bon à rien ! Lève-toi, ou je te jure que je te crèverai.

Pour prouver qu'il ne plaisantait pas, il assena plusieurs coups terribles sur le dos du pauvre animal, qui accomplit un effort désespéré pour se relever. En vain.

Emues par la détresse du cheval, choquées aussi par le comportement brutal de l'homme, Charity et ses sœurs s'étaient arrêtées pour observer la scène. Comme le charretier levait de nouveau son fouet, Charity ne put se contenir.

— Non ! cria-t-elle.

L'homme s'arrêta, le bras en l'air, et fit demi-tour pour voir qui l'interrompait ainsi.

— Passez votre chemin ! ordonna-t-il d'un ton rogue. Mêlez-vous de ce qui vous regarde.

De nouveau, il cingla le dos du cheval, qui tremblait de douleur. N'y tenant plus, Charity abandonna la laisse de Chanceux et se précipita sur l'homme. Elle attrapa le fouet au vol et, le regard brillant de rage, s'écria :

— Grande brute ! Laissez ce pauvre animal tranquille. Ne voyez-vous pas qu'il est trop faible pour la tâche que vous lui imposez ? Il a travaillé de tout son cœur pour vous, et voilà la façon dont vous le remerciez !

— Charity ! lança Serena, fort contrariée.

Elspeth, pour sa part, regardait de tous côtés et voyait avec inquiétude grossir la foule des badauds.

— Ecoutez-moi bien, *missy*, reprit le charretier. Je vous l'ai déjà dit : cela ne vous concerne pas. Maintenant, filez, sinon...

Il agita son fouet d'un air menaçant. Mal lui en prit, car Chanceux se précipita alors pour défendre sa jeune maîtresse.

Tous crocs dehors, le chien bondit. Surpris, l'homme chancela, recula d'un pas pour recouvrer son équilibre, posa le pied sur une pierre ronde et tomba lourdement sur le trottoir.

Quelques rires fusèrent dans la foule.

Le visage écarlate, les yeux exorbités, le charretier se releva en égrenant une belle litanie de jurons tandis que Chanceux grondait et se plaçait devant Charity pour la défendre encore en cas de besoin.

Le charretier se baissa pour ramasser une pierre. Chacun, aussitôt, comprit qu'il la destinait au chien. Déjà, il levait le bras...

Vive comme l'éclair, Charity se baissa et s'empara du fouet qui gisait à terre. Levant le bras à son tour, elle en fit claquer la lanière, qu'elle enroula autour du bras du charretier. Celui-ci fut contraint de laisser tomber son projectile.

Surpris, l'homme ouvrit la bouche, mais ne cria pas. La main sur son bras, il regarda, hébété, la jeune fille qui osait s'attaquer à lui. Le chien, quant à lui, montait toujours la garde.

— Petite traînée ! rugit le charretier. Attends que je m'occupe de toi ! Ton molosse et toi vous allez bientôt regretter d'avoir croisé le chemin de Dan McConnigle !

Il ponctua cette déclaration d'une nouvelle bordée de jurons, très grossiers, qui firent rougir les dames, et même certains hommes.

Les jeunes filles, quant à elles, ne saisirent aucun des termes orduriers dont elles étaient qualifiées. Seule l'intonation du malappris leur permit de mesurer la fureur qui était la sienne. Craignant un nouvel assaut, les sœurs Emerson firent bloc autour de Charity tandis que les badauds prenaient parti pour l'un ou l'autre camp, se manifestant par des encouragements ou des paroles pleines de dérision.

La main serrée sur le manche de son fouet, Charity défiait son adversaire. Comment allait-elle se sortir de cette situation ? Elle l'ignorait. Elle n'était sûre que d'une chose : elle ne voulait pas céder devant ce monstre.

Non sans soulagement, elle aperçut alors un homme en uniforme bleu qui se frayait un chemin dans la foule.

— Que se passe-t-il ici ? demanda-t-il lorsqu'il eut rejoint le centre du cercle.

— Sergent ! s'exclama Serena. Que nous sommes heureuses de vous voir !

— Cette folle a pris mon fouet et s'en est servie pour me frapper ! s'écria le charretier en désignant Charity.

Cette dernière, non sans un dédain affiché, admit très volontiers le délit.

— Oui, j'ai fait cela, confirma-t-elle en jetant son arme sur le sol. Cet homme est une brute. Il frappait son cheval à tour de bras. Et chacun peut constater que la pauvre bête n'en peut plus.

Le policier se tourna vers le charretier. Sous sa moustache, un fin sourire étira ses lèvres.

— Est-ce vrai ? demanda-t-il.

N'obtenant aucune réponse, il ajouta :

— Il semble donc qu'une frêle jeune fille a eu raison de vous...

Le charretier rougit sous l'outrage.

— Il n'y avait pas qu'elle ! lança-t-il pour se défendre. Le fauve m'a attaqué aussi.

Et il désigna le chien.

— Chanceux n'est pas un fauve ! répliqua Charity. Il ne vous a même pas mordu. En revanche, il n'est pas faux de dire qu'il m'a défendue.

— Je ne l'ai même pas touchée ! se défendit le charretier. Cette fille est folle, sergent ! Elle s'est jetée sur moi sans raison, et elle a commencé de se mêler de mes affaires pour me dicter ce que je devais faire et ne pas faire... Dites-moi : un honnête travailleur n'a-t-il plus aucun droit ? J'accuse cette créature de troubler l'ordre public. A mon avis, elle s'est échappée d'un asile.

— Comment ? s'écria Charity. Vous osez tenir de tels propos ? Je vais vous...

— Allons, mademoiselle, allons ! intervint le policier en levant la main.

Charity s'interrompit, prenant soudain conscience qu'elle n'avait pas une tenue propre — c'était le cas de le dire... — à inspirer confiance. Elle avait endossé une vieille robe qui, de surcroît, avait beaucoup souffert durant les jeux de la matinée. Avec sa coiffure défaite, elle ressemblait effectivement à une fille des rues.

— Nul n'est autorisé à courir dans la ville pour empêcher les gens de vaquer à leurs occupations, déclara le policier. A mon avis, vous feriez mieux de rentrer chez vous.

— Cela signifie-t-il que vous ne ferez aucune observation à cet homme ? demanda Charity, incrédule.

— Des observations ! répéta le charretier d'un ton gouailleur. C'est bien à vous d'en proposer !

Conscient que le policier prenait son parti, il se tourna vers lui et énonça cette plaidoirie *pro domo* :

— Sergent, la fille m'a fait perdre un temps précieux, elle a tenté de me voler mon fouet et son chien, une bête vicieuse et féroce, m'a attaqué. Les laisserez-vous filer ?

— Aucun mal n'est résulté de tout cela, observa le policier. Je ne peux donc pas prendre de sanctions...

— Ce n'est pas mon avis ! s'écria Serena.

Elle exprima alors son point de vue, fort critique, sur le charretier, avant que celui-ci ne dressât un tableau exagéré des dommages, physiques et moraux, qu'il avait subis au cours de l'algarade. Autour d'eux, le brouhaha enfla de nouveau, les badauds tenant à faire part de leurs appréciations en faveur de l'un ou l'autre des partis.

Très ennuyé, le policier jeta un regard inquiet sur la foule. Déjà, deux hommes d'avis opposés semblaient prêts à en venir aux mains pour faire valoir la justesse de leur point de vue. Il ne faudrait plus longtemps pour que la scène dégénérât en émeute.

Il convenait donc de prendre une décision, et vite !

— Très bien, très bien ! dit-il alors. Mademoiselle, pourquoi n'irions-nous pas, vous, votre chien et moi, nous expliquer au poste ?

Il saisit le bras de Charity, qui se dégagea d'un geste sec et lui décocha en même temps son regard le plus noir et hautain — imitant ainsi la mimique de sa mère lorsque celle-ci voulait impressionner son monde.

— Comment osez-vous porter la main sur moi ? demanda-t-elle d'une voix terrible. Avez-vous l'intention d'arrêter la comtesse de Durby ?

Le policier se pétrifia. Il ouvrit une grande bouche par où s'échappa toute son autorité. Autour d'eux, s'instaura un lourd silence.

Jusqu'à ce que quelqu'un se mît à rire, sans gêne aucune.

— Bien sûr ! s'exclama le charretier. Chacun peut voir que nous avons affaire à une comtesse. Je vous l'ai dit, sergent : elle sort de l'asile.

Son index droit, sur son front, exécuta un mouvement fort significatif.

— Mais oui, je suis comtesse ! protesta Charity. Ou plutôt, je le serai bientôt. Je suis fiancée au comte de Durby.

Le policier jeta un nouveau coup d'œil aux vêtements usés et salis, puis au petit monstre à quatre pattes. Il soupira.

— Mademoiselle, je crois que vous vous faites du tort

en proférant de telles insanités. Il vaudrait mieux me suivre au poste. Nous demanderons alors à votre famille de venir vous rechercher.

Charity sentit la panique l'envahir. Elle imaginait fort bien la réaction de sa mère si elle devait se rendre dans un commissariat de police pour tirer ses filles de leur cellule. Quant à Durby, il serait la risée de tout Londres si l'aventure venait à être ébruitée.

Il fallait éviter à tout prix le scandale.

— Je suggère, dit la jeune fille, que nous nous rendions pour commencer au domicile de lord Durby. Ni lui ni ma tante, lady Bankwell, ne seraient enchantés d'apprendre que j'ai été incarcérée. Sergent, si vous tenez à votre avancement, il vaudrait mieux y réfléchir à deux fois avant de porter la main sur moi...

Le policier était ébranlé. L'attitude et la voix de Charity témoignaient d'une excellente éducation, et elle avait un air aristocratique qui ne trompait pas. Bien sûr, il y avait cette robe... Mais après tout, la noblesse était coutumière de telles excentricités. Il se pouvait donc fort bien qu'il eût affaire à une future comtesse, qui prenait plaisir à s'habiller de haillons pour se promener en compagnie d'un horrible bâtard.

— J'accepte votre requête, lui répondit-il. Ne croyez-vous pas que nous risquons de déranger Sa Grâce en lui demandant de confirmer vos dires ?

— Cette façon de procéder me semble très préférable à celle qui consisterait à le faire venir au poste, rétorqua Charity.

Elspeth gémit.

— Il est bien vrai, intervint Serena en s'approchant, que ma sœur est fiancée à lord Durby.

— Il veut l'épouser ! ajouta Horatia, pleine d'espoir.

— Allons-y ! reprit Charity. La maison de lord Durby n'est pas très loin d'ici : elle se trouve dans Arlington Street.

Cette insistance balaya les derniers doutes du policier.

— Comme vous voudrez, dit-il. Mais je vous préviens : n'essayez pas de me jouer quelque tour...

Comme il s'apprêtait à reprendre le bras de sa prisonnière, celle-ci lui jeta un regard empli d'une telle morgue qu'il renonça. Il se contenta de la suivre de près, alors qu'elle fendait déjà la foule.

Le charretier leur emboîta le pas. Derrière, venaient les quatre sœurs Emerson, puis ceux des badauds — la plupart, en fait — qui avaient envie de connaître l'issue de cette curieuse affaire.

Charity marchait d'un pas vif, le visage impassible. Son cœur, lui, battait un peu plus vite que la normale. Une question lancinante la tourmentait : Comment réagirait lord Durby ? Que dirait-il ?

Le trajet, ainsi qu'elle l'avait indiqué, n'était pas long. Bientôt, le cortège atteignit la porte de l'hôtel Durby. Charity s'arrêta, et se tourna vers le policier pour lui dire, avec une assurance qu'elle était loin de posséder :

— Nous y sommes !

Le policier examina l'imposante façade. Il hésitait de nouveau. Lui aussi s'était posé de nombreuses questions en chemin, et il était de moins en moins sûr d'agir pour le mieux. Interroger de la sorte un lord n'entrait pas dans ses attributions, en temps normal. Ne se préparait-il pas à commettre un impair ? Ne risquait-il pas de se faire jeter à la rue ?

Très nerveux, il interrogea Charity du regard.

— Alors ? lui dit celle-ci. Il faut frapper à la porte.

— Oui, mademoiselle.

Le policier se redressa, glissa dans le col de sa vareuse un index fébrile, et gravit à pas lents les marches conduisant au perron. D'une main tremblante, il souleva l'anneau de laiton.

Quelques instants plus tard, la porte tournait sans bruit sur ses gonds bien huilés.

Le majordome parut qui, de son œil impassible, toisa le policier. Puis il vit le charretier ; puis la foule massée sur le trottoir. Moins impassible soudain, il s'enquit de l'objet de cette visite si inattendue :

— Oui ?

Le policier toussota avant de répondre.

— Je suis ici pour une affaire concernant... euh, le comte de Durby. Est-ce bien ici qu'il réside?

— Certainement. De quoi s'agit-il?

— J'ai avec moi une jeune fille, reprit le policier. Elle...

La jeune fille dont il était question prit la parole.

— Chaney, voulez-vous, je vous prie, informer Sa Grâce que nous sollicitons l'honneur d'un entretien?

Le majordome découvrit alors Charity, qui se tenait sur le trottoir parmi la foule. Il la regarda longuement. Puis il ouvrit la bouche, sans qu'aucun son ne franchisse ses lèvres. Il regarda encore, et aperçut alors l'étrange animal qui semblait accompagner la demoiselle. De plus en plus étonné, il murmura :

— Mademoiselle Emerson !

— Oui, Chaney, c'est bien moi. J'éprouve quelques difficultés à faire reconnaître mon identité. C'est pourquoi mes sœurs et moi avons besoin de l'aide de lord Durby.

— Très bien, mademoiselle.

Le majordome reprit, non sans mal, son masque impassible. Puis il s'effaça en ouvrant plus largement la porte.

Charity gravit très vite les marches du perron, et pénétra dans le hall. Chanceux la suivit en frétillant de la queue. Le policier invita ensuite les quatre autres sœurs Emerson à prendre le même chemin, puis fit signe au charretier d'entrer aussi. Il pénétra le dernier dans la maison, et la porte se ferma derrière lui.

Chaney étudia le petit groupe en se demandant où il devait placer des visiteurs si mal assortis.

Les demoiselles Emerson avaient droit, bien sûr, au salon, malgré leurs tenues frisant l'indécence; mais le sergent; et l'autre, qui semblait si mal dégrossi? C'était un cas d'école inédit, et fort difficile à résoudre. Un instant, le majordome envisagea de conduire les cinq jeunes filles vers le salon, en laissant les deux hommes dans le hall. Mais un nouveau coup d'œil à la robe si sale de Charity le détourna de cette solution. S'inclinant brièvement, il partit à la recherche de lord Durby pour remettre entre ses mains le délicat problème.

Tandis que Chaney s'éloignait, Charity ne put s'empêcher de jeter au policier, puis au charretier, un regard de triomphe. Mal à l'aise, les deux hommes examinaient à la dérobée le cadre somptueux qui les entourait, tout en surveillant le grand escalier que venait d'emprunter le majordome.

Quelques instants plus tard, Simon descendit les marches de marbre. Il portait une somptueuse robe de chambre de velours sombre, qui faisait paraître plus blanche encore sa chemise empesée. Il s'arrêta sur le palier pour embrasser d'un froid regard le petit groupe de visiteurs.

Et enfin, il posa les yeux sur Charity.

8.

— Chère mademoiselle Emerson ! s'écria lord Durby. Quel plaisir de vous revoir !

Ses lèvres s'étirèrent en un sourire ironique, qu'il réprima avant de poursuivre :

— Je vous prie de pardonner mon étonnement, mais votre... comment dirais-je ? votre apparition si... inattendue, m'a pris de court. Je vois que vous m'avez amené vos sœurs, mais qui sont ces gentlemen ? Je ne crois pas avoir eu déjà le plaisir de faire leur connaissance...

Charity ne put réprimer un soupir de soulagement.

— Lord Durby, répondit-elle, je vous supplie de confirmer mon identité au sergent. Il refuse de croire que je suis votre fiancée, et il prétend même que je me suis échappée de l'asile... Enfin, c'est le charretier qui dit cela, mais le résultat est le même. D'abord, je ne voulais pas vous importuner avec cette affaire, mais quand il a été question de m'emmener au poste, j'ai révélé que j'étais votre fiancée.

— Et vous avez fort bien agi, déclara Simon, imperturbable.

Son regard se posa alors sur le chien.

— Puis-je vous demander qui est votre ami ?

— C'est Chanceux. Nous l'avons trouvé dans le parc, et il nous a été impossible de l'abandonner.

— Je vous comprends, murmura Simon, qui semblait fasciné par tant de laideur animale. Mais pourquoi est-il si sale ?

Charity éclata de rire.

— Arrêtez ! protesta-t-elle. Cette affaire est sérieuse.

— Je m'en rends compte, puisqu'elle nécessite la présence d'un policier.

A l'évidence, celui-ci regrettait de plus en plus d'être venu. Il regardait autour de lui comme s'il cherchait une issue lui permettant de fuir très vite.

— Voudriez-vous, reprit Simon, m'expliquer maintenant les rapports qui existent entre votre chien et ces deux gentlemen ?

Charity raconta, avec émotion, la scène affreuse dont elle avait été le témoin : le pauvre cheval battu par un homme sans cœur, son action pour faire cesser cette insupportable démonstration de cruauté, les menaces subséquentes et, enfin, la courageuse intervention de Chanceux pour la défendre.

— Alors, conclut-elle avec indignation, *il* a voulu jeter une grosse pierre sur Chanceux. C'est pourquoi j'ai bloqué son geste au moyen du fouet.

Les sourcils de Durby se haussèrent sensiblement tandis qu'il demandait confirmation.

— Vous avez cinglé cet homme avec un fouet ?

Quand Charity eut acquiescé d'un hochement de tête, Durby éclata de rire.

— Par Dieu, s'écria-t-il, j'aurais aimé voir cela !

Mais lorsqu'il se tourna vers le charretier, il ne semblait plus amusé du tout.

— Misérable ! lança-t-il d'un ton glacial. Incapable de vous défendre contre une jeune fille et un petit chien, vous êtes en outre obligé d'appeler un policier à votre aide !

L'homme, qui n'avait déjà pas apprécié le compte rendu fait par Charity, rougit violemment sous l'accusation implicite de lâcheté qui venait d'être proférée.

— Elle m'empêchait de travailler ! lança-t-il. Est-ce qu'on a le droit de fourrer son nez dans les affaires des honnêtes commerçants ? Que dois-je faire, moi ? Me laisser ruiner ? Si je n'avais pas eu affaire à une miss, c'est une querelle que j'aurais réglée avec mes poings !

— Une miss armée d'un fouet et secondée par son chien,

corrigea Durby, non sans amusement. Je comprends votre hésitation...

Le charretier ouvrit la bouche pour clamer son courage mais, conscient sans doute qu'il n'aurait pas le dessus, il se contenta de croiser les bras pour bougonner quelques propos indistincts.

Serena prit la parole.

— En réalité, il voulait frapper, affirma-t-elle. Je l'ai vu, et c'est ce qu'il se préparait à faire. Mais il y a renoncé parce que Chanceux défendait sa maîtresse; alors, il a accablé Charity des injures les plus viles et les plus grossières.

— Vraiment? s'enquit Durby d'une voix sourde. Puis-je savoir, monsieur, ce que vous avez dit de ma fiancée?

— Rien..., bredouilla l'homme, le regard soudain fuyant.

— Prétendez-vous que ma fiancée ou sa sœur sont des menteuses?

— Non.

Durby se tourna alors vers le policier, qui n'en menait pas large.

— Si je comprends bien, vous apercevez une jeune fille menacée par un homme, et tout ce que vous trouvez à faire, c'est d'arrêter la victime?

— J'ignorais qui elle était.

— Je vois. Dans ce cas, si elle n'avait pas été la fiancée d'un comte, mais une simple jeune fille, honnête et courageuse, vous l'auriez emmenée avec vous pour verbaliser. Voyons, quels chefs d'accusation auriez-vous trouvés? Compassion? Bravoure?

Tout blanc, maintenant, le policier semblait sur le point de s'évanouir. D'une voix faible, il tenta de défendre sa cause.

— C'est que le cheval appartenait à cet homme. Et puis, la jeune fille s'était emparée du fouet et se comportait de manière très agressive. J'ajoute que sa tenue ne plaidait pas en sa faveur.

Une nouvelle fois, Durby examina Charity et prit la pleine mesure de la robe salie et déchirée, de la coiffure désordonnée, du chapeau posé de guingois... Il sourit avec attendrissement.

— Je comprends, murmura-t-il. Vous direz sans doute

que je suis un original, *monsieur*, mais il se trouve que j'admire une jeune fille prête à en découdre avec un homme deux fois plus grand qu'elle pour défendre un pauvre animal battu. Et je la préfère cent fois à une femme honnête, mais sans cœur, qui se contenterait de détourner le regard pour ne pas voir une scène qui heurtât sa sensibilité.

Charity rosit.

— Merci, lord Durby, minauda-t-elle. Je savais que vous comprendriez...

— Cela dit, je ferai en sorte, lorsque nous serons mariés, que vous n'ayez pas à vous mettre dans de telles situations. Il ne me plaît pas de vous savoir en contact avec des hommes tels que ceux-ci.

Du regard, froid et méprisant, Simon désigna le policier et le charretier. Puis il s'avança vers eux et s'arrêta à un pas, afin de donner à ses propos toute la force qui convenait.

— Sergent, déclara-t-il, je suis sûr que vos supérieurs seront enchantés d'apprendre avec quel zèle vous protégez les citoyens de Londres ; comment vous vous opposez — et avec quel courage ! — aux agissements de criminels aussi dangereux qu'une jeune fille de dix-huit ans et son pauvre chien affamé.

Prise de pitié devant l'air malheureux du policier, Charity ne put s'empêcher d'intervenir.

— Lord Durby, je vous en prie ! Ne soyez pas trop dur avec cet homme. Il ne pouvait se douter qu'il avait affaire à une lady car rien, dans ma tenue, n'indiquait que c'était effectivement le cas. Comment lui en vouloir, aussi, s'il a pu penser que j'étais un peu folle ?

— Le cœur tendre, comme toujours ! murmura Simon en souriant. Sergent, je vous conseille d'y réfléchir à deux fois, la prochaine fois qu'il vous prendra la fantaisie de faire régner l'ordre public.

Prenant ces paroles pour un renvoi en bonne et due forme, le policier approuva avec énergie, puis recula en direction de la porte.

— Comptez sur moi, Votre Grâce, balbutia-t-il. Comptez sur moi.

Simon se tourna alors vers le charretier.

— Quant à vous... je ne sais encore quelle décision prendre. Je suis tenté de vous faire donner, par mes gens, la punition que vous méritez.

— Je ne vous ai pas cherché querelle ! objecta l'homme, non sans insolence.

— En effet ! s'exclama Simon. Jamais vous ne m'affronteriez, car vous êtes un poltron, un lâche, un homme tout juste capable de s'en prendre aux femmes et aux petits animaux !

— Je n'ai fait aucun mal à cette demoiselle.

— Je le reconnais aussi volontiers. C'est d'ailleurs la seule raison qui m'incite à vous laisser partir maintenant. Mlle Emerson est saine et sauve. Mais cela ne me suffit pas... Ne désirant pas que ce malencontreux épisode lui laisse un quelconque chagrin, j'adopte le cheval que vous avez sans doute l'intention d'achever pour vous venger de l'affront subi. C'est pourquoi vous amènerez cette bête dans mes écuries, où un palefrenier vous en paiera le juste prix. Et maintenant, écoutez-moi bien : si cette histoire vient à se répandre, je vous jure que je saurai vous retrouver pour vous faire payer votre méchanceté ; et lorsque vous sortirez de mes mains, vous serez un homme très, très malheureux.

— Mais n'importe qui peut raconter ce qui s'est passé ! protesta l'homme. Il y avait le policier, et tous les promeneurs qui se sont arrêtés pour regarder.

— Dans ce cas, priez ! Priez pour que tous ces gens retiennent leur langue...

— Votre Grâce, je vous en prie ! C'est pas juste !

Simon eut une moue dédaigneuse.

— Je ne m'étais jusqu'à maintenant pas rendu compte que vous vous souciiez de justice, remarqua-t-il froidement. Il est vrai qu'un mauvais traitement est ressenti différemment, selon qu'on le subit ou qu'on l'inflige à d'autres. Maintenant, hors de ma vue !

Le charretier hésita.

— Partez vite avant que je change d'avis ! insista Simon.

Tandis que l'homme tournait les talons et se hâtait vers la porte, Simon reporta son attention sur le groupe des cinq jeunes filles qui, éperdues de reconnaissance, le regardaient maintenant comme un chevalier redresseur de torts.

— Mesdames, déclara-t-il, je vous invite à entrer dans le salon, où des rafraîchissements vous seront servis.

Ravie, Charity se dirigea vers lord Durby et lui prit le bras en déclarant :

— Oh ! Sim... je veux dire : lord Durby, que je suis heureuse ! Je savais que vous nous tireriez au mieux de cette situation délicate.

Bras dessus, bras dessous, le couple se dirigea vers le salon, suivi des quatre sœurs de Charity.

— Votre Grâce, déclara Serena alors qu'ils montaient l'escalier, je suis si désolée de tout ce qui s'est passé. Jamais nous n'aurions dû vous importuner avec cette lamentable affaire.

— Ne dites pas n'importe quoi, Serena, répliqua aussitôt Charity en se retournant. Qui mieux que lord Durby pouvait nous tirer de ce mauvais pas ? Dès que j'ai compris que le sergent se montrerait très tâtillon, j'ai pensé que notre salut résidait ici.

Serena adressa à sa sœur un regard chargé de reproches.

— Mais tout ce désordre..., insista-t-elle. Sa Grâce n'a sans doute pas apprécié.

— Au contraire, répondit Simon en continuant de sourire. J'ai trouvé tout cela très... divertissant.

— Divertissant, c'est le mot ! approuva alors Horatia avec enthousiasme. J'ai surtout beaucoup aimé lorsque vous avez dit son fait à ce méchant homme.

Elspeth, qu'on avait très peu entendue depuis un certain temps, porta à son front une main tremblante. Le petit groupe avait atteint le palier de l'étage.

— Votre Grâce, soupira-t-elle, je crains que... Je ne me sens pas très bien.

— Elspeth, il faut vous tenir ! ordonna Charity en lui prenant le bras. Nous ne pouvons pas nous permettre un nouvel incident.

— J'ai mal à la tête, gémit la pauvre jeune fille. Tout ce bruit... cette querelle qui n'en finissait pas... C'était trop pour mes nerfs.

Exaspérée, Horatia réprimanda vivement sa sœur.

— Pour la part que vous avez prise au différend ! lui

lança-t-elle. Charity était en danger, mais pas vous. Vous n'avez eu que la peine de regarder en vous plaignant.

C'en était trop. Elspeth voulut jeter à sa cadette un regard noir de ressentiment, mais elle vacilla et s'abattit contre Serena, qui la retint et fit plusieurs pas en arrière pour rétablir son équilibre.

— Elspeth ! s'écria-t-elle. Qu'avez-vous ?

— Quelle petite nature ! soupira Charity avec mépris.

Mais lord Durby avait déjà réagi. S'avançant au-devant de Serena, il la débarrassa promptement de son fardeau. Puis, après avoir poussé de l'épaule la porte du salon, il porta la jeune fille évanouie sur un sofa.

Serena ajusta les oreillers, avant de se servir d'un plateau d'argent comme d'un éventail.

— Belinda, allez prendre les sels dans mon réticule ! commanda-t-elle.

Lorsqu'elle eut en main le flacon, elle l'ouvrit et l'agita sous le nez d'Elspeth, qui fit la grimace, s'agita un peu, toussa et ouvrit les yeux. Elle découvrit alors, très étonnée, tous ces gens qui se penchaient sur elle.

Charity affectait un air si dégoûté que lord Durby dut serrer les dents pour ne pas éclater de rire.

— Je suis sûr qu'une tasse de thé rendra toute sa vigueur à Mlle Emerson, annonça-t-il.

Il tira le cordon de la sonnette, et donna ses ordres à Chaney. Une fois ce détail réglé, il considéra Chanceux, qui avait abandonné Charity pour venir se frotter contre sa jambe, et levait à présent vers lui un regard plein d'espoir.

— Qu'avez-vous l'intention de faire de cette pauvre bête ? demanda-t-il.

— *Pauvre bête ?* répéta Charity avec indignation. Oh ! sûrement, vous vous moquez... Il va de soi que je garderais Chanceux avec moi si je le pouvais. C'est un chien merveilleux ! Songez seulement à la façon dont il m'a défendue lorsque cet homme affreux m'a menacée. En le chassant maintenant, je ferais montre d'une belle ingratitude ! Je suis sûre, d'autre part, qu'il sera très beau lorsque nous l'aurons débarrassé de toute la boue qui couvre son pelage... Le seul problème, c'est que tante Ermintrude déteste les chiens. Elle possède deux chats, de gros persans qui répandent leurs poils sur tout le mobilier, et jamais elle ne laissera Chanceux les approcher. C'est pourquoi il m'est impossible de l'emmener à la maison. Nous pourrions bien sûr le conduire à Siddley, mais plusieurs semaines risquent de s'écouler avant que papa ne retourne là-bas. Donc...

La jeune fille marqua une courte pause.

— Donc ? questionna Simon en haussant les sourcils.

Et puis, ses sourcils se rapprochèrent, comme s'il venait d'être frappé par une révélation.

— Que proposez-vous ? demanda-t-il alors d'un ton soupçonneux.

— C'est évident ! s'exclama Charity. Je vous fais don de ce chien. Vous possédez une grande maison, avec beaucoup de pièces, et je suis certaine que vous aimez les chiens.

— *Certains* chiens, précisa Simon, pas tous.

Il jeta un nouveau regard, peu amène, en direction de l'animal. Celui-ci se frottait à lui avec entrain, et agrémentait de larges taches brunâtres un pantalon encore si net quelques instants auparavant.

— En outre, poursuivit Charity, j'ai pensé que vous viviez seul ici, et qu'il vous serait agréable d'avoir un compagnon.

— Je suis si flatté que vous vous préoccupiez de moi, commenta Simon avec un sourire sardonique.

Charity gloussa de plaisir.

— Vous verrez, dit-elle, tout se passera bien. Chanceux est vraiment un bon chien, et je puis vous certifier qu'il vous aime déjà. Voyez comme il se frotte à vous. C'est un signe qui ne trompe pas.

— Je vois, soupira Simon.

— Vous n'aurez qu'à l'emmener avec vous la prochaine fois que vous vous rendrez dans votre résidence campagnarde. Je vous en prie, promettez-moi que vous prendrez soin de lui.

Charity avait un regard si implorant, et en même temps si plein de malice, que Simon ne put s'empêcher de sourire. Sa fiancée avait-elle idée du pouvoir de ses grands yeux bleus ? Il l'ignorait. Ce qu'il savait, en revanche, c'est qu'un homme ferait plus, beaucoup plus qu'endurer la présence d'un animal aussi horrible que Chanceux pour la grâce d'un seul regard tel que celui-là...

— Oui, dit-il enfin, je prendrai soin de Chanceux.

Au même moment, Chaney entra dans le salon avec le thé et les petits gâteaux. Simon se tourna vers lui en souriant.

— Ah ! lui dit-il, vous êtes l'homme dont j'ai besoin.

— Oui, Votre Grâce ? répondit Chaney, après avoir déposé sur une table son plateau d'argent.

— Le héros du jour, expliqua Simon, mérite lui aussi de quoi se restaurer. Emmenez donc Chanceux dans la cuisine, et pourvoyez-le en nourriture et en boisson. Ensuite, je pense qu'un bon bain s'imposera.

— Chanceux, Votre Grâce ?

— Le chien. Nous l'aurons en pension pendant quelque temps.

— Oh... Oui, bien sûr, Votre Grâce.

L'excellente éducation de Chaney lui avait permis de ne rien laisser paraître de ses sentiments. Seul un léger tremblement de sa voix donnait la mesure de son trouble.

— Un bain, Votre Grâce ? ne put-il s'empêcher de questionner.

— Un bain, confirma Simon. Vous devez reconnaître que ce chien est très sale, et que nous ne pouvons le garder dans cet état.

— Certainement, Votre Grâce, répondit le majordome.

Avec une bonne volonté évidente, il s'avança vers le chien, et se pencha vers lui en disant :

— Par ici, le chien. Brave chien...

Il agita son index recourbé, en un geste qu'il estimait sans doute assez expressif. Chanceux le regarda avec intérêt, la queue frétillante, sans manifester la moindre intention de le suivre.

— Je pense, observa Simon, qu'il vous faudrait prendre en main cet animal avec plus d'autorité.

— Oui, Votre Grâce.

Charity intervint.

— Ne persécutez pas Chaney, dit-elle sur le ton du reproche. Vous vous doutez bien qu'il n'a nul désir de tacher ses gants blancs. En plus, je ne suis pas sûre que Chanceux ait envie de le suivre, car c'est à moi qu'il s'est attaché. Je le conduirai donc moi-même dans la cuisine.

Elle se pencha pour ramasser sur le sol la laisse improvisée, et dit à Chaney :

— Montrez-moi le chemin.

Le majordome parut horrifié.

— Oh ! non, mademoiselle ! Ce n'est pas possible. Je m'occupe de tout.

Et il avança la main pour recevoir la ficelle.

Assis sur son arrière-train, Chanceux comprit ce qu'on attendait de lui et il émit un grondement plein de menace. Chaney tira sur la laisse, doucement d'abord, puis plus fort, tout en multipliant les paroles d'encouragement aimables — que démentait cependant son regard agacé.

Le chien s'aplatit bientôt au sol et signifia qu'il refusait de bouger.

Les dents serrées et le visage fermé, le majordome se pencha, passa un bras autour du cou de l'animal et l'entraîna. Le chien résista. Chaney tira plus fort. Ainsi, tant bien que mal, il réussit à tirer Chanceux, toujours assis, en direction de la sortie.

Lorsque la porte se fut refermée, les six personnes s'assirent pour se prêter au cérémonial du thé.

Serena, qui se tenait raide, semblait mal à l'aise. Elspeth, alanguie dans son fauteuil, était trop occupée à s'éventer pour accorder beaucoup d'attention aux mets délicats qui lui étaient servis. En revanche, les trois autres jeunes filles attaquèrent leur tranche de cake avec un enthousiasme juvénile, entretenant une conversation pleine d'entrain avec Simon.

Horatia narrait ainsi avec force détails les événements de la matinée, lorsqu'elle fut interrompue par un bruit atroce provenant des profondeurs de la maison, puis par une suite d'aboiements féroces.

Simon et Charity échangèrent un regard inquiet. Ils partageaient les mêmes craintes. Quelques instants plus tard, le cri strident d'une femme se fit entendre tandis qu'une voix d'homme hurlait :

— Ici, sale bête ! Ici !

Un autre bruit résonna, plus près, sans doute dans le hall. Puis ce furent des grattements sur la porte, et la poignée commença de s'agiter. Enfin, Chanceux réussit à entrer. Il se précipita à toute allure dans le salon, dérapant sur le sol de marbre glissant.

Un valet fit peu après son entrée dans la pièce, la perruque blanche de travers, le visage rouge de colère, et sa livrée toute maculée de boue. Il courait, penché en avant, les mains tendues pour rattraper l'animal qui lui avait échappé. Le malheureux se prit les pieds dans un tapis et s'étala de tout son long.

Pour un temps débarrassé de son poursuivant, Chanceux fit un bond extraordinaire et vint installer ses soixante-dix livres sur les genoux de Charity.

Serena et Elspeth poussèrent les hauts cris. De son côté, sans même penser à retenir les jurons que lui inspirait la situation, le valet se redressa et s'avança pour s'emparer du chien. Chaney arriva à son tour, tâchant de redonner à ses vêtements et à ses cheveux l'apparence de dignité qui convenait à ses hautes fonctions.

Simon ne put s'empêcher de rire tandis que Charity s'écriait :

— Chanceux ! Mon pauvre petit !

Elle enlaça l'animal, qui avait plus vilaine apparence — si toutefois la chose était possible — qu'à son arrivée. Trempés, ses poils pendaient lamentablement et collaient à son corps décharné ; la boue, diluée, formait à présent une sorte de magma brunâtre, des plus malodorant.

— Charity ! s'écria Serena. Vous allez être toute sale.

— Je sais, mais il a peur, répondit la jeune fille en resserrant son étreinte.

Elle gratta la tête de Chanceux en lui murmurant à l'oreille des mots de réconfort. L'effet fut instantané. Ainsi, chacun put voir la queue qui s'agitait de nouveau, projetant alentour des gouttelettes d'eau peu claire, avant d'envoyer sur le sol un vase précieux posé sur le bord de la table.

— Pauvre petite bête ! chuchota Charity avec tendresse. On l'amène dans une maison inconnue, avec des gens bizarres qui veulent lui faire prendre un bain... Mais Chanceux ne sait pas ce qu'est un bain ! Ne vous étonnez donc pas s'il panique ! s'exclama-t-elle à l'adresse du valet. Il aurait fallu lui expliquer que c'était pour son bien.

Puis elle se tourna vers Simon, qui riait à présent sans retenue, le corps secoué de hoquets incoercibles, et essuyait ses yeux noyés de larmes.

— Je vous en prie, lui dit-elle d'un ton outragé. Cessez cela !

— Je... Je ne peux pas ! expliqua-t-il.

Il jeta un coup d'œil à l'animal qui, cherchant une position plus avantageuse, salissait encore davantage sa jeune maîtresse, et le fou rire le reprit.

Chaney s'avança alors pour délester la jeune fille de son pesant fardeau.

— Je crois que je ferais mieux de procéder moi-même à la toilette, dit-elle.

— Oh ! non, miss ! protesta le majordome, que cette possibilité jetait dans l'effroi.

— Vous voyez pourtant bien que Chanceux ne se laissera soigner par personne d'autre que moi.

Se levant, Charity prit la direction de la porte. Elle n'eut pas d'ordre à donner, car Chanceux la suivit docilement.

Très perturbé, Chaney questionna son maître du regard.

— Le mieux est de faire comme le propose Mlle Emerson, lui répondit celui-ci. Il est évident qu'elle a sur cet animal un ascendant que nul autre ne possède...

Il se leva à son tour et rattrapa Charity.

— Suivez-moi, lui dit-il. Je vais vous montrer le chemin de la cuisine.

On eût dit que la cuisine avait été le lieu d'une grande bataille.

Un grand bassin, à demi rempli d'eau sale et mousseuse, occupait le milieu du pavage abondamment mouillé. Un petit meuble retourné, tiroirs ouverts, avait éparpillé tout son contenu. Deux chaises à haut dossier gisaient aussi sur le sol, parmi les éclats d'un grand récipient de terre cuite. Une servante aux habits mouillés pleurait à chaudes larmes tandis qu'une autre s'employait à éponger l'eau répandue, et qu'un valet ramassait les menus objets dispersés ici et là. Réfugié près de son fourneau, les bras croisés, le cuisinier observait la scène d'un œil furieux.

Lorsque Charity et lord Durby entrèrent dans la pièce, toutes les personnes présentes se tournèrent, puis s'immobilisèrent, comme à une apparition extraordinaire.

— Votre Grâce ! s'exclama une grosse femme, assez âgée.

C'était la gouvernante, reconnaissable aux lourds trousseaux de clés qui pendaient à sa ceinture. Elle s'avança vivement pour exécuter une révérence, que les autres femmes s'empressèrent d'imiter.

Tout ce monde coula des regards emplis de curiosité en direction de Charity, puis des regards inquiets vers le chien qui, pour lors, se tenait tranquille... trop tranquille peut-être. Mais nul n'osait parler. Plus hardi que les autres, le cuisinier s'avança enfin pour exposer les griefs du personnel, ce qu'il fit dans un français volubile, et dans un ton sans doute plus vif qu'il ne convenait.

Sans se fâcher, Simon l'interrompit.

— Je sais, Jean-Louis, je sais. Je vous promets de faire remettre votre cuisine en état le plus rapidement possible.

Mais ses paroles apaisantes ne réussirent pas à calmer l'ire du Français. Ecarlate, celui-ci rougit et reprit la parole avec plus de véhémence encore.

— Je suis désolée, dit Charity en s'avançant vers lui. Et je vous prie de pardonner à mon chien.

Avec le plus charmant des sourires, elle posa une main fine sur le bras musclé du cuisinier.

— Tout cela est ma faute, soupira-t-elle. Votre cuisine est dans un désordre indescriptible.

L'homme cessa de parler et perdit soudain son air furieux. Le visage moins rouge, il sourit lui aussi, avant de reprendre la parole, dans un anglais très lent, et frappé d'un lourd accent.

— Non, mademoiselle, c'est peu de chose, au fond. J'ignorais que cet animal vous appartenait...

Témoin de cet échange, Simon s'étonna vivement. Et tandis que le cuisinier, satisfait, retournait à son fourneau, il se pencha vers Charity pour lui murmurer à l'oreille :

— Si j'avais pu deviner que mon chef vous mangerait ainsi dans la main, je vous aurais épousée beaucoup plus tôt.

Puis il présenta sa fiancée à tout le personnel. Les hommes s'inclinèrent, les femmes exécutèrent leur révérence. Peu avare de sourires, Charity eut un mot aimable pour chacun.

— Je suis ravie d'avoir fait votre connaissance, conclut-elle. Maintenant, je vais procéder à la toilette de Chanceux, et je vous débarrasserai ensuite de lui.

La gouvernante accueillit cette proposition avec le même air effrayé que le majordome.

— Mademoiselle, vous ne pouvez faire cela ! affirma-t-elle. Nous nous en occuperons.

— Et moi, je vous assure que je puis très bien le faire, répondit Charity d'un ton léger. J'ai l'habitude. En outre, lord Durby se fera un plaisir de m'aider. N'est-ce pas, Votre Grâce ?

Tous les serviteurs se tournèrent alors vers leur maître, attendant avec curiosité sa réaction. L'air impénétrable, il finit par sourire.

— Bien sûr, ma chère, répondit-il. Je veux bien sacrifier un pantalon et une veste pour le bien-être de Chanceux.

Puis il s'adressa à ses gens en ces termes :

— Reprenez votre travail. Mlle Emerson et moi-même nous occuperons de ce chien.

Le personnel obéit et gagna l'autre bout de la cuisine. La curiosité, cependant, restait forte et chacun, du coin de l'œil, observa le déroulement des opérations.

Durby retira sa veste, puis empoigna à bras-le-corps le chien tout sale, qu'il précipita dans le bassin...

Par la suite, les serviteurs purent raconter au personnel du voisinage la scène incroyable à laquelle il leur avait été donné d'assister. Jamais ils n'avaient vu Sa Grâce, d'ordinaire toujours si soignée et si sérieuse, dans un tel état. Trempé des pieds à la tête, les cheveux en bataille, hilare, lord Durby s'était colleté avec le chien comme un lutteur de foire.

Tandis que Charity savonnait le monstre, Simon le retenait de toutes ses forces.

Quoique plus docile avec eux, l'animal ne restait pas tranquille pour autant ; ce fut une tâche ardue que de le faire séjourner dans l'eau, qu'il n'aimait visiblement pas. Il se débattait et se tortillait pour échapper à la double étreinte, et, dans son effort, il faisait gicler l'eau et éclaboussait ses maîtres.

Encore intimidées, deux servantes apportèrent des brocs d'eau tiède et claire et reculèrent prudemment pour assister à la dernière phase de l'opération.

Charity déversa le contenu du premier récipient sur la grosse boule de poils savonnés, et s'en trouva récompensée par une série de ruades accompagnées de véritables geysers de mousse. Elle poussa de grands cris et se protégea tant bien que mal, les mains devant le visage.

Simon, qui l'observait, se mit à rire et, du même coup, en oublia son rôle... Sa poigne se faisant moins ferme, Chanceux sut profiter de l'occasion pour se libérer. Il sauta hors du bassin et vint poser ses deux pattes avant sur les épaules de Charity, dont il entreprit de lécher le visage.

La jeune fille lutta de son mieux pour ne pas se laisser précipiter au sol. Venant à la rescousse, Simon reprit le contrôle du fougueux animal et le remit dans le bassin. Il l'y maintint, cette fois sans faiblesse, ce qui permit à Charity de rincer le chien au moyen du second broc.

Lorsque Chanceux eut la permission de sortir du bassin pour qu'on le séchât, il avait l'air d'un malheureux rescapé de naufrage. Mais au moins était-il propre !

Simon le tenait toujours fermement, mais son regard et son attention étaient à présent fixés sur Charity. Le spectacle n'était pas inintéressant.

En effet, ses vêtements et ses sous-vêtements, trempés, lui collaient à la peau et mettaient en valeur la courbe de ses seins. La vision était encore plus troublante que si elle avait été nue. La gorge asséchée par cette révélation, Simon oublia toute la joie innocente des instants précédents, pour ne plus être conscient que de la chaleur intense qui l'envahissait. Il désirait cette jeune fille qui, chaque fois qu'elle se penchait ou s'agitait dans sa tâche, faisait bouger ses seins de façon si suggestive. Son désir, déjà vif, montait lentement, mais sûrement, vers le paroxysme.

L'un des valet apporta une très grande serviette de bain. Charity et Simon tendirent en même temps la main pour s'en saisir, et leurs doigts se touchèrent. Simon en ressentit un choc très vif, mais ne dit rien. Ensemble, ils enveloppèrent Chanceux dans la serviette pour le frictionner. Dans le mouvement, un sein effleura l'avant-bras de Simon, qui se détourna et baissa les yeux, espérant ainsi celer son émoi de plus en plus incontrôlable.

Ils finirent par rendre sa liberté au chien. Celui-ci entreprit aussitôt d'explorer la cuisine, puis le hall avec une évidente curiosité. Simon et Charity, qui l'avaient suivi, commentaient en riant ses réactions. Mais Simon avait la tête ailleurs. Du coin de l'œil, il ne cessait d'observer la ravissante silhouette de sa fiancée.

Alors qu'ils regagnaient la cuisine, il n'y tint plus. Il prit Charity par le bras et l'entraîna hors de la pièce. Conscient de ce que la tenue de sa fiancée avait d'indécent, il se plaça de façon que les serviteurs ne pussent rien observer du spectacle délectable qu'elle lui avait offert. Et lorsque Chanceux voulut courir derrière eux, un valet se saisit fort heureusement de l'animal et le retint dans la cuisine, pendant qu'une femme de chambre fermait la porte.

Les jeunes gens s'engagèrent dans le hall désert. Là, sans crier gare, Simon attira Charity sous l'escalier, où il faisait sombre, et la serra contre lui. Surprise, la jeune fille le considéra avec étonnement et ouvrit la bouche pour s'enquérir de ses intentions.

Mais il s'était déjà penché sur elle, rendant ainsi inutile toute autre explication.

9.

Après un premier moment de stupeur, Charity se pressa contre Simon et lui passa les bras autour du cou. Puis elle se hissa sur la pointe des pieds pour lui offrir ses lèvres.

Simon émit un gémissement rauque tandis que ses mains, affolées, glissaient le long du corps gracile de la jeune fille, attirant ses hanches contre lui : avec sa chemise aussi humide que ses jupons, il lui sembla qu'elle ne portait rien. Il pouvait sentir ses seins et leurs pointes tendues contre son torse. Une excitation folle le submergeait. Fébrile, il plongea ses doigts dans les cheveux blonds de Charity, ôta les épingles, et les longues mèches retombèrent sur ses mains, comme une pluie de soie.

Un tremblement incontrôlable agita alors Simon, qui entraîna Charity plus profondément dans l'obscurité de l'alcôve. Il la plaqua contre le mur tandis que sa bouche avide cherchait les lèvres dont il se languissait. Bientôt, sa langue explora avec avidité la grotte chaude et humide.

Mais déjà il ne pouvait plus se contenter de ce baiser; il avait envie de s'immerger dans la douce chaleur du corps de Charity. Il avait besoin de la pénétrer jusque dans son intimité la plus secrète. Il la désirait de tout son être.

Sa main remonta pour s'emparer d'un sein. Il sentit que Charity, le souffle coupé, s'immobilisait, et son désir s'en accrut davantage encore. Du pouce, il taquina sans douceur le petit bouton si dur. Il s'émerveilla des frissons de Charity, de son cri timide et anxieux, qui trahissait en même temps un plaisir réel. La passion, alors, s'empara de lui. Il eut envie de la précipiter sur le sol, pour la prendre, là, sans cérémonie.

— Oh ! Vous êtes si belle, chuchota-t-il en couvrant sa face de baisers. Je vous veux.

Trop étonnée par les merveilleuses sensations qui la perturbaient, Charity ne put répondre, et elle crispa ses doigts dans les cheveux de Simon. Elle avait l'impression qu'un feu s'était allumé en elle. Il lui était de plus en plus difficile de respirer.

Quand Simon prit entre le pouce et l'index un mamelon, pour le pincer, elle sursauta, comme frappée par la foudre, et laissa échapper un râle. Ses hanches s'agitaient en un mouvement lascif, éminemment suggestif. Elle percevait, contre son ventre, une barre de chair dure ; et malgré toute son innocence, elle sut que c'était la manifestation du désir qu'elle inspirait à Simon.

Celui-ci, de ses doigts tremblants, s'efforçait maladroitement de défaire les boutons de la robe. Avec une hâte extrême, il rabattit les étoffes, obstacle à son désir, afin de découvrir les épaules, puis la poitrine de Charity. Il admira le charmant spectacle des seins qui n'étaient plus couverts que par le tissu de la chemise. Le fin matériau était humide, et presque transparent, laissant clairement deviner les aréoles. Un long moment durant, Simon se reput de ce divin spectacle. Puis ses mains s'engouffrèrent dans l'échancrure de la chemise pour la rabattre à son tour. Il couvrit la poitrine de Charity et caressa les mamelons tendus à l'extrême.

La jeune fille s'adossa contre le mur, et ferma les yeux. Elle offrait le spectacle, toujours émouvant, d'une femme folle de désir, et ce spectacle augmenta encore l'affolement de Simon.

Il songea alors à tout arracher ce qu'il restait de vêtements à Charity, les jupes et les jupons, et de précipiter toutes ces étoffes sur le sol, pour confectionner une couche rudimentaire sur laquelle il jetterait sa fiancée, afin de la prendre, enfin. Il serra les dents tandis que ce désir élémentaire, primordial, le secouait.

Et puis, d'un seul coup, la civilisation recouvra ses droits.

A regret, Simon remit la chemise en place sur les seins et recula de deux pas en secouant la tête. Il ne pouvait continuer ainsi, ou il userait de Charity, ici et maintenant... Ne serait-il pas le dernier des rustres s'il agissait ainsi ? Il avait affaire à une jeune fille, une vierge, une innocente, qui méritait de découvrir l'amour avec douceur, dans un lit, et dans la pénombre, afin de respecter sa timidité et sa sensibilité.

Charity ouvrit les paupières, et elle le considéra avec étonnement.

— Votre Grâce ! Que... Etes-vous soucieux ?

— Je le suis, en effet.

Simon avait presque rugi ; car malgré ses résolutions, si héroïques, il brûlait encore d'un désir incandescent.

— Je ne peux pas, murmura-t-il au bout d'un instant. Si nous continuons ainsi, j'userai de vous comme d'une fille, et je serais une bête de m'abaisser à cela.

— Oh...

Charity se raidit, et son visage s'empourpra de confusion. Elle semblait enfin prendre conscience de l'inconvenance de sa tenue. Vivement, elle s'efforça de recouvrer un peu de décence.

— Je... je suis désolée, dit-elle.

Les yeux baissés, elle entreprit de reboutonner sa robe.

— Je ne m'étais pas rendu compte, ajouta-t-elle encore, d'une voix presque inaudible. Je pensais que tout nous était permis, puisque nous devons nous marier.

— N'ayez aucun remords, lui répondit Simon. Tout est bien. Vous n'avez rien fait de mal. Mais je n'ai pas le droit d'user de vous pour mon seul plaisir. Il ne faut pas que votre première expérience amoureuse ait lieu dans ces conditions, sous un escalier. Ce serait même abominable ! Si je ne suis sans doute pas un modèle de vertu, du moins ai-je assez d'éducation pour me rendre compte de tout cela. Nous attendrons donc que vous puissiez venir dans mon lit, et après que nous aurons satisfait à toutes les obligations que nous impose la société. Ensuite, croyez-moi, nous ferons tout ce que nous voudrons.

La rougeur de Charity s'accrut davantage encore lorsqu'elle entendit cet exposé pour le moins cru de la situation. Le désir qu'elle percevait dans les paroles de Durby la rendait nerveuse. Elle comprenait que son fiancé faisait preuve d'une formidable volonté en résistant ainsi à ses instincts et en adoptant la conduite que lui dictait son sens de l'honneur.

— Je comprends, chuchota-t-elle.

Alors qu'elle terminait de reboutonner son corsage, elle osa enfin lever ses grands yeux pour croiser le regard de Simon. Ils étaient bleus, ces yeux, et si brillants. Jamais il ne les avait vus ainsi, et il en eut le souffle coupé.

— Je ne suis pas certain que vous compreniez bien tout ce qui a failli être mis en cause aujourd'hui, déclara-t-il d'une voix tremblante. Espérons que nos fiançailles ne dureront pas trop longtemps.

— Normalement, le délai est d'un an, répondit Charity. C'est en tout cas ce qu'espère ma mère.

Simon fit la grimace.

— La peste soit des mères ! s'exclama-t-il. J'ai beaucoup de respect pour la vôtre, mais elle ne sait pas ce que j'endure...

— En effet, confirma Charity en éclatant de rire. Je ne pense pas, Votre Grâce, que ma mère se soucie de ces contingences.

Enfin, Simon sourit. Il se pencha et baisa les lèvres de la jeune fille.

— Vous êtes une petite friponne, dit-il, et il faut que je sois bien fou pour avoir demandé votre main.

— Le regrettez-vous ?

Le regard, voilé par les longs cils, restait espiègle. Mais la voix avait trahi une certaine anxiété chez Charity.

— Non, bien sûr que non, lui glissa Simon, à la fois amusé et ému. Pourtant, il me semble parfois que je devrais regretter...

Charity sourit de nouveau. Elle avait envie de poser sa tête sur l'épaule de Simon, et de rester là, le plus longtemps possible. Elle désirait qu'il l'embrasse encore ; elle brûlait de sentir encore sur elle ces mains d'homme qui suscitaient en elle de si délicieux élancements de plaisir. Mais c'était impossible, elle le savait.

Avec un petit soupir de regret, elle sortit de l'alcôve et s'engagea dans le hall.

— Je crois qu'il est temps de rejoindre mes sœurs, Votre Grâce.

— Vous avez raison.

Simon offrit son bras, de manière si ridiculement formelle après ce qui venait de se passer que Charity dut se mordre la lèvre pour ne pas éclater de rire.

Venetia fixa son chapeau à l'aide de quelques épingles, puis rabattit la voilette sur son visage. S'il ne s'agissait pas de son plus joli couvre-chef, c'était un cadeau de tante Ursula, porté une seule fois auparavant... pour un enterrement. Sa voilette, assez épaisse pour vraiment dissimuler les traits du visage, était fort pratique. La jeune femme espérait en effet que personne, dans la rue, ne la reconnaîtrait.

Après s'être assurée qu'aucun des serviteurs ne se trouvait dans les parages, Venetia ouvrit la porte et sortit. Elle avait informé sa femme de chambre qu'elle désirait faire une petite sieste, et que personne ne serait autorisé à la déranger. George était à son club et ne rentrerait pas avant le début de la soirée.

Elle ferma sans bruit la porte derrière elle et descendit vivement les quelques marches qui menaient au trottoir. Puis elle se hâta de remonter la rue, la tête baissée pour ne pas avoir à saluer une éventuelle connaissance. Elle avait peur, vraiment peur, que quelqu'un l'aperçût ; de surcroît, elle se sentait fort nerveuse d'avoir à marcher ainsi, seule dans la rue, sans même une servante pour l'accompagner. D'ordinaire, lorsqu'elle avait à sortir, elle prenait la voiture. Mais, bien sûr, cette commodité lui était interdite.

Trop occupée à se rendre aussi discrète que possible, elle ne vit pas l'homme qui, de l'autre côté de la rue, descendait d'un fiacre et se hâtait de payer le cocher pour se lancer à sa poursuite. C'était un homme très ordinaire dans son apparence, sans doute un membre des classes moyennes, ainsi que le laissaient penser son costume, son chapeau marron, banal, et son journal roulé sous le bras. Un homme que l'on pouvait croiser des centaines de fois sans prendre conscience de sa présence.

Harding Crescent, le petit parc où Venetia devait se rendre, ne se trouvait pas très loin. Elle l'atteignit en quelques minutes. Les arbustes et les bosquets, très nombreux, ménageaient maints endroits où les promeneurs pouvaient profiter de la tranquillité qu'ils recherchaient, et les bancs disposés le long des chemins soigneusement entretenus autorisaient le repos ou la réflexion.

Venetia embrassa du regard ce lieu qu'elle eût, en d'autres circonstances, trouvé charmant ; puis elle se dirigea à pas rapides vers l'autre bout du parc, où elle avait repéré un banc à l'écart. Fort heureusement pour elle, aucun badaud n'était visible alentour. Elle regrettait que Reed n'eût pas choisi un autre endroit que celui-ci car Millicent Cardaway, une des plus redoutables mauvaises langues de Londres, habitait non loin de là : si elle apercevait Venetia en ce lieu, en compagnie d'un homme, elle se ferait une joie de répandre la nouvelle. Venetia avait donc supplié Reed, mais il n'avait pas voulu céder. Elle le soupçonnait même de se divertir de ses craintes.

Avec un soupir, elle se laissa tomber sur le banc, et se plaça de telle façon que son visage voilé ne pût être aperçu de quiconque dans le parc. Mais où se trouvait Reed ? Ce goujat n'était même pas à l'heure pour recueillir le produit de son exaction !

— Ma parole, ma chère, vous vous cachez !

La voix doucereuse, en provenance des buissons situés derrière le banc, fit sursauter Venetia. Elle se leva aussitôt et se retourna.

— On dirait même que vous êtes nerveuse, reprit Reed. Mais c'est bien normal, lorsqu'on doit cacher tant de petits secrets si embarrassants.

Il était aussi beau que d'habitude et tiré à quatre épingles, bien entendu, pour faire honneur à sa réputation. Si elle avait eu le loisir de l'observer, Venetia eût sans doute été bien en peine de trouver un faux pli dans ses vêtements, ou une mèche rebelle dans sa chevelure ; mais elle osait à peine le regarder.

Plongeant la main dans son réticule, elle tira une enveloppe et la lui tendit.

— Voici, dit-elle simplement.

Elle voulut aussitôt se retirer, mais Faraday Reed la retint par le bras.

— Pas si vite, ma chère Venetia. Donnez-moi au moins le temps de compter.

— Je vous ai donné ce que vous avez exigé, répondit la jeune femme, avec hauteur. Je n'ai nulle intention de ruser avec vous. Je ne suis pas une menteuse.

— Admirable ! commenta Faraday, sans se départir de son sourire moqueur. Je comprends donc que vous avez déjà, en application de ces beaux principes, tout raconté de notre aventure à votre cher mari.

Venetia rougit, et se mordit la lèvre pour ne point répliquer à cette bassesse.

— Je vois que j'ai touché un point sensible, murmura Reed, très satisfait de lui.

Il ouvrit l'enveloppe, compta rapidement les billets qui s'y trouvaient, et fourra le tout dans une poche de sa redingote.

— Certains choisissent les mensonges dont ils doivent user, remarqua-t-il. Je pense, quant à moi, qu'il est préférable en certaines occasions de ne point jouer les hommes du monde, alors qu'on se conduit en rustre parfait. Au moins les choses sont-elles claires pour tout le monde.

— Très amusant, soupira Venetia d'un ton amer. Cependant, j'ai perdu le goût de vos bons mots et de vos paradoxes. Il faut que je m'en aille.

Alors qu'elle tournait les talons, ce qu'elle entendit la figea.

— Ma chère, nous n'avons pas encore décidé du temps et du lieu de votre prochain paiement.

En proie à une terrible impression de vertige, la jeune femme se retourna.

— Comment ? s'exclama-t-elle.

Elle roula vivement sa voilette, afin de pouvoir mieux dévisager son tourmenteur, et demanda :

— Qu'avez-vous dit?

— Je parlais de votre prochain... petit cadeau. Il me semble qu'un mois est un délai raisonnable.

Venetia écarquilla les yeux.

— Vous ne parlez pas sérieusement?

— Oh, que si! Que voulez-vous, chère amie, j'ai de gros besoins, et mon épouse se montre de moins en moins généreuse.

— Est-ce possible? ironisa Venetia. Si j'étais elle, je vous allouerais une forte somme... à condition que vous quittiez ce pays.

— C'est une proposition que je ne lui ai point encore faite. Peut-être qu'en effet, elle accepterait; mais pour parler franc, je préfère rester à Londres. Tous mes amis sont ici, vous le savez bien.

— Vous n'avez pas d'amis!

A cette assertion, Faraday Reed haussa les sourcils.

— Ce n'est pas gentil, dit-il. Et faux, par-dessus le marché. Pour ne vous donner qu'un exemple : la si jolie Mlle Emerson — vous voyez de qui je veux parler : l'étoile montante de la bonne société londonienne — eh bien, Mlle Emerson me considère comme un de ses bons amis.

— Laissez-la tranquille! s'écria Venetia. C'est une gentille fille, et je ne vous permettrai pas de la pervertir.

— Cette affaire ne vous concerne aucunement. Il est impossible d'empêcher une jeune personne de courir à sa perte. Vous êtes d'ailleurs bien placée pour le savoir.

— Vous n'êtes qu'un porc!

Reed sourit de fort mauvaise façon, puis saisit le bras de Venetia afin de l'attirer à lui. Il l'enlaça et la serra de très près, malgré les efforts de la jeune femme pour se libérer, avant de l'embrasser à pleine bouche. Son baiser était si féroce, si sauvage, qu'il réussit à lui mordre la lèvre jusqu'au sang.

Lorsque enfin il lui rendit sa liberté, Venetia recula en titubant. Elle éprouvait une horreur indicible. Comme elle portait sa main gantée à sa bouche, elle découvrit, horrifiée, une tache de sang sur le tissu blanc.

— Ne vous avisez pas de me toucher encore! lança-t-elle d'une voix lourde de haine et de répulsion.

Son regard si noir, qui rappelait celui de son frère, inspira une crainte réelle à Reed. Instinctivement, il fit un pas en arrière tandis que Venetia poursuivait :

— Je vous tuerai si vous essayez de... Mon Dieu ! Je n'arrive pas à comprendre comment j'ai pu autrefois me sentir attirée par vous. Vous êtes un personnage vil et méprisable. Vous êtes le diable !

— Prenez garde à ce que vous dites ! répliqua Reed, qui avait déjà recouvré tout son aplomb. Rappelez-vous que c'est moi le maître du jeu. C'est moi qui fixe le prix de la partie.

— Je refuse de vous payer encore !

— Dans ce cas, attendez-vous à ce que je dise tout à lord Ashford.

— Non !

Toute haine, soudain, avait quitté l'âme de Venetia. En elle, il ne restait plus que la peur et le désarroi.

— Vous ne pouvez faire cela, implora-t-elle d'une voix tremblante. Je vous ai donné ce que vous vouliez. Vous n'avez pas le droit de revenir sur votre promesse en exigeant davantage.

— Vraiment ? ironisa Reed. J'ignorais qu'il existait des règles pour ce genre d'affaire. Je ne le savais pas, je vous le jure. Mais dites-moi : auprès de qui irez-vous porter plainte ? Un magistrat, peut-être ?

— Il m'est impossible de réunir encore une aussi grosse somme d'argent, plaida Venetia. Comprenez-vous ?

— Allons, allons ! Espérez-vous me faire accroire que notre cher George a du mal à joindre les deux bouts ? Tout le monde sait très bien que les Ashford possèdent la moitié du Sussex.

— Il a de l'argent, c'est vrai, mais tout est immobilisé dans les terres. George a entrepris de grands travaux d'amélioration, qui ont grevé son capital, et il refuse de pressurer ses gens. De toute façon, sa fortune n'est pas à ma disposition.

— Il y a bien votre allocation, non ?

— Certes. Seulement, je viens de vous donner celle du trimestre à venir. Je n'ai plus rien.

— Admettons... Mais vous pourriez toujours ponctionner une partie des sommes destinées à l'entretien de votre maison.

Venetia parut choquée par cette proposition.

— Impossible ! objecta-t-elle. Il faudrait diminuer notre train de vie, et George s'apercevrait très vite que je ne donne plus de soirées. Si je renvoyais l'un ou l'autre de nos serviteurs, il me demanderait des explications.

— Prétextez des frais auxquels vous ne vous attendiez pas... Dites que vous vous êtes livrée à quelques achats inconsidérés. George vous donnera l'argent nécessaire.

— Je ne veux pas lui mentir.

— Et pourquoi donc, puisque vous l'avez déjà fait ? Je présume qu'il ignore tout de notre arrangement et de notre entretien présent.

— Bien sûr !

— Alors, que vous coûterait un petit mensonge supplémentaire ? Je suis certain que vous saurez inventer une excuse plausible. N'oubliez pas non plus vos bijoux, qui valent une véritable fortune. Par exemple, ces jolies boucles d'oreilles que vous avez là... Un prêteur sur gages vous en donnerait une jolie somme.

Instinctivement, Venetia porta les mains à ses oreilles, comme si Reed s'apprêtait déjà à lui arracher ses émeraudes.

— C'est un cadeau de George, dit-elle. Jamais je ne pourrais...

— Et si vous contractiez un emprunt auprès de votre frère bien-aimé ? proposa alors Reed. Il sera sans nul doute heureux de vous venir en aide, ainsi qu'il l'a déjà fait par le passé.

— Pourquoi haïssez-vous Simon ? demanda Venetia. Il n'a cherché qu'à protéger sa sœur. Or, vous vous comportez comme s'il vous avait infligé un affront.

— Il a ruiné mes plans ! lança Reed avec rage. J'ai été obligé d'épouser cette répugnante bonne femme, et de faire semblant de l'aimer !

Le visage tordu par la haine, il entreprit d'énoncer ses griefs.

— Il faut maintenant que j'en passe par où elle veut pour

obtenir ce dont j'ai besoin. Je dois mendier le moindre penny. La fortune appartient à son père, mais c'est à *elle* qu'il destine ses largesses. Alors qu'elle est libre d'en disposer à sa guise, moi, je suis à sa merci. Lorsque le père mourra, ce sera pareil. Ma chère épouse m'a déjà averti, d'ailleurs, que tout l'argent de la famille se trouve dans leurs diverses entreprises, et que les conseils d'administration ne lâcheront rien sans un mot de *l'héritière.* Imaginez qu'elle vienne à mourir : je n'aurai plus rien.

— Il ne fait aucun doute que son père a compris quel genre d'homme vous étiez, commenta Venetia. Les dispositions qu'il a prises sont parfaites lorsqu'on a un coquin pour gendre...

Reed lui décocha un regard chargé de haine.

— Votre contribution vient d'augmenter, lui annonça-t-il. Je veux vingt livres de plus le mois prochain.

— Je ne dispose même pas de cette somme.

— Eh bien, vous feriez mieux de trouver le moyen de vous la procurer, répondit Reed avec froideur. J'attends votre contribution le premier du mois prochain.

— Pourquoi êtes-vous si méchant? soupira Venetia. Comment ai-je pu imaginer que je vous aimais?

Sur ces mots, elle tourna les talons et traversa le parc pour regagner la rue. Les larmes lui brûlaient les paupières.

La bouche tordue en un curieux rictus, Reed la regarda s'éloigner. Il avait été bon pour lui de prendre l'argent de la jeune femme, et meilleur encore de l'entendre le supplier pour échapper à la prochaine échéance. Pourtant, le plaisir n'avait pas été à la hauteur de son attente. C'était toujours ainsi. Quelle que fût la revanche qu'il prenait contre Durby, elle ne lui procurait jamais autant de satisfaction qu'il l'avait rêvé. Toujours, il était déçu. Il espérait plus, et mieux.

Le désenchantement persistait, en cette occurrence. Certes, Reed attendait avec impatience le prochain paiement de Venetia. Il lui serait délicieusement agréable de la savoir si gênée. Quant au profit qu'il tirait de leur commerce, il n'était pas à dédaigner non plus. Déjà, pourtant, il savait que tout cela ne suffirait pas à satisfaire les désirs extrêmes qui consumaient son âme. Il avait, en réalité, besoin d'humilier

Durby comme ce dernier l'avait humilié, lorsqu'il l'avait surpris en compagnie de Venetia.

Faraday Reed ne serait vraiment comblé que lorsqu'il aurait fait payer au haut et puissant comte de Durby les avanies qu'il lui avait fait subir. Et pour parvenir à ses fins, il ne voyait qu'un seul moyen : séduire, puis avilir sa fiancée, la si charmante Mlle Emerson.

Cette perspective lui arracha un sourire. Songeant à ce triomphe futur — car il ne faisait aucun doute pour lui que l'innocente jeune fille avait déjà succombé à son charme —, il sortit du parc à pas tranquilles.

Il était si absorbé par ses pensées qu'il ne remarqua pas l'homme assez ordinaire, en costume marron, qui se tenait à l'extrémité opposée du parc, et se dissimulait d'ailleurs dans les branches d'un vaste buisson. Il ne vit pas non plus que cet homme se mettait en route pour le suivre dans les rues.

— Votre Grâce ? appela Holloway.

Lord Ashford s'employait à préparer un gros cigare. Après l'avoir fait rouler entre ses doigts, puis l'avoir longuement humé, il en coupait le bout au moyen d'une petite paire de ciseaux d'or, lorsqu'il s'entendit interpellé. Il leva un regard agacé sur le perturbateur, mais s'adoucit en découvrant Holloway, qui n'était pas homme à le déranger sans un motif d'importance. Aussi fut-ce d'un ton amène qu'il lui demanda :

— Oui, qu'y a-t-il ?

— Il y a, dehors, un... une personne qui demande à vous parler, Votre Grâce.

Au ton de son majordome, Ashford comprit que celui qui sollicitait ainsi un moment de son temps ne pouvait être pris pour un gentleman.

— Une *personne* ? questionna-t-il. Vraiment ?

— Oui, Votre Grâce. C'est un homme en costume marron, qui m'a affirmé que vous seriez intéressé par ce qu'il a à vous dire. Il m'a d'ailleurs demandé de vous présenter sa carte.

Le majordome avança son plateau d'argent.

Lord Ashford prit le carton de bristol, y jeta un coup d'œil et se rembrunit.

— Oui, merci, Holloway, soupira-t-il. Cet homme a raison : ce qu'il a à me dire m'intéresse.

Il se leva et suivit son fidèle majordome, traversant ainsi le fumoir pour gagner le hall.

— Je verrai mon visiteur dehors, précisa-t-il.

— Comme vous voudrez, Votre Grâce.

Ashford connaissait assez Holloway pour savoir qu'il eût été horrifié à l'idée de faire entrer l'homme — même si, naturellement, il était capable de n'en rien laisser paraître. C'est pourquoi il ouvrit la lourde porte du club et sortit.

Sur le perron se tenait un homme, qui, nonchalamment appuyé contre le mur, observait le spectacle de la rue.

— Monsieur Weaver ?

L'homme répondit d'un sourire un peu nerveux.

Il n'avait pas tous les jours affaire avec un baron, et il était intimidé par Ashford, même si ce dernier lui faisait l'impression d'un homme aimable, point trop imbu de son titre. Mais il savait aussi que les nouvelles qu'il apportait n'étaient pas de celles qu'on accueille avec plaisir ; il s'inquiétait de la réaction de son interlocuteur.

Ayant toussoté pour s'éclaircir la voix, il annonça :

— J'ai trouvé, Votre Grâce.

— Vraiment ?

Lord Ashford avait senti ses battements de cœur s'accélérer lorsqu'il avait pris conscience de l'air sombre de Weaver — une mine qui probablement n'annonçait rien de bon.

— Pourquoi ne pas marcher un peu ? proposa-t-il en désignant la rue.

— Comme bon vous semblera, monsieur.

Tirant sur son col, qui le serrait depuis un moment, Weaver descendit derrière lord Ashford les marches du perron.

Ils s'engagèrent au hasard, plus préoccupés par leur conversation que par leur itinéraire. Ils parlaient d'un ton tranquille, attentifs au mouvement des rares passants autour d'eux. Si quelqu'un les approchait, ils se taisaient et ne reprenaient leur entretien que lorsqu'ils étaient sûrs de ne pouvoir être entendus.

— Lady Ashford a quitté la maison plus tôt que d'habitude, expliquait M. Weaver, et elle n'a pas pris la voiture. De toute façon, elle se rendait à Harding Crescent, qui n'est pas très éloigné.

— Oui, je connais cet endroit, répondit Ashford.

Il marqua un court instant de pause avant de poser la question qui lui brûlait les lèvres.

— Et qu'a-t-elle fait là-bas?

— C'est bien ce que vous soupçonniez, Votre Grâce. Elle y a rencontré un homme. Ils ont parlé pendant un moment, d'une façon assez animée. Elle a voulu s'éloigner, il l'a retenue par le bras. Ils ont échangé encore quelques paroles. Puis, ils... ils se sont embrassés.

— Enfer et damnation!

Agacé d'avoir laissé échapper cette expression de dépit, George se mordit la lèvre.

— Ils ont encore parlé, reprit Weaver. Puis elle est partie, et a quitté le parc. Elle semblait en colère, Votre Grâce. Comme je ne voyais aucune raison de la suivre, j'ai préféré attendre pour savoir ce que ferait le gentleman.

— Parce que vous croyez que c'est un gentleman? s'enquit George avec ironie.

— Oui, monsieur, lui répondit aussitôt Weaver, qui n'avait pas pris conscience du sarcasme. Il était habillé comme un vrai gentleman, ses vêtements provenaient à n'en pas douter de chez un bon faiseur, et il portait une canne à pommeau d'or. Tout cela était d'une élégance extrême.

George eut un geste impatient.

— Bon Dieu! s'exclama-t-il. Je me moque de savoir comment il était habillé. Donnez-moi plutôt son identité.

Weaver sourit d'un air suffisant.

— J'ai suivi notre homme jusqu'à son domicile, Votre Grâce. Une belle demeure située dans Mayfair. Furetant aux alentours, j'ai réussi à me faire un ami du cocher qui attendait devant une autre maison. C'est ainsi que j'ai appris que nous avions affaire à M. Faraday Reed.

— Faraday Reed! s'exclama George en serrant les poings. Ce serpent!

Jamais il n'avait porté ses soupçons de ce côté, même

dans ses hypothèses les plus invraisemblables. L'inimitié entre Durby et Reed n'était pas un secret, encore que personne n'en connût l'origine. Ce n'étaient que suppositions, qui alimentaient les conversations de la bonne société. Il semblait donc étrange que Venetia entretînt un commerce avec un homme que son frère haïssait tant... Jamais on ne voyait Reed adresser la parole à la jeune femme, jamais il ne s'approchait d'elle, et il semblait même mettre tout son soin à se tenir constamment éloigné d'elle. Il n'y avait que cette soirée au cours de laquelle Durby leur avait présenté Charity...

Ashford se remémora alors des circonstances auxquelles il avait à peine pris garde sur le moment. Venetia et Reed s'étaient brièvement parlé, et si la jeune femme avait semblé un peu pâle par la suite, George avait attribué cette émotion passagère à l'impertinence bien connue de Reed. Il savait maintenant que l'entretien n'avait pas été aussi anodin qu'il l'avait cru.

— Voulez-vous que je continue, Votre Grâce? s'enquit alors Weaver d'une voix timide. Je veux dire : dois-je suivre encore Sa Grâce?

— Que... Oh! non. Je... Cela suffit comme cela, monsieur Weaver. C'est très bien.

Ashford paya l'homme, puis tourna les talons et regagna rapidement son club. Il avait l'impression étrange de ne plus être lui-même.

Il avait commencé à nourrir des soupçons en remarquant des changements dans le comportement de Venetia. Elle s'était ainsi mise à rêvasser, et à sursauter à tout propos. Quelques jours plus tôt, il l'avait même surprise à pleurer dans son boudoir. Inquiet, il s'était précipité vers elle pour la consoler et lui demander ce qui n'allait pas; mais elle avait rapidement séché ses larmes en lui répondant, non sans brusquerie, *que ce n'était rien.* Pourquoi refusait-elle de lui faire part de ses soucis? s'était demandé George. C'était agaçant... D'autant que lorsque Venetia avait tourné vers lui son regard, il avait découvert dans ses yeux une angoisse indicible.

Cet incident l'avait décidé à faire appel aux services de

Weaver, dont il avait entendu parler par Winston Montague : ce dernier lui avait raconté comment le détective avait su récupérer quelques bijoux dérobés à sa femme, et ne tarissait pas d'éloges sur lui.

En fait, George n'avait engagé Weaver et ne lui avait donné ses instructions — « Suivez ma femme, je veux savoir si elle m'est infidèle » — que pour s'entendre répondre : « Vos peurs sont injustifiées, Votre Grâce. Lady Ashford ne voit pas un autre homme en secret. » A présent, il savait. Ses craintes étaient confirmées. Et il n'était plus possible de se cacher la hideuse vérité : Venetia aimait un autre que lui.

La haine le submergeait lorsqu'il songeait à Faraday Reed. En même temps, son cœur brûlait douloureusement à la pensée que Venetia ne l'aimait pas, ne l'aimait plus. Si Reed avait surgi devant lui, il l'eût saisi à la gorge pour l'étrangler, sans autre forme de procès. Voilà qui eût apaisé sa rage. Cependant, rien ne pouvait soulager sa peine. Si grande était sa détresse qu'il en venait à regretter d'avoir engagé Weaver. Il eût mieux valu ne rien savoir.

A pas lourds et lents, il gravit les marches du perron et rentra dans son club. Il ne retourna pas au fumoir, préférant trouver un coin tranquille, dans un salon presque désert. Là, il se laissa tomber dans un confortable fauteuil de cuir et ferma les yeux. Le croyant endormi, ses amis ne le dérangeraient pas, et il pourrait méditer tout à loisir sur son malheur.

10.

Tandis qu'elle se brossait les cheveux devant la psyché, Charity étouffa un bâillement.

Serena, qui était assise sur le lit derrière elle, et se livrait à la même occupation, sourit avant de demander :

— Déjà lasse de cette vie si exaltante ?

— Non, mais je suis fatiguée. Je crois que le bal d'hier soir a duré trop longtemps.

— C'est bien la première fois que je vous entends faire semblable remarque, répondit Serena d'un ton moqueur.

— Moi aussi...

A la vérité, Charity s'ennuyait. Elle se sentait seule et abandonnée. Elle n'avait en effet revu Simon qu'à une reprise depuis le jour où elle lui avait confié Chanceux, une semaine auparavant. C'était lors d'un dîner, et encore les avait-on placés très loin l'un de l'autre, ne leur laissant ainsi aucune chance de pouvoir s'adresser le moindre mot.

Le temps s'étirait interminablement. Dans ces conditions, la vie sociale n'offrait aucun intérêt pour Charity, qui en venait à se demander si elle n'avait pas offensé son fiancé par son comportement, le jour de l'incident. Certes, il n'avait rien dit ni rien fait qui pût le laisser supposer, mais peut-être avait-il jugé, après réflexion, que cette jeune fille était incapable de faire une épouse convenable pour un lord. Aussi, déjà, l'évitait-il de son mieux.

Comme si elle avait la faculté de lire dans les pensées de sa sœur, Serena reprit :

— Je suppose que vous vous sentirez mieux ce soir, au théâtre, dans la loge de lady Ashford. Je crois savoir, en effet, que votre fiancé assistera à la représentation.

Charity sourit, et son visage s'illumina.

— C'est vrai, dit-elle.

Les mains dans les cheveux, elle essaya divers arrangements de coiffure, avant de poursuivre :

— Je tiens à être particulièrement jolie ce soir. Il faudrait une coiffure qui me vieillisse un peu. Que pensez-vous de celle-ci ?

Serena éclata de rire.

— Et dire que la plupart des femmes font l'impossible pour paraître plus jeunes ! observa-t-elle.

— Je sais bien, mais moi, c'est différent. Je ne veux pas que Sim... que lord Durby me prenne pour une gamine immature.

Ces paroles suscitèrent la curiosité de Serena, qui étudia avec attention le visage de sa sœur.

— Il me semble que vous êtes très éprise de lui, remarqua-t-elle. Est-ce exact ?

Fort étonnée, Charity se retourna.

— Bien sûr ! s'exclama-t-elle. Ne dois-je pas l'épouser ?

— L'amour n'est pas une composante obligatoire du mariage, lui rappela, fort judicieusement, Serena.

Le regard de Charity se voila tandis qu'elle demandait, sur le ton de la confidence :

— Pensez-vous qu'il y ait un amour partagé, dans notre cas ?

Cette fois, Serena éclata franchement de rire.

— Ma chère, comment pouvez-vous douter d'un homme qui accepte de recueillir le malheureux chien dont vous vous êtes entichée ? Il vous aime, c'est évident, et il n'a pas besoin de le crier sur les toits.

Rassurée, Charity esquissa un sourire rêveur.

— Je sais, convint-elle. Mais je ne l'ai plus revu depuis. Je ne compte pas, bien sûr, les visites qu'il me rend. Elles sont si guindées !

— Avec maman, Elspeth et moi comme témoins, vos entretiens ne peuvent être que guindés.

Charity fit la grimace.

— Maman et Elspeth sont insupportables, soupira-t-elle. Chaque fois que je profère quelque propos un peu moins convenu que les autres, Elspeth sursaute comme si on l'avait piquée, et elle se hâte de changer de sujet tandis que maman m'assassine avec ses regards meurtriers. Puis elles me font la leçon aussitôt après le départ de lord Durby. Quelle vie, vraiment ! Je m'amusais plus au pensionnat.

— Vous ne cessiez pourtant alors de dire combien vous vous ennuyiez, rappela Serena.

— C'est vrai. Enfin ! tout s'arrangera lorsque je serai mariée. Durby et moi pourrons aborder tous les sujets qui nous plairont, sans que personne ne soit là pour nous en empêcher. N'est-ce pas merveilleux ?

A l'évocation de ce futur qu'elle appelait de ses vœux, Charity sourit.

— N'avez-vous pas hâte, vous-même, d'épouser votre pasteur, demanda-t-elle, afin de pouvoir chaque matin prendre votre petit déjeuner en face de lui, ou de bavarder en sa compagnie, à demi nue devant votre glace, tandis que vous vous préparez pour une soirée ?

Serena rougit violemment.

— Charity ! s'exclama-t-elle. Vos propos sont choquants !

— Pourtant, c'est la vie, répondit la jeune fille en haussant les épaules. N'avez-vous jamais pensé à ce que sera votre mariage ? Imaginez que vous dormirez dans le même lit qu'un homme ! Cela doit créer une intimité incroyable.

A présent, Serena semblait sur le point d'étouffer. Après avoir tenté d'exprimer sa réprobation par un regard très sévère, elle lâcha :

— Charity, vous devez apprendre à discipliner votre langue. Vous ne pouvez continuer à tenir en société de ces propos qui offensent la pudeur et...

— De quoi ? s'exclama Charity. C'est à vous que je parle pour le moment, et non à une quelconque duchesse.

— Dieu en soit remercié ! soupira Serena.

Elle se leva et vint se placer au côté de sa sœur, dont elle entreprit d'arranger la coiffure, à grand renfort d'épingles et de peignes. Après un instant de silence, elle reprit, sur le ton de la méditation :

— Parfois, je me demande d'où vous tenez ce mépris pour les convenances.

— Moi aussi, reconnut Charity. A mon avis, j'ai hérité ce trait d'un ancêtre original. Mais dans la famille de papa. Je ne puis imaginer les Stanhope que tous très « comme il faut ».

— Je suis bien de votre avis — qui vaut aussi pour les Emerson.

Sans transition, Charity revint au sujet qui l'intéressait plus que la moralité de son ascendance.

— Serena, vous ne m'avez pas répondu : n'avez-vous point hâte d'être mariée ?

— Bien sûr que si. Il me tarde de pouvoir vivre en communion avec M. Woodson.

— En communion ! répéta Charity en s'esclaffant.

Elle aimait bien Serena mais, à certains moments, elle la trouvait très pharisienne. Sans trop savoir ce qu'il fallait entendre par l'expression « vivre en communion avec un homme », elle avait l'intuition d'un ennui extrême, insupportable. Or, telle n'était pas sa conception de la vie conjugale ! Elle en attendait de longues conversations en tête à tête, au cours desquelles elle pourrait dire — enfin ! — tout ce qui lui passerait par la tête, afin de faire rire Simon, et réveiller cet éclat si particulier de ses yeux, qui la chavirait. Elle voulait connaître une vraie intimité — et non cette « communion » —, et pouvoir tenir la main de Simon, l'embrasser, et puis...

Vivement, Charity repoussa ces pensées, aussi agréables qu'excitantes, craignant que son visage n'en reflétât la teneur. Il ne faisait aucun doute que Serena serait choquée au-delà de toute mesure si elle avait la moindre idée de ce qui s'était déjà passé avec Simon ; et il était inutile de lui expliquer que la vie conjugale était bien autre chose qu'une « communion » !

Elle se leva et déclara :

— Ce soir, j'aurai la possibilité de le voir et de lui parler. Même avec la foule autour de nous, ce sera plus amusant que d'être assis dans le salon, avec maman qui nous surveille comme un vautour sur sa branche...

Elle s'approcha de la commode sur laquelle on avait placé un joli bouquet de roses, dans un vase en porcelaine de Chine. Les fleurs avaient été envoyées le matin même par Simon, et une servante les avait apportées en venant éveiller les jeunes filles.

Comme elle se penchait pour humer le délicat parfum, Charity remarqua un petit morceau de papier plié, dissimulé entre les tiges. Elle fronça les sourcils, et se demanda pourquoi elle ne l'avait pas vu auparavant. Le papier se trouvait-il déjà en place lorsque la servante avait apporté le vase ?

Peut-être s'agissait-il là d'un message de Simon accompagnant le présent... Aussitôt, cependant, Charity se rappela que la servante lui avait déjà tendu la carte de visite réglementaire. Alors, son cœur se mit à battre plus fort. La gorge sèche, elle comprit qu'elle avait affaire à *un autre de ces mystérieux billets...*

Jetant un rapide coup d'œil en arrière, elle fut soulagée de constater que Serena ne s'était aperçue de rien. Sa sœur aînée, en effet, avait pris place devant le miroir et s'occupait d'arranger ses boucles. D'un geste vif, Charity put saisir le papier dissimulé dans le vase et le déplier.

« Vous serez la prochaine victime du monstre », lut-elle.

Incapable de détacher son regard de ces mots affreux, elle froissa le billet, les mains tremblantes de rage, avant de le jeter dans la corbeille. Qui pouvait en vouloir à ce point à Simon ? se demanda-t-elle. En cet instant, elle eût souhaité avoir à sa merci l'auteur de ces agissements infâmes, ce lâche qui n'avait pas le courage de proférer ses terribles accusations à visage découvert.

Puis elle songea aux conditions dans lesquelles ce nouveau billet lui était parvenu : dans sa propre chambre, et dans le bouquet envoyé par Simon ! Il lui semblait avoir mis la main sur un serpent venimeux. Quelqu'un, dans cette maison, s'était donc chargé de cette délicate mission... Mais quand ?

Charity tâcha alors de se remémorer les péripéties de la

matinée. Serena et elle n'étaient pas constamment restées dans leur chambre. Elles étaient d'abord descendues pour prendre leur petit déjeuner ; elles avaient aussi rendu visite à Horatia et à Belinda. Après quoi, Serena avait passé un long moment dans la chambre de sa mère, à qui elle voulait emprunter une broche, tandis que Charity, chez Elspeth, parlementait pour récupérer une écharpe.

La jeune fille frissonna désagréablement en comprenant qu'un individu mal intentionné avait sans doute épié ses allées et venues, attendant le moment propice pour délivrer son pernicieux message. Elle jeta autour d'elle un regard circulaire, comme si elle s'attendait à découvrir le coupable, tapi dans l'ombre.

Serena, qui venait de porter la dernière main à sa coiffure, se leva à cet instant.

— Etes-vous prête ? demanda-t-elle en souriant.

Charity eût désiré lui parler du billet qu'elle venait de trouver, afin de se décharger d'un fardeau trop lourd pour elle. Pourtant, elle s'interdit cette facilité. Il lui semblait que c'eût été trahir Simon que de seulement colporter, même en les réfutant, les accusations dont son fiancé était la victime. C'est pourquoi elle se força à sourire, et répondit à sa sœur d'un ton léger, avant de la suivre pour descendre vers le hall, où les attendaient les visiteurs de cet après-midi.

Au son des voix qui montaient du salon, les deux jeunes filles devinèrent aisément que plusieurs hommes se trouvaient là. Charity éprouva un instant la tentation de ne pas les rencontrer, et elle fit une courte pause sur les dernières marches de l'escalier, prête à remonter en courant pour se réfugier dans sa chambre. Elle n'avait plus aucune envie, en effet, de se montrer aimable envers ces gens, alors que toutes ses pensées étaient monopolisées par le billet trouvé dans le bouquet de roses.

Serena s'arrêta à la porte et se tourna vers elle, les sourcils levés en une interrogation muette.

Charity savait que si elle refusait d'entrer, elle devrait se justifier, d'abord devant sa sœur, ensuite devant sa mère, et sans doute aussi devant tante Ermintrude. Dans ces conditions, il était plus facile de mettre ce qu'elle appelait le

« masque social » et de satisfaire à ses obligations. Descendant vivement les dernières marches, elle entra dans le salon en même temps que Serena, et soupira d'aise en constatant que sa mère ne s'y trouvait pas.

Trois hommes conversaient avec tante Ermintrude. La vieille dame n'avait pas l'œil perçant qui faisait la force de Caroline, et elle ne serait donc pas à même de déceler le trouble qui affectait sa nièce — d'autant moins qu'elle était fort occupée à répondre, avec entrain, aux compliments appuyés que multipliaient les visiteurs. Malgré son grand âge, l'incorrigible lady n'avait pas renoncé à flirter quand l'occasion s'en présentait !

Les trois hommes se levèrent d'un même mouvement lorsqu'ils aperçurent les nouvelles arrivantes. L'un d'eux n'était autre que Faraday Reed, ce qui rendit un peu de son allant à Charity. Ici, au moins, se trouvait une personne en qui elle avait toute confiance. Elle échangea des salutations polies avec chacun, et s'arrangea pour s'asseoir à côté de celui qui avait ses préférences.

Ce dernier entama la conversation sur un ton badin.

— Vous êtes particulièrement jolie, aujourd'hui, mademoiselle Emerson. Vous...

Alerté sans doute par l'air sombre de la Charity, il s'interrompit.

— Il faut que je vous parle, lui dit-elle à voix basse.

— Vous avez reçu un autre billet, n'est-ce pas ?

— Oui, à l'instant même... dans ma chambre.

Faraday écarquilla les yeux.

— Dans votre chambre ? Mais c'est monstrueux !

Charity approuva d'un vigoureux hochement de tête et entreprit de raconter les circonstances de sa découverte. C'était pour elle un véritable soulagement que de pouvoir livrer ses craintes et ses soucis, au lieu d'entretenir une conversation agréable, mais sans intérêt.

En ne parlant pas autour de lui des mystérieux billets, Faraday Reed avait prouvé qu'il était digne de confiance. Il avait su garder le secret qu'il partageait avec Charity, et celle-ci trouvait Simon de plus en plus injuste à l'égard d'un homme capable de tant de tact. Si les deux hommes avaient courtisé la même femme, cela ne signifiait nullement que Faraday était un individu méprisable. Ce dernier estimait d'ailleurs réglé, pour ne pas dire oublié, un différend vieux de tant d'années.

Plus elle y pensait, plus Charity estimait que son fiancé manquait de simplicité. Si seulement elle pouvait lui dire combien son ex-rival savait se montrer serviable, et compréhensif, et discret...

— C'est toujours le même genre de billet, expliqua-t-elle à voix basse. On veut me faire croire que je suis en danger. Durby est présenté comme un monstre, dont je serais la prochaine victime. Comment peut-on espérer que je vais prêter foi à de telles calomnies ?

— Celui qui vous fait parvenir ces messages vous connaît bien mal, en effet, murmura Reed d'un ton apaisant.

— Quel est le but de ces manœuvres ? Qui aurait intérêt à nous voir rompre nos fiançailles ?

— Un soupirant éconduit, peut-être ? Une aussi belle jeune fille a sans doute brisé plus d'un cœur avant de se fiancer à lord Durby...

Charity écarquilla les yeux.

— Vous n'êtes pas sérieux ! chuchota-t-elle. Imaginez que je n'avais jamais assisté à une seule soirée avant mes fiançailles.

— Certes, mais chez vous, à la campagne ? Ne pourrait-on trouver là-bas un jaloux vindicatif ?

Cette fois, Charity gloussa de plaisir en se remémorant les garçons avec qui elle avait dansé, et même parfois flirté, comme par exemple le fils d'un baron, qui s'intéressait plus à la meute de son père qu'au mariage...

— Non, vraiment, dit-elle. Cette hypothèse est sans fondement.

Reed garda un silence songeur.

— Avez-vous pensé que votre mystérieux correspondant n'est peut-être pas si mal intentionné que cela ? reprit-il enfin.

— Que voulez-vous dire ?

— Eh bien... il pourrait s'agir d'une personne qui se fait vraiment du souci pour vous, sans être assez familière pour avoir la possibilité de vous parler. Une personne qui croit que vous courez un réel danger en épousant Durby...

— C'est ridicule ! Comment pouvez-vous émettre une idée aussi sotte ?

— Excusez-moi, mais il faut tout de même tenir compte des rumeurs qui circulent depuis la mort de son épouse, répondit Reed, sans se départir du plus parfait sang-froid.

— Des rumeurs ne constituent pas une preuve, rétorqua vivement Charity. En tout cas, ne me dites pas que vous aussi leur prêtez foi.

— Bien sûr que non ! Si lord Durby et moi avons eu un différend, comme vous le savez, je n'ai jamais pensé qu'il avait pu assassiner son épouse. En revanche, il peut se trouver des gens plus naïfs, prenant ces accusations pour argent comptant. Quelqu'un a peut-être l'intention sincère de vous protéger...

— C'est possible. Mais il ferait mieux de se montrer à visage découvert ! Ainsi, j'aurais le plaisir de lui dire, moi, ce que je pense de ses agissements. Ecrire des billets anonymes est d'une lâcheté insigne, et il faut bien manquer d'honneur pour ne pas oser me parler en face.

— J'ai mené ma petite enquête, révéla alors Reed. Avec discrétion, comme vous vous en doutez. Il m'était impossible, en effet, de poser des questions trop révélatrices.

— Je l'espère bien. Il serait fort dommageable que cette affaire s'ébruite.

— Je dois malheureusement vous avouer que je n'ai pu trouver une personne éprouvant assez d'inimitié envers Durby pour se livrer à ce petit jeu. J'en connais beaucoup qui ont eu des querelles avec lui ; et parmi eux plusieurs estiment que son style de vie dénote un sens moral affaibli. Je reconnais d'ailleurs pour ma part que ses manières n'inclinent pas forcément... euh, à l'amitié. Cela dit, personne ne m'a paru empli de haine à son égard, au point de vouloir lui nuire de la manière que vous savez... Conscient que je faisais fausse route, j'ai alors pensé à un de vos soupirants. Réfléchissez, mademoiselle Emerson. N'avez-vous pas suscité chez certains hommes le tendre désir de vous épouser ?

Charity sourit.

— Vous me flattez beaucoup, monsieur Reed, mais je suis sûre que...

Elle s'interrompit brusquement, et ses yeux se mirent à briller.

— Oui, murmura-t-elle. Cela se pourrait...

— Vous rappelez-vous le nom d'un soupirant ?

— Non, il ne s'agit pas de cela. Mais ce que vous m'avez dit m'a fait penser que... Et si nous avions affaire à une femme amoureuse de Simon... je veux dire, de lord Durby. Personne ne m'a jamais fait d'avances avant mes fiançailles ; en revanche, je suis certaine que beaucoup de femmes ont été déçues de savoir Durby engagé envers moi : des débutantes pleines d'espoirs ; leurs mères, aussi...

Reed décocha à la jeune fille un regard ébahi.

— Eh bien, murmura-t-il, je ne pensais pas que...

— C'est un sujet que je ne devrais pas aborder, j'en suis bien consciente. Mais le temps n'est plus des conversations sans objet. Je dois découvrir d'où me viennent ces billets.

Charity s'interrompit encore pour réfléchir.

— Vous savez, reprit-elle, plus j'y pense, plus j'incline à croire qu'une femme est à l'origine de tout cela. Tant de rancœur dénonce à l'évidence une amoureuse éconduite. Vraiment, je vous suis reconnaissante de m'avoir mise sur cette voie.

— Je n'ai rien dit de semblable, remarqua Reed. Il me semble que vous sautez un peu vite aux conclusions, non ?

— Oui, oui, je le sais, acquiesça Charity en souriant. Mais c'est bien vous qui m'avez suggéré cette idée. Je me sens beaucoup mieux, à présent. S'il ne s'agit que d'une femme ruminant sa déconvenue, je m'en accommoderai. En tout cas, je suis parfaitement capable de mener ma petite enquête.

— Mademoiselle Emerson ! protesta Reed, qui semblait sérieusement alarmé. Vous n'avez pas le droit de faire une chose pareille ! Imaginez-vous à quel danger vous vous exposeriez, alors ?

Sans rien en dire, Charity songea que les hommes se montraient parfois un peu trop protecteurs.

— Allons donc ! s'exclama-t-elle. Quel mal pourrait me causer une femme jalouse ? Croyez-moi, je saurai très bien poser autour de moi les questions qui me mettront sur la voie de la vérité. On est toujours ravi de renseigner une future épouse sur le passé de son fiancé... surtout s'il a eu une vie un tant soit peu tumultueuse.

Reed ne semblait pas très convaincu.

— Je ne pense pas, objecta-t-il, que lord Durby sera ravi d'apprendre que sa fiancée se documente sur sa vie... surtout dans ce domaine, qu'on peut effectivement qualifier de... sensible.

— Ne soyez pas sot ! rétorqua Charity, de plus en plus sûre d'elle. D'abord, lord Durby ne saura rien, car je doute que beaucoup de gens soient enclins à courir lui rapporter pareille information. En outre, Sa Grâce est avertie que je suis une femme indépendante ; et d'ailleurs, c'est ainsi qu'Elle me préfère.

Après l'avoir considérée d'un regard dubitatif, Reed formula ses réserves.

— Une femme indépendante ? Vous, vraiment ?

— Certainement ! répondit Charity, non sans brusquerie.

La pensée l'effleura alors que Durby, à la vérité, n'appréciait pas toujours son indépendance d'esprit ; ainsi, il lui avait en particulier formellement interdit d'entretenir un quelconque lien avec Reed. Mais elle ignora cette objection, pour poursuivre :

— Il y a d'autres renseignements que je désire obtenir sur ma mystérieuse correspondante. Dès demain, je parlerai aux servantes. Quand j'ai découvert le billet dans mon bouquet de fleurs, j'ai pensé d'abord que l'expéditeur s'était introduit dans ma chambre pour le mettre en place ; mais il est évident, maintenant, que les choses ne se sont pas passées ainsi. Un intrus avait trop de chances de se faire prendre. Il — ou elle — a donc soudoyé l'une des servantes de tante Ermintrude. Je les questionnerai toutes !

— Je doute que la coupable consente à vous faire des aveux...

— Je découvrirai ce que je veux savoir ! affirma Charity avec confiance. Il est très possible, en effet, que la coupable n'ait même pas eu idée qu'elle se rendait complice d'une mauvaise action. Elle peut avoir pensé qu'il ne s'agissait que de me remettre le billet d'un admirateur.

Un sourire radieux aux lèvres, la jeune fille effleura de sa main le bras de Reed.

— Vous m'avez beaucoup aidée, lui confia-t-elle, et grâce à vous, je me sens mieux. Il me reste à vous remercier pour votre discrétion. Permettez-moi de vous le dire : vous vous êtes comporté en gentleman, et en parfait ami. Mon souhait, désormais, est que Simon se rende compte de son erreur de jugement à votre égard.

— Je doute qu'il soit un jour favorisé par cette révélation, répliqua Reed avec un rien de sécheresse. D'ailleurs, je préférerais que vous n'essayiez pas de le convaincre...

— Mais il a tort ! protesta Charity. Vous vous êtes dépensé sans compter pour m'aider, et pour l'aider aussi, *lui*.

— Je n'ai agi que pour vous, mademoiselle Emerson, dit alors Reed.

Il prit la main de la jeune fille, et chercha son regard.

Charity se sentit alors prise d'une envie de pouffer, qu'elle jugea fort déplacée en la circonstance. Le regard énamouré que lui jetait Reed était si... ridicule. Oui, ridicule ! Mais il était impensable de rire d'un homme qui s'était montré si serviable...

Elle se demanda si ce regard inattendu, qui lui rappelait celui d'un veau malade, était celui que Reed utilisait lorsqu'il voulait séduire. N'était-il pas étrange qu'un homme marié eût encore le désir de flirter, surtout avec une jeune fille qu'il savait fiancée ? En même temps, Charity n'avait pas manqué d'observer, depuis qu'elle fréquentait la bonne société, que tout le monde flirtait plus ou moins, et qu'on se souciait fort peu du statut marital des uns et des autres. Interrogée sur le sujet, sa mère lui avait répondu qu'il s'agissait là d'un comportement tout à fait normal, acceptable, car sans signification véritable. Soit. Mais pourquoi se conduisait-on ainsi, si cela ne signifiait rien ?

Cette autre question, Charity n'avait osé la poser à sa mère.

— Oui, je sais ce que je vous dois, répondit-elle à Reed.

Discrètement, elle essaya de retirer sa main, qu'il serra plus fort.

A ce moment seulement, elle s'aperçut que les conversations, autour d'elle, avaient cessé. Puis elle découvrit que tous les regards étaient tournés vers la porte.

Simon se tenait dans l'entrée du salon. Et il la regardait avec une froideur qu'elle ne lui avait jamais vue.

Le cœur de Charity se mit à battre plus vite. Elle comprit soudain combien sa conversation en aparté avec M. Reed, excluant les autres personnes présentes, avait dû paraître inconvenante. Ce n'était pas ainsi que devait se conduire une jeune fille bien élevée, lorsqu'elle s'adressait à un homme qui n'était pas son fiancé. Sa mère y eût très vite mis bon ordre, mais Serena n'avait pas ce talent. Quant à tante Ermintrude, elle n'avait rien remarqué.

— Mon Dieu ! murmura Charity.

Simon se dirigeait droit sur elle.

11.

Simon s'inclina poliment devant tante Ermintrude, Serena et les deux jeunes gens qui conversaient avec elles. Puis il se tourna vers Charity et Reed, qu'il enveloppa d'un regard glacial.

— Bonjour, lord Durby ! lança Charity.

Elle avait décidé qu'elle ne se laisserait pas intimider. Après tout, elle n'avait rien fait de mal.

— Je vois, très chère, que M. Reed fait de son mieux pour vous divertir.

Mal à l'aise, l'intéressé s'agita sur son siège. Le ton de Simon n'annonçait rien de bon. Mais Charity répondit avec simplicité :

— En effet, M. Reed est un homme charmant.

Simon sourit. Ou plutôt, ses lèvres s'étirèrent en un rictus qui pouvait ressembler à un sourire.

— M. Reed ne manque en effet pas une occasion de faire valoir son charme, déclara-t-il. Pas toujours à bon escient, ajouterais-je.

A ces mots, Charity haussa les sourcils. Alors qu'elle avait espéré que Simon ne ferait pas de scène, elle commençait à en douter. Du coin de l'œil, elle vit tante Ermintrude et les autres suivre avec un intérêt évident le petit drame en cours.

— Maintenant que je suis là, indiqua Simon à Reed, c'est à moi de divertir ma fiancée. Je vous décharge de cette lourde tâche.

— Je vous assure que ce ne fut pas une corvée pour moi,

répondit crânement Reed. Mlle Emerson a une conversation tout à fait passionnante.

— Je n'en doute pas. Mais je suis sûr que vous avez d'autres obligations auxquelles vous ne sauriez vous dérober.

Le regard de Simon, tandis qu'il prononçait ces paroles, était aussi acéré que le tranchant d'une dague. Visiblement troublé, Reed se leva, puis se tourna vers Charity en ignorant de façon délibérée son adversaire.

— Mademoiselle Emerson, ce fut un plaisir.

— Je vous remercie, répondit la jeune fille, le plus aimablement possible.

Elle voulait, par son sourire, atténuer le déplaisir causé à son ami par la mauvaise humeur de son fiancé.

Reed s'inclina ensuite devant chacun et prit la direction de la sortie. Durby le suivit du regard jusqu'à la porte, avant de se tourner vers Charity.

— Sans doute aimeriez-vous faire une petite promenade dans le jardin, mademoiselle Emerson.

Charity envisagea de lui répondre qu'elle se trouvait fort bien où elle était, pour le simple plaisir de le contrarier. Il se montrait si agaçant ! Mais, craignant qu'il ne lui fît la leçon devant tout le monde — car c'était bien cela qu'il avait en tête —, elle jugea préférable de sortir pour régler cette affaire en privé.

— Tout à fait, Votre Grâce, dit-elle.

Elle se tourna vers sa tante afin d'obtenir son assentiment. Quoique à l'évidence déçue de ne pouvoir assister à la suite des événements, la vieille dame approuva d'un hochement de tête.

— Allez prendre un peu l'air, mes enfants, ajouta-t-elle.

Simon offrit son bras à Charity. En silence, ils sortirent de la pièce, traversèrent le hall, et firent bientôt leurs premiers pas dans le petit jardin bien entretenu qui jouxtait la maison sur l'arrière.

La jeune fille jeta un bref coup d'œil à Simon, dont le visage semblait s'être transformé en pierre. Elle réprima un soupir. Pourquoi se montrait-il si intraitable ? Il était injuste de lui d'interdire toute conversation avec un homme, sous le simple prétexte qu'il avait été autrefois un rival. Reed n'avait-il pas prouvé qu'on pouvait lui accorder toute confiance, en ne divulguant rien de ce qu'il savait à propos des mystérieux billets ? Charity jugeait son attitude noble et généreuse, eu égard, surtout, au dédain affiché — pour ne pas dire plus — que témoignait Simon à son endroit.

Tandis qu'ils marchaient en silence, Charity crut percevoir un grincement de dents, qui lui fit comprendre que le comte tâchait de réfréner son ire. Elle se rappela le premier incident, lors du bal de lady Rotterham. Simon, alors, n'avait rien fait pour se contrôler; après quoi, il l'avait embrassée avec tant de fougue, tant de passion, qu'elle avait craint un moment qu'il ne se mît à la dévorer. En rougissant, elle songea qu'elle préférait son fiancé quand il ne se maîtrisait pas...

Hélas, il se maîtrisa. Il invita Charity à s'asseoir sur un banc de pierre, à l'autre bout du jardin, et se tint debout devant elle, les bras croisés sur le torse.

— Mademoiselle Emerson, lui dit-il, cherchez-vous le moyen de me défier ; ou êtes-vous assez sotte pour penser que je n'avais pas mesuré la portée de ma précédente mise en garde ?

Charity leva sur lui un regard plein de fierté tandis que tout son corps se raidissait.

— Vous défier, moi ? Pourquoi ferais-je une chose pareille, Votre Grâce ? En fait, je mène ma vie comme je l'entends, tout comme vous. N'étions-nous pas convenus de garder une entière liberté dans le mariage ?

— Nous ne sommes pas encore mariés.

— Alors, je vous répondrai qu'il est encore plus insupportable pour moi de marcher à la baguette.

Le regard de Simón s'enflamma.

— Je n'ai nullement l'intention de vous faire marcher à la baguette ! lança-t-il. Je ne suis pas de ces brutes qui ne désirent pour épouse qu'une pauvre petite femme apeurée.

— Vraiment ? rétorqua Charity avec froideur. Alors, pourquoi m'avez-vous fait asseoir ici, pour me faire la leçon ? Si vous jugez nécessaire de me donner la fessée, comme à une enfant désobéissante, ne vous gênez pas.

— Enfer et damnation ! rugit Simon. Je me suis efforcé de rester correct, mais si c'est vraiment ce que vous voulez...

Il saisit Charity par le bras, et la tira pour la forcer à se lever. Pendant quelques secondes, il la garda ainsi, le regard brûlant, lui meurtrissant le bras. Puis il laissa filtrer entre ses dents serrées un nouveau juron, avant de rendre sa liberté à la prisonnière.

— Que Dieu me vienne en aide, murmura-t-il en reculant de deux ou trois pas. Jamais je n'avais rencontré une femme capable de me faire oublier mon éducation.

Charity laissa échapper un petit rire nerveux. Pendant un bref moment, elle s'était demandé si elle allait recevoir une sévère correction, ou le baiser qu'elle appelait de ses vœux. Déçue de n'avoir rien eu, elle demanda :

— Suis-je donc si agaçante, Votre Grâce ?

— Oui, vous êtes très agaçante — et encore, le mot est-il faible. Avec vous, j'ai toujours peur d'exploser, je suis au bord de l'esclandre. Lorsque j'ai vu Reed si proche de vous, tandis que vous lui souriiez, et que même vous effleuriez son bras, il m'a fallu faire preuve d'un héroïsme incommensurable pour ne pas prendre cet individu par la peau du dos afin de le jeter dehors.

Charity haussa les sourcils.

— Etiez-vous sous l'empire de la jalousie ? s'enquit-elle.

Elle n'avait pas encore, jusque-là, envisagé cette explication ; elle avait pensé que Durby attendait de sa future épouse qu'elle calquât ses amitiés et inimitiés sur les siennes. Ce qu'il lui avait dit du mariage n'incitait pas à penser qu'il pût être bouleversé par un sentiment tel que la jalousie. De fait, Charity trouva réconfortante cette découverte.

— Vous serez ma femme, lui dit-il avec aigreur. Je ne puis permettre aucune macule à mon nom.

— Une macule ! s'exclama Charity, au comble de la surprise et de la déception.

Ainsi, il ne s'agissait pas de la défendre, *elle* ! C'était son nom, son honneur qu'il tâchait de protéger en lui interdisant de fréquenter Faraday Reed. Furieuse, Charity attendit la suite.

— Une macule, oui, et pire encore, si vous continuez à vous afficher en compagnie d'un individu aussi méprisable.

— M. Reed est reçu partout...

— La société recevrait un serpent, pourvu qu'il parle bien et fasse les yeux doux aux vieilles harpies qui hantent les soirées !

— Parce que vous, vous en savez plus que tout le monde, peut-être ?

— Parfaitement ! Je sais que Faraday Reed est un homme corrompu, et qu'il ruinera votre réputation s'il en a l'occasion.

— Pensez-vous donc que j'aie si peu de moralité que je puisse me laisser séduire par le premier venu ? s'exclama Charity.

— Il n'est pas besoin d'être séduite pour être déshonorée, rétorqua Simon. Reed est de ceux qui font savoir que la vertu d'une femme a été compromise. Apprenez en outre qu'il vous forcera, si c'est pour lui le seul moyen d'arriver à ses fins.

Charity fut si choquée par ces révélations qu'elle en oublia sa colère.

— Simon ! Non ! Sûrement, vous vous trompez. Jamais Faraday Reed ne s'abaisserait à cela. Il m'a aidée...

Elle s'interrompit en songeant qu'elle n'avait encore rien avoué à Simon des mystérieux billets.

Un dilemme lui déchirait le cœur. Si elle racontait la sympathie et l'aide que lui avait prodiguées M. Reed en dépit de l'aversion que Simon lui témoignait, celui-ci comprendrait aussitôt l'injustice dont il faisait preuve à l'égard de cet homme si bon. D'un autre côté, elle désirait ne rien révéler à son fiancé des billets anonymes, car ce serait lui rappeler des souvenirs trop pénibles. Il lui semblait bas, en vérité, de produire, pour son seul confort, juste pour avoir enfin raison, un argument aux effets désastreux.

— En quoi vous a-t-il aidée ? demanda Simon.

— Il m'a aidée... Il m'a aidée à prendre ma place dans la société. Il m'a présenté beaucoup de monde, m'a dit qui était qui, m'a fait le détail des liens de parenté... autant d'éléments qu'on se doit de connaître. Grâce à lui, j'ai évité bien des impairs... Bref, il m'a aidée à être moins campagnarde.

— Vous n'avez pas besoin de son aide, répliqua Simon. Les renseignements, demandez-les à votre mère, ou à Venetia... Mais ne questionnez plus Faraday Reed ! J'insiste pour que vous renonciez à le voir.

— Ma mère l'apprécie et l'autorise à nous rendre visite. Comment pourrais-je l'éviter ?

Simon fit la grimace.

— Répétez à votre mère ce que je viens de vous dire, et je suis sûr qu'elle ne permettra plus à Reed de franchir le seuil de votre maison. J'espérais d'ailleurs que vous accompliriez cette démarche après ma première mise en garde ; mais il apparaît que vous n'en avez rien fait.

— C'est que vous vous êtes montré déraisonnable, objecta Charity. Et vous l'êtes encore. Alors que vous multipliez les accusations vagues contre M. Reed, vous refusez de m'expliquer en quoi il vous semble méprisable. Que vous a-t-il fait, pour que vous le détestiez tant ? Pourquoi pensez-vous qu'il cherchera à nuire à ma réputation ?

— Il cherchera à le faire, afin de m'atteindre, moi. Croyez-moi, il me hait autant que je le déteste — peut-être même plus, puisque c'est moi qui ai eu raison de lui.

En entendant cet aveu, qui trahissait une certaine satisfaction, Charity sentit une nouvelle bouffée de colère l'envahir. Simon faisait sans nul doute référence à la femme de petite vertu dont il avait visé les faveurs en même temps que Reed. La jeune fille fut blessée qu'il lui rappelât ainsi, sans aucune vergogne, cette bonne fortune.

— En quoi avez-vous eu raison de lui ? demanda-t-elle d'une voix pointue.

Simon secoua la tête.

— Je ne puis vous le révéler.

— Bien sûr ! Vous donnez vos ordres, et vous exigez que je m'y conforme aveuglément. Et vous osez dire que vous n'avez pas l'intention de me faire marcher à la baguette ?

— Je n'ai pas le droit de vous raconter cette histoire, reprit Simon d'un ton sec. Elle met en cause l'honneur d'une dame.

Ce mensonge ne fit qu'accroître la fureur de Charity. Une *dame*, vraiment ? Reed avait clairement laissé entendre qu'il s'agissait d'une créature, d'une demi-mondaine, et certainement pas d'une dame. Comment Durby pouvait-il parler d'honneur ?

Charity partit d'un éclat de rire bruyant.

— L'honneur ! Ah ! C'est toujours le genre d'argument qu'avance un homme lorsqu'il ne veut rien dire. « C'est un sujet trop délicat... Cela concerne l'honneur d'une dame... Vous ne comprendriez pas... » Voilà ce que nous entendons à longueur de journées, nous autres, les pauvres femmes, les êtres inférieurs.

— Il s'agit pourtant de la stricte vérité, insista Simon. Croyez-moi, je ne vous sers pas là quelque mensonge de convenance. L'incident dont il est question implique une dame, et je serais impardonnable de le proclamer sur tous les toits.

— Je n'attends pas de proclamation sur les toits, protesta Charity avec entêtement, mais simplement que vous me donniez les raisons de votre animosité envers M. Reed. Dites-moi, une bonne fois pour toutes, pourquoi je dois éviter ce monsieur.

— Je vous le demande ! N'est-ce pas une raison suffisante ?

— Vous ne demandez rien, vous ordonnez. Cela fait une différence ! Permettez-moi de vous rappeler que je suis votre fiancée, pas votre servante, et que je ne souffrirai aucun ordre venant de vous. Si vous aimez tant commander, trouvez une autre épouse.

Le visage fermé, le regard dur, Simon considéra la jeune fille pendant un long moment, et celle-ci craignit de s'entendre dire que leurs fiançailles étaient rompues. Mais à la fin, il s'inclina.

— C'est très bien, mademoiselle Emerson, déclara-t-il. Je ne vous donne aucun ordre. Je vous demande seulement, puisque vous serez ma femme, de m'accorder une faveur.

Il parlait d'une voix lente et grave, qui trahissait l'effort presque surhumain au prix duquel il gardait le contrôle de sa personne.

— Bien plus, conclut-il, je souhaiterais que vous me fissiez l'honneur de me croire sur parole, puisqu'il m'est impossible de vous exposer ce que je sais. Je vous l'affirme : Reed est un homme malfaisant.

Lorsqu'il avait commencé de parler, Charity avait éprouvé un bref sentiment de triomphe. N'avait-elle pas, en quelque sorte, apprivoisé *Sa Fierté* le comte de Durby, en l'obligeant à la considérer comme une égale, et non comme une enfant à qui il suffisait de dire « obéis » ? Mais lorsqu'il lui avait demandé, la voix pleine d'une émotion mal contenue, de lui faire confiance, elle avait compris qu'il voulait plus, bien plus qu'elle n'avait cru depuis le début de cette querelle : c'était un véritable acte de foi qu'il sollicitait.

Soudain émue, Charity prit les mains de Simon.

— C'est très bien, lui dit-elle. Je vous crois. Dorénavant, j'éviterai M. Reed.

Les mains de Simon se crispèrent. Puis il les éleva jusqu'à sa bouche, afin de pouvoir déposer un baiser sur les doigts de Charity. Cela ne lui suffit pas. Il baisa ensuite la paume, avant de porter les mains de la jeune fille sur sa joue.

— Merci, souffla-t-il d'une voix sourde. Jamais je n'aurais dû vous donner d'ordre, j'en suis conscient. Mais je n'avais pas réfléchi. Lorsque je l'ai vu avec vous, j'étais en si grande colère, et j'avais si peur du mal qu'il pouvait vous faire, que je n'ai songé qu'au moyen le plus direct de l'éloigner de vous à tout jamais. Je vous demande de me pardonner.

— Je vous pardonne de tout cœur, répondit Charity.

Bouleversée par l'aveu de Simon, elle s'approcha de lui, et se hissa sur la pointe des pieds pour pouvoir lui baiser les lèvres. Se blottissant contre lui, elle passait les bras autour de son cou.

Aussitôt, Simon l'enlaça avec force, la pressa contre lui et sa bouche avide chercha les lèvres qui s'éloignaient trop vite. Il embrassait Charity avec fougue, presque avec fureur, et une de ses mains vint chercher les seins qui palpitaient. Dès qu'il eut trouvé, il émit un gémissement, puis se mit à trembler.

Il brisa alors soudainement l'étreinte et recula de quelques pas. Il offrait le spectacle étonnant d'un homme qui a failli se noyer et qui, la bouche grande ouverte, aspire l'air à grandes goulées. Son visage était empourpré, ses yeux brillants de passion. Les poings serrés, il recula encore, pour résister à la tentation évidente qui le tenaillait.

— Non, dit-il d'une voix rauque. Nous ne devons pas succomber. Par Dieu, jeune fille, il apparaît que je ne puis plus me contrôler en votre présence; vous devez me prendre pour un sauvage qui saute sur vous à la moindre occasion.

— Mais non, répondit Charity avec un grand sourire. J'aime vos baisers.

— Ne dites pas cela! répliqua Simon. Ne dites pas cela, ou vous anéantirez le peu de volonté qui me reste.

Etonnée, Charity perdit son sourire.

— Je vous demande pardon, bredouilla-t-elle en baissant les yeux. Ai-je dit quelque chose de mal? Me suis-je mal conduite?

— Non! Par Dieu, non! Je... il me plaît de savoir que vous trouvez du plaisir à mes baisers. En fait, cela me plaît même trop. Si je m'écoutais, je vous reprendrais dans mes bras et je recommencerais à vous embrasser. Mais je crains de ne plus pouvoir m'arrêter à temps. J'ai peur de vous déshonorer.

A ces mots, Charity sentit une agréable chaleur l'envahir. La respiration plus brève, elle recouvra le sourire tandis que Simon, l'air égaré, se passait les mains dans les cheveux.

— Il faut que je m'en aille, marmonna-t-il.

— Vous en aller? Pourquoi si tôt?

— Il faut que je parte, vous dis-je, ou je m'oublierai tout à fait.

Les mains croisées derrière le dos, Simon fit quelques pas dans le jardin. Lorsqu'il revint devant Charity, il semblait avoir recouvré tous ses esprits. Le visage plus serein, et la voix assurée, il expliqua :

— J'étais venu vous annoncer mon intention de me rendre à la campagne. Je pars demain, et c'est pourquoi il me sera impossible de paraître au théâtre ce soir. Il se peut que je reste au château de Deerfield pendant quelques semaines.

La pointe du désespoir transperça le cœur de Charity.

— *Quelques semaines*? répéta-t-elle. Pourquoi si longtemps?

— Ne me regardez pas ainsi ! Il faut que je parte. Si je reste, je... Comprenez-moi, mademoiselle Emerson : c'est une torture que de rester près de vous sans avoir le droit de vous posséder. Voilà, je l'ai dit !

Simon prit alors la jeune fille par les épaules, et la dévisagea intensément.

— Il est très difficile, vraiment, de s'asseoir avec vous, dans votre salon, en compagnie de votre mère et de vos sœurs, pour soutenir une conversation polie, mais sans intérêt, alors que je n'ai qu'une envie : vous prendre dans mes bras et vous embrasser à en perdre la raison.

— Oh ! chuchota Charity, la respiration coupée par cet aveu.

Ses jambes flageolaient, et il lui semblait brûler du feu qu'avait allumé en elle le regard de Simon.

— Si j'ai l'occasion de vous dérober un baiser, poursuivit ce dernier, c'est bien pire ; car alors, je vous désire plus encore, et je sais que je serais le dernier des hommes en cédant de la sorte à mes instincts.

— Mais vous serez bientôt mon mari.

Le regard de Simon s'enflamma davantage à cette perspective.

— Oui, dit-il. Je serai votre mari ; et alors, je vous prendrai dans mon lit et je vous rendrai femme avec tous les égards que vous méritez. Il est hors de question que je vous possède en hâte, derrière quelque buisson, comme si vous étiez une *moins-que-rien*.

— Est-ce pour éviter cela que vous quittez la ville ? s'enquit Charity.

— Précisément. Cela m'aidera à me contenir. J'espère que, seul et en paix à la campagne, je serai capable de reprendre le contrôle de mes passions animales. J'ai parlé à vos parents, et ils sont convenus avec moi de ramener à six mois la durée de nos fiançailles. Il leur semble — et je leur donne raison — qu'un temps de probation plus court apparaîtrait comme une faute de goût. Mais je dois m'éloigner, afin de résister mieux à la tentation.

— Vous me manquerez, dit Charity avec simplicité.

— Vraiment ? La moitié des jeunes gens de Londres sont

DE LA PART
DU PÈRE NOËL
Recevez
des livres
gratuits
et un
ravissant
cadeau !
REGARDEZ VITE À L'INTÉRIEUR !

LA GARANTIE HARLEQUIN

- Vous gardez la possibilité d'interrompre votre collection à tout moment.
- Vos cadeaux vous restent acquis dans tous les cas.
- Si d'aventure après avoir lu vos romans gratuits, vous n'étiez pas séduite par Harlequin, vous pourriez changer d'avis et annuler vos envois payants par simple lettre.
- Cette offre est sans risque.

Le Service Lectrices Harlequin est à votre écoute au : 03 44 58 44 60

HARLEQUIN

M 20 g

Valable du : 11/05/95
au : 11/05/98

À utiliser seulement
en France métropolitaine
et dans les départements
d'Outre-Mer

ECOPLI

T

HARLEQUIN
Service Lectrices
AUTORISATION N° 529 OISE
60985 CREIL CEDEX 9

prêts à en venir aux mains pour vous faire danser. Vous êtes la coqueluche de la saison.

Charity haussa les épaules.

— Parce que je suis votre fiancée, affirma-t-elle avec une moue désabusée. Autrement, on ne me remarquerait même pas.

Visiblement amusé par cet aveu plein d'ingénuité, Simon répondit :

— Permettez-moi d'en douter, ma chère. Vous n'êtes pas femme à passer inaperçue.

— Est-ce un compliment, Votre Grâce? demanda la jeune fille, sincèrement étonnée.

— Bien sûr, répondit Simon en lui prenant la main pour la porter à ses lèvres. Maintenant, il faut que je vous quitte, avant que votre tante Ermintrude et son entourage ne se lancent à notre recherche. Une trop longue promenade dans un jardin, même avec un fiancé courroucé, suscite forcément des commentaires.

— Je sais, soupira Charity. Les règles à observer sont plus nombreuses à Londres qu'à la campagne; et plus contraignantes, aussi.

En souriant, Simon lui offrit son bras.

— Je suppose, lui dit-il, que vous serez capable d'éviter les ennuis en mon absence.

— Bien sûr! Mais... à quel genre d'ennui faites-vous allusion?

— Eh bien, je ne serai plus là pour vous protéger des charretiers ou de certains policiers trop zélés...

— Ou pour m'indiquer à qui je dois ou ne dois pas parler, compléta Charity avec malice.

— Ou pour vous empêcher de donner asile à toutes les malheureuses bêtes que vous pourriez rencontrer.

— A ce propos, rassurez-moi : vous aimez Chanceux, n'est-ce pas?

Simon leva les yeux au ciel.

— Cette bête a mis toute ma maison sens dessus dessous, avoua-t-il d'un ton catastrophé. Les valets redoutent de l'emmener en promenade, parce qu'il les entraîne dans des courses folles qu'il leur est très difficile de ralentir. Les servantes se plaignent des poils qu'il répand sur les tapis et les fauteuils. Personne ne peut l'empêcher de se coucher sur les lits pour dormir.

Charity éclata de rire.

— Trouvez-vous cela si amusant? protesta Simon. Vous n'auriez pas cette réaction si vous aviez chaque matin à lire un journal réduit à l'état de charpie.

— Parce qu'il s'attaque au *Times* avant vous?

— Oui, vraiment. Mais s'il ne s'agissait que de cela! Il a apparemment décidé que le seul endroit convenable pour passer la nuit se situait au pied de *mon* lit. Et pour couronner le tout, mon cuisinier m'a menacé de rendre son tablier si je ne me débarrassais pas de cette bête au plus vite. Voilà qui me rappelle, en passant, que je profiterai de mon voyage pour installer Chanceux à la campagne.

— Je suis certaine qu'il adorera d'avoir tant d'espace pour courir.

— Londres sera en tout cas une ville beaucoup plus sûre lorsqu'il n'y séjournera plus...

— Pourtant, vous n'oserez pas me dire que vous n'aimez pas ce chien.

— Je n'oserais pas, car je suis persuadé qu'il sort tout droit de l'enfer.

— Moi, j'ai entendu dire que vous vous étiez entiché de lui.

— Qui a osé prétendre cela? C'est un mensonge éhonté!

— On raconte même que vous ne pouvez plus faire une promenade sans lui, insista Charity en souriant.

— Evidemment, puisqu'il me suit et refuse de retourner à la maison!

— Le bruit court que vous êtes en train de lancer une nouvelle mode, en ce qui concerne les animaux de compagnie.

Cette fois, Simon éclata de rire.

— Comment? On rechercherait, pour m'imiter, des monstres de ce genre? Cela, à la réflexion, je veux bien le croire. Chacun, à Londres, est si anxieux d'être à la page, qu'on est prêt à commettre n'importe quelle folie.

Ils arrivaient devant la porte de la maison. Simon s'arrêta et plongea son regard dans celui de Charity.

— Promettez-moi que vous prendrez soin de vous lorsque je serai loin, lui demanda-t-il.

— Je le promets, répondit Charity, non sans solennité.

— C'est bien. Je ne veux pas qu'il vous arrive d'ennuis.

— Que pourrait-il m'arriver?

Simon soupira.

— Je ne sais pas...

Puis il se pencha sur les lèvres de la jeune fille et ajouta :

— Je commence à comprendre que mon existence serait incommensurablement morne si je devais la passer sans vous, mademoiselle Emerson.

— Il me semble que je pourrais faire la même observation, répondit Charity.

Ils échangèrent un bref baiser, puis Simon reprit :

— Je souhaiterais vous prendre dans mes bras pour vous faire mes adieux ainsi qu'il convient, mais je craindrais de ne pas être en mesure de m'arrêter.

Il recula très vite de quelques pas et ajouta :

— Au revoir, ma très chère.

— Au revoir, murmura Charity.

Simon ouvrit la porte et escorta sa fiancée à l'intérieur de la maison. Puis il prit congé, poliment, mais très vite.

L'instant d'après, il avait disparu.

Songeant aux semaines qu'elle s'apprêtait à passer, Charity eut envie de pleurer. Le temps lui semblerait long, très long. Comment pourrait-elle vivre — survivre, même — sans Simon?

12.

Simon n'était pas d'humeur badine lorsqu'il arriva chez sa sœur. A la vérité, il n'aimait pas du tout l'état d'esprit dans lequel il se trouvait depuis quelque temps. Bon sang ! Dire qu'il avait voulu ce mariage, pour des raisons pratiques, pour se rendre la vie plus facile !

Or, les sentiments s'en mêlaient. Il ne servait à rien de vouloir se le cacher. Simon se haïssait pour la rage qui l'avait saisi lorsqu'il avait découvert Charity en tête à tête avec Faraday, cet après-midi même. Il ne s'était pas enflammé, il s'en rendait bien compte, parce que la jeune fille avait délibérément ignoré ses objurgations, ni même à cause du scandale dont elle risquait de souffrir si elle continuait de fréquenter cet homme indigne. Non, Simon devait admettre qu'il avait souffert de l'aiguillon de la jalousie ; qu'il avait craint, l'espace d'un instant, que Charity ne le délaissât pour un autre homme ; et s'il n'avait pas jeté dehors Faraday Reed à coups de pieds et de poings, c'était au prix d'un effort insensé de sa volonté.

Il avait été aussi près de perdre son flegme que le jour où il avait entraîné Charity sous l'escalier pour l'accabler de baisers. Là — il tremblait à ce seul souvenir ! —, il avait failli rouler sur le sol avec elle, pour relever ses jupons et la prendre, comme un animal, insoucieux des serviteurs qui eussent pu surgir à tout moment.

La vie de Simon avait été bouleversée depuis qu'il avait rencontré Charity.

Il n'était plus le même. Il lui semblait parfois que le monde entier avait été bouleversé, mais c'était lui qui avait changé — tellement changé ! Jamais, auparavant, il n'avait attendu avec une si grande impatience de se rendre à une soirée, parce qu'il avait l'assurance d'y revoir Charity. Il devait se réfréner pour ne pas lui rendre visite chaque jour ; et lorsqu'il la rencontrait, il était pris du même désir impérieux de l'entraîner pour la soustraire à sa famille et à ses amis, afin de l'avoir, pour lui seul.

Il se surprenait désormais à rêver, à son bureau, au lieu de mener à bien ses tâches quotidiennes. Il se remémorait alors la façon dont Charity lui avait souri ; il se rappelait le choc que lui causé la simple vision d'une cheville entr'aperçue dans le bouillonnement des jupons virevoltants tandis que la jeune fille montait en voiture. Souvent, la nuit, il s'éveillait, plein d'une fureur érotique, à la suite d'un rêve au cours duquel il faisait l'amour à Charity.

Ces fiançailles constituaient pour lui une véritable torture. Il voulait son épouse maintenant, sans plus tarder. Le seul moyen qu'il avait trouvé pour moins souffrir de la longue attente était de fuir à la campagne et, ainsi, de ne plus avoir sous les yeux, presque constamment, cette tentation vivante que représentait Charity. Maintenant que la décision était prise, l'incohérence de son esprit tourmenté lui faisait valoir que l'éloignement serait pour lui une torture plus grande encore. Son cœur s'était serré de douleur lorsqu'il lui avait fait ses adieux, dans le jardin de tante Ermintrude.

Simon était malheureux et furieux ; furieux d'être malheureux. Il ne *voulait pas* se sentir esseulé, Charity ne *devait pas* lui manquer. Il s'affligeait de constater toute l'importance que la jeune fille avait prise dans sa vie en si peu de temps. Il savait qu'il ne s'engageait point dans le mariage de convenance qu'il avait projeté ; mais pour tout l'or du monde, il n'aurait pas accepté de rompre le processus enclenché à son cœur défendant.

Telles étaient les pensées qu'il ressassait lorsque la porte de Venetia s'ouvrit devant lui.

Le majordome le salua et l'informa qu'il irait voir *si* sa

maîtresse *était à la maison.* Le repoussant avec rudesse, Simon entra.

— Je sais bien qu'elle est à la maison ! gronda-t-il. Si ce n'avait pas été le cas, vous me l'auriez dit tout de suite.

A grands pas, il traversa le hall, suivi par le malheureux serviteur, qui balbutiait :

— Mais... lord Durby... Je... Vous...

— Où est-elle ? demanda Simon en se retournant avec brusquerie. En haut ? Dans son boudoir ?

— Je ne sais pas, Votre Grâce. Je vous en prie, laissez-moi envoyer une servante, afin que nous...

— Inutile ! coupa Simon, qui avait commencé de gravir l'escalier. Venetia est toujours ravie de mes visites, vous le savez bien.

Insensible aux tourments du majordome, qui se tordait les mains, il poursuivit son chemin en direction du petit boudoir où Venetia se retirait volontiers. Découvrant la pièce vide, il toqua à la porte de la chambre ; comme il n'obtenait pas de réponse, il tourna la poignée.

— Venetia ?

Les lourds rideaux de brocart ayant été tirés, la pénombre régnait en ce lieu. Simon put toutefois distinguer, recroquevillée dans un grand fauteuil, la longue silhouette blanche de sa sœur.

— Que faites-vous là ? lui demanda-t-il. Etes-vous malade ?

— Non, murmura Venetia d'une voix lourde de chagrin.

Elle accomplit un effort manifeste pour se lever et questionna :

— Que cherchez-vous ici, Simon ? Pourquoi faites-vous irruption dans ma chambre, comme si vous étiez poursuivi par le diable ?

— Je suis poursuivi par le diable, déclara fort sérieusement Simon.

Et pour répondre au regard ébahi de Venetia, il précisa :

— Le diable a pris pour moi l'apparence d'une frêle jeune fille aux cheveux blonds.

— Oh ! soupira Venetia en se tamponnant discrètement

les yeux. Est-ce donc Charity qui vous cause cette grande détresse ?

— Oui... Non... Venetia, je ne sais pas ! Qui faut-il blâmer ? Elle ? Moi ? Personne ? Je vous assure que je ne sais plus.

Simon marcha vers la fenêtre pour tirer les rideaux.

— Maintenant, expliquez-moi pourquoi vous vous renfermez dans l'obscurité, demanda-t-il.

— J'ai... la migraine, murmura Venetia.

Elle se hâta de gagner le coin opposé de la pièce, le plus sombre, et se laissa tomber dans un nouveau fauteuil. Se forçant à sourire, elle relança la conversation sur un autre sujet.

— Prenez un siège et racontez-moi de quel forfait la petite Charity s'est encore rendue coupable. Il ne s'agit pas d'un autre animal abandonné, j'espère ?

— Dieu merci, non. Elle n'a pas causé de nouvel incident. En fait, c'est Reed qui est responsable de ma fureur. Figurez-vous qu'il la poursuit de ses assiduités. J'ai recommandé à Charity de le repousser, mais elle est têtue ; aussi têtue que...

— Que vous ? suggéra Venetia d'un ton léger.

Simon, qui n'aimait pas les remarques relatives à son caractère, fronça les sourcils ; mais son sens de l'humour reprit très vite le dessus, et il sourit.

— Aussi têtue que moi, si vous voulez. Dieu nous vienne en aide lorsque nous serons mariés !

Il s'assit enfin dans le fauteuil que lui désignait sa sœur, et narra les événements de la journée.

— Elle permet à cet individu de lui rendre visite, et n'a pas répété à sa mère les mises en garde que je lui avais faites. Elle pense, bien sûr, avoir affaire à un parfait gentleman — opinion qui ne diffère d'ailleurs en rien de celle des femmes sans cervelle qui peuplent cette ville. Pourquoi ne veulent-elles pas se rendre compte qu'il s'agit d'un serpent ?

— Je suis sûre que plusieurs au moins ne sont point dupes, mais elles ont acquis cette science au prix d'une expérience pénible, qu'elles n'ont ensuite aucune envie de faire partager. On les comprend. N'avons-nous pas, nous-mêmes, gardé le secret sur ce qui s'est passé, il y a huit ans ?

— Je sais bien, soupira Simon. Mais par l'enfer, comment dois-je agir avec Charity ? Si elle m'a promis aujourd'hui qu'elle ne verrait plus Faraday Reed, ce n'était que pour me complaire, je le crains. Je vois bien qu'elle ne me prend pas au sérieux lorsque je lui affirme que cet homme est un gredin.

— Vous auriez dû lui expliquer pourquoi.

— Et lui révéler ce qui vous était arrivé ? Soyez raisonnable, Venetia. Je ne peux vous trahir, même devant Charity. Je souhaiterais, en outre, qu'elle me crût sur parole.

— Je suis sûre que cela arrivera, répondit la jeune femme d'un ton apaisant. Donnez-lui un peu de temps. Rappelez-vous que vous êtes tout juste fiancés. Charity ne vous connaît pas encore assez.

— Ce rituel des fiançailles est d'une niaiserie ! s'exclama Simon. Pourquoi nous faut-il attendre aussi longtemps ? Si encore nous pouvions profiter de cette période de probation pour nous découvrir l'un l'autre... Mais nous n'avons jamais un moment de solitude. Sans doute devrons-nous attendre le mariage pour avoir le loisir de nous retrouver en tête à tête.

Venetia sourit.

— Est-ce donc là toute la cause de votre émoi ? Vous plaignez-vous, en fait, de ne pas voir assez Charity ?

— Mais enfin, elle est ma fiancée ! Ce n'est pas en passant dix minutes avec elle, en tête à tête, que je ruinerai sa réputation et son honneur ! Il faudrait, voyez-vous, que s'assouplissent les règles du chaperonnage.

— Elles s'assouplissent, mon cher, elles s'assouplissent, affirma Venetia. N'oubliez pas que vous avez déjà eu la possibilité de valser deux fois avec Charity sans causer de scandale ! Et puis, vous avez tout loisir de rester assis à côté d'elle, pour jeter des regards furieux aux jeunes gens qui ont l'audace de l'inviter à danser...

— Vous exagérez !

— Pas du tout. J'ai plus d'une fois observé votre manège.

Simon consentit à sourire.

— Je sais tout cela, soupira-t-il. Pardonnez-moi, Venetia, de venir ainsi pleurnicher en votre giron. D'ailleurs, ce n'était pas dans ce but que je vous rendais visite.

— Non ? Il faut bien qu'une sœur se rende utile.

— De cette façon ?

Simon se leva pour arpenter la pièce.

— En vérité, poursuivit-il, vous êtes une sœur digne d'admiration.

Il revint vers Venetia, dont il prit les mains.

— Faites-moi vos adieux. Voici pourquoi j'ai forcé votre porte : pour vous dire que je gagne ma campagne, afin d'y séjourner pendant quelques semaines.

— Ah ! murmura Venetia d'un air entendu. Je vois...

— Et que voyez-vous ?

— Je m'explique mieux toutes les récriminations que vous me fîtes, il y a un instant, à propos des longues fiançailles. Ce mariage à venir vous oblige à rechercher la solitude de Deerfield.

— Ce mariage *qui ne vient pas assez vite* ! corrigea aussitôt Simon.

— Tout a une fin, y compris la longue attente.

— J'ai obtenu de Caroline Emerson que les fiançailles soient ramenées à six mois, annonça Simon.

— Merveilleux ! Vous ne verrez pas le temps passer.

— J'en doute.

— Mais si, croyez-moi...

Se levant à son tour, Venetia passa son bras sous celui de son frère, afin de l'accompagner jusqu'à la porte.

— Un mois déjà s'est écoulé, souligna-t-elle. Lorsque vous reviendrez de la campagne, il sera presque temps de procéder à la cérémonie. Les préparatifs vous aideront à prendre votre mal en patience.

— Je me moque bien des préparatifs ! répondit Simon d'un ton boudeur.

— Dans ce cas, pensez à la lune de miel.

Simon ne put s'empêcher de sourire tandis que son esprit s'enflammait instantanément à la perspective du voyage qu'il projetait avec Charity. Il voulait un long périple, sans doute à destination de l'Italie. Déjà, il s'imaginait, enfermé seul avec sa jeune épouse dans le compartiment du train qui leur ferait traverser l'Europe ; il entrevoyait leurs étreintes rythmées par le cliquetis régulier des roues sur la voie ferrée...

Avec sa sœur, ils traversaient le hall, mieux éclairé que la chambre. Quand Simon se tourna vers Venetia, il s'arrêta net.

— Vous avez pleuré, lui dit-il à brûle-pourpoint.

— Mon Dieu ! gémit-elle en portant ses mains à son visage. Mes yeux sont-ils encore si rouges ?

— Assez, en tout cas, pour trahir votre chagrin. J'ajoute que j'observe des traces de larmes sur vos joues. Et moi, égoïste que je suis, qui viens me plaindre de mes petits soucis ! Que se passe-t-il, Venny ?

La jeune femme tenta héroïquement de sourire.

— Rien... Vous m'avez surprise dans une de mes périodes de *spleen*, j'ai honte de vous l'avouer. En vérité, ce n'est rien du tout.

— Rien du tout ? Vous vous enfermez dans votre chambre, tous rideaux tirés, vous pleurez tant que cela se voit encore bien longtemps après, et vous voudriez me faire croire cela ?

Résolu à en apprendre davantage, Simon reprit la direction de la chambre en entraînant sa sœur avec lui. Il ferma la porte et s'adossa au battant, comme pour prévenir toute velléité de fuite.

— Maintenant, dit-il, exposez-moi vos gros soucis. Vous avez beaucoup changé depuis deux ou trois semaines, je l'avais observé. Vous êtes pâle et distraite, vous sursautez à tout moment, et cependant, vous persistez à raconter que vous n'avez rien. George n'a pas pu ne pas se rendre compte de votre état. Vous êtes-vous au moins confiée à lui ?

La perspective parut horrifier Venetia.

— George ? Grands dieux, non ! Je ne pourrais pas.

— Admettons que vous ne puissiez rien dire à votre mari. Mais à votre frère ?

— A personne ! Je ne peux rien dire à personne !

Et Venetia fondit en larmes.

Bouleversé par le désarroi de sa sœur, Simon murmura :

— Allons... Je suis désolé, Venetia, je vous en prie... Ne pleurez plus. Après tout, ce n'est peut-être pas si grave.

Pour toute réponse, Venetia éclata en lourds sanglots. Simon lui tendit son mouchoir, qu'elle pressa sur ses yeux et sa bouche, sans parvenir à contenir le chagrin qui la faisait hoqueter.

— Calmez-vous, reprit Simon. Et dites-moi ce qui se passe.

— Je ne peux pas ! murmura Venetia en mordillant le carré de batiste.

— Mais si, vous pouvez. Vous savez que vous pouvez tout me dire. Par Dieu, Venetia, me croyez-vous capable de vous condamner ? Avez-vous... Parlons avec franchise : est-ce un sujet dont Ashford pourrait légitimement se froisser ?

Bouche bée, Venetia mit du temps à répondre. Sa protestation se termina en un cri de femme blessée.

— Insinueriez-vous que j'ai une aventure ? Simon ! Comment pouvez-vous ?

— Vous savez bien que je n'ai aucune mauvaise pensée à votre égard, protesta Simon d'un ton apaisant. Mais réfléchissez : vous êtes si secrète. Comment saurais-je ?

— C'est Reed ! lança alors Venetia. Oh ! Simon, je ne sais plus quoi faire.

Le visage enfoui dans le mouchoir, elle se remit à pleurer.

— Faraday Reed ? questionna Simon, qui s'était figé en entendant ce nom honni. Que vous a-t-il fait ? Se permet-il de vous importuner ? A-t-il osé vous faire des avances ?

— Non, il ne s'agit pas d'avances. Je serais en mesure d'affronter une situation de ce genre. C'est grave, beaucoup plus grave. Il... Il a menacé de tout révéler à George, et j'ai dû le payer pour qu'il garde le silence. Maintenant, il exige davantage. Oh ! Simon, je ne sais plus quoi faire. Je lui ai donné tout ce que je possédais. Il me faudrait à présent vendre mes bijoux pour satisfaire sa cupidité. Mais je n'en ai pas le droit, car ces joyaux m'ont été offerts par George ou par ma mère.

— Il vous extorque de l'argent ! s'exclama Simon, qui n'en croyait pas ses oreilles. Je tuerai ce gredin, par Dieu ! Je le tuerai !

Prêt à accomplir sur-le-champ sa promesse, il prit la direction de la sortie.

— Attendez ! lui cria Venetia. Vous n'allez pas commettre un meurtre ?

Elle courut derrière lui et le saisit par le bras.

— Très bien, soupira Simon. Je ne le tuerai pas. D'ailleurs, il ne mérite pas qu'on lui accorde une telle marque d'intérêt. Mais par Dieu ! Je trouverai le moyen de mettre un terme à ses coupables agissements.

— Comment ? s'exclama Venetia. Je ne veux surtout pas d'un scandale. George ne doit rien savoir de tout cela. De même, il ne faut pas que vous soyez mis en cause...

— Ne vous inquiétez pas pour moi. Ce misérable n'a pas les moyens, et encore moins le courage de m'atteindre. Il se rappelle trop bien comment s'est terminée notre précédente confrontation... et croyez-moi, il n'a aucune envie de renouveler cette expérience !

— Il pourrait toujours parler à George, pour se venger.

— Je ne crois pas qu'il révélera quoi que ce soit de ce qui s'est passé entre vous. Il n'y a aucun intérêt car, alors, vous n'auriez plus aucune raison de le payer. En outre, George se ferait un plaisir de le réduire en bouillie.

— George me haïrait ! gémit Venetia. Je ne puis courir ce risque.

— En êtes-vous aussi sûre ? Il vous aime tant, et depuis si longtemps...

— Il reste qu'il ne connaît pas la vérité. Comment réagirait-il, si...

— Je vous le répète : George ne saura rien. Non seulement Reed ne prendra jamais le risque de tuer sa poule aux œufs d'or, mais il est bien trop couard pour affronter une situation qui nécessite courage et détermination. Et puis, songez que si l'on venait à apprendre ce qu'il vous a fait, sa réputation aurait à en souffrir autant que la vôtre. Plus aucune femme n'accepterait de le recevoir chez elle. Non, je vous assure : il a trop à perdre. Dès que je lui aurai fait savoir que j'interviens dans la partie, il cessera de vous importuner. Laissez-moi agir...

— Comment pourrai-je vous remercier! s'exclama Venetia, soudain rassérénée.

Il lui avait semblé que sa vie était perdue — aussitôt cette lamentable histoire révélée, en effet, son mari n'éprouverait plus pour elle que de la haine, et elle serait rejetée par toute la société... Et puis, Simon était apparu pour la sauver! Elle avait foi en lui! Déjà, jadis, il l'avait tirée des griffes de Reed. Pourquoi le miracle ne se reproduirait-il pas?

— Vous avez raison, poursuivit-elle. J'aurais dû tout vous avouer depuis longtemps. Mais j'avais si peur...

— Tout cela est terminé, répondit Simon en lui prenant les mains. Je m'occupe de tout, et dès ce soir. Reed ne vous approchera plus. Dans le cas contraire, écrivez-moi à Deerfield. Je reviendrai aussitôt.

D'un mouvement impulsif, Venetia passa alors ses bras autour du cou de Simon, pour le baiser sur les deux joues.

— Vous êtes le meilleur des frères! affirma-t-elle.

Simon sourit et lui prit le menton entre le pouce et l'index.

— Pour me remercier, dites de moi tout le bien que vous pourrez à Charity. Je crains parfois qu'elle ne me prenne pour un tyran domestique.

— Je suis sûre que non!

Secouant la tête, Simon se pencha pour déposer un baiser sur le front de Venetia.

— Au moins, dit-il, a-t-elle promis de suivre mes recommandations — ce que jamais elle n'avait accepté de faire jusque-là.

Tandis qu'il prononçait ces paroles, il se sentit agréablement ému par un sentiment qu'il chercha à définir. Ce n'était pas tant, comme il le disait, que Charity eût enfin accepté de suivre ses recommandations; qu'elle eût fait preuve d'obéissance. Il n'avait aucun désir de la voir se transformer en une petite jeune femme insipide, incapable de faire un pas sans lui en demander la permission. Il appréciait son esprit vif, et trouvait même terriblement excitant — parfois, du moins — son esprit d'indépendance. Non, ce qui lui semblait important, c'était qu'elle lui eût accordé sa confiance : elle avait accepté de croire qu'il avait de bonnes raisons, impossibles à exposer, de tenir des propos désobligeants sur un homme qu'elle trouvait, elle, si sympathique.

Cette pensée réconfortante atténua quelque peu sa haine. La longue quête qu'il entreprit ensuite dans la ville lui donna en outre l'occasion de se calmer, si bien que lorsqu'il trouva enfin Faraday Reed, à son club de Pall Mall, il ne commit pas la faute impardonnable de se jeter sur lui à bras raccourcis, projet qu'il avait échafaudé en écoutant Venetia.

Se frayant avec calme un chemin entre les fauteuils de cuir et les meubles d'acajou, jetant de vifs coups d'œil de tous côtés, ignorant les regards curieux dont il était l'objet, il finit par découvrir, dans un fumoir, celui qu'il cherchait. Il était en grande conversation avec un autre homme.

Faraday Reed semblait avoir perçu une présence dérangeante, car il se retourna brusquement. Il tressaillit en apercevant Simon et, à l'évidence, nerveux, il regarda autour de lui, comme pour trouver de l'aide. Rassuré par la présence de nombreux autres membres du club, il sourit et croisa les bras pour attendre Simon.

Lorsque ce dernier ne fut plus qu'à quelques pas de lui, il se leva et s'inclina de façon très exagérée.

— Mon cher lord Durby ! s'exclama-t-il. Quelle joie de vous revoir ! Nous avions tous perdu l'espoir de votre visite.

Ignorant l'intention satirique, Simon s'adressa à l'interlocuteur de Reed.

— Herrington, ravi de pouvoir vous saluer. Je crains que vous n'ayez à excuser M. Reed... Lui et moi avons à débattre d'un important sujet, qui ne saurait souffrir de délai.

— Bien sûr, bien sûr ! répondit l'autre avec prudence en se levant à son tour.

En hâte, il salua Simon d'un hochement de tête et ajouta à l'adresse de Reed :

— A bientôt.

Sans doute déçu, Reed suivit du regard cet allié qui lui faisait défaut, puis se tourna pour affronter Simon.

— Vos façons ne sont pas de celles dont on s'enchante ! lança-t-il en haussant le sourcil. Vous conduisez-vous ainsi avec votre charmante fiancée ? Dans ce cas, je ne m'étonne plus que la pauvre petite apprécie tant ma compagnie.

— Ne vous souciez pas de ma fiancée, riposta Simon d'un ton grinçant.

Le sourire de Reed se fit suave tandis qu'il déclarait en retour :

— Je me soucie de toute jolie femme qui s'ennuie.

— Ne vous approchez plus de Charity.

Reed laissa échapper un soupir lourd de sous-entendus.

— Vous a-t-on jamais fait remarquer à quel point vous étiez fatigant ? demanda-t-il.

Les lèvres de Simon s'entrouvrirent, non pour sourire, mais pour montrer les dents. Sa menace se précisa.

— Vous me trouverez plus que fatigant, si vous persistez à tourner autour de ma fiancée.

Reed affecta alors un air de surprise peinée.

— Mon bon ami, jamais je ne me permettrais de brouiller un projet de mariage.

— Vraiment ? Je vous connais, Reed ! Je sais parfaitement que vous ne refuseriez pas de me jouer un tour, si vous en aviez l'occasion. Peu importe s'il ne s'agit que de moi, car je suis fort capable de me défendre ; mais je vous avertis que je ne vous laisserai pas faire du mal à ma femme.

Plus théâtral que jamais, Reed pressa ses mains sur sa poitrine, et écarquilla les yeux, comme sous le coup d'une intense douleur morale. Son sourire, cependant, restait celui d'un loup.

— Je n'y aurais même pas songé, affirma-t-il. D'ailleurs, comment pourrais-je atteindre une si jolie jeune femme ?

— Il n'est aucune bassesse dont vous ne soyez capable. Cela dit, je fais confiance à votre instinct de survie, qui vous incitera sans doute à vous détourner de cette proie.

— Sinon ? s'enquit Reed d'une voix moqueuse. Avez-vous l'intention de me provoquer en duel pour défendre l'honneur de votre fiancée ? Je doute qu'une telle démonstration d'orgueil lui cause grand plaisir.

— Jamais je ne m'abaisserais à un duel avec un méprisable vermisseau, rétorqua Simon. Quelques coups de fouet sur les parties basses de votre individu me sembleraient plus indiqués.

Sous l'insulte, Reed s'empourpra violemment et serra les poings. Mais, bien vite, il recouvra ses airs d'insolence, se forçant à sourire pour répondre :

— Non, je ne mordrai pas à l'appât. J'ai d'autres moyens pour vous atteindre, Durby.

— Je sais en effet que votre caractère vous incline plus volontiers à suivre les voies de la ruse, de la trahison et de la lâcheté. C'est d'ailleurs pour vous délivrer un avertissement sans frais que je suis venu vous trouver. Ma sœur m'a parlé de vos agissements, et il faut vous résigner désormais à ne plus recevoir d'elle le moindre penny.

— Vraiment ? Pensez-vous qu'elle soit prête à subir les risées de toute la société ?

— Elle ne subira aucune risée. Je suis sûr que vous ne mettrez pas vos menaces à exécution ; car vous auriez à en affronter, tout autant qu'elle, les conséquences. Imaginez que plus aucune de ces femmes charmantes, mais inconscientes, qui vous portent aux nues, n'accepterait de vous recevoir ! Bien plus : ni lord Ashford ni moi ne prendrions à la légère l'affront fait à Venetia. Si mon beau-frère semble fort placide à qui le connaît mal, vous le découvririez très habile avec ses poings... ou ses pistolets, s'il lui prenait la fantaisie de s'attaquer à vous. Et s'il ne vous achevait pas, c'est moi qui aurais ce plaisir... Vous savez de quoi je parle.

Cette fois, Reed pâlit. Son col sembla soudain trop étroit pour son cou, dont les veines se gonflaient outrageusement. Conscient que tout le monde, dans la pièce, l'observait, il résista au besoin de glisser un doigt sous le tissu raide d'amidon, afin de ne point trahir sa peur. Les lèvres tremblantes, il tenta d'avancer un argument qu'il croyait décisif.

— Ni Ashford ni vous n'êtes prêts à affronter le scandale.

— Quel scandale ? Si vous ruinez la réputation de Venetia, croyez-vous que nous hésiterons un seul instant ? Non, vous périrez dans l'incendie que vous allumerez, si vous osez révéler ce qui s'est passé il y a huit ans.

— Tout cela est absurde ! soupira Reed. Jamais je n'ai menacé Venetia. Jamais je n'ai songé à lui extorquer la moindre somme. En vérité, elle a simplement mal compris une petite farce que je voulais lui faire.

Le sourire de Simon en dit long sur la foi qu'il accordait à ces explications improvisées.

— Oh ! comme c'est amusant ! susurra-t-il. Mais permettez-moi de vous donner un conseil : ne plaisantez pas trop.

Alors qu'il s'était déjà éloigné de quelques pas, il se retourna brusquement pour lancer, en étant bien entendu de tous :

— Gardez bien à la mémoire ce que je vous ai dit... si vous tenez à votre peau.

Alors, il quitta la pièce.

13.

Se souvenant de la promesse qu'elle avait faite à Simon, Charity réussit à éviter Faraday Reed le jour suivant. Elle ne laissait pas de trouver cruel, cependant, ce comportement envers un homme aimable et serviable, et elle en concevait un sentiment de culpabilité assez désagréable. Cela dit, il n'était pas question pour elle de se parjurer.

Deux jours plus tard, Venetia se présenta chez tante Ermintrude, à une heure fort matinale, et presque incongrue. Elle demanda à voir Charity.

Celle-ci se hâta de gagner le rez-de-chaussée, puis le *salon du matin*, une pièce sans apparat où les dames de la maison avaient coutume de passer le temps lorsqu'elles n'avaient pas de visites.

— Venetia, s'exclama-t-elle, comme je suis ravie de vous revoir !

— Vous êtes trop aimable, répondit la sœur de Simon avec un sourire forcé. Je sais qu'il est encore bien tôt, mais je voulais être sûre de vous trouver. Je dois vous parler en privé.

— S'agit-il d'une affaire si grave ?

Charity examina alors plus attentivement Venetia ; elle la trouva fort pâle, avec une étrange lueur dans le regard vert, qui lui rappelait tant celui de Simon.

D'un air presque égaré, Venetia balbutia :

— Oui, je... En fait, non... Je ne sais par où commencer. Charity, pourrons-nous bavarder sans être dérangées ?

De plus en plus intriguée, la jeune fille cilla.

— Je ne suis sûre de rien, avoua-t-elle. Maman ou tante Ermintrude peuvent surgir à tout moment, surtout si elles apprennent que vous vous trouvez ici.

Après avoir réfléchi un moment, elle reprit :

— Rendons-nous plutôt dans la bibliothèque. Personne n'y va jamais, et nous pourrons même fermer la porte à clé.

Le sourire de Venetia, qui exprimait toute sa gratitude, était plus naturel cette fois, même si la jeune femme restait pâle et comme épuisée. Très vite, Charity lui fit traverser le hall pour gagner la bibliothèque.

Personne n'utilisait jamais cette pièce sombre et froide, aux livres trop bien rangés, au mobilier massif, nullement conçu pour le confort de la lecture.

Venetia, qui avait à l'évidence d'autres soucis en tête, se souciait peu du cadre. Elle se laissa tomber sur un sofa recouvert de cuir, puis se releva aussitôt pour arpenter la pièce en se tordant les mains.

Charity l'observait sans mot dire, et sentait s'accroître son étonnement et son inquiétude. N'y tenant plus, elle tourna la clé dans la serrure et demanda d'un ton vif :

— Que se passe-t-il ? Vous semblez si... distraite.

— Je... Ce n'est pas facile pour moi de vous le dire. Jamais je ne serais venue vous trouver si... Voyez-vous, Simon a tant fait pour moi que je me dois de l'aider à mon tour quand l'occasion se présente. Mais c'est difficile... L'autre jour, déjà, quand nous l'avons vu ensemble, je savais que j'aurais dû vous mettre au courant. Seulement, la chose est plus que délicate... J'ai peur que vous ne me haïssiez, ensuite.

Charity ouvrit de grands yeux étonnés.

— Venetia, de quoi parlez-vous donc ? s'enquit-elle. Comment pourrais-je vous haïr, vous, une femme si bonne, qui s'est toujours comportée envers moi comme une parfaite amie ?

— Pas si parfaite que cela. Mais j'ignorais que vous connaissiez Faraday Reed.

— M. Reed ? s'exclama Charity.

C'était bien le dernier sujet qu'elle se fût attendue à

entendre évoquer par Venetia. D'un ton prudent, elle expliqua :

— J'ai fait sa connaissance au bal de lady Rotterham. Lord Durby vous a-t-il demandé de me faire la leçon à son sujet ?

— Non, Simon ne sait pas que je suis ici. Jamais il n'aurait exigé de moi une telle démarche, et je le crois d'ailleurs peu enclin à vous faire certaines révélations... Comme je vous l'ai déclaré à l'instant, j'ignorais tout de vos relations avec M. Reed ; il a fallu cette rencontre inopinée, le jour où nous avions fait ensemble nos achats, pour m'ouvrir les yeux. Alors que j'aurais dû très vite vous parler, je n'ai pas eu ce courage, comptant sur Simon pour vous mettre en garde. Il l'a d'ailleurs fait, mais il m'a appris par la suite que Reed vous accablait encore de ses assiduités mal venues.

Charity ne put s'empêcher de glousser.

— Il me semble, Venetia, que vous exagérez le danger que je cours. M. Reed est un homme marié, il ne peut donc essayer de me séduire. Il n'est pour moi qu'un ami très sûr. Cela dit, j'ai promis de ne plus avoir avec lui le moindre commerce — promenades, danses, ou quoi que ce soit. Pourquoi Simon a-t-il éprouvé le besoin de vous ennuyer avec ces histoires ?

Tout de même, elle éprouvait une certaine indignation à découvrir que Simon avait tout rapporté à sa sœur. Non seulement elle trouvait fort embarrassant qu'une tierce personne connût tout du petit différend qui les avait opposés, mais elle craignait aussi qu'il ne s'agît en l'occurrence que de la faire surveiller, pour vérifier qu'elle respectait sa promesse.

D'un seul regard, Venetia dut comprendre quelles pensées l'agitaient, car elle se hâta d'expliquer :

— Croyez-moi, Simon ne m'a pas demandé cette visite. Il m'a signifié votre engagement de ne plus fréquenter Reed. Cependant, j'aurais dû plus tôt vous dire la vérité. Par ma faute, un malentendu s'est installé entre vous et mon frère, et je veux agir pour qu'il ne s'aggrave... Vous avez le droit de savoir pourquoi Simon ne souhaite plus vous voir en compagnie d'un homme si... dangereux.

Elle s'interrompit, avant de reprendre, le visage dur :

— Faraday Reed essaie de s'attirer votre affection. Le fait qu'il soit marié ne compte pas pour lui. Son seul but, dans cette affaire, est de prendre sa revanche sur mon frère.

— A mon avis, vous vous trompez, répondit Charity d'un ton assuré.

Il lui semblait impossible d'accorder le moindre crédit à cet étrange préambule ; elle comprenait moins encore comment cette histoire pouvait trouver son origine dans une quelconque « faute » de Venetia.

— Il est évident que lord Durby déteste M. Reed, ajouta-t-elle, mais jamais ce dernier ne s'est permis le moindre propos contre lui.

— Tout simplement parce que son âme ne recèle pas une once d'honnêteté. Il se joue de vous, Charity ! Vous êtes l'enjeu d'une intrigue qu'il a imaginée, avec pour seule visée de blesser et de déshonorer Simon.

Fort agitée, Venetia fit quelques pas rapides vers la pénombre, avant de se retourner.

— Simon ne vous a pas dit pourquoi il hait Reed, parce que ce n'est pas à lui de raconter cette histoire. Jamais il ne consentirait à me trahir...

— Vous trahir ! s'exclama Charity.

Elle se sentit tout à coup très faible. Ses genoux menacèrent de se dérober tandis que la pensée qu'elle s'était peut-être comportée avec une affligeante naïveté commençait de se frayer un chemin dans son esprit.

— Me trahir, oui ! confirma Venetia. Laissez-moi vous expliquer... J'étais un peu folle, lorsque j'étais jeune. Je fis la connaissance de Faraday Reed, qui entreprit aussitôt de me courtiser. Simon, qui déjà ne l'aimait pas, me mit en garde contre cet homme, mais j'étais déjà trop amoureuse pour entendre ses raisons ; trop amoureuse pour prendre conscience d'une vilenie que mon frère avait tout de suite soupçonnée. Reed souhaitait m'épouser. Cependant, mon grand-père ne voulut pas consentir à ce mariage. Le prétendant n'avait pas de fortune et, pour ma famille, il n'était qu'un vulgaire coureur de dot. Ils avaient raison, bien sûr. Pourtant, je ne voulus pas les croire. J'étais furieuse contre eux, j'avais le cœur brisé. J'ai tenu devant mon grand-père et devant Simon de terribles propos, que je regrette encore aujourd'hui.

Venetia s'interrompit, et porta les mains à ses joues enflammées par le remords. Charity s'avança vivement vers elle.

— Point n'est besoin de m'en dire plus, affirma-t-elle. Je comprends quel tourment est le vôtre. Il suffit : je vous crois. Jamais plus je n'adresserai la parole à M. Reed, et je ferai savoir à maman qu'il nous est impossible de le recevoir désormais.

— Non ! répondit Venetia avec une étonnante fermeté. Il faut que je vous dise tout. Vous devez comprendre à quel point le vice est chevillé à l'âme de cet homme, afin que vous n'ayez pas la moindre tentation de prêter foi aux mensonges enjôleurs qu'il tâchera encore de vous débiter; afin que vous compreniez quelle haine atroce il éprouve pour Simon, et jusqu'où il pourra aller pour se venger.

Elle prit une brève inspiration, rassembla ses idées, et poursuivit :

— Reed m'implora de fuir avec lui et de l'épouser à l'insu de ma famille. Il prétendait que grand-père serait bien obligé d'accepter notre union, lorsqu'elle serait célébrée. De mon côté, j'avais tant de ressentiment pour le vieil homme, et tant d'amour pour mon soupirant, que j'acceptai sans réfléchir. Mais à peine avais-je quitté la maison, une certaine nuit, pour me glisser dans la voiture qui m'attendait non loin de là, que je compris que cette fugue était un acte indigne, désolant pour les miens. Déjà je regrettais ma décision trop hâtive. Le stratagème qui m'avait semblé si romantique en imagination devenait sordide lorsqu'il s'agissait de le mettre à exécution...

Venetia soupira.

— Je dis à Reed que je désirais rentrer, que je ne pouvais pas me marier de cette façon. Il essaya de me remettre dans mes dispositions antérieures, mais je tins bon. Il déclara alors que nous nous arrêterions à la prochaine auberge pour changer de chevaux, puis que nous prendrions le chemin du retour. Seulement, lorsque le relais fut atteint, il retint une chambre, afin, disait-il, que nous pussions nous restaurer en privé. Et alors...

La voix de Venetia se brisa. Dans un murmure presque inaudible, elle mena son récit à sa terrible conclusion :

— Il tenta de me séduire et, comme je me refusais à lui, il... il me força.

— Oh, non ! Ce n'est pas possible ! s'exclama Charity, horrifiée. Quelle affreuse nuit ! Et quel horrible personnage !

Elle prit les mains de la jeune femme, pour les serrer avec effusion.

— Merci, lui dit Venetia en souriant avec tristesse. Vous êtes une amie si compatissante. Beaucoup de gens affirmeraient à votre place que ma conduite fut scandaleuse, et que je n'eus que ce que je méritais.

— Sûrement pas ! Comment eussiez-vous pu savoir ce que vous réservait cet homme ? Ce raisonnement est trop injuste.

— Tout le monde n'a pas votre tendre cœur. Toujours est-il que je saisis enfin ce que Simon et mon grand-père avaient essayé de me faire comprendre : je n'intéressais pas Reed, qui n'en voulait qu'à ma dot. Son lâche forfait perpétré, il chercha à m'entraîner encore vers les faubourgs de la capitale, où il savait pouvoir faire célébrer notre mariage. Ce cynique me répétait que je n'avais plus le choix, puisque plus d'honneur. Sans force, toute volonté perdue, je me contentais de pleurer sur ma folie et ma vertu perdue... C'est alors que Simon fit irruption dans l'auberge. Il s'était lancé à notre poursuite dès qu'il avait découvert ma fuite. Il me sauva.

Les yeux brillants de larmes, Charity joignit les mains.

— Grâce au Ciel, il a réussi à vous retrouver ! s'écria-t-elle.

— Oui. Il m'a semblé en cet instant que Dieu avait répondu à mes prières. Pris d'une rage incoercible, Simon se mit à frapper Reed — et sans doute ce pugilat se serait-il terminé tragiquement si l'aubergiste n'était intervenu. Mon frère avait déjà eu le temps de briser le nez de l'infâme suborneur, et lui avait aussi infligé plusieurs blessures assez graves. Reed dut se cacher plusieurs semaines avant de pouvoir montrer en public un visage net de toute ecchymose. Quelle fut la conclusion de cette lamentable histoire? demanderez-vous. Il n'y en eut pas. Simon, en effet, ne jugea pas opportun de dénoncer Reed, car il eût été obligé de révéler quels avaient été ses agissements, et j'eusse été livrée à la curiosité malveillante du monde. En outre, ainsi qu'il me le déclara, Reed avait prouvé qu'il n'était pas un gentleman, et ne méritait donc point d'être défié de manière honorable; il fit néanmoins clairement comprendre à cet individu que si des rumeurs se répandaient sur mon compte, il veillerait personnellement à ruiner sa réputation, et donc toute sa vie. Il était évident que Reed n'avait aucun intérêt à se vanter de ses exploits, car il eût ainsi définitivement perdu ses chances de trouver la riche épouse de ses rêves.

— Je ne m'étonne plus de la fureur de Simon lorsqu'il m'a surprise avec Reed..., murmura Charity.

Prenant pleine conscience de sa naïveté et de son manque de jugement, elle sentit le rouge lui monter au front.

— Pourquoi, mais pourquoi n'ai-je pas voulu croire mon fiancé lorsqu'il me mettait en garde, au lieu d'imaginer qu'il se conduisait en tyran capricieux? En vérité, je me suis conduite comme une écervelée, et je comprendrais qu'il m'en gardât quelque ressentiment. Quand je pense à tout ce que je lui ai dit... Pensez-vous qu'il pourra jamais me pardonner?

— Il vous pardonnera, assura Venetia avec chaleur. Je crois même que mon frère est prêt à vous passer des sottises bien plus graves que celle-là. Jamais je ne l'ai vu aussi amoureux.

— Le pensez-vous vraiment?

Charity n'oubliait pas les froids raisonnements qui avaient incité lord Durby au mariage — raisonnements qu'il lui avait plus d'une fois exposés, non sans cynisme. Un tel personnage était-il capable de se soucier de son prochain? Sans doute... Pour s'en convaincre, Charity n'avait qu'à songer aux baisers qu'il lui avait donnés chez lady Rotterham, sous l'escalier, et dans le jardin; ils n'avaient rien de froid ni d'indifférent. Cela suffisait-il pourtant à donner raison à Venetia? Simon en était-il venu à considérer sa fiancée autrement qu'une future épouse « convenable » ou « pratique » ?

— Bien sûr, ma chère ! reprit Venetia avec enthousiasme. C'est d'ailleurs pour cela que je me devais de vous raconter ce qui s'est passé cette nuit-là. Cet effort, je ne l'avais encore jamais consenti pour personne, même pas pour Simon. Mais vraiment, je ne pouvais pas laisser Faraday Reed insinuer sa détestable personne dans vos fiançailles. Il m'était insupportable de le voir capter votre confiance, et vous utiliser pour atteindre mon frère.

— Vous avez fait preuve de beaucoup de courage en accomplissant cette démarche, souligna Charity. Surtout qu'elle vous a obligée à revivre, par la pensée, cette cruelle épreuve.

— Tout cela, c'est du passé...

Venetia souriait bravement, mais une ombre inquiète persistait dans son regard.

— Personne n'apprit jamais mes malheurs, expliqua-t-elle. Reed disparut de ma vie, et je découvris alors en lord Ashford un homme plein de délicatesse, qui ne tarda pas à devenir mon mari, et que j'aime toujours profondément.

— Reste que je ne comprends toujours pas l'origine de la haine que Reed voue à Simon, dit alors Charity d'un ton pensif. A ce qu'il me semble, il a moins de raisons que son adversaire de vouloir prendre sa revanche.

— C'est que Faraday Reed est un monstre qui ne pense qu'à lui ! s'exclama Venetia. Jamais il n'a éprouvé le moindre sentiment pour moi. Il ne m'a fait la cour que parce que mon grand-père était riche, et qu'il savait que j'hériterais un jour d'une fortune dont il prendrait le contrôle ; mais il m'a perdue, et il a dû se mettre en quête d'une autre héritière. C'est aussi un vaniteux, que Simon a gravement humilié en le rouant de coups. Voilà pourquoi il le hait avec une constance qui ne s'est jamais démentie. Il est à l'origine de toutes les rumeurs déplaisantes qui courent sur mon frère depuis huit ans. Il m'est impossible de le prouver, mais je jurerais que c'est lui qui distille le poison. Cet homme est un pervers !

— Et pourquoi est-il ainsi ? demanda Charity, qui n'en croyait pas ses oreilles.

— Je l'ignore, reconnut Venetia en secouant la tête. Pourtant, le fait est indéniable. Il n'a pas changé, et je réaffirme qu'il ne s'intéresse à vous que parce que vous représentez un moyen d'atteindre Simon, de l'humilier en faisant votre conquête et en vous déshonorant. Son statut d'homme marié ne l'arrête nullement.

— Comment peut-il penser que je me détournerais de Simon pour lui ?

Devant l'étonnement et la naïveté de Charity, Venetia ne put s'empêcher d'éclater de rire.

— Parce qu'il ne vous connaît ni l'un ni l'autre ! répondit-elle. Il se croit capable de conquérir n'importe quelle femme. Il a en ses capacités de séducteur une confiance qui dépasse l'entendement. En outre — ma mésaventure l'a prouvé —, il n'hésite pas à utiliser la force quand son charme n'opère pas.

Pensive, Charity hocha la tête.

— Un homme très décevant, commenta-t-elle. Jamais je n'aurais imaginé... M. Reed m'est toujours apparu comme un ami parfait, digne de confiance. Jamais il n'a médit de Simon, alors qu'il lui aurait été si facile de tracer de lui un portrait peu flatteur. Sa façon même de répéter qu'il n'avait rien contre Simon, rendait plus incompréhensibles encore les mises en garde que je recevais contre lui. Il m'a simplement parlé d'un différend qu'ils auraient eu, à propos d'une femme, en me laissant croire qu'il s'agissait d'une belle de nuit ; ce qui, soit dit en passant, a fait naître en moi une certaine animosité à l'encontre de mon fiancé. Quand je pense, maintenant, que cette femme n'était autre que vous...

Les mots s'étranglèrent dans sa gorge. Pétrifiée, elle laissa passer un long moment avant de reprendre :

— Mais alors... les billets !

— Quels billets ?

— Pourquoi ne l'ai-je pas compris plus tôt ? Ces billets, qui dénonçaient Simon, venaient de M. Reed.

— De quoi parlez-vous, à la fin ? s'impatienta Venetia.

Très vite, Charity mit son amie au courant.

— Chaque fois que je recevais un de ces venimeux petits papiers, conclut-elle, Faraday Reed se trouvait non loin de moi. La première fois, c'était lors du bal de lady Rotterham, auquel il assistait aussi. Le deuxième billet m'a été délivré par un petit garçon, dans un parc où je me promenais avec Reed — et je ne m'étonne plus à présent que le messager ait pu si facilement me trouver. Quant au dernier billet, je l'ai trouvé dans ma propre chambre, à un moment où Reed nous rendait visite. J'ai questionné tous les serviteurs, et aucun n'a voulu avouer qu'il avait placé un morceau de papier plié dans le bouquet envoyé par Simon... et pour cause ! C'est Reed que j'aurais dû interroger !

— Où sont ces billets ? demanda Venetia. Les avez-vous montrés à Simon ?

— Bien sûr que non ! Je ne voulais pas lui faire lire les infamies écrites sur son compte ! Bien ennuyée, je ne voyais personne à qui me confier. Mes parents ? Il n'y fallait pas songer, car peut-être en eussent-ils conçu des doutes affreux à propos de mon fiancé. Mes sœurs, devenues comme folles, se seraient empressées de tout rapporter autour d'elles...

Venetia sourit.

— C'était louable à vous de chercher à protéger Simon. Pourtant, vous auriez dû lui parler de ces billets car, alors, il aurait pu lever vos doutes.

— Je n'ai jamais douté de Simon ! protesta Charity. Mais je ne voulais pas qu'il ait à s'inquiéter à ce sujet ; et puis, j'avais Reed à qui me confier...

Les paupières mi-closes, elle se remémora les événements récents, qu'elle résuma ainsi :

— Je m'explique à présent mieux l'enchaînement des épisodes... Reed m'envoie un premier billet, pour m'effrayer, en espérant qu'il m'amènera à rompre mes fiançailles. Comprenant que je ne suis pas si peureuse, il s'arrange pour qu'un deuxième message me soit délivré en sa présence, ce qui lui donne l'occasion de semer le doute dans mon esprit — songez qu'il a même émis l'hypothèse d'un scripteur de bonne foi, réellement soucieux de me protéger ! Comme je ne réagis toujours pas selon ses désirs, il utilise les billets comme un moyen de gagner ma confiance. Il se prétend mon ami, jure qu'il croit à l'innocence de Simon, afin que je n'aie plus d'autre solution que de m'en remettre à lui. Il a dû rire sous cape, lorsque je lui ai demandé de m'aider à découvrir l'auteur de ces billets!

Les joues enflammées par la colère, Charity s'écria enfin :

— J'aimerais avoir cet homme à ma merci, maintenant, et lui dire ce que je pense de lui! Mais cela ne suffirait pas. Je veux le dénoncer à la face du monde. Plus personne ne doit ignorer quelle âme vile se cache sous ces traits trop aimables.

Venetia ouvrit de grands yeux alarmés.

— Charity, déclara-t-elle, vous ne pouvez agir aussi légèrement! Vous n'avez aucune preuve de la culpabilité de Reed.

— C'est ma foi vrai, soupira Charity. Il m'est d'autre part impossible de révéler ce qu'il vous a fait. Allons! il faudra donc que je garde la bouche close... Je tâcherai de me consoler en disant en privé son fait à ce monsieur. En tout cas, je répéterai à maman qu'il est hors de question de le recevoir — sans vous mentionner, rassurez-vous.

— Merci, murmura Venetia en lui prenant la main.

— Et pourquoi donc? C'est moi qui vous dois toute ma gratitude, puisque vous avez accepté de me raconter, pour mieux me protéger, une mésaventure qui vous cause encore tant de souffrance.

— Et moi, je vous remercie de ne pas vous détourner de moi, qui me suis si mal conduite.

— Pourquoi le ferais-je? s'exclama Charity.

— Tant de gens auraient cette réaction, s'ils savaient... On trouverait normal de ne plus recevoir une femme déshonorée.

Le regard de Charity brilla d'indignation et de compassion mêlées.

— Votre honneur est intact! affirma-t-elle. Toute la faute incombe à Faraday Reed. Ce n'est pas un péché que de faire confiance à son prochain; ce n'en est pas un non plus que d'aimer...

Des larmes perlèrent aux cils de Venetia, qui les chassa en clignant des paupières.

— Merci, murmura-t-elle encore. Je suis si heureuse de vous voir épouser Simon. Je sais que vous le rendrez heureux.

D'un geste impulsif, elle se pencha sur Charity, qu'elle enlaça avant de lui déposer un baiser sur chaque joue.

Quelques minutes plus tard, elle prenait congé.

Charity resta un long moment à méditer les révélations qui venaient de lui être faites. La colère la brûlait lorsqu'elle songeait au mal infligé à la pauvre Venetia, à celui que Reed avait médité de causer à Simon et à elle. Le misérable! Ainsi, il la prenait pour une sotte, facilement utilisable dans ses sordides projets? Eh bien, il ne tarderait pas à découvrir qu'il avait fait erreur sur la personne!

Charity évita ostensiblement Faraday Reed.

Elle détournait le visage quand il s'approchait d'elle; et s'il se joignait à un groupe avec qui elle conversait, elle s'éloignait aussitôt. Elle rapporta évidemment à sa mère que lord Durby ne désirait plus la voir avec l'indésirable, et Caroline Emerson donna aussitôt aux serviteurs des instructions selon lesquelles la famille ne serait plus jamais « à la maison » pour M. Reed.

Ce dernier, pourtant, ne semblait point se considérer comme vaincu. Lorsqu'il apercevait Charity, de loin, à l'autre bout d'un salon ou parmi la foule d'une salle de bal, il lui souriait, ou plutôt produisait une espèce de rictus qui n'affectait que le bas de son visage. Cette courtoisie de façade apparaissait à la jeune fille pour ce qu'elle était : de la fausse monnaie. Ces belles manières trop bien policées n'avaient rien à voir avec la force virile de Simon; et il était si risible de songer que Reed s'était cru capable de lui ravir sa fiancée!

Simon... Charity ne pensait qu'à lui, malgré l'insistance avec laquelle Reed l'importunait. Dans les soirées, il cherchait à engager la conversation, multipliait les invitations à danser, la heurtait « accidentellement ». Il continuait à frapper chez tante Ermintrude, alors qu'il était évident qu'il ne serait plus jamais reçu... La jeune fille avait l'impression de ne plus voir que lui.

Simon, en revanche, l'accablait par son absence. Les dîners, les bals n'avaient plus aucun intérêt, puisqu'il n'y paraissait plus.

De lui, elle ne reçut qu'une lettre, très courte, au style impersonnel et froid, le seul possible, peut-être, puisque sa mère devait la lire la première. Tout de même ! Charity eût préféré un peu plus de sentiments dans ce billet. Elle répondit, aussi brièvement, aussi impersonnellement, aussi froidement, sans oser écrire à Simon qu'il lui manquait et qu'elle attendait son retour avec impatience.

Mais lui, espérait-il ces mots d'une femme qu'il épousait « pour des raisons pratiques » ?

Charity se rappelait avoir dit qu'elle acceptait les conditions qu'il mettait à leur mariage. N'avait-elle pas affirmé qu'elle serait heureuse de continuer à mener une vie indépendante ? Mais plus elle connaissait Simon, plus elle comprenait qu'elle n'avait aucune envie d'une relation distendue avec lui. Elle voulait plus, beaucoup plus. Pourtant, en dépit des certitudes de Venetia, elle craignait que son fiancé ne fût pas dans le même état d'esprit.

Deux semaines après le départ de Durby, Charity passa une soirée à l'opéra en compagnie de tante Ermintrude tandis que sa mère et ses sœurs assistaient à un bal. La jeune fille avait préféré l'opéra, car elle trouvait déprimant d'observer les évolutions des danseurs sans pouvoir tournoyer au bras de Simon. Elle n'était certes pas une fanatique de l'art lyrique, et il n'eût pas fallu la pousser beaucoup pour lui faire avouer qu'elle trouvait très ennuyeux ce spectacle — qui valait mieux, à tout prendre, que la torture subie dans une salle de bal où tout le monde s'amusait, sauf elle. En outre tante Ermintrude, tout accaparée par un soupirant — un militaire aux grandes et belles moustaches blanches —, la laisserait libre de rêver et de méditer à sa guise.

L'opéra déroulait ses fastes depuis une heure environ, lorsqu'on frappa à la porte de la loge. Charity jeta un bref coup d'œil à tante Ermintrude et au général Popham : ni l'un ni l'autre n'avait entendu. Les jumelles vissées aux orbites, la vieille dame observait avec attention ce qui se passait dans une autre loge, tout en délivrant force commentaires à son compagnon. Ce dernier, penché vers elle, lui donnait la réplique, ce qui lui permettait d'effleurer, du bout du nez, le lobe d'une oreille alourdie de diamants. Lorsqu'il se montrait ainsi trop audacieux, tante Ermintrude partait d'un petit rire de gorge et lui décochait un coup d'éventail sur les doigts.

Ne voulant pas les déranger, Charity se leva pour aller ouvrir la porte.

Simon Westport, comte de Durby, était là.

14.

Les mains plaquées sur sa bouche, Charity laissa échapper un petit cri.

Puis, sans réfléchir davantage, elle ouvrit toute grande la porte, afin de pouvoir se jeter dans les bras de Simon. Celui-ci l'enlaça aussitôt et pencha son visage pour respirer le parfum des cheveux blonds.

— Simon..., murmura la jeune fille. Oh ! Simon, vous êtes de retour ! Je suis si heureuse.

— Vous ai-je manqué ?

— Oui, oui, mille fois oui ! Les deux semaines que je viens de passer sont les plus horribles de toute ma vie.

Charity leva alors son visage vers Simon. Ce fut une sensation délicieuse que de sentir de nouveau sur elle les lèvres de cet homme qu'elle aimait. Troublée et émue, elle se serra plus fort contre lui, qui l'accablait de baisers.

Le sens des convenances eut cependant assez vite raison de Simon.

Il prit conscience du spectacle étonnant qu'il offrirait à un quidam passant par hasard dans le corridor. Ces embrassements publics étaient inconvenants, surtout dans un lieu aussi solennel qu'un opéra. A regret, donc, il relâcha son étreinte et recula. Mais ses mains restèrent nouées derrière le dos de Charity : il ne pouvait se résoudre à rompre, déjà, tout contact avec elle.

Ils restèrent ainsi un moment, se regardant simplement, souriant. Puis Charity demanda :

— Pourquoi revenez-vous plus tôt que prévu ?

— J'ai découvert qu'il ne servait à rien de m'éloigner, puisque là-bas je n'ai pas cessé de penser à vous. Pas un moment mon désir ne s'est atténué. Circonstance aggravante, je n'avais même plus le plaisir de vous voir, ou d'entendre votre voix... J'ai donc décidé de m'abandonner à mon destin, et d'aggraver si possible mon cas en revenant. Au moins ne m'ennuierai-je plus !

Comme si ces mots étaient exactement ceux que Charity souhaitait entendre, un sourire rayonnant illumina son visage.

Simon, lui, désirait plus, beaucoup plus. Nulle parole n'était capable d'exprimer l'enfer qu'avaient représenté ses deux semaines de solitude. Il s'était ennuyé comme jamais. Charity lui avait manqué comme personne. Très vite, il avait compris que la jeune fille illuminait sa vie, et qu'il ne pouvait plus concevoir ses journées autrement qu'en les organisant autour d'elle. En s'éloignant, il avait augmenté ce besoin qu'il avait d'elle, au lieu de l'atténuer comme il l'espérait.

Ce n'était pas qu'il l'aimait, ainsi qu'il ne cessait de se le rappeler. Il la désirait, simplement, parce qu'il la trouvait amusante, et qu'une vie passée à ses côtés promettait d'être pleine de fantaisie et de divertissements ; par sa seule présence, Charity faisait disparaître l'ennui et la tristesse. Pour la première fois depuis que le malheur l'avait frappé, il semblait à Simon que son être douloureux pourrait trouver le repos auprès d'une compagne apaisante et vivifiante à la fois. C'était peut-être pourquoi il désirait la posséder pleinement, faire d'elle sa femme, lui offrir l'hospitalité de son lit.

L'attente du mariage constituait une insupportable torture.

Charity l'attira à l'intérieur de la loge, et ils s'assirent au fond. Tante Ermintrude et son compagnon ne s'aperçurent pas du retour de la jeune fille. Simon put donc lui prendre la main, et ils parlèrent à voix basse, penchés l'un sur l'autre.

— Quand êtes-vous rentré ? s'enquit Charity.

— Depuis peu. Je me suis rendu chez vous dès mon arrivée à Londres. Le majordome m'a appris que vous vous trouviez ici, et je suis accouru.

Ravie d'entendre ces indices d'une passion qui lui causait grand plaisir, Charity sourit.

— Comment va Chanceux? demanda-t-elle. Se plaît-il dans sa nouvelle maison?

— Certes, oui. Il a trouvé là-bas beaucoup de distractions qui l'occupent à longueur de journées : effrayer les moutons en courant derrière eux; mordre le jarret des vaches; se rouler dans la boue pour revenir batifoler, aussitôt après, sur les parquets bien cirés de Mme Channing...

— Je suis heureuse d'apprendre qu'il s'est bien adapté! murmura Charity, se retenant à grand-peine d'éclater de rire.

Simon toussota.

— Je dois vous avouer qu'il n'est pas à Deerfield..., avoua-t-il, un peu gêné. En fait, je l'ai ramené avec moi.

— Je savais que vous n'auriez pas le cœur de l'abandonner! s'exclama Charity en lui pressant la main.

Elle accompagna sa remarque d'un regard enflammé qui fit battre plus fort le regard de Simon.

— Ce n'est pas vraiment moi qui ai pris la décision, expliqua-t-il en se forçant à garder un ton badin, malgré son émotion. Je n'avais pas d'autre intention que de laisser cette bête à la campagne mais Chanceux, qui me semble ne pas manquer d'instinct, a compris que je repartais. Il ne m'a pas quitté d'une semelle depuis le grand matin. Un peu agacé, je suis monté en voiture, et fouette cocher! Mais le chien s'est lancé à ma poursuite en poussant des hurlements déchirants. Je n'avais pas encore franchi le portail du parc que je faisais arrêter pour ouvrir la portière...

Simon soupira.

— Inutile de vous dire que mon personnel londonien a poussé les hauts cris lorsqu'il a vu qui je ramenais dans mes bagages. J'ai dû donner des explications, moi, lord Durby, et n'ai rien trouvé de mieux que d'alléguer les conséquences d'une fièvre passagère.

La main sur la bouche, Charity riait sans retenue. Affectant un ton de fâcherie, Simon lui demanda :

— Maintenant, mademoiselle Emerson, dites-moi à quoi vous avez employé votre temps pendant que je prodiguais mes soins à Chanceux le bien nommé.

— Je n'ai pas fait grand-chose, à part assister à d'ennuyeuses soirées...

Charity hésita imperceptiblement avant d'ajouter :

— Je n'ai pas revu M. Reed depuis votre départ.

Le regard de Simon chercha celui de la jeune fille.

— Je vous remercie, déclara-t-il simplement.

— J'avais déjà décidé de l'éviter, quand Venetia m'a raconté... ce qui lui était arrivé

— Elle a fait cela ! s'étonna Simon en haussant les sourcils.

— Oui. Elle s'inquiétait de ce qui pourrait advenir de nous à cause d'elle. Elle m'a donc narré sa mésaventure, et elle m'a ouvert les yeux. J'ai compris... Je n'ai pas fait preuve envers vous d'une entière franchise...

La main de Simon se serra sur celle de Charity.

— Que signifient ces propos ? s'enquit-il.

Sa voix était redevenue froide, lointaine, intimidante.

— Je vous en prie, ne vous fâchez pas, se hâta de répondre Charity.

Très vite, elle rendit compte des billets reçus, qui la mettaient en garde contre son fiancé, accusé de meurtre. Elle expliqua comment Reed s'était toujours trouvé non loin d'elle à ces moments-là, et comment il avait fini par lui proposer son aide.

— Je suis désolée, conclut-elle. Je sais maintenant que je me suis conduite comme une petite sotte. Si je vous avais raconté ces incidents en leur temps, vous auriez tout de suite compris que le fautif ne pouvait être que Reed.

— Ce porc ! lâcha Simon entre ses dents.

Le regard brillant étrangement dans l'obscurité de la loge, il poursuivit :

— Je n'aurais pas dû me contenter de le menacer, l'autre jour.

— Vous l'avez menacé ?

— Oui. Il faisait chanter Venetia. Il était prêt à révéler ce qui s'est passé entre eux.

— Voulez-vous dire qu'il essayait de lui extorquer de l'argent en profitant du fait qu'il s'était mal conduit avec elle ? s'étonna Charity.

— Faraday Reed est un personnage vil et sordide. Parfois, j'aimerais le découper en morceaux. Je crois d'ailleurs qûe je lui dois une autre visite, afin de lui expliquer qu'il n'a aucun droit de nous persécuter, les miens et moi.

— Renoncez ! s'écria Charity. Cela ne servirait qu'à causer un nouveau scandale. Si vous lui faites du mal, tout le monde cherchera à connaître vos motifs. Et la vérité risque alors d'éclater au grand jour. Venetia en tremble !

— Je le sais bien. Et c'est la raison pour laquelle je n'ai pas agi plus tôt. Le moindre incident, je ne l'ignore pas, mettrait les esprits en effervescence. En outre, Reed est si hypocrite qu'il est difficile de prouver quoi que ce soit contre lui. Mais un jour, croyez-moi, il ira trop loin, et j'aurai alors la joie de me débarrasser de lui.

Simon marqua une courte pause, avant de demander, d'une voix tranquille :

— Pourquoi ne m'avez-vous rien dit quand vous avez reçu ces billets ?

— Je ne voulais pas vous faire de mal.

Le temps d'une nouvelle pause, Simon médita cette réponse.

— Dois-je comprendre que vous essayiez de me protéger ?

— Oui ! lança Charity, agacée. Pourquoi tout le monde trouve-t-il cela si étrange ? Il me semblait que vous auriez souffert d'apprendre quels horribles mensonges on continue de répandre sur votre compte.

— Etes-vous bien sûre qu'il s'agisse de mensonges ?

— Bien sûr ! rétorqua la jeune fille, au comble de l'indignation. Si vous étiez enclin au meurtre, il y a bien longtemps que vous auriez réglé son compte à Faraday Reed.

Un mince sourire étira les lèvres de Simon.

— Vous êtes une loyale petite fille, murmura-t-il en caressant avec douceur la joue de Charity. Brave de surcroît. Je ne pense pas que quiconque ait jamais cherché à me protéger, et surtout pas une femme. Je me sens... honoré.

— Honoré ?

— Oui. Honoré que vous ayez choisi de m'épouser; honoré aussi que vous ayez fait preuve de tant de courage et de loyauté, pour moi. Je ne suis pas sûr de mériter tant de vertus.

— Laissez-moi en juger, répondit Charity en souriant.

Simon regrettait qu'ils ne se trouvassent pas en un autre lieu, où il aurait pu donner à sa fiancée tous les baisers qu'il avait en tête; même un chaperon aussi laxiste que tante Ermintrude serait choquée si on lui donnait d'assister à d'aussi folles embrassades. Il dut donc se contenter en portant à ses lèvres, une fois encore, la main de Charity.

En même temps, il se demanda comment il supporterait les quatre mois qui restaient à passer pour obtenir le droit de la conduire dans son lit.

Charity promena son regard à travers la salle brillamment illuminée et n'y découvrit point lord Durby. Il avait affirmé qu'il assisterait au bal Bannerfield mais, à l'évidence, il n'était pas encore arrivé. La jeune fille savait qu'il n'avait pas coutume d'arriver très tôt dans ce genre de soirée; néanmoins, sa hâte de le revoir lui ôtait toute patience. Elle en perdait la notion du temps : quelques minutes lui semblaient aussi longues que des heures; elle avait même l'impression d'avoir vieilli de plusieurs années depuis leurs retrouvailles de la veille, à l'opéra.

L'air était lourd et chaud dans la salle, malgré les grandes portes-fenêtres ouvertes sur la terrasse. En outre, les souliers qu'elle avait achetés pour l'occasion, choisis un peu trop étroits pour cause de coquetterie, la mettaient déjà au supplice. Et comme si ces ennuis ne suffisaient pas, elle avait aperçu Reed dès son arrivée, et celui-ci s'acharnait à la poursuivre de ses assiduités malsonnantes. Elle avait certes réussi à lui échapper chaque fois qu'elle l'avait vu se rapprocher dangereusement, mais il était très fatigant de devoir exercer autour de soi une surveillance de tous les instants. D'autant que Charity craignait l'inéluctable confrontation avec Simon.

En soupirant, elle jeta un regard envieux en direction de la terrasse. Il serait si bon de faire quelques pas dehors, pour respirer un peu d'air frais; pour échapper, un court instant, à la rumeur entêtante de la foule élégante, mais trop compacte.

Du coin de l'œil, elle observa sa mère, en grande conversation avec Mme Greenbridge, dont la fille s'était mariée deux mois plus tôt. Caroline Emerson interrogeait sans relâche cette femme, à qui elle soutirait une masse de renseignements fort utiles pour la cérémonie nuptiale qu'elle préparait elle-même.

Charity fit quelques pas, puis se retourna à demi pour guetter la réaction de sa mère. Celle-ci, qui s'intéressait pour lors aux propos de sa compagne, ne s'était aperçue de rien. Encouragée, la jeune fille fit un rapide tour d'horizon. Personne ne l'observait. Très vite, alors, elle se dirigea vers les grandes portes-fenêtres, contournant prestement les groupes de causeurs, et refusant d'un sourire les propositions de danse que lui jetaient au passage quelques-uns de ses admirateurs. Un dernier regard derrière elle la rassura sur le succès de son évasion. Deux pas plus tard, elle se trouvait sur la terrasse tant désirée.

Elle soupira de soulagement lorsque l'air frais caressa son visage, et s'avança plus avant dans la nuit, avide d'échapper tout à fait au bruit de la foule des invités. Deux personnes se trouvaient déjà sur la terrasse, bavardant paisiblement près de la balustrade; elles ne remarquèrent pas sa présence. Ravie, de plus en plus audacieuse, Charity rejoignit l'escalier qui conduisait au jardin d'agrément.

Toute ronde, la lune illuminait de sa froide clarté les allées sinueuses tracées entre les buissons luxuriants et les pelouses agrémentées de massifs floraux. Charity n'eut aucun mal à trouver son chemin vers les bancs de pierre disposés en cercle autour d'une fontaine; elle se laissa tomber sur le premier d'entre eux, et ferma les yeux. Bercée par le murmure de l'eau que crachaient quatre dauphins de bronze, elle laissa dériver ses pensées vers Simon; elle se rappela le son de sa voix, la couleur de ses yeux, sa force lorsqu'il la serrait dans ses bras...

Elle sursauta en entendant un bruit de pas sur le gravier. Alertée, elle regarda autour d'elle, et aperçut une silhouette masculine qui venait droit sur elle. Son malaise s'accrut lorsqu'elle reconnut en cet homme Faraday Reed.

Aussitôt, Charity se leva et jeta un coup d'œil derrière

elle. Le chemin conduisait vers les profondeurs du jardin, beaucoup plus touffues ; sans doute ne serait-il pas prudent de se diriger de ce côté. Mieux valait donc aller à la rencontre de l'intrus, afin de l'affronter le plus près possible de la salle de bal, où se trouvait le salut. Tenant sa robe à deux mains, le visage altier, le regard perdu loin devant, Charity commença de contourner Reed, comme si elle avait affaire à un vulgaire obstacle matériel.

L'importun avait cependant une tout autre idée en tête, puisqu'il fit un pas de côté pour lui barrer le chemin.

— Charity, il faut que nous parlions, susurra-t-il.

Il reçut en retour un regard glacial, ainsi que cette réponse :

— Je vous en prie, éloignez-vous, monsieur Reed. Je désire rentrer.

— Pas tant que vous ne m'aurez pas donné d'explications. Dites-moi ce qui ne va pas. Pourquoi me fuyez-vous, depuis deux semaines ? Je croyais que nous étions amis, que vous aviez confiance en moi.

— J'ai eu effectivement confiance en vous, répondit Charity d'un ton crispé. J'étais si naïve... Maintenant, laissez-moi passer.

— Non !

Le ton était impérieux.

— Expliquez-moi pourquoi vous ne voulez plus me voir ! exigea Reed en saisissant Charity par les épaules. Pourquoi me faites-vous fermer votre porte ? Pourquoi prenez-vous tant de soin à m'éviter dans les soirées ? Est-ce à cause de Durby ? Vous a-t-il parlé de moi ? Quels mensonges a-t-il débités sur mon compte, pour ruiner ainsi mon crédit auprès de vous ?

— Il n'a pas menti ! lança Charity, qui se démenait pour échapper à son tourmenteur.

Sans ignorer qu'une vraie dame du monde ne se fût jamais abaissée à donner d'explications à ce genre d'individu, elle estimait devoir répondre aux grossières insinuations sur la loyauté de Simon.

— Lord Durby ne ment jamais, car il n'est pas malhonnête, lui. Il s'est contenté de me mettre en garde contre vous — car il a bien trop le sens de l'honneur pour oser trahir une dame. Puis, Venetia m'a dit toute la vérité, l'horrible vérité. Je sais ce que vous lui avez fait... vous vous êtes joué d'elle, et vous avez trahi sa confiance.

— Venetia !

Les sourcils de Reed se rapprochèrent tandis que ses yeux se plissaient. Son visage perdit son expression agréable pour une autre, plus vraie, et effrayante. Les traits se durcirent, la bouche se tordit en un rictus affreux. D'un coup, l'homme avait vieilli, révélant soudain une noirceur proprement diabolique.

— La peste soit de Venetia ! éructa-t-il. Si elle croit pouvoir se jouer de moi, elle se trompe !

— Permettez-moi de vous dire que Venetia ne m'a pas donné l'impression de jouer, rétorqua Charity. Evidemment, vous ne pouvez imaginer ce qu'il en coûte à une femme de révéler ce genre de mésaventure. Mais elle fut noble et brave de venir m'expliquer pourquoi je devais éviter tout commerce avec vous. Elle n'a pas manqué de me rapporter les conditions, humiliantes pour vous, de l'explication que vous eûtes par la suite avec son frère, dont vous ne pûtes vous venger qu'en répandant des calomnies sur le compte d'un homme qui vous avait rossé ! Oui, c'est vous qui l'avez prétendu responsable de la mort de ses proches ! C'est vous qui m'avez fait parvenir ces odieux billets écrits, non avec de l'encre, mais du fiel.

Au regard médusé de Reed, Charity ne put s'empêcher d'éclater de rire.

— J'ai tout compris ! reprit-elle avec entrain. C'était d'ailleurs facile, dès lors que je savais quel gredin vous étiez. Par ces billets, vous avez tenté de détruire mon amour pour Simon ; et, constatant que vous ne parveniez pas à vos fins, vous m'avez offert les services d'une amitié dévoyée. Vous espériez ainsi capter ma confiance, et l'utiliser comme un moyen pour atteindre lord Durby. Laissez-moi vous dire que vous en auriez été de toute façon pour vos frais, ce soir, car même si je n'avais pas su à quoi m'en tenir à votre sujet, vous n'auriez jamais pu me détacher de Simon ; et jamais vous me m'auriez amenée à commettre un acte déshonorant pour lui !

La bouche de Reed s'amincit encore, et son regard brilla d'un éclat plus malsain.

— En êtes-vous bien sûre, mademoiselle Pureté ? lâcha-t-il. Vous étiez prête, vous n'attendiez qu'un mot de moi pour fondre dans mes bras.

Mieux que sa réponse, le regard ébahi de Charity, et plus encore le rire insultant qui lui échappa, prouvèrent à Reed qu'il s'était bercé d'espoirs fallacieux.

— Vous croyez vraiment que j'étais tombée amoureuse de vous ; que pour vous j'aurais trahi Simon ? Par Dieu ! même assurée de votre amitié indéfectible, jamais je n'aurais eu le moindre soupçon de sentiment pour vous ! D'ailleurs, comment pourrais-je m'intéresser à un homme comme vous, quand je suis fiancée à un homme comme Simon ?

Ce discours d'autant plus féroce qu'il était spontané, le rire frais qui l'accompagnait, l'expression de mépris qui ne quittait plus le visage de Charity, mirent Faraday Reed dans une rage insensée. Les flammes de l'enfer s'allumèrent dans son regard, et son visage congestionné se déforma de façon effrayante. Poussant un cri de bête fauve, il se jeta sur la jeune fille, qu'il plaqua contre lui. Puis, la maintenant avec fermeté, il plongea une main dans le corsage.

— Vous ne voulez pas le déshonorer, hein ? fit-il en soufflant au visage de Charity son haleine torride. Eh bien, nous allons vérifier cela. Il sera aussi intéressant d'observer la réaction de Sa Grâce, lorsqu'Elle s'apercevra que vous avez déjà connu l'homme ; lorsqu'elle saura que j'ai répandu ma semence en vous.

Charity fut si étonnée, d'abord, qu'elle ne put ébaucher un seul geste de résistance, ni même prononcer une parole de protestation, tandis que Reed l'accablait de baisers violents, lui mordait les lèvres, puis, de sa langue dardée, tentait de forcer le barrage de ses dents. Alors, le dégoût submergea la jeune fille : cette étreinte n'avait rien à voir avec les moments de passion qu'elle avait connus avec Simon. Elle se sentit salie par ces attouchements emplis de brutalité malsaine. Mieux valait mourir que de subir encore une telle ignominie ! songea-t-elle. Elle commença à se battre pour recouvrer sa liberté, agitant la tête en tous sens pour échapper au baiser, donnant de violents coups de poing contre le torse de Reed afin de le repousser.

Trop fort pour elle, ce monstre se permit de rire de ces efforts impuissants, et sans doute voulut-il donner la pleine mesure de son pouvoir. Tenant toujours sa victime d'un seul bras, il plongea la main dans les cheveux blonds bien ordonnés, tira en arrière, et tira encore pour imposer une immobilité parfaite à Charity.

Il espérait ainsi créer un effet de panique... Mais, de son côté, Charity n'avait pas menti lorsqu'elle avait rapporté à Simon qu'elle n'était pas sujette à la peur. Bien plus, elle avait grandi à la campagne en compagnie de garçons contre qui elle n'avait jamais hésité à jouer de ses poings, dès lors qu'il s'agissait de faire valoir ses droits bafoués dans le déroulement d'un jeu. Multipliant, jusqu'à un âge avancé, les confrontations de ce genre, elle savait situer, avec une précision anatomique, la zone éminemment sensible de la gent masculine.

Elle ne cria pas, afin de ne pas attirer dehors des curieux qui l'eussent surprise dans les bras de Reed. C'eût été donner prise au scandale. Se refusant à constater qu'elle résistait à un vil séducteur, les bonnes âmes n'eussent pas manqué de répéter qu'elle avait cherché l'aventure, car une jeune fille bien élevée ne devait pas sortir seule. Si donc il était impensable d'appeler à l'aide, il ne restait qu'une solution : attaquer !

D'abord, Charity donna un bon coup de son talon, fort pointu, sur les orteils de l'agresseur, qui hurla de douleur et relâcha un peu son étreinte. Un peu plus libre de ses mouvements, elle put alors élever vivement le genou droit, qui glissa avec facilité dans le chenal délimité par les jambes de Reed, et s'arrêta contre le bas-ventre. La masse de la robe et des jupons atténua la violence du choc ; celui-ci se révéla toutefois suffisant pour infliger un dommage décisif. En gémissant, Reed se pencha en avant et porta ses mains sur la zone meurtrie. Charity put alors donner l'estocade : d'un joli mouvement du bras, elle porta son poing ascendant à la rencontre du nez qui allait vers le sol. Le bruit lui parut satisfaisant. Quant au sang qui éclaboussa sa main, il la rassura sur l'efficacité de l'impact.

Reed, cette fois, laissa échapper une plainte d'animal blessé — ce qu'il était en effet. Il tomba à genoux tandis que Charity, soulevant la lourde masse de ses vêtements, se lançait dans une course éperdue vers la maison.

Deux hommes, qui fumaient le cigare sur la terrasse, scrutaient du regard l'obscurité du jardin.

— Je vous dis que j'ai entendu du bruit, déclarait l'un. Je me demande ce que cela peut être...

Intrigués, ils se tournèrent vers la jeune fille si pressée qui passait non loin d'eux, et ne sembla pas les voir.

Remettant hâtivement un peu d'ordre dans ses cheveux, puis dans les plis de sa robe, Charity pénétra dans la salle de bal, et chercha sa mère et ses sœurs. Mais son regard tomba sur l'homme à l'air sombre qui, de l'autre côté de la salle, promenait son regard sur la foule. Elle courut vers lui.

— Simon ! s'écria-t-elle du plus loin qu'elle put.

Simon la vit, qui se frayait un passage parmi les danseurs, les bousculant sans ménagement. Aussitôt, il se sentit mieux et s'avança à sa rencontre. Alors qu'il lui prenait les mains, elle préféra se jeter contre lui.

— Charity ! murmura-t-il, heureux, mais étonné. Mon amour, allez-vous bien ? Que se passe-t-il ?

Un murmure montait autour du couple enlacé, murmure insistant et de plus en plus perceptible, murmure d'une foule curieuse. Simon leva la tête, s'attendant à découvrir les regards braqués sur lui et Charity. Quelle ne fut pas sa surprise lorsqu'il s'aperçut que tout le monde se tournait vers les portes-fenêtres. Se haussant légèrement sur la pointe des pieds, il voulut constater ce qui suscitait une telle curiosité.

Faraday Reed fit une entrée très remarquée. Les vêtements froissés, les cheveux en désordre, il plaquait un mouchoir ensanglanté sur son nez tuméfié, et titubait comme un homme ivre.

Simon comprit aussitôt ce qui s'était passé.

— S'est-il attaqué à vous ? demanda-t-il à Charity. A-t-il osé porter la main sur vous ?

— Comment savez...

La foule s'ouvrit alors devant Charity, comme pour lui faire admirer le pitoyable spectacle de son adversaire vaincu.

— Oui ! fit-elle alors.

— Je le tuerai ! s'écria Simon. Je jure que je le tuerai.

D'un pas vif, il s'avança vers Reed.

— Non, attendez ! s'exclama Charity en lui saisissant le bras. Je vous en prie, ne commettez pas d'acte irréparable. Il ne s'est rien passé... rien qui vaille la peine d'un scandale. Je vous en prie...

Mais Simon ne voulut rien entendre. Repoussant d'un geste impatient la main qui tentait de le retenir, il poursuivit son chemin vers Reed.

Quand il aperçut l'ennemi qui approchait, ce dernier pivota pour aller chercher au-dehors le secours d'une obscurité complice.

En deux enjambées, Simon le rattrapa, le saisit par le col et l'obligea à lui faire face. Alors, d'un terrible coup à la mâchoire, il l'envoya sur le parquet.

15.

Il y eut deux bruits très rapprochés, mais distincts : d'abord celui, sourd, du postérieur de Reed qui s'écrasait sur le plancher ; puis celui, sec, du crâne contre le bois.

Simon fit un pas en avant et se pencha pour saisir son adversaire par les revers de son habit. Sans ménagement, il le remit sur pied.

— Que l'enfer vous emporte ! rugit-il tandis que son poing s'élevait, prêt à s'abattre de nouveau.

— Non ! cria Charity.

Elle se jeta sur lui, et des deux mains retint le bras puissant de la vengeance.

— Simon ! On nous regarde !

— Ne vous mêlez pas de cela, Charity. Il faut que je le réduise en bouillie.

La jeune fille jeta alors un regard désespéré sur la foule qui les entourait : pas un des spectateurs ne semblait avoir l'intention d'intervenir ; en outre, il était inutile d'attendre une aide extérieure.

— Je vous en prie ! plaida-t-elle. Pourquoi vous acharner sur lui, puisque je suis saine et sauve ?

Contre toute logique, ces paroles d'apaisement semblaient accroître la fureur de Simon, dont les yeux jetaient des éclairs. Tournant délibérément le dos à sa fiancée, il revint à Reed, pour lui dire à haute et intelligible voix :

— Je vous tuerai !

Enfin, trois hommes décidèrent de mettre un terme à

l'incident. Ils conjuguèrent leurs efforts pour arracher Durby à sa victime, qu'un autre conduisit vers la sortie.

Très affaibli, Reed se fût écroulé s'il n'avait pas été soutenu avec fermeté. Plusieurs femmes poussèrent des cris stridents en voyant le sang qui coulait sur ses vêtements ; toutes s'éventaient avec ardeur, certaines préféraient détourner les yeux. L'une, sans doute plus émotive, s'évanouit avec élégance dans les bras du gentleman le plus proche.

Charity ne prêtait pas attention à ce spectacle étonnant. Elle ne voyait que Simon.

— Je vous en prie, répétait-elle en le regardant droit dans les yeux.

Jamais elle ne l'avait connu dans un tel état de fureur. Presque méconnaissable, il était effrayant de force brute ; en cet instant, il n'était plus qu'un fauve prêt à défendre ce qu'il avait de plus cher.

— Si jamais il porte encore la main sur vous, je le tue, déclara-t-il, une fois encore.

Cette promesse parut le calmer un peu. Son regard, qui déjà perdait un peu de son éclat animal, scruta anxieusement le visage de Charity.

— Vous a-t-il fait du mal ? demanda-t-il.

— Non, je vous le jure, lui assura-t-elle avec un sourire forcé. D'ailleurs, vous pouvez le constater par vous-même. Simon, j'aimerais que vous me reconduisiez à la maison...

Les yeux mi-clos, Simon prit la longue inspiration qui lui était nécessaire pour redevenir tout à fait lui-même.

— Excusez-moi, dit-il.

Il vérifia rapidement sa tenue, avant d'offrir son bras.

— Partons, mademoiselle Emerson. Ceci n'est pas vraiment la soirée que j'espérais.

Un petit rire de soulagement franchit les lèvres de Charity.

— Vous avez raison, Votre Grâce.

Elle glissa la main sous le bras de Simon, et ils prirent la direction de la sortie, sous les regards avides de la foule qui s'ouvrait devant eux. Charity était sûre que toutes les langues iraient bon train après leur départ, et le lendemain, ainsi que les jours suivants. Grâce à sa soirée, lady Bannerfield venait d'acquérir une célébrité qu'elle était loin d'imaginer.

Simon garda un visage maussade tant que dura leur sortie, et il ne reprit la parole que lorsqu'ils furent installés dans leur voiture.

— Allez-vous tout à fait bien? demanda-t-il alors.

Doucement, il caressa la joue de Charity, puis ajouta :

— Cette affaire n'en restera pas là. Il faudra que je règle définitivement son compte à ce gredin.

— Non ! répondit vivement la jeune fille en lui prenant la main. Promettez-moi que vous ne ferez rien.

Les duels étaient interdits depuis de nombreuses années, et Charity ne se rappelait pas avoir entendu parler d'une telle confrontation. Pleinement consciente de l'humeur de son fiancé, elle craignait qu'il n'en relançât la mode.

Ce dernier lui jeta un regard outragé.

— Comment? s'exclama-t-il. Pensez-vous que je ne serais pas capable de fusiller mon homme à vingt pas?

— Bien sûr que non ! L'ennui, c'est qu'on vous jetterait en prison pour ce qu'il faudrait bien appeler un crime.

— Je pense, moi, que ce n'en serait pas un que de purger la terre d'un être aussi malfaisant que Reed.

Puis Simon haussa les épaules en ajoutant :

— De toute façon, nous n'en arriverons pas à cette extrémité. Je connais trop bien Reed : à peine lui aurais-je lancé mon défi qu'il plierait bagage et disparaîtrait.

— Cela serait mieux ainsi.

— Mais expliquez-moi maintenant avec précision ce qui s'est passé ce soir...

— Reed m'a suivie dans le jardin, soupira Charity. Je sais ! Inutile de me faire la leçon : ce n'était pas malin de ma part de sortir seule. Mais je m'ennuyais, j'avais trop chaud, et j'étais déjà fatiguée de jouer au chat et à la souris avec cet homme. J'ai cru pouvoir m'esquiver, sans qu'il m'aperçoive.

— Hélas ! il a observé votre manège, et il vous a suivie.

— C'est exact, murmura Charity en jetant un regard contrit à Simon. Tout est ma faute.

Simon se pencha sur elle. Avec tendresse, il remit en place une mèche de cheveux.

— Charity, ma chère, je ne vous blâme point, et vous n'avez donc pas à me présenter des excuses. Je tiens simplement à savoir tout ce qui s'est passé.

— Pas grand-chose, en réalité. Il voulait connaître la raison pour laquelle je refusais désormais de le rencontrer. Je lui ai donc dit tout ce que j'avais appris sur son compte — ajoutant qu'il ne m'avait de toute façon jamais intéressé. Savez-vous que ce fat imaginait que je me consumais d'amour pour lui ? Etonnant, non ? Très fâché, il s'est alors jeté sur moi. Je dois bien dire qu'il m'a prise au dépourvu, car je n'ai pas eu le temps de faire le moindre geste pour échapper à son emprise. Ensuite, il m'a maintenue contre lui, afin de m'embrasser.

— Il a osé ! s'écria Simon en serrant les poings. J'aurais dû l'étrangler quand je le tenais à ma merci.

— Ce n'est pas très grave, assura Charity d'une voix apaisante. Laissez-moi vous raconter la suite. Passé le premier moment de surprise, j'ai réagi. D'abord, je lui ai écrasé le pied. Comme ceci...

Joignant la démonstration au discours, Charity souleva un peu sa robe pour montrer le mouvement de son talon.

— Cela a suffi pour lui faire baisser la garde, précisa-t-elle. J'ai pu alors utiliser mon genou pour... comment dire ? écraser une partie exceptionnellement sensible de son individu.

Simon écarquilla les yeux.

— Toujours je pense avoir tout entendu à votre sujet, dit-il en souriant, et toujours vous vous attachez à me prouver que j'ai tort. Vous avez donc fait de votre mieux pour doter le malotru d'une voix de soprano... Parfait ! Par Dieu, j'aurais aimé assister au spectacle !

— Ensuite, je l'ai cogné.

— Que dites-vous ?

— Un bon coup de poing dans le nez. Comme ceci.

Ayant répété le mouvement qui avait achevé son adversaire, Charity fronça les sourcils.

— Je crains de lui avoir cassé un os, murmura-t-elle, un peu soucieuse. Il saignait tellement...

— Vous lui avez cassé le nez ! s'exclama Simon avec

bonne humeur. Dieu me vienne en aide : j'épouse une boxeuse !

Sans cesser de rire, il attira Charity sur ses genoux et l'enlaça.

— Vos exploits sont stupéfiants ! Casser le nez d'un homme... Quand l'histoire aura fait le tour des salons, Reed sera la risée de tout Londres — beaucoup plus que si c'était moi qui lui avais administré la correction qu'il méritait.

Il appuya sa tête contre celle de la jeune fille.

— Charity, Charity ! Je pense que je ne connaîtrai plus jamais l'ennui.

Du bout du nez, il lui caressa la nuque.

Un murmure échappa à Charity. Qu'elle se trouvait bien, ainsi installée dans les bras de son fiancé !

— Je suis si contente que vous soyez revenu, lui confia-t-elle.

— Et moi, donc !

Simon lui caressa le visage, puis le cou et les épaules. Ses doigts, qui se mouvaient avec légèreté, parcoururent plusieurs fois toute l'étendue de la peau nue qui leur était offerte.

— Si seulement nous pouvions nous marier sans tarder, dit-il. Demain, par exemple. Je... je ne peux plus attendre.

— Moi non plus, confessa Charity d'une voix rêveuse tandis que les doigts de Simon éveillaient en elle de merveilleuses sensations.

Sa poitrine se soulevait et s'abaissait à un rythme rapide tandis que les battements de son cœur, affolés, trahissaient l'ampleur de son trouble. Quand elle passa la main sur la joue de Simon, elle eut l'impression de l'enflammer à son seul contact.

— Pourquoi me tentez-vous ? murmura-t-il en lui baisant la paume.

Sa propre main reprit son lent mouvement de caresse, et s'enhardit jusqu'à hanter les confins de la gorge, aux limites de l'encolure.

Charity eut une inspiration convulsive à ce contact intime. Elle ferma les yeux au moment où Simon l'enveloppait d'un regard enflammé, avant de se pencher pour poser ses lèvres sur les chairs offertes. Charity exhala un cri de plaisir, et elle crispa ses mains dans la chevelure noire qui lui chatouillait le visage.

Au travers de la robe, Simon suivit les formes rondes des seins, puis le ventre, avant de remonter, comme invinciblement attiré par les globes si fermes et pourtant si tendres. Sa bouche ne restait pas inactive, qui déposait baiser après baiser sur la peau nue de Charity.

Quand son autre main glissa jusqu'aux chevilles et souleva la robe, pour mieux s'insinuer entre les jambes de Charity, celle-ci sursauta. Bientôt, lentement, les doigts de Simon montèrent le long de la cuisse, sur le tissu léger du pantalon, et atteignirent la hanche. Charity tremblait. Jamais elle n'avait ressenti quelque chose de ce genre, même quand Simon l'avait embrassée si passionnément, sous l'escalier. Troublée et incertaine, elle ne savait pas si elle devait rire ou pleurer des sensations étranges qui se déployaient en elle.

Les doigts de Simon s'attardèrent autour d'une cuisse, puis explorèrent le ventre, avant de redescendre, avec une lenteur exaspérante, vers la place la plus secrète, entre les jambes. Charity pensa manquer d'air, sans pour autant se soustraire. Jamais elle n'eût cru qu'un homme pût venir là... Et sans doute aurait-elle dû se sentir embarrassée. Pourtant, elle n'éprouvait aucune honte, seulement une joie un peu folle et un désir étrange de s'abandonner tout entière à cette main.

— Charity...

Son prénom avait été lancé comme le soupir d'un être qui se meurt.

— Doux Jésus, j'ai envie de vous ! avoua Simon.

Le visage enfoui dans les cheveux blonds de la jeune fille, il murmura :

— Si j'étais raisonnable, je m'arrêterais.

— Non, je vous en prie !

Simon émit un faible râle, puis se redressa en retirant sa main.

— Il le faut, affirma-t-il. Je me suis déjà permis des attouchements qui ne sont pas d'un vrai gentleman. Mais vous êtes si belle... Je suis désolé.

— Vous n'avez pas à présenter d'excuses, répondit Charity en souriant. J'aime ce que vous me faites.

Un long moment, Simon la regarda sans mot dire ; puis resserrant autour d'elle son étreinte, il lui chuchota :

— Vous êtes la plus merveilleuse des femmes !

L'extravagance du compliment fit glousser Charity. La voiture s'arrêta juste à ce moment, et Simon, après avoir vivement soulevé puis rabattu le rideau, s'exclama d'une voix contenue :

— Juste ciel ! Nous sommes devant chez vous.

Charity quitta les genoux de son finacé avec un soupir pour se rasseoir en face de lui. En hâte, elle mit un semblant d'ordre dans ses vêtements, et essaya de donner à sa chevelure une apparence de bonne tenue.

Du dehors parvint la voix du cocher.

— Nous sommes devant chez lady Bankwell, Votre Grâce.

— Oui, Botkins, j'avais remarqué, lança Simon, d'une voix plus irritée qu'il n'était nécessaire.

Il ouvrit la portière et sortit, puis tendit la main pour aider Charity à descendre.

Elle lui prit le bras et ils gagnèrent la porte, aussi raides et aussi solennels que si tout le trajet s'était déroulé dans la componction. Cependant, Charity se félicitait de l'exceptionnelle obscurité, qui dissimulait le feu qui lui brûlait les joues.

Le majordome ouvrit la porte. Très digne, Simon se pencha alors sur la main de Charity — mais ses doigts donnèrent une petite pression impossible à déceler pour toute autre personne que celle qui en était la bénéficiaire.

— Je vous souhaite une bonne nuit, chère mademoiselle Emerson.

— Bonne nuit, Votre Grâce, répondit Charity avec gravité. Dormez bien.

Simon se redressa.

— Je crains que votre souhait soit irréalisable, fit-il observer.

Parfaitement consciente du sous-entendu, Charity sourit.

— Je m'en doute, dit-elle. C'est normal, après tant... d'excitation.

— Friponne !

Sur cette exclamation, lancée à mi-voix, il tourna les talons et marcha vivement jusqu'à sa voiture.

Charity le regarda partir, avant de rentrer dans la maison. Songeuse à son tour, elle gravit avec lenteur l'escalier conduisant à sa chambre. Le reste de sa famille ne rentrerait pas avant de longues heures, et elle trouvait bon de pouvoir rester seule, afin de se mettre au lit et de rêver à Simon.

La journée du lendemain commença très bien.

Tout émue encore des caresses et des baisers de Simon, Charity s'éveilla d'excellente humeur. Elle dévora avec appétit un solide petit déjeuner et, tout au long de la matinée, elle eut l'impression de marcher légèrement au-dessus du sol. Par avance, elle savourait la prochaine soirée : Simon avait en effet promis de l'escorter, ainsi que ses sœurs, au dîner donné par lady Symington.

Sa mère l'engagea vivement à consacrer l'après-midi à des visites, en sa compagnie, insistant sur le fait qu'elles avaient accumulé un retard considérable dans leurs obligations. Point trop ravie, Charity accepta, et s'imposa donc un long périple dans Mayfair, qui la conduisit dans quelques-unes des plus élégantes maisons de la capitale.

En fin de journée, la mère et la fille frappaient à la porte de lady Atherton. Même Caroline jugeait assommante cette aristocrate aux grands airs ; mais il s'agissait tout de même de sa cousine, et elle ne manquait pas de lui rendre ses devoirs, à intervalles rapprochés. En dehors de la noblesse, lady Atherton ne s'intéressait pas à grand-chose ; c'était un sujet sur lequel elle se révélait capable de disserter pendant des heures. Non contente de connaître sur le bout des doigts la généalogie de sa famille, avec tous les collatéraux, elle pouvait aussi déployer les fastes de toutes les familles *qui comptaient*, ce qui excluait celles dont la noblesse ne pouvait s'enorgueillir d'au moins cinq quartiers.

Caroline et Charity s'imposèrent une conversation, qu'elles savaient d'avance sans intérêt, avec lady Atherton, sa dame de compagnie — minuscule femme aux cheveux gris dont tout le travail consistait à approuver avec enthousiasme la moindre déclaration de Sa Grâce —, ainsi qu'avec Marian Bellancamp, l'épouse d'un membre important du Parlement. Après les congratulations d'usage, ces dames s'assirent et se lancèrent quelques plaisanteries bénignes, pour tenter de s'échauffer un peu. Puis Araminta Bishop se fit annoncer.

Les joues rouges, le regard brillant, la grosse dame entra comme une trombe, et lorsqu'elle aperçut Charity et sa mère, son excitation augmenta encore. Elle jouissait de la réputation, justifiée, d'une commère invétérée, et se félicitait de pouvoir livrer à un public plus large que prévu — et choisi, surtout — le ragot tout chaud qu'elle apportait.

— Asseyez-vous, Araminta, lui dit lady Atherton de sa voix toujours hautaine. Comment allez-vous ?

— Je vais très bien, Votre Grâce, et je vous remercie de vous inquiéter de ma santé.

Lady Atherton répondit d'un bref hochement de tête. Puis Mme Bishop fit le tour de la petite société, saluant chacune des dames, les gratifiant toutes de quelques mots aimables, mais rapides. Ayant sacrifié aux usages, elle revint au fauteuil qui lui était destiné, et s'imposa un silence dont le but était d'accroître l'intensité dramatique du moment.

Lady Atherton la gourmanda.

— Allons, Araminta, dites-nous ! Il est évident que vous avez une information importante...

— Votre Grâce, je viens d'apprendre la plus affreuse des nouvelles. J'ai peine à y croire, mais je la tiens de Deirdre Cardingham, qui jamais ne s'abaisserait à mentir...

Elle s'accorda une nouvelle pause. Puis, le regard plus brillant que jamais, réprimant à grand-peine un sourire triomphant, elle lança :

— Faraday Reed est mort !

La réaction de l'auditoire répondit à ses espoirs. Muettes, pétrifiées, les quatre femmes la regardaient comme si elle venait d'annoncer la fin du monde.

La mine grave, Araminta Bishop confirma d'un lent hochement de tête, avant de réfuter l'objection que personne ne songeait à lui opposer.

— C'est vrai. Son valet l'a trouvé ce matin, étendu sur le plancher de son cabinet de travail.

— Je l'ai vu hier soir! lança alors Mme Bellancamp. Il semblait en bonne santé.

— Ce n'est pas une mort naturelle, lui expliqua Mme Bishop en se regorgeant. M. Reed a été assassiné.

Trois des femmes recouvrèrent l'attitude qu'elles avaient eue lorsque leur avait été délivrée la première partie de l'information, l'aggravant d'une bouche grande ouverte, fort peu élégante.

Charity, en revanche, s'exclama :

— Assassiné!

Elle pâlit tandis qu'une douloureuse sensation de nausée montait en elle. Bien sûr, elle pensait à la correction que Simon avait infligée à Faraday Reed; et elle se demandait si, pris d'un nouvel accès de fureur, il ne s'était pas rendu chez son ennemi pour parfaire son travail.

— Que s'est-il passé? demanda-t-elle.

— On lui a tiré un coup de pistolet, juste entre les yeux.

— Mon Dieu! soupira lady Atherton. S'agit-il d'un voleur?

Mme Bishop reprit la parole.

— Personne ne le sait, Votre Grâce. Mais cet homme avait des ennemis... ce n'est un secret pour personne.

Elle jeta en direction de Charity et de sa mère un regard lourd de sous-entendus.

— Insinuez-vous que c'est moi qui l'ai tué? riposta aussitôt la jeune fille.

— Oh! non, mademoiselle Emerson. Je...

Lady Atherton interrompit des éclaircissements qui promettaient d'être embrouillés, pour clore le débat d'un argument définitif :

— Personne n'irait imaginer cela de vous, Charity. Vous êtes une Stanhope.

— C'est bien vrai, approuva la dame de compagnie. Jamais une Stanhope ne...

— Il paraît, reprit Mme Bishop, que lord Durby et M. Reed ont eu une terrible explication, hier soir.

— Lord Durby défendait mon honneur! lui indiqua Charity avec fierté. M. Reed s'était comporté avec moi comme jamais un vrai gentleman n'aurait osé le faire.

— Mon Dieu ! soupira Caroline en s'affaissant sur son siège. Mon Dieu !

— Vous pouvez le dire, acquiesça lady Atherton en plissant le nez d'un air dégoûté. Nous nous acheminons vers un scandale de premier ordre.

— De premier ordre ! fit la dame de compagnie.

— Il est évident qu'une Stanhope ne peut plus...

Se levant d'un bond, Charity vint se planter devant la cousine de sa mère.

— Simon est innocent ! lança-t-elle. Je vous interdis...

Caroline intervint avec toute la force de son autorité maternelle.

— Charity ! Je vous en prie ! Point n'est besoin de vous montrer impolie. Présentez vos excuses à lady Atherton.

— Mais enfin, elle dit que Simon... que lord Durby a tué M. Reed. Je ne permettrais de telles insinuations à quiconque, même à la reine !

— Je suis désolée, cousine Béatrice, dit Caroline d'une voix mourante. Charity n'a pas voulu faire preuve d'indélicatesse. Néanmoins, vous comprendrez qu'elle est bouleversée par cette nouvelle.

— Nous le sommes toutes, assura Marian Bellancamp, pleine de diplomatie.

Charity insista :

— Simon est incapable de tuer, même un homme comme M. Reed, qui pourtant le méritait cent fois. Maman, dites-moi que vous ne doutez pas de son innocence.

— Je n'en doute pas, répondit Caroline, sans trop de conviction. Je suis sûre que lady Atherton n'a pas voulu l'accuser non plus. Après tout, les Westport constituent une famille fort honorable. Il me semble bien que le comté date d'avant la guerre des Deux Roses...

— Tout à fait exact ! approuva lady Atherton, ravie de se retrouver dans son élément.

— Vous avez raison, Votre Grâce, acquiesça la dame de compagnie en hochant la tête. C'est une excellente famille, qui toutefois ne soutient pas la comparaison avec les Stanhope, cela va sans dire.

— Oh ! Evie, cessez de babiller ! lança lady Atherton, à l'évidence agacée par un soutien trop systématique.

— Oui, Votre Grâce. Je suis désolée, Votre Grâce. Je sais bien que j'ai une certaine tendance à...

La dame de compagnie s'arrêta lamentablement ; baissant la tête, elle contempla ses mains croisées sur ses genoux.

— A ce qu'on m'a dit, reprit Mme Bishop, l'air innocent, l'algarade entre le comte et M. Reed a été féroce.

Le regard acéré, Charity se disposait à donner les explications nécessaires mais, d'un rude coup de pied dans le mollet, sa mère l'en dissuada. Consciente de l'erreur qu'elle allait commettre, la jeune fille se tut. Araminta Bishop, en effet, ne vivait que pour les ragots, et elle n'essayait de faire parler que pour obtenir de nouveaux éléments à colporter.

Un sourire condescendant aux lèvres, Caroline prit donc la parole.

— Je suis certaine que... l'incident survenu entre le comte de Durby et M. Reed n'a rien à voir avec la mort de ce dernier. A mon avis, cette ignominie est le fait d'un voleur, ainsi que lady Atherton le suggérait à l'instant. A ce que je sache, les gens de la noblesse n'ont pas pour habitude de se débarrasser à l'aide d'un pistolet de tous ceux qui les indisposent.

Avec la précision que seule pouvait lui donner une longue pratique, elle avait adopté un ton qui, sans être ouvertement insultant, suggérait que les subtilités par elle énoncées passaient très au-dessus de la tête de Mme Bishop, femme de parlementaire certes, mais dépourvue de tout titre nobiliaire. Satisfaite de constater que cette dernière rougissait discrètement sous l'opprobre, elle conclut :

— D'ailleurs, il ne fait aucun doute que M. Reed avait de nombreux ennemis.

Le naturel reprenant le dessus, Mme Bishop s'enquit aussitôt :

— Vraiment ?

— Oui. J'ai entendu plusieurs histoires désagréables à son sujet depuis que je vis à Londres. Au début, je le recevais volontiers dans ma maison, car je ne le connaissais pas. Je n'ai pas tardé à comprendre qu'il ne convenait pas de le laisser fréquenter les jeunes filles à marier.

Mme Bishop gloussa avec aise, et ouvrit la bouche pour demander des éclaircissements.

— Allons donc! lui lança Caroline d'un ton sec. Je suis sûre que vous connaissez toutes ces histoires aussi bien que moi.

Mme Bishop émit un bruit étrange, mais se le tint pour dit.

L'observant avec intérêt, Charity put lire sur son visage les pensées qui l'agitaient. Avec une ardeur presque désespérée, cette femme désirait à l'évidence savoir ce que Caroline avait entendu à propos de Reed; mais elle se serait fait tuer sur place plutôt que d'avouer qu'elle ne connaissait pas les contes les plus croustillants courant sur le défunt.

— Tout le monde était au courant, dit-elle enfin d'un ton léger. Et cependant, Faraday Reed était accepté partout.

D'une mimique expressive, Caroline signifia qu'elle ne comprenait pas ceux qui n'appliquaient pas son propre code moral, si strict.

— Pour ma part, indiqua-t-elle, je dois admettre que je suis très prudente lorsqu'il s'agit de protéger la réputation de mes filles.

Une seconde fois, elle avait rivé son clou à Mme Bishop, et de façon magistrale! Charity eut grand-peine à ne pas s'esclaffer, et ne parvint à se contenir qu'en se rappelant les terribles accusations formulées contre Simon.

Sa mère et elle quittèrent peu après la maison de lady Atherton.

Encore abasourdies par la nouvelle, elles parlèrent peu sur le chemin du retour. Charity n'arrivait pas à admettre que Faraday Reed était bien mort. Jamais encore elle n'avait été confrontée au décès d'un être de sa connaissance; d'une personne encore jeune; d'un homme avec qui elle s'était promenée, à qui elle avait parlé, au bras de qui elle avait dansé. Cela lui semblait impossible! Et pourtant, Reed avait cessé de vivre au cours des quelques heures qui avaient suivi le bal de lady Bannerfield. Qu'elle eût détesté cet homme ne lui importait plus, à présent. Elle était trop bonne pour souhaiter la mort de quiconque, même du plus fieffé gredin.

Bien sûr, elle repoussait sans hésitation aucune l'idée

absurde, et risible, que lord Durby pût être l'assassin ; elle caressait la certitude que personne ne serait assez fou pour prêter foi à de telles sornettes.

La nouvelle mit toute la maisonnée en grand émoi. Elspeth s'évanouit tandis que Belinda et Horatia posaient mille questions, auxquelles Charity et sa mère se trouvèrent incapables de répondre. Même Serena, à qui il était très difficile de faire perdre son flegme, manifesta une certaine nervosité.

Lorsque Simon se présenta, en début de soirée, afin de conduire les dames au bal, Charity descendit l'escalier à vive allure pour l'accueillir.

— Oh, Simon ! s'écria-t-elle. Avez-vous connaissance de la nouvelle ? En savez-vous plus que nous ?

Simon eut un geste vague.

— Je ne sais que ce que l'inspecteur de Scotland Yard a bien voulu m'apprendre.

La mention de ce corps d'élite de la police, formé quelques années auparavant, fit son effet sur Charity.

— Scotland Yard ! Voulez-vous dire que ces gens vous ont rendu visite ? Pourquoi ?

— Eh bien, pour me poser des questions, je pense. Plusieurs personnes se sont empressées de leur raconter que Reed et moi nous étions querellés, hier soir.

— Ils ne peuvent quand même pas vous soupçonner !

— Je crois qu'ils en seraient capables...

— Non ! s'indigna Charity. Reed avait beaucoup d'ennemis. N'importe lequel peut s'être rendu coupable de ce forfait.

— Malheureusement, répliqua Simon sans se départir d'un calme parfait, peu d'entre eux possèdent des mouchoirs brodés à mes armes.

16.

Privée de l'usage de la parole, Charity dévisagea son fiancé pendant un long moment.

— Que voulez-vous dire ? murmura-t-elle enfin.

— On a trouvé un de mes mouchoirs sur le sol, à côté du cadavre.

— Est-ce une plaisanterie ?

— Si seulement !

Charity porta sa main à son front. Il lui semblait faire un cauchemar.

— Pourquoi ? demanda-t-elle. Pourquoi votre mouchoir se trouve-t-il là-bas ?

Simon lui prit les mains et les porta à ses lèvres.

— Ah, Charity ! Vous êtes une perle ! Avez-vous une telle foi en moi ?

— Me demandez-vous si je vous crois innocent ? questionna la jeune fille, abasourdie. Bien sûr, que je le crois ! Je sais bien que vous ne tueriez personne, même un Faraday Reed. Vous ne l'avez pas éliminé, il y a huit ans, malgré ce qu'il avait infligé à votre sœur ; je ne vois donc pas pourquoi vous changeriez tout à coup d'avis.

— Je me suis attaqué à lui hier soir, parce qu'il avait essayé de vous violer. Selon les dires de plusieurs témoins, je l'ai aussi menacé d'un traitement définitif ; mais j'étais hors de moi, et je ne me rappelle plus très bien ce que j'ai pu lui dire...

— Il est possible en effet que vous ayez tenu de tels

propos. Mais n'est-ce pas le genre de menaces qu'on fait toujours lorsqu'on est en colère? Moi aussi j'ai souvent annoncé à Belinda sa mort prochaine — et dans d'horribles souffrances — sans que cela n'ait rien de sérieux. En outre, ceux qui vous connaissent savent que s'il vous arrivait de tuer un homme, ce serait sur-le-champ, par rage, et non de sang-froid, plusieurs heures après une querelle. Vous ne seriez pas non plus assez stupide pour oublier votre mouchoir sur le lieu du crime.

Simon sourit.

— Merci, ma chère. J'espère que le policier de Scotland Yard suivra le même raisonnement. Il n'en est pas là, puisqu'il émet l'hypothèse que j'ai voulu éponger la sueur de mon front après avoir commis mon forfait, et que par malchance j'ai laissé échapper le mouchoir au lieu de le remettre dans ma poche.

— C'est un imbécile! déclara Charity, péremptoire. S'il s'avise de venir m'interroger, je serai ravie de lui faire part de mon opinion. Est-il sûr, au moins, que ce sont bien vos armes qui sont brodées sur le mouchoir?

— Pas de doute à ce sujet: il m'a montré l'objet, qui m'appartient.

— Alors, c'est que quelqu'un l'a déposé... quelqu'un qui a cherché à diriger les soupçons dans votre direction.

— C'est aussi mon avis.

— Pourquoi? Qui pourrait vous haïr à ce point?

Simon eut une moue désabusée.

— Le seul nom qui me vienne à l'esprit est celui de Faraday Reed, précisément. Mais il se peut aussi que le tueur ne me haïsse pas, qu'il ait trouvé que je constituais le suspect idéal pour le protéger. Personne à Londres n'ignore le contentieux qui existait entre moi et la victime. Je suis le bouc émissaire rêvé.

— Encore fallait-il se procurer votre mouchoir. Qui...

Gêné, Simon détourna le regard. Ce mouchoir, en effet, le tracassait... Etait-ce celui qu'il avait donné à Venetia, quelques semaines plus tôt, pour sécher ses larmes après qu'elle lui eut révélé l'odieux chantage exercé par Faraday Reed? Agacé contre lui-même, il repoussa cette pensée indigne.

Venetia ne pouvait s'abaisser à tuer ! Et quand bien même, elle n'imaginerait pas de se défausser sur son frère.

— C'est là toute la question, dit-il. Personne ne peut disposer de mon linge, à moins de venir le voler dans mes tiroirs.

Un instant, Charity réfléchit à la question.

— Il est possible, aussi, que vous ayez oublié ce mouchoir, un certain temps auparavant, dans l'une ou l'autre des maisons amies où vous avez séjourné. Vous pouvez encore l'avoir laissé tomber dans un lieu public — au théâtre, à l'opéra... bref, n'importe où.

Simon fronça les sourcils.

— Peut-être, mais cela me semble peu probable ; j'aurais remarqué la chose. En outre, mon valet est très soucieux de mon linge, et j'ai peine à croire qu'il ait pu en oublier une pièce ici ou là.

— Ce n'est donc pas sûr, reprit Charity avec patience, mais possible. Disons aussi qu'une personne décidée à tuer peut avoir l'audace d'entrer dans votre maison pour voler un objet servant ses desseins ; elle peut aussi soudoyer votre personnel.

— J'ai déjà questionné mes gens, et n'ai rien pu tirer d'eux. Ils ne savent rien.

— Ils ne veulent rien dire, ce qui n'est pas pareil. Sachant l'usage qui a été fait du mouchoir, je doute que le coupable éventuel soit disposé à vous avouer qu'il l'a cédé. Cela signifierait pour lui le renvoi immédiat.

— Vous avez entièrement raison ! soupira Simon. Le problème, c'est que nous n'énonçons que des suppositions, parfaitement logiques, je vous le concède, mais des suppositions. Je n'ai rien de concret pour prouver mon innocence.

— La police vous croit-elle coupable ?

— Je l'ignore. Il m'a néanmoins semblé que la tentation est forte, pour l'inspecteur, de me faire porter la responsabilité du délit. Heureusement, on y regarde à deux fois avant de charger de chaînes un pair du royaume. Il faut pour cela des preuves très convaincantes. Or, notre policier n'en possède pas non plus.

— Il n'en obtiendra pas, et on cessera de s'intéresser à

vous, affirma Charity. Je suis certaine qu'un suspect plus plausible que vous se révélera bientôt.

— Dieu vous entende ! remarqua Simon avec un nouveau soupir. De toute façon, je n'échapperai pas au scandale. Les gens vont parler.

Charity haussa les épaules.

— Qu'ils parlent, ils se lasseront vite ! De toute façon, personne ne croira que vous êtes l'assassin.

L'optimisme de Charity fut sérieusement contrarié au cours de la soirée.

Un lourd et soudain silence salua son entrée au bras de Simon. Tout le monde se tourna vers les nouveaux arrivants, derrière lesquels se trouvait Serena, pour les regarder comme s'ils sortaient de l'enfer. Puis, les petits groupes se reformèrent et les murmures reprirent, enflammés. Il n'était pas difficile de deviner quel était le sujet de conversation.

Charity crispa les doigts sur le bras de Simon, mais son sourire ne faiblit pas tandis qu'elle continuait sa progression dans la grande salle. Elle salua toutes ses connaissances, qui lui rendirent ses amabilités sans pouvoir s'empêcher de jeter sur Simon un coup d'œil curieux ou inquiet. Personne, bien sûr, n'eut assez de cran pour lancer une réflexion à haute et intelligible voix.

Cependant, les commentaires fielleux allaient bon train.

— ... en pleine tête...

— ... un homme ombrageux...

— ... ose se montrer ce soir...

— ... cette pauvre Charity...

— ... un scandale dont les Westport ne se remettront jamais...

— ... son mouchoir, brodé à ses armes...

— ... il avait ses torts, mais ce n'était pas une raison...

Abasourdie, Charity comprit que la bonne société instruisait déjà le procès de Simon — ou plutôt, qu'elle le condamnait sans appel pour le meurtre de Reed. Et malgré la colère et le dégoût qui la submergèrent, la jeune fille se rendit compte qu'elle ne pouvait pas grand-chose contre la rumeur insidieuse, à laquelle on se garda bien de la confronter.

A mesure que les heures passaient, Simon se montra de plus en plus sinistre et tendu. Il ramena les deux jeunes filles assez tôt, et leurs adieux manquèrent de chaleur.

Au cours des jours suivants, les bavardages s'aggravèrent. Charity, qui avait espéré les voir cesser très vite, faute de preuves contre Simon, en conçut un chagrin immense.

Enhardie par un silence qu'elle prenait pour un aveu, la meute des bonnes gens ne retenait plus, désormais, les commentaires ou les spéculations en présence de Charity ; on se pressait même à sa porte pour lui demander son avis sur les derniers développements de l'affaire. La jeune fille défendit toujours Simon avec une fougue inébranlable, qui ne s'exprima jamais si bien qu'un certain après-midi, chez Emma Scogill : furieuse, elle laissa tomber sa tasse et sa soucoupe sur une table basse, puis vint se planter devant la bavarde qui venait de déclarer que lord Durby serait bientôt mis aux fers.

— Vous n'avez aucune idée de ce qu'est la vérité ! lui lança-t-elle. Vous répétez les sottises entendues, et vous les embellissez au passage. Encore un effort, et Faraday Reed sera un saint. Mais je vous le dis, moi : cet homme était un monstre ! Et lord Durby ne l'a pas tué !

Sur ces mots, elle sortit du salon à grands pas et claqua la porte avec violence, laissant sa mère et les autres dames se regarder l'une l'autre, médusées.

Elle reçut en fin d'après-midi les sévères remontrances de Caroline pour sa discourtoisie. En guise de représailles, elle décréta qu'elle n'honorerait plus aucune visite, affirmant qu'elle préférait rester dans sa chambre. Elle tint parole, au prix toutefois d'un ennui grandissant. Aussi accueillit-elle avec bonheur, quelques jours plus tard, la servante qui venait lui annoncer que son père désirait la voir.

Joyeuse, elle descendit l'escalier en faisant voler sa robe autour d'elle. Elle frappa à la porte du salon, entra sans en attendre l'invitation, et tressaillit de bonheur lorsqu'elle aperçut Simon, qui était assis en compagnie de son père.

— Sim... je veux dire, lord Durby ! Quelle plaisante surprise !

Les deux hommes n'étaient pas dans le même état d'esprit

qu'elle. Simon semblait compter les lames du parquet tandis que M. Emerson paraissait fasciné par les sinistres portraits qui décoraient les murs. Et s'ils se levèrent naturellement à l'entrée de la jeune fille, ils le firent d'une façon si lente et si morne que Charity comprit immédiatement que l'entrevue n'aurait rien d'agréable.

La main tremblante, elle ferma doucement la porte, puis s'avança jusqu'au milieu du salon.

— Que se passe-t-il ? demanda-t-elle.

— Charity, ma chérie, asseyez-vous, je vous prie, lui répondit son père.

Il parlait d'une voix sérieuse, posée, qui ne lui ressemblait pas du tout.

Charity s'installa sur le bord d'un fauteuil, son regard inquiet allant de l'un à l'autre des deux hommes. Si Lytton Emerson se rassit, Simon resta debout.

— Lord Durby, déclara M. Emerson, est venu m'entretenir d'un sujet important — qui vous concerne, cela va sans dire, car autrement, je ne vous aurais pas fait descendre.

Détournant les yeux pour ne pas avoir à répondre à la question muette de sa fille, il s'adressa à Simon.

— Dites-lui, Votre Grâce.

Pâle comme un linge, très raide, les mains derrière le dos, Simon prit la parole d'une voix grave et profonde. Une lueur étrange brillait dans ses yeux.

— Je viens d'annoncer à votre père que je vous autorisais à annuler vos engagements envers moi.

Charity ne comprit pas de quoi il s'agissait.

— Que signifie ce discours ? demanda-t-elle.

— Que j'admettrais que vous jugiez désormais inopportunes nos fiançailles.

Charity rougit, puis pâlit en écarquillant les yeux.

— Dois-je entendre par là que vous ne voulez plus m'épouser ? murmura-t-elle.

— Ne dites pas de sottises ! lança alors Simon, non sans aigreur.

Il fit quelques pas dans la pièce.

— Je vous donne, au contraire, la possibilité de vous détacher de moi, corrigea-t-il. Je ne veux pas vous obliger à maintenir des liens gênants pour vous.

— Je n'ai nulle envie de rompre nos fiançailles ! répliqua Charity.

Elle s'adressa ensuite à son père.

— Papa ! Que se passe-t-il ? Que signifie cette démarche ?

— Lord Durby agit en vrai gentleman, soupira Lytton Emerson. L'opprobre s'attache à son nom, et il ne peut pas faire moins que de sauvegarder votre réputation.

— A cause du meurtre ? s'exclama Charity. Nos fiançailles seraient annulées parce que des imbéciles répètent ici et là que Simon a tué Faraday Reed ?

Tristement, son père hocha la tête.

— Quelle sottise ! s'indigna la jeune fille en se relevant. Je sais, moi, que Simon n'a pas tué... ce... porc ! Et vous, papa, le croyez-vous coupable ?

— Certes pas, se hâta de répondre Lytton. Cependant, Sa Grâce a raison en affirmant que son nom est sali par la rumeur publique. Si vous l'épousez, vous subirez vous aussi les basses insinuations, vous partagerez le scandale. Or, nous nous y refusons l'un et l'autre.

— Ne me dites pas que vous avez déjà accepté cet arrangement inique ! s'écria Charity. Ne me dites pas que vous avez autorisé...

D'un nouveau hochement de la tête, Lytton coupa court à ses protestations.

— Je dois me préoccuper de votre avenir, expliqua-t-il. Il ne serait pas bon pour vous d'entrer dans la vie sous de tels auspices. Songez que vous seriez un éternel sujet de ragots, que partout on vous épierait d'un œil soupçonneux, et que votre nom serait traîné dans la boue jusqu'à la consommation des siècles.

— On finira pourtant bien par démasquer le véritable coupable, non ? Chacun, alors, pourra prendre la mesure de l'injuste sort reservé à Simon.

Ce dernier reprit la parole.

— Il semble que la vérité ne se fasse jamais jour. La police a des preuves contre moi, et elle ne se démène guère pour en chercher d'autres. Je vous ai déjà dit que le policier de Scotland Yard était convaincu de ma culpabilité...

— Ce mouchoir ne constitue en rien une preuve ! s'entêta

Charity. Il est impossible de prouver que vous l'avez vous-même oublié sur le lieu du crime, et on n'a pas le droit de vous arrêter pour cela.

— Peut-être que non. Mais quand bien même je resterais en liberté, les rumeurs malveillantes ne cesseront pas de courir pour autant. Désirez-vous renouveler, encore et toujours, l'expérience de l'autre soir : entendre toutes les conversations qui cessent à votre entrée dans un salon ; découvrir tous les regards qui se tournent vers vous ; puis recevoir les propos mielleux d'une âme charitable qui croit bien faire en vous rapportant les nouveautés sordides qu'on colporte à votre sujet ? Tout cela n'a vraiment rien d'agréable, croyez-moi.

— J'en suis consciente, mais je puis affronter l'adversité. L'ignoble Emma Scogill débitait l'autre jour toutes sortes d'horreur sur votre compte, et je vous prie de croire que je n'ai pas mis longtemps à lui rabattre son caquet. Je suis prête à braver tous les médisants de la terre !

Un mince sourire étira les lèvres de Simon.

— J'ai entendu parler de cet exploit, Charity, et je ne doute pas que vous seriez pour moi un indéfectible champion. Pourtant, je ne puis vous imposer une telle épreuve. Que se passera-t-il si je suis traduit en justice ? Imaginez la scène : vous vous rendez au tribunal pour me voir, dans le box des accusés ; vous lisez mon nom en première page de tous les journaux ; les vendeurs à la criée appâtent les clients en hurlant mon nom à tous les coins de rue... Je ne permettrai pas que vous enduriez cela.

Les poings sur les hanches, Charity dévisagea un instant son père, avant de revenir à Simon.

— *Vous* ne permettrez pas ! *Vous* retirez votre consentement à notre mariage... Pardonnez-moi, mais ai-je mon mot à dire ?

— C'est une affaire à traiter entre hommes, lâcha Simon, avec raideur.

— Entre hommes ! ironisa Charity. Alors, épousez donc mon père, si cette affaire ne concerne que vous.

— Charity, je vous en prie ! gémit Lytton Emerson. C'est déjà assez difficile comme cela ! Lord Durby m'a demandé votre main, et je la lui ai accordée avec joie. Je retire maintenant mon autorisation. La nouvelle sera communiquée aux journaux dans la semaine.

Abattue, Charity le dévisagea en silence. Elle ne se rappelait pas une occasion où elle n'avait pas réussi à le convertir à ses vues; aussi s'étonnait-elle de le trouver soudain si intransigeant. Prête à se défendre pied à pied, elle développa son argumentation.

— Avez-vous songé au nouveau scandale que ce serait si je rompais mes fiançailles pour épouser un autre homme ? Je croyais que les Emerson avaient la réputation de ne jamais se déjuger...

— Tout le monde comprendra, vu les circonstances exceptionnelles...

— Parce qu'il est permis de ne pas tenir ses engagements dès lors que les circonstances sont *exceptionnelles* ? Merveilleux ! Voulez-vous à présent avoir la bonté de m'apprendre quelles autres excuses l'on peut trouver pour se conduire de façon déshonorante ?

— Charity, vous divaguez.

— Sûrement pas. Enfin ! Etes-vous tous deux incapables de voir que la situation serait pire pour Simon si je rompais nos fiançailles ? J'entends déjà les commentaires : « Les Emerson refusent de s'allier à lui. C'est la preuve qu'il est coupable. Même sa fiancée le pense. » Eh bien, moi, je refuse de me prêter à cette bassesse. Je crois à l'innocence de Simon, et je le ferai savoir à la face du monde. Pas question de rompre nos fiançailles. J'épouserai cet homme !

Un gémissement étrange échappa à Simon. Se tournant vers lui, Charity découvrit un visage affecté par la douleur. Elle s'approcha alors de lui pour demander avec anxiété :

— Ne désirez-vous plus vous marier avec moi ? N'avez-vous imaginé cette démarche que pour vous dégager d'une union dont vous n'avez plus envie ?

— Comment pouvez-vous penser que...

— Alors, vous voulez m'épouser ?

— Bien sûr ! Plus que jamais !

Charity ouvrit les bras.

— Dans ce cas, prenez-moi. Je suis toute à vous.

Un moment de silence ponctua cette conclusion pour le moins inattendue. La poitrine de Simon se soulevait et s'abaissait avec rapidité tandis que son regard perdait de sa dureté. Pendant quelques secondes, il sembla sur le point de revenir sur sa décision, à tel point que Charity eut la conviction qu'il allait la prendre dans ses bras pour lui redire son amour... Au lieu de quoi, il pivota brusquement sur lui-même pour aller se réfugier dans l'encoignure d'une fenêtre.

En le voyant battre ainsi en retraite, la jeune fille sentit les larmes lui monter aux yeux. La tentation fut forte pour elle d'éclater en sanglots et de disparaître à tout jamais, mais elle n'avait pas le caractère à renoncer si vite. Séchant ses paupières du revers de la main, elle se redressa.

Déjà, son esprit alerte avait trouvé la riposte adéquate.

— Ainsi, lança-t-elle avec un mépris marqué, vous vous apprêtez à fuir dans la nuit, comme un poltron ?

Touché au vif, Simon se retourna.

— Non, dit-il. Je n'ai pas l'habitude de fuir.

— Bien sûr que non ! appuya Lytton Emerson, contrarié par la nouvelle tournure de la conversation. Vraiment, Charity, vous ne devriez pas tenir de tels propos.

— Même pas quand il s'agit de dire la vérité ? ironisa la jeune fille. Quel autre nom donner à cet homme que celui de « poltron » ? Je veux me battre, moi, pour obtenir ce mariage que j'appelle de tous mes vœux. Simon, apparemment, n'est pas dans les mêmes dispositions. Il refuse de s'embarrasser de moi ; il me refuse même, ce me semble, l'honneur d'affronter ses accusateurs. Jamais je n'aurais imaginé qu'un lord Durby ne tenait pas sa parole.

— Il ne s'agit pas de cela ! protesta Simon.

Il revenait à pas lents au milieu de la pièce, faisant de son mieux pour garder un visage impassible, alors qu'il bouillait intérieurement.

— Je ne reprends pas ma parole, expliqua-t-il. Jamais je ne commettrais un acte aussi vil ! J'espérais que vous aviez meilleure opinion de moi...

— J'en avais une très bonne, répliqua Charity, la voix haute et claire, tout en soutenant le regard brûlant qui la scrutait. J'étais loin de penser que vous étiez homme à se jouer d'une jeune fille et à lui briser le cœur...

Son père émit une faible protestation.

— Charity !

Puis il se tourna vers Simon.

— Vraiment, lord Durby, je suis désolé. Ma fille est bouleversée par tous ces événements, et...

— Lord Durby sait parfaitement que je ne me laisse pas bouleverser aussi facilement ! l'interrompit Charity. De même, il se doute que je vois très clair dans son jeu. Déjà lassé de moi, il n'a trouvé que ce moyen pour se débarrasser de moi.

Simon, alors, s'emporta.

— Pour l'amour du Ciel, Charity, cessez de proférer de telles insanités ! Vous savez que ce n'est pas vrai.

— Et comment le saurais-je ? Tout ce que je constate et comprends, c'est que vous essayez de me rejeter dans les ténèbres extérieures et que vous n'avez pas le courage de m'épouser par peur du scandale. Du moins, le prétendez-vous... Permettez-moi de vous dire que vous me décevez énormément.

Le visage de Durby avait à présent la couleur de la cendre. Pendant un moment, Charity crut qu'il allait exploser de colère, et elle attendit, le cœur battant à se rompre, cette intéressante démonstration, dont elle avait déjà observé les effets dévastateurs en plusieurs occasions. Elle n'avait pas peur. Elle appelait même de tous ses vœux ce débordement de fureur qui, elle l'espérait, réveillerait la passion et le désir que Simon éprouvait pour elle, balayant du même coup les trop raisonnables arguments qui avaient prévalu depuis le début de l'entretien.

Hélas ! il garda les mâchoires serrées et amorça un mouvement de recul, en détournant le regard.

— Monsieur Emerson, dit-il au père de Charity, voulez-vous, je vous prie, nous laisser seuls ? Je désirerais m'entretenir en privé avec votre fille.

Lytton Emerson jeta un regard incertain au comte, puis à sa Charity, qui lui répondit d'un petit signe de tête approbateur.

— Ne craignez rien, ajouta-t-elle. Tout ira bien.

— Je vous promets de ne pas la violenter, renchérit

Simon avec froideur. Pourtant, j'ai grande envie de briser son joli petit cou.

— Je ne sais pas si Caroline...

— Ne vous en faites pas ! insista Charity. Après tout, lord Durby et moi sommes fiancés... pour quelques instants encore. Je suis certaine que maman ne trouverait rien à redire.

Ayant pris sur leur visage la mesure de l'entêtement de chacun des jeunes gens, Lytton Emerson soupira et se dirigea vers la porte.

— Comme vous voudrez, dit-il. Je me tiens dans le hall, en cas de besoin.

En silence, Simon et Charity le regardèrent sortir. Mais à peine la porte fermée, la jeune fille se tourna vers son fiancé, les poings sur les hanches.

Simon la considéra pendant un long moment, sans mot dire. Puis, d'une voix basse et grave, il déclara :

— Ce combat est inutile, Charity. Il en sera ainsi que je l'ai dit.

— Pourquoi ? implora la jeune fille en tendant les mains vers lui. Il ne faut pas !

— Je ne veux pas vous entraîner dans la boue avec moi, répondit-il d'un ton bref. Je ne veux pas que vous deveniez la femme d'un meurtrier.

— *Vous* ne voulez pas ! Et moi, alors ? Vous intéresse-t-il de savoir ce que je désire ?

— Je pense à vous. Croyez-vous que j'aie pris cette décision de gaieté de cœur ? Si j'étais un fieffé égoïste, alors, oui, je vous épouserais, en me moquant des rumeurs.

— C'est exactement mon point de vue sur la situation. Je ne vois donc pas où gît la difficulté.

— Vous ne voyez pas parce que vous ne *voulez pas* voir ! Ne comprenez-vous pas ce que signifierait un tel mariage, pour vous ; pour nos enfants ? Je ne peux pas décemment vous demander ce sacrifice.

— Vous ne demandez pas, mais j'exige, *moi*.

— Vous n'avez décidément aucun sens des réalités. Vous n'imaginez pas les conséquences. Comme vous êtes encore une enfant, votre père et moi devons nous préoccuper de votre avenir...

Charity partit d'un éclat rire sonore.

— Une enfant! répéta-t-elle. Je n'étais pas une enfant, pour vous, il y a quelques semaines, dans le jardin. A la façon dont vous m'avez embrassée et caressée, j'ai plutôt l'impression que vous m'avez prise, alors, pour une vraie femme.

— Bon sang! rugit Simon en se passant la main dans les cheveux. Faut-il que vous me rappeliez sans cesse les fautes que j'ai commises? Je le sais : je n'aurais pas dû me comporter ainsi avec vous.

— Peut-être, mais vous l'avez fait! chantonna Charity.

La tournure de la conversation venait de lui faire découvrir le moyen de faire valoir son point de vue; elle s'empressa donc de l'exploiter.

— Vous m'avez touchée comme un vrai gentleman n'aurait pas dû le faire, dit-elle avec une joie non dissimulée.

Vive comme l'éclair, elle contourna Simon et vint se placer devant lui.

— Vous m'avez embrassée..., ajouta-t-elle en le regardant droit dans les yeux.

Involontairement, Simon baissa son regard sur la jolie bouche de Charity.

— Vous avez défait mes vêtements pour mieux glisser votre main à l'intérieur...

Les yeux de Simon s'attardèrent sur la poitrine qui palpitait dans l'échancrure du corsage. En lui, s'allumait un brasier.

— Vous m'avez caressée...

— Arrêtez! cria Simon en s'éloignant. Je n'aurais pas dû me conduire ainsi. Mais avec vous, je suis incapable de me contenir, et c'est pour résister à la tentation que je me suis exilé à la campagne.

— Tout cela n'était pas très grave, dans la mesure où nous devions nous marier, soupira Charity. Mais maintenant... Pourrai-je me marier, quand un autre homme que mon mari me connaît aussi intimement?

Méfiant, Simon plissa les paupières.

— Vous devriez cesser ce petit jeu, conseilla-t-il. Vous essayez de me faire perdre la tête, je le devine. Dieu sait si votre talent est grand, mais il n'opérera pas, cette fois. Les enjeux sont trop importants. Vous épouserez donc un autre homme, et peu importe que je vous aie embrassée ou caressée, puisqu'il n'en saura rien. Votre vertu est intacte, là est le principal.

Un long moment de silence ponctua cet exposé de la situation. Ne trouvant pas d'arguments à opposer, ne voyant plus aucun moyen d'influencer Simon, Charity perdit soudain tout espoir. Son cœur se mit à battre douloureusement.

— Votre décision est donc prise, murmura-t-elle. Vous ne m'épouserez pas.

— Je ne peux pas... Pour l'amour du Ciel, Charity, cessez de me jeter ces regards ! C'est pour votre bien que j'agis ainsi !

— C'est toujours ce qu'on dit lorsqu'on veut faire du mal à quelqu'un...

Charity sentait de grosses larmes brûlantes s'accumuler sous ses paupières, menaçant de ruisseler sur ses joues. Elle les repoussa. En aucune manière elle ne devait se laisser aller à pleurer devant Simon ! La tête haute, le regard fier, elle se prépara alors aux adieux.

— Je n'ai nul désir de vous faire du mal, lui dit Simon, d'une voix brisée par l'émotion. C'est moi qui vivrai en enfer pour le reste de mes jours.

Lentement, il gagna la porte. Mais il s'arrêta à mi-chemin, se retourna brusquement et revint à grands pas vers Charity. La prenant dans ses bras, il la serra contre lui, afin de lui donner un ultime et violent baiser.

Sur la pointe des pieds, la jeune fille répondit avec une rage égale, s'accrochant à lui pour le retenir. Très vite, cependant, trop vite, elle le sentit qui s'éloignait. Tandis qu'elle accompagnait Simon dans sa retraite, elle cherchait à reprendre son emprise, mais elle se vit repoussée comme si ses mains brûlaient.

— Non, dit Simon. Il ne faut plus. Adieu, Charity.

— Je vous en prie...

— Il le faut. C'est la seule solution.

De nouveau, Simon se détourna et marcha vers la porte.

Charity, qui le regardait partir, avait peine à croire qu'elle le voyait pour la dernière fois.

Mais la porte se ferma.

Alors, la jeune fille alla se jeter dans le premier fauteuil venu et laissa éclater ses sanglots.

17.

Lytton Emerson se glissa dans la pièce quelques minutes plus tard. Charity, dont les sanglots s'étaient calmés, essuya ses larmes et jeta à son père un regard chargé de reproches.

— Comment avez-vous pu le laisser me faire cela? lança-t-elle d'un ton accusateur.

Il s'approcha d'elle à pas lents et lui tapota maladroitement l'épaule.

— Allons, allons, Charity, murmura-t-il. C'était la seule issue possible. Vous le comprendrez plus tard.

— Jamais! s'écria la jeune fille. Je l'aime!

Le père et la fille se dévisagèrent mutuellement, presque aussi surpris l'un que l'autre par une affirmation si étonnante. Pourtant, à peine les mots avaient-ils franchi ses lèvres que Charity avait compris quelle vérité essentielle ils exprimaient.

Oui, elle aimait Simon! Jusqu'alors elle avait fait semblant de croire qu'elle ne désirait, comme lui, qu'un mariage de convenance, mariage sans amour qui offrait à chacun des conjoints assez de liberté pour mener sa vie à sa guise. A son insu, cependant, tout avait changé peu à peu : au cours des dernières semaines, elle était devenue — tombée! — amoureuse de Simon... Et il avait fallu qu'il annonçât la rupture des fiançailles pour qu'elle s'en rendît compte!

Elle se leva. La détermination, de nouveau, gonflait son âme. Elle aimait Simon, et n'était pas décidée à se laisser répudier! Consciente qu'il n'éprouvait peut-être pas pour elle des sentiments d'une qualité comparable, elle restait sûre de son désir, ce que prouvait sa démarche récente auprès de Caroline pour avancer de six mois la date du mariage. Elle pouvait donc être certaine qu'il ne renonçait pas à elle par lassitude mais bien, ainsi qu'il l'avait affirmé, par sens du devoir, par honneur. Il ne cherchait qu'à lui épargner la douleur et l'humiliation. Fort bien ! Cependant, Charity ne l'entendait pas de cette oreille...

Les différents moyens qu'elle avait essayés — appel à la raison, au sens de la culpabilité, au courage — avaient prouvé leur inefficacité. Il lui fallait donc trouver un autre levier capable de faire évoluer plus favorablement la situation. Charity se mit donc à réfléchir ; elle qui avait livré combat pour le bonheur de Serena ne pouvait pas se montrer moins inventive ni moins ardente dès lors qu'il s'agissait de son propre destin.

Elle jeta un coup d'œil à son père qui, bouche bée, les bras ballants, l'observait avec un étonnement grandissant. Point n'était besoin d'espérer la moindre assistance de son côté : Lytton Emerson se disait d'accord avec Simon ; et même s'il n'avait aucun désir de voir sa fille malheureuse, il s'en tiendrait à la décision prise. Et Caroline ? Elle n'était encore au courant de rien, mais il était fort probable qu'elle donnerait aussi son consentement à la rupture.

Charity n'avait personne vers qui se tourner pour demander un avis autorisé. Si Serena lui offrirait sa sympathie, elle se révélerait incapable de monter le moindre petit stratagème — elle était trop honnête, pour cela. Non, Charity ne devait compter que sur elle-même.

— Charity ? demanda son père, légèrement soucieux. A quoi pensez-vous ?

— A rien, répondit-elle distraitement. Je... je pense que je vais maintenant regagner ma chambre, si vous voulez bien m'excuser.

— Bien sûr.

D'un pas rapide, Charity se dirigea vers la porte. Elle était de nouveau absorbée par ses méditations.

— Charity..., dit Lytton Emerson en tendant la main pour l'arrêter au passage.

— Oui ?

Le bras de son père retomba lourdement, et il soupira.

— Rien. Je suis désolé. Je tenais seulement à vous rappeler que je suis de tout cœur avec vous.

— Je sais, papa. Mais il faut aussi que je pense à moi.

Elle gravit en hâte les marches de l'escalier, pénétra en coup de vent dans la chambre qu'elle partageait avec Serena, et se jeta à plat ventre sur son lit pour réfléchir.

Elle devait réellement trouver un moyen d'imposer ses propres vues. D'emblée, elle écarta toute argumentation fondée sur la raison ; Simon avait pris une décision, et il était bien trop têtu pour revenir dessus ! En outre, Charity avait appris depuis longtemps qu'il est inutile de vouloir faire changer d'avis ceux qui pensent agir *pour le bien* de quelqu'un d'autre... Elle imagina alors une ou deux petites manigances, assez séduisantes au premier abord ; mais elle les jugea vite trop compliquées, et surtout trop fantaisistes pour avoir la moindre chance de succès.

Charity ne voyait pas quoi tenter en dehors de la raison et de la ruse. Elle n'avait pas la possibilité d'user de la force, et...

Elle se redressa d'un coup, les yeux écarquillés sous l'effet de la surprise. Un plan parfaitement conçu, et prêt dans ses moindres détails, avait germé de façon spontanée dans son esprit. Fébrile, elle se leva pour arpenter la chambre tandis qu'elle réfléchissait furieusement.

— Mais oui ! se dit-elle à haute voix. Cela pourrait fonctionner !

D'autres lui remontreraient que son plan était pétri d'insanité. En effet ! Par comparaison, la démarche qui avait consisté à se rendre chez lord Durby pour lui proposer le mariage semblait normale, presque bienséante. Tous les membres de sa famille, quand ils apprendraient cette nouvelle action d'éclat, seraient choqués au plus profond de leur âme ; leurs convictions les mieux établies seraient ébranlées.

Pourtant, Charity était décidée à tout risquer sur ce coup de dés, sachant bien que si elle échouait, sa vie entière risquait d'en pâtir. Mais le risque valait la peine d'être pris, s'il lui permettait d'épouser Simon.

Déterminée, elle se prépara pour la soirée. Elle sonna une servante, à qui elle demanda de lui préparer un bain. Puis, dans ses armoires, elle chercha longuement la robe parfaite ; elle se décida pour un riche et vaporeux vêtement de satin d'un blanc immaculé, aux manches courtes et bouffantes, dont le décolleté audacieux mettait en valeur, de façon très engageante, la gracilité de son cou et l'opulence de sa jeune poitrine, gonflée et haussée par un corset judicieusement choisi. En souriant, Charity songea au regard que lui jetterait Simon lorsqu'il la découvrirait dans cet appareil...

Après avoir paressé dans l'eau parfumée de son bain, elle passa un long moment devant la cheminée, à sécher et brosser ses cheveux.

Lorsque Serena entra dans la chambre, ses yeux bleus exprimaient toute la part qu'elle prenait au désolant destin de sa sœur. Elle l'aida à arranger sa chevelure, frisa avec art les longues boucles d'or bruni qui devaient retomber de chaque côté du visage, puis fixa de minuscules fleurs blanches au-dessus d'une oreille.

Cela fait, Charity passa ses plus jolis sous-vêtements, tâche dans laquelle l'assista encore la prévenante Serena ; sans regimber, celle-ci accepta aussi de fixer les dizaines de petits boutons de nacre qui fermaient la belle robe.

Il ne restait plus à Charity qu'à se pincer les joues et à se mordiller les lèvres pour leur donner des couleurs. Après quoi, elle se planta devant le miroir pour juger de l'effet obtenu.

— Vous êtes très belle, assura Serena avec conviction.

Elle se pencha pour la prendre dans ses bras, précautionneusement, afin de ne pas gâcher par un geste inconsidéré le produit d'un si long travail.

— Vous avez du courage d'aller au bal ce soir, lui dit-elle encore. Moi, je ne pourrais pas.

— Il le faut, soupira Charity.

Tromper sa sœur lui causait une vague culpabilité. Les yeux baissés, elle poursuivit cependant :

— Je ne suis pas sûre de...

— Je suis si désolée de ce qui vous arrive ! coupa Serena en lui prenant les mains. Je resterai avec vous toute la soirée. Je ne danserai pas une seule fois.

Charity sentit les larmes lui monter aux yeux, non de tristesse, mais parce qu'elle ressentait douloureusement la gentillesse d'une sœur à qui elle mentait de façon si effrontée.

— Vous êtes trop bonne pour moi, lui dit-elle avec effusion.

Ensuite, le temps s'étira interminablement.

A chaque minute, Charity devenait de plus en plus tendue ; si bien que lorsqu'il fallut descendre l'escalier, toujours en compagnie de Serena, pour rejoindre son père et sa mère, elle ne mentit pas — du moins, pas vraiment ! — lorsqu'elle affirma se sentir trop malade pour les accompagner.

Toute la famille assemblée dans le hall considéra son visage pâle, ses traits tirés. Caroline soupira.

— Il serait peut-être préférable, en effet, que vous restiez ici ce soir. Vous êtes ravissante dans cette robe, et il ne se trouvera malheureusement personne pour vous admirer. Mais rassurez-vous, nous formons déjà de nouveaux projets pour votre avenir.

Charity crut suffoquer.

— Vous... vous n'avez pas l'intention d'annoncer dès ce soir ce qui m'est arrivé ? demanda-t-elle d'une voix brisée.

— Bien sûr que non ! Une annonce officielle sera faite dans quelque temps, comme il convient, mais il est hors de questions que nous évoquions nous-mêmes ce sujet. Croyez-moi, j'ai eu mon compte de questions triviales au cours des derniers jours ! Il m'arrive parfois de me demander si la bonne éducation n'est pas en train de se perdre. On croirait qu'il est devenu normal d'interroger son prochain de façon très indiscrète.

Après un nouveau soupir qui traduisait toute l'angoisse d'une mère devant le spectacle d'une civilisation en péril, Caroline conclut :

— Remontez dans votre chambre, Charity, et couchez-vous. Je suis sûre que le repos vous fera le plus grand bien.

— Merci, maman.

— Je reste avec vous ! proposa aussitôt Serena. Nous pourrions bavarder devant une tasse de chocolat.

Alarmée par cette sollicitude intempestive, Charity se troubla.

— Surtout pas ! Je veux dire... C'est très gentil à vous de me le proposer, Serena, mais je n'ai qu'une envie : me mettre au lit pour dormir. En outre, j'aurais scrupule à vous faire manquer le bal de ce soir ; j'ai entendu dire que les fêtes de la comtesse d'Ackland surpassaient toutes les autres en magnificence.

— C'est bien vrai, approuva Caroline. Réellement, Serena, il serait inconséquent pour vous de vous cloîtrer aussi. Elspeth ne sort pas non plus, parce qu'elle prend remède. Il est donc impératif que vous paraissiez avec nous chez la comtesse. Et puis, les circonstances ont changé... Maintenant que les fiançailles de votre sœur sont rompues, il n'est peut-être plus nécessaire que vous gâchiez votre vie avec un misérable clerc.

Serena pâlit.

— Oh ! murmura-t-elle, prête à défaillir.

— Allons, venez, Serena.

— Oui, maman.

Serena jeta un regard inquiet à Charity, puis suivit ses parents.

A peine la porte se fut-elle refermée que Charity monta en courant l'escalier, pour aller s'enfermer dans sa chambre. Là, debout devant le petit secrétaire, elle griffonna hâtivement un billet, qu'elle plia alors que l'encre était à peine sèche. Après avoir tracé le prénom de la destinataire, elle le déposa sur l'oreiller de sa sœur et sortit de leur chambre.

Lentement, en silence, elle redescendit l'escalier. La maisonnée semblait endormie. Ravis de savoir les maîtres partis, les serviteurs s'étaient rassemblés dans la cuisine, afin de bavarder à leur aise autour d'une tasse de thé.

Avant de sortir dans la rue, Charity jeta sur ses épaules son manteau de soirée, rabattant sur sa tête le capuchon de manière à dissimuler les traits de son visage. Elle marcha très vite pour s'éloigner de la maison. Bientôt, avec joie, elle vit apparaître un fiacre. Elle le héla avec énergie. Ignorant le regard plein de suspicion que lui jetait le cocher, elle monta dans le véhicule.

D'une voix ferme, elle indiqua alors la direction qu'elle souhaitait prendre :

— Hôtel Durby, je vous prie.

⁂

Simon se servit une nouvelle et très généreuse rasade de cognac, puis leva le verre de cristal. Il huma les vapeurs capiteuses du beau liquide ambré, en priant presque pour que cette nouvelle ration d'alcool anesthésiât la douleur qui lui tordait les entrailles : le premier verre ne lui avait fait aucun effet. Qu'il serait agréable, pourtant, de sombrer dans l'ivresse, et de se réveiller, ensuite, sans aucun souvenir des événements survenus au cours de cette terrible journée.

Il porta le verre à ses lèvres. Mais tandis que le cognac incendiait sa bouche et sa gorge, il se fit la réflexion qu'il gâchait un excellent produit : pour l'abrutissement qu'il cherchait, le plus vil des whiskys eût tout aussi bien fait l'affaire... A pas lents, il se dirigea vers son bureau, se laissa tomber dans le fauteuil, et se disposa à ingurgiter une nouvelle rasade.

Au même moment, il perçut des éclats de voix en provenance du hall. Il prêta l'oreille et forma le vague projet de descendre pour voir, mais l'apathie eut raison de sa volonté déjà engourdie.

« Laissons Chaney se débrouiller », songea-t-il confusément.

La porte s'ouvrit brusquement. Simon leva les yeux, prêt à renvoyer, avec des mots très durs, le serviteur qui se permettait de le déranger malgré les ordres stricts qu'il lui avait donnés.

Les mots, cependant, ne purent franchir le barrage de ses lèvres paralysées par la surprise.

Charity se tenait sur le pas de la porte. Elle portait un manteau dont le capuchon rabattu maintenait son visage dans la pénombre, lui conférant ainsi une apparence mystérieuse, très troublante.

Simon la regardait, incrédule, et restait incapable de formuler le moindre mot.

— Je suis désolé, Votre Grâce.

Essoufflé, le visage écarlate, Chaney venait d'apparaître derrière la jeune fille.

— J'ai bien dit à Mlle Emerson que vous ne vouliez être dérangé sous aucun prétexte..., commença-t-il en se tordant les mains.

— Il l'a dit, en effet, coupa Charity. Je prends toute la responsabilité de cette intrusion.

Elle s'avança dans la pièce et rejeta le capuchon sur ses épaules.

Simon la trouva si belle qu'il en perdit le souffle. Il ne savait ce qu'il devait admirer le plus, des immenses yeux bleus, de la peau satinée qui luisait doucement dans la lumière des candélabres ou des boucles blondes qui croulaient en une masse soyeuse sur les épaules.

Comme il se levait, il s'aperçut qu'il tremblait.

— Laissez, Chaney, dit-il. Je m'occupe de cette affaire.

— Très bien, Votre Grâce.

Le majordome s'inclina, sortit de la pièce en reculant et, sans bruit, ferma la porte derrière lui. Charity et Simon observèrent alors un long face-à-face silencieux.

La jeune fille, que sa colère et sa subite détermination avaient soutenue tout au long de l'après-midi avant de la pousser dans cette demeure, s'interrogeait maintenant sur l'opportunité de sa démarche.

Simon avait retiré sa veste et sa cravate; sa chemise, ouverte jusqu'au deuxième bouton, révélait le haut d'une toison noire, fine et bouclée. Jamais il ne s'était montré à Charity dans une tenue aussi peu apprêtée. Son négligé donnait à cette rencontre une tonalité intime, que renforçait la faible luminosité de la pièce.

— Pouvez-vous m'expliquer les raisons de votre présence ici ? demanda-t-il d'un ton sec, les mains appuyées à plat sur son bureau. Vous n'avez rien à faire dans ma maison.

Charity leva le menton, geste par lequel elle manifestait toujours sa pugnacité. Un geste devenu si familier et si cher à Simon... Ce dernier, qui résistait tant bien que mal à l'envie de prendre la jeune fille dans ses bras, sentit s'accroître son tremblement.

— Je fais ce que je veux, je vais où je veux, lui dit-elle avec hauteur. Mon père et vous semblez croire que vous pouvez organiser ma vie, mais je vous réserve une bonne surprise : apprenez, en effet, que c'est moi qui décide de mon destin.

A petits gestes vifs et précis, elle entreprit alors d'ôter ses gants.

— Ne faites pas cela ! ordonna Simon d'une voix rauque. Je vous fais renvoyer chez vous séance tenante.

Il contournait déjà son bureau, sans doute pour se diriger vers le cordon.

— Vous me faites renvoyer ! ironisa Charity. Vraiment ?

Les sourcils haussés, l'œil rieur, elle termina sa tâche ; et lorsque Simon parvint devant elle, elle lui confia ses gants, comme à un serviteur. Sans lui accorder un regard, elle s'éloigna de quelques pas, tout en dénouant l'attache de son manteau.

— Vous feriez mieux de vous rasseoir, Simon, lui conseilla-t-elle. Je ne partirai pas tant que vous n'aurez pas entendu tout ce que j'ai à vous dire.

— Il n'y a plus rien à dire.

La main de Simon s'était fermée sur les gants, qui semblaient incroyablement doux et dégageaient un parfum délicat et suave. Le parfum de Charity... Le brasier se ralluma en Simon. « Enfer et damnation ! songea-t-il. Que vient-elle encore me tourmenter ? »

Charity retira son manteau et se retourna vers lui, comme pour mieux lui faire admirer sa magnifique robe de bal. Debout devant lui, révélant la blancheur de ses épaules et de sa gorge, elle semblait pure... et en même temps diablement tentatrice. La colère, qui donnait à ses yeux un éclat incomparable, ajoutait encore à sa beauté.

Plantant son regard dans celui de Simon, elle déclara, d'une voix haute et claire :

— Voyez-vous, mon père et vous avez peut-être conclu la rupture de nos fiançailles, mais je ne suis pas d'accord. J'ai plus que jamais l'intention de devenir votre épouse.

Elle s'avança alors vers Simon, à pas lents, trouvant d'instinct la démarche propre à allumer le désir d'un homme. Ses jeunes seins, qui débordaient du corsage, comme une offrande, attiraient invinciblement le regard.

— Ne dites pas de sottises, dit Simon, dont la conviction s'effritait. Remettez votre manteau, que je puisse vous reconduire chez vous.

— Non ! répliqua Charity, avec un calme imperturbable. Je ne rentre pas à la maison.

— Arrêtez !

La gorge serrée, la bouche sèche, Simon avait de plus en plus de mal à parler. Une sueur légère perla à son front tandis qu'il cherchait l'argument décisif.

— C'en sera fait de votre réputation si l'on découvre que vous vous trouviez chez moi ce soir.

Charity eut un sourire radieux.

— Oui, je sais bien. C'est d'ailleurs pourquoi je refuse de partir.

Elle vint se planter devant lui. Avec une lenteur calculée, elle plaça ses mains bien à plat sur le torse de Simon, les fit remonter sur les épaules, pour enfin les nouer derrière le cou.

— Vous avez commis une grave erreur en acceptant de m'épouser à la place de Serena, susurra-t-elle. Ne vous ai-je pas déjà dit que je finissais toujours par obtenir ce que je voulais ? Vous ne pourrez plus vous débarrasser de moi.

Se hissant sur la pointe des pieds, elle effleura des lèvres la bouche de Simon.

— Charity ! l'implora-t-il. Cessez, je vous en prie. Vous jouez avec le feu.

— Je sais.

Elle porta sa bouche plus bas, et lui déposa un chapelet de baisers autour du cou.

Tremblant de tous ses membres, Simon prit dans ses mains le visage de Charity. Pendant un long moment, il s'immergea dans la contemplation de celle qui lui infligeait une si délicieuse torture puis, le regard enfiévré, il se pencha sur elle pour prendre ses lèvres.

Il avait la bouche en feu. Il n'embrassait plus ! Il dévorait, tant il était affamé. Conscient du danger qu'il courait et que, surtout, il faisait courir, il se dit qu'il n'infligerait à Charity qu'un seul baiser, afin de garder un souvenir à savourer dans la vacuité de sa vie à venir. Mais la bouche de Charity était si délectable que, déjà, il n'avait plus assez de volonté pour s'arracher à elle. Alors, il s'acharna sur les lèvres douces et offertes, et sa langue se lança dans une exploration insensée des trésors qui lui étaient offerts de si bonne grâce. Son souffle brûlant, sur le visage de la jeune fille, était comme le vent du désert, qui assèche tout sur son passage.

Finalement, avec un grognement animal, il se jeta en arrière, comme pour échapper au vertige qui menaçait de l'aspirer.

— Non ! lança-t-il. Charity, vous me faites du mal. Je serais le dernier des hommes si je vous prenais maintenant... Vous devez vous en aller.

Avec lenteur, Charity secoua la tête tandis qu'un sourire sensuel fleurissait sur ses lèvres. Quel bonheur, pour elle, de constater que l'appétit de Simon restait intact ! Certaine qu'il la désirait toujours, elle sentit s'affermir son courage, et le mit aussitôt à profit en retirant les épingles de ses cheveux. Alors que la lourde masse soyeuse tombait sur ses épaules, elle retira et jeta sur une petite table les fleurs blanches, ornement désormais inutile.

Muet, Simon observait la scène.

Le désir brûlait ses entrailles d'une façon insupportable ; il avait envie de plonger les mains dans cette cascade de cheveux, à l'instar du voyageur qui, égaré dans le désert, plonge les siennes dans l'eau d'une oasis. Il avait besoin de douceur, de tendresse... Pourtant, il tâchait d'être stoïque. Les poings fermés, meurtrissant ses paumes avec ses ongles, il reculait insensiblement.

Charity s'employait quant à elle à déboutonner sa robe. Malgré le léger tremblement qui agitait ses doigts, elle parvint à déloger, l'une après l'autre, les petites boules de nacre. Sa robe s'échancrait, lentement, de plus en plus largement, révélant ainsi mieux que jamais ses seins qui, enfin, ne furent plus couverts que par une fine chemise.

Les yeux écarquillés, la respiration coupée, Simon assistait à cette scène incroyable. Il n'était plus capable de parler, encore moins de se mouvoir. Il ne pouvait que regarder. Comment se détacher du spectacle des seins si ronds, si fermes, qui palpitaient dans leur enveloppe de dentelle. Il avait envie de toucher, mais ne pouvait soulever sa main. Son esprit enfiévré imaginait ce que ce serait que d'effleurer ces objets glorieux, du bout des doigts ; avec les lèvres ; avec la langue.

Au bord de l'asphyxie, il inspira une longue goulée d'air, qui lui permit de recouvrer un peu conscience de la réalité. Il avait l'impression d'être sur des charbons ardents.

— Charity ! murmura-t-il d'une voix presque inaudible. Je vous en prie...

Elle s'immobilisa, alors qu'elle s'apprêtait à défaire un bouton, à hauteur de la taille.

— Eh bien, quoi ? s'enquit-elle avec douceur. N'aimez-vous pas ?

Simon émit un gémissement exaspéré.

— Bon sang ! Vous savez bien que le problème n'est pas là, jeune fille. Vous me rendez fou !

— Ah...

Ravie, Charity reprit sa tâche.

— Laissez-moi terminer, suggéra-t-elle fort tranquillement. Ensuite, je saurai vous guérir de votre folie.

— Non ! C'est vous qui êtes folle ! Je vous prie de vous arrêter. Ne comprenez-vous pas que votre vertu est en danger ! Bientôt, plus rien ne pourra m'empêcher de me jeter sur vous.

— C'est précisément pour cette raison que je ne trouve ici. Pour que vous vous jetiez sur moi.

La robe tomba sur le sol, dans un frémissement d'ailes. Avec grâce, Charity enjamba le monceau d'étoffes.

Elle ne portait plus que sa chemise et ses jupons.

18.

Charity dénouait un à un les liens qui attachaient ses jupons à sa taille ; et les pièces de lingerie s'ajoutaient une à une au monceau des vêtements gisant sur le sol. Lorsqu'elle n'eut plus sur elle que la longue culotte la couvrant de la taille aux genoux, ainsi que sa chemise, elle sentit son visage s'enflammer sous le regard avide de Simon.

Celui-ci était fasciné par les jambes de Charity.

C'était la première fois qu'il voyait ces jambes. Bien que couvertes par le tissu de coton, elles contribuaient à augmenter la pression du sang qui battait à ses tempes avec une violence extrême. Sur le point de perdre tout contrôle de soi, il savait qu'il eût dû quitter la pièce, fuir en quelque sorte, pour s'empêcher de commettre l'irréparable ; mais il était incapable d'arracher son regard au corps à demi nu de Charity. Sa volonté défaillante ne pouvait l'obliger à cette retraite pourtant salvatrice.

Les mains de Charity remontèrent vers le lacet qui fermait la chemise. Elle dénoua, elle tira, et l'étoffe de satin s'amollit comme une voile que cesse de gonfler le vent, pour découvrir une plus grande part de ses seins. Elle tira davantage encore, et le fin vêtement s'ouvrit en deux. Pour terminer la tâche, elle prit chaque pan, délicatement, entre deux doigts.

Emerveillé, tendu, Simon attendait.

Or, Charity rabattit sur sa poitrine les deux pans de la chemise.

— Ne serait-ce pas plutôt à vous d'agir, maintenant ? suggéra-t-elle.

Simon secoua la tête pour dire « non », dernière manifestation d'un héroïsme moribond. Mû par la force invincible qui le possédait tout entier, il s'avançait déjà pour obéir au désir exprimé de si plaisante façon. Pourtant, il resta tétanisé devant Charity, qui dut lui prendre les mains pour les poser sur sa peau nue. Ce contact électrisa Simon ; il en ressentit les effets dans tout le corps. Hébété, il porta son regard sur le visage de la jeune fille et découvrit la passion qu'exprimaient ses grands yeux, les lèvres entrouvertes en signe d'accueil... Lorsqu'il eut ainsi constaté tous les signes d'un incontestable désir pour lui, il sentit s'accroître la douleur cuisante qui le dévorait.

Ses mains toujours prisonnières furent attirées sous la fine camisole, que Charity fit remonter avec une lenteur calculée. Agacé par l'effleurement du coton sur sa peau, Simon recommença à trembler ; mais quand ses doigts atteignirent la courbe des seins, tous les barrages que lui imposaient la décence ou le sens des convenances cédèrent enfin : avec un grognement animal, il arracha la chemise qui le gênait.

Pendant un moment, il resta immobile, étonné par l'audace de son geste, admirant aussi les globes couronnés par les mamelons plus sombres. Il les prit en coupe dans ses mains.

— C'est merveilleux, murmura-t-il.

Soulevant Charity dans ses bras, il la porta vers le sofa. Quand il se fut délesté de son fardeau, avec une tendresse infinie, il s'agenouilla et posa les lèvres sur la pointe d'un sein, bouton de chair qu'il caressa de petits mouvements circulaires de la langue. Lorsqu'il le sentit durcir, ses mains couvrirent l'autre sein, afin de lui faire subir un supplice comparable.

Bientôt, Charity laissa échapper une suite de petits gémissements.

La jeune fille percevait une moiteur étrange entre ses cuisses, dont elle ne savait trop que penser. Ce qu'elle savait, en revanche, c'était qu'elle désirait Simon, qu'elle l'attendait. Son corps s'agitait, ses hanches exécutaient un mouvement de va-et-vient instinctif. Lorsque Simon lui arracha son pantalon, elle n'éprouva pas le moindre embarras. Bien mieux, elle souleva le bassin pour faciliter le mouvement ; et ce fut elle-même qui rejeta le vêtement resté accroché à son pied.

Les doigts de Simon s'insinuèrent entre ses cuisses et remontèrent lentement, se rapprochant peu à peu du point le plus sensible. Quand il toucha les fins replis de satin, et les ouvrit, Charity gémit. Jamais elle n'avait rêvé semblables attouchements !

Elle laissa échapper un cri de surprise comme un doigt s'insinuait en elle. Cette présence était délicieuse, qu'elle cherchait à accentuer en bougeant doucement les hanches. Elle brûlait ! Elle gémit plus fort encore lorsque Simon trouva un petit bouton de chair dans les secrets de sa féminité, et le frotta avec délicatesse. Se pressant contre lui, elle l'incita à la caresser avec plus de force.

— Je vous en prie... Je vous en prie ! soupirait-elle.

Agrippant un accoudoir, elle arqua son corps, afin de le porter à la rencontre des lèvres de Simon.

En hâte, celui-ci se débarrassa de ses vêtements, les jeta au hasard sur le sol. Jamais il n'avait ressenti un désir aussi fort, aussi urgent, aussi insupportable ; jamais il n'avait éprouvé une telle faim pour une femme. Il lui fallait pourtant s'appliquer à un effort de tous les instants pour garder un semblant de contrôle. Ce moment unique ne devait en aucun cas être une expérience désastreuse pour la jeune fille qui s'offrait à lui.

Elle écarquilla les yeux lorsqu'il lui révéla sa virilité orgueilleusement dressée.

— Simon...

— Non, ne vous tourmentez pas, lui dit-il d'une voix rauque en s'allongeant à côté d'elle.

Charity avait presque mal. Mais son instinct lui soufflait que ce mal était nécessaire, et que ce mal était un bien. Elle ressentait un vide étrange, qui lui fit ouvrir les jambes tandis que Simon se couchait sur elle.

Elle sentit qu'il heurtait au portail de sa féminité.

Lentement, Simon entrait en elle. C'était une étrange et

merveilleuse sensation, exaltante et effarante à la fois, qui correspondait exactement à ce que Charity désirait. Puis il y eut un choc, et elle se raidit. Simon la rassura de mille baisers et de ces paroles murmurées :

— Chut, mon amour, je serai doux...

Confiante, Charity s'abandonna aux sensations qui explosaient en elle. Il y eut un éclair de douleur, un déchirement et elle cria. Mais, déjà, Simon avait plongé profondément en elle, l'emplissant d'une façon qu'elle n'eût jamais imaginé possible. Il commença de se mouvoir, et Charity comprit qu'elle n'était pas au bout de ses surprises. Son plaisir augmentait encore. Comblée, elle haletait quand il se retirait pour entrer de nouveau. La douleur était loin, à présent, remplacée par une soif d'accomplissement.

Elle désirait plus, toujours plus, sans savoir quoi exactement.

Simon savait, lui, qui glissa la main entre leurs corps unis et trouva une fois encore le petit bouton où tout le corps de la jeune fille semblait en cet instant concentré.

Cette caresse eut raison de Charity. Elle explosa de plaisir. Elle se sentit emportée par des vagues successives, ballottée par la joie indicible qui la submergeait.

Simon plongea en elle, une nouvelle fois, laissant à son tour échapper un cri d'extase.

Pendant un long moment, ils restèrent allongés, immobiles et muets. Enfin, Simon se retourna pour s'allonger sur le dos, entraînant le corps de Charity afin de l'installer sur lui. Il lui déposa un baiser sur l'épaule.

— Vous avez scellé votre destin, mon amour, murmura-t-il. Vous êtes mienne, désormais, et je ne vous laisserai plus partir.

Quand Simon lui rapporta, de façon laconique, qu'il venait de prendre la vertu de Charity, Lytton Emerson éprouva un grand choc. De son côté, Caroline hocha la tête et gratifia sa fille d'un regard sévère, déclarant à l'adresse de Simon :

— Je doute que vous soyez le vrai coupable, lord Durby.

Puis elle haussa les épaules et soupira, fataliste :

— De toute façon, ce détail est sans importance. Il ne reste qu'à vous marier.

Les bans furent publiés le dimanche suivant dans la petite église de Siddley, et le mariage célébré deux semaines plus tard, dans la plus stricte intimité.

Après la cérémonie, les jeunes époux gagnèrent le château de Deerfield, possession des comtes de Durby depuis plusieurs générations. Dans la voiture qui les emportait au galop des quatre chevaux, ils purent enfin s'abandonner aux embrassements qu'ils attendaient avec tant d'impatience.

— Dieu merci ! soupira Simon. Je me suis demandé à plusieurs reprises si ce n'était pas votre mère que j'épousais. Elle ne m'a pas quitté d'une semelle. Pas une seule fois je n'ai eu l'occasion de seulement vous effleurer.

Charity se mit à rire.

— Ma mère savait ce qu'elle faisait en vous surveillant de si près...

— Mais j'ai cru perdre la raison ! C'était encore pire depuis votre visite nocturne. Avant, au moins, j'ignorais quel plaisir cela pouvait être que de faire l'amour avec vous...

Il déposa un chapelet de baisers dans le cou de la jeune femme, avant de lui mordiller le lobe d'une oreille.

Charity frissonna en percevant le désir de son époux, entre ses jambes.

— C'est tout pareil pour moi, avoua-t-elle. Je...

Elle ne put terminer son propos, affolée par les baisers de Simon.

— Oh...

— Mmm ? fit-il avec distraction.

Son attention était ailleurs. Plongeant sa main sous la robe, il la retroussa et caressa une jambe, lentement, en repoussant une quantité impressionnante de tissus. Enfin, il n'y eut plus que le pantalon comme obstacle à son désir.

Le sang se mit à battre à ses tempes. Il lui suffisait de toucher Charity, de l'embrasser, et même simplement de la regarder, pour se sentir immédiatement pris d'un désir presque douloureux. S'il pouvait désormais en rire, il était vrai qu'il avait passé les deux semaines précédentes dans l'obsession du souvenir de leur première étreinte amoureuse ; plus d'une fois, il s'était reproché de ne pas avoir enlevé la jeune fille aussitôt après.

— Retirez cela, murmura-t-il d'une voix rauque.

— Comment ? s'écria Charity en tressaillant. Ici ?

Mais le regard passionné de Simon eut raison de ses réticences, et elle se leva pour faire glisser son pantalon à ses pieds.

— Mes jupons aussi ? demanda-t-elle.

— Ils ne me gênent pas, dit Simon avec simplicité. Venez ici.

Saisissant sa femme par la taille, il l'attira sur ses genoux en l'obligeant à s'installer à califourchon.

Charity écarquilla les yeux lorsqu'elle comprit ce qu'il attendait d'elle. Pourtant, elle obéit, et s'approcha instinctivement avant de s'asseoir sur lui.

Leurs bouches entamèrent un ballet d'amour tandis que leurs mains exploraient. Simon cherchait les mamelons au travers du tissu, ravi de les sentir durcir. Puis il reporta son attention sur les jambes, qu'il se mit à caresser avec art, remontant tout doucement vers l'antre de la féminité.

Lorsqu'il sentit la moiteur sur ses doigts, il exhala un long soupir de satisfaction.

— Oh ! ma douce, vous êtes prête à m'accueillir, déjà.

— Je suis désolée, murmura Charity, embarrassée.

— Il ne faut pas être désolée ! lui dit Simon pour la rassurer. C'est merveilleux, au contraire...

Sa voix rauque, sa respiration courte, étaient pour Charity un excitant presque aussi puissant que les doigts qui caressaient les doux replis de sa chair, jusqu'à la faire trembler et gémir de plaisir.

Simon l'abandonna soudain pour déboutonner son pantalon et faire jaillir sa virilité palpitante. Sans crainte, avec avidité même, Charity se saisit de la chair si dure.

Laissant échapper un soupir, Simon ferma les yeux. Lorsqu'il ne put plus supporter les caresses de plus en plus audacieuses qui lui étaient prodiguées, il souleva Charity par les hanches et plongea en elle, observant les expressions sensuelles de son visage : la curiosité, puis la satisfaction tandis qu'elle se mouvait avec lenteur pour descendre sur lui.

Il lui déboutonna sa robe par-derrière, et la tira vers le bas pour exposer la poitrine, qui ne fut plus couverte que par la chemise. Il déposa des baisers sur les seins tremblants. Ses mains s'insinuèrent sous la chemise, soulevant les globes somptueux, les extrayant de leur enveloppe de coton. Il les tint devant lui comme s'il s'agissait de fruits qu'il s'apprêtait à dévorer, puis enfouit son visage entre eux, pour inhaler leur parfum et frotter sa joue contre la peau si douce. Bientôt, il les goûta, agaçant les pointes sensibles du bout de la langue.

Presque inconsciente, Charity enfonça ses doigts dans la chevelure de Simon et commença à exécuter un mouvement de va-et-vient. Haletante, elle savourait chaque moment d'un plaisir grandissant.

Les mains de Simon, sur ses hanches, la guidaient, ralentissant ou augmentant la rapidité de ses mouvements. Parfois, elle acceptait ses indications ; d'autres fois, elle imposait sa volonté. C'était entre eux un jeu subtil.

L'attente, insupportable, ne pouvait cependant plus durer. Enfin, Charity cria et se raidit. Simon ne sut ni ne voulut se contenir davantage. Le visage enfoui entre les seins, les doigts plantés dans la chair de la taille, il se rendit en gémissant.

Quelques minutes passèrent durant lesquelles ils demeurèrent ainsi, l'un contre l'autre, sans échanger un mot. La tête de Charity reposait contre l'épaule de Simon, qui l'enlaçait et lui déposait de temps en temps un baiser léger sur l'épaule, dans les cheveux défaits, sur le visage.

— Vous sentez-vous bien ? murmura-t-il. Voulez-vous changer de position ?

— Non, répondit Charity en secouant la tête. A moins que vous ne le désiriez, vous.

— Mais non. Je pourrais ne plus bouger jusqu'à la consommation des siècles.

— Il en va de même pour moi, affirma Charity en se frottant contre lui. J'aime vous sentir en moi.

A ces mots, Simon parut s'étrangler, et son étreinte se resserra.

— Ai-je dit quelque chose de mal ? s'inquiéta Charity.

Elle s'écarta un peu pour observer le visage de Simon. Les yeux brillants, il semblait encore transfiguré par la joie.

— Vous n'avez rien dit de mal, la rassura-t-il. Au contraire, j'adore vous entendre tenir ce genre de propos. Vous êtes une femme comme on en fait peu. Je vous en prie : ne changez jamais.

— Je vous le promets, affirma Charity avec sérieux. D'ailleurs, je me demande comment je le pourrais. J'aime tant, voyez-vous... ce que nous faisons ensemble.

— Tout comme moi, reprit Simon, en riant. Je pense que nous nous entendrons bien.

Il laissa aller sa tête contre le dossier de la banquette. Il se sentait plus libre et plus heureux qu'il ne l'avait jamais été au cours de toute sa vie ; en cet instant, le soupçon de meurtre qui pesait sur lui semblait une péripétie sans importance.

— Sybilla n'aimait pas, reprit-il d'une voix contenue. Je puis même dire qu'elle haïssait cela.

Aussitôt, il se demanda pourquoi il s'adonnait à ces confidences, que personne d'autre que Charity n'avait jamais reçues.

— Votre première épouse ? questionna la jeune femme.

— Oui. Elle semblait se glacer chaque fois que je l'approchais, et encore plus lorsque je la touchais.

Bouche bée, Charity accueillit cette information si extraordinaire.

— Vous vous moquez de moi, n'est-ce pas ? demanda-t-elle en fronçant les sourcils.

Simon secoua la tête.

— Hélas, non. Sybilla n'aimait pas faire l'amour, et trouvait dégradante cette activité. Je l'aimais, elle m'aimait, mais dans notre lit, elle restait raide et immobile, silencieuse à côté de moi. Chaque fois que je m'approchais d'elle, j'avais l'impression de commettre un viol.

Il soupira, et son visage reprit l'air sombre que Charity lui avait souvent vu au début de leurs relations.

— C'était véritablement une sorte de viol, reprit-il. J'avais le droit pour moi, ce que d'ailleurs Sybilla ne contestait pas. Elle m'autorisait à partager sa couche, mais sans joie aucune. Les conventions, la promesse qu'elle m'avait faite lors de notre mariage, la société tout entière, tout cela constituait une force à laquelle elle se soumettait de mauvais gré. Elle me supportait, sans jamais se donner. Lassé, je la sollicitais de moins en moins souvent, et ne le faisais plus que par besoin, poussé aussi par l'espoir que, pour une fois, tout serait différent. Je la quittais, alourdi d'un fort sentiment de culpabilité, et avec le sentiment que je me conduisais comme une bête. Puis, je renonçai tout à fait. Je ne pouvais plus supporter ces relations contraintes. Nos lamentables étreintes portèrent toutefois leur fruit, puisque Sybilla m'annonça un jour qu'elle était enceinte. Elle mourut en donnant naissance à notre enfant.

— C'est alors que vous avez pensé être responsable de sa mort, murmura Charity.

Simon lui jeta un coup d'œil étonné.

— Comment le savez-vous? demanda-t-il.

— Je l'ai lu sur votre visage. Et puis, vous n'avez pas cherché à faire taire les rumeurs affreuses qui vous accusaient de ce meurtre. En votre for intérieur, vous vous sentiez coupable.

D'un hochement de tête, Simon approuva.

— Mes instincts sont la cause de ce drame. Si j'avais accordé à Sybilla la paix à laquelle elle aspirait, rien ne...

— Vous ne l'avez pas tuée! affirma Charity d'une voix forte. Chaque jour que Dieu fait, des femmes meurent en couches. C'est un danger ordinaire. Dieu décide de ces drames, et non vous. Vous éprouviez du désir pour Sybilla, certes, mais est-il anormal qu'un homme désire son épouse?

— Non...

— Je vous ferai observer en outre que bien d'autres hommes sont affligés de femmes qui éprouvent pour l'amour la même aversion que Sybilla, et que ce n'est pas pour autant qu'elles meurent en donnant naissance à leurs enfants. Je suis sûre qu'à l'inverse, des amoureuses trouvent la mort en couches. C'est donc le destin, et non vos instincts, qu'il faut accuser.

Eperdu de gratitude, Simon prit la main de Charity et la porta à ses lèvres, afin d'en baiser la paume.

— Vous êtes un trésor, lui dit-il. Je n'arrive pas à me persuader que je mérite une femme telle que vous.

Il plongea son regard dans le sien, repoussa une mèche qui barrait le joli visage, et reprit :

— Jusqu'à votre visite, ce soir fameux entre tous, je persistais à me demander si je n'étais qu'une bête, assez cruelle pour faire subir à une femme des instincts qui la révulsaient ; une bête placée au bas de l'échelle humaine, se délectant de plaisirs que les êtres humains *normaux* trouvaient à juste titre dégoûtants...

— Non ! s'écria Charity avec force. Vous n'êtes pas une bête. Vous faites preuve d'une délicatesse que je ne m'attendais pas à trouver chez un homme. Je vous en prie : oubliez les détestables idées que vous vous êtes mises en tête.

Les yeux noyés de larmes, elle prit la main de Simon et, à son tour, la porta à ses lèvres pour la couvrir de baisers.

— Je ne vous trouve pas dégoûtant du tout, conclut-elle.

— Vraiment ? demanda Simon, rasséréné. Cela veut-il dire que nous pouvons recommencer ?

— Déjà ? fit Charity en écarquillant les yeux.

— Oui, si cela ne vous gêne pas.

— Pas le moins du monde !

— J'en suis ravi.

Leurs lèvres s'unirent dans un baiser passionné.

19.

Les jours que Charity et Simon passèrent au château de Deerfield s'inscrivirent d'emblée parmi les plus merveilleux de leur vie. Ils donnèrent une fête pour présenter au voisinage la nouvelle lady Durby ; et tous les dimanches matin, ils assistèrent à l'office dans la ravissante petite église aux murs couverts de lierre. Ces obligations religieuses et sociales furent les seules qu'ils s'imposèrent : du reste de leur temps, ils disposèrent à leur guise, c'est-à-dire qu'ils le dépensèrent en se promenant longuement, à pied ou à cheval, en visitant les sites intéressants de la région, ou en jouant et riant devant le château avec Chanceux, qui était ravi de retrouver sa jeune maîtresse.

Libérée de la chape de plomb que faisait peser sur elle sa mère, satisfaite de pouvoir suivre ses inclinations sans avoir à quémander sans cesse des permissions, heureuse de partager sa vie avec l'homme qu'elle aimait, Charity vivait pleinement. Comme Simon, elle riait et s'amusait à longueur de journées.

Ils consacraient à l'amour leurs nuits, et aussi une partie de leurs jours. Heureux de trouver une partenaire à sa mesure, Simon faisait preuve d'une imagination débordante lorsqu'il s'agissait de trouver de nouvelles variations, ou de nouveaux lieux pour épancher leur passion mutuelle. Ils apprirent à connaître en détail le corps de l'autre, en reconnurent les désirs et les besoins les plus secrets, en trouvèrent les points les plus sensibles. Ils passèrent de longs et délicieux après-midi au lit, pour parler, pour explorer, expérimenter, jouer, se chamailler.

Charity se demandait souvent comment elle avait pu vivre jusque-là sans connaître de telles satisfactions, dont elle savait déjà qu'elle ne pourrait plus se passer.

Simon, pour sa part, s'interrogeait sur les obscures raisons qui l'avaient incité à ne rechercher qu'un mariage de convenance. Avec son cœur compatissant qui la poussait à adopter les chiens errants, avec son sens aiguisé de l'humour et son goût de l'aventure, Charity serait tout sauf une épouse de convenance. Il le savait. Il ne doutait pas non plus que désormais la vie sans cette jeune femme lui deviendrait mortellement ennuyeuse. Elle était tout ce qu'il désirait; elle satisfaisait même certains désirs dont il n'avait pas eu l'idée avant de la connaître. Alors qu'il s'était juré de ne plus jamais tomber amoureux, afin de ne plus souffrir, il se rendait compte qu'il courait au-devant de ce qu'il continuait d'appeler « une catastrophe personnelle ». En même temps, quand il se rappelait l'accord facilement donné par Charity à un mariage sans amour, l'affirmation qu'elle lui avait faite selon laquelle elle se trouvait incapable d'éprouver un tel sentiment, il se demandait maintenant, non sans une certaine angoisse, si elle avait dit l'entière vérité à ce sujet. Il espérait chaque jour un peu plus qu'il n'en était rien.

Ils avaient décidé de rentrer à Londres après un séjour de trois semaines à la campagne, mais à force de repousser quotidiennement cette échéance inéluctable, ils reparurent en société un mois et demi après leur mariage. Deerfield avait été pour eux un monde à part, qui les avait préservés des rudesses de la vie. Jamais il n'avait été question de rumeurs malveillantes à propos d'un crime dont on cherchait le coupable. Jamais il ne s'était trouvé de regards soupçonneux pour épier leurs faits et gestes, aux fins de commentaires fielleux...

Ils ne tardèrent cependant pas à reprendre contact avec la dure réalité.

Ainsi, à peine étaient-ils arrivés à Londres que l'inspecteur Herbert Gorham se présentait à leur domicile. Charity s'y trouvait seule à ce moment, et lorsque Chaney lui annonça qu'un policier désirait la voir, elle donna volontiers son accord à cette entrevue ; elle était curieuse de découvrir l'homme chargé d'une si cruciale enquête.

Elle se trouva en face d'un individu petit et maigre, au profil de fouine, accablé d'une calvitie presque intégrale, qu'il compensait au moyen d'une énorme moustache de phoque, qu'on eût crue postiche. En fait, le digne policier avait l'air d'un enfant déguisé en adulte, ce qui n'incitait pas d'emblée à le prendre au sérieux. Seuls ses yeux vert clair, qui semblaient tout voir et tout comprendre, corrigeaient cette première impression désastreuse.

Charity le salua d'un signe de tête en entrant dans le salon où il l'attendait, et elle tâcha de parler comme sa mère l'eût fait.

— Monsieur Gorham...

— Lady Durby...

Il s'inclina avec respect et ajouta en se redressant :

— C'est si aimable à vous de m'accorder un peu de votre temps.

— J'ai grand-hâte que vous trouviez le meurtrier de M. Reed, naturellement... comme tout le monde, du reste.

— Tout le monde... sauf le meurtrier, Votre Grâce.

Satisfait de ce qu'il prenait sans doute pour un bon mot, le policier se permit un mince sourire.

— Je pense que oui, admit Charity.

Elle indiqua de la main un fauteuil à son visiteur, prit elle-même un siège, et poursuivit :

— J'ai peur, malheureusement, de n'avoir que peu de renseignements à vous communiquer. Je ne sais rien de la mort de cet homme.

— Il arrive qu'on en sache plus qu'on ne le croit, et cela peut même se révéler très dangereux.

Gorham appuya cette affirmation d'un regard chargé de sous-entendus, que Charity affronta sans réaction particulière. Il attendit une réponse puis, déçu de n'en pas obtenir, expliqua :

— J'ai été très étonné de lire dans les journaux la nouvelle de votre mariage avec Sa Grâce.

— Vraiment ? demanda Charity en haussant les sourcils. Et pour quelle raison ?

— Je voulais dire : si vite après la mort de M. Reed...

— Pourquoi ? Je ne portais pas le deuil de ce monsieur. Je le connaissais à peine.

— Je ne faisais pas allusion à lui, Votre Grâce...

Le policier observa une assez longue pause afin de donner plus de poids à la vérité qu'il se préparait à assener.

— Le deuxième meurtre est toujours plus facile que le premier.

— Voulez-vous insinuer que l'assassin aurait des velléités de s'attaquer à moi ? demanda Charity.

Si elle avait bien compris qu'il était fait allusion à Simon, elle ne voulait surtout pas montrer à son visiteur qu'elle avait saisi le sens de cette insinuation.

— Il se peut que vous n'ayez pas trop bien connu M. Reed, reprit le policier. En revanche, il pourrait en aller différemment avec le meurtrier.

— Il ne fait pas de doute que le meurtrier connaissait très bien M. Reed.

— Ce n'est pas ce que je voulais dire ! lança Gorham, les sourcils froncés.

Ravie de constater qu'elle l'avait fâché, Charity attendit la suite.

— C'est *vous* qui sans doute connaissez très bien le meurtrier.

— Moi ?

Charity décocha au policier un regard plein de hautain mépris, comme à un homme qui vient de commettre un grave impair. D'une voix sèche, elle compléta ainsi sa riposte :

— Je suis désolée, monsieur Gorham, mais les Emerson n'ont pas pour habitude de fréquenter le gibier de potence.

— Lord Durby vous a-t-il appris qu'un mouchoir, brodé à ses armes, avait été trouvé près du cadavre ?

— Oui. C'est très étonnant, n'est-ce pas ? Je me suis souvent demandé pourquoi M. Reed possédait un mouchoir appartenant à mon mari. Pensez-vous qu'il l'avait dérobé ? Il n'était pas un gentleman irréprochable, ainsi que vous ne l'ignorez sans doute pas, mais je doute qu'il se soit abaissé à subtiliser des objets de si faible valeur.

— Ma conclusion n'est pas celle-là, reprit le policier, qui faisait de gros efforts pour conserver son flegme. Il se pourrait que ce mouchoir ait été oublié par le meurtrier...

— Vous émettez donc l'hypothèse que le meurtrier a *aussi* dérobé un mouchoir de lord Durby. Il est très possible qu'un voleur soit également un tueur, cependant je...

— Lady Durby !

Charity s'interrompit.

— L'hypothèse la plus évidente est la suivante, déclara Gorham. Lord Durby lui-même s'est rendu au domicile de M. Reed, cette nuit-là, et c'est lui qui a appuyé sur la détente.

Le policier avait parlé d'une voix claire et lente, en détachant bien ses mots, comme si il se trouvait en présence d'une enfant ne jouissant pas de toutes ses facultés. Charity le gratifia d'un regard étonné et vaguement rieur.

— Quelle folie ! s'exclama-t-elle. Je ne m'étonne plus que la police n'ait pas encore mis la main sur le coupable, si vous en êtes encore à échafauder d'aussi piètres explications. J'aurais imaginé que vous employiez mieux votre temps.

Gorham ignora l'ironie du propos et exposa ses vues.

— La nuit où M. Reed a été tué, lord Durby et vous aviez assisté à une soirée à laquelle la victime se trouvait aussi. Nous savons que lord Durby s'en est pris violemment à M. Reed, qui a dû partir très vite, le visage ensanglanté.

— Oui, mais lord Durby n'est pas responsable du sang versé, souligna Charity. C'est moi qui ai cassé le nez à M. Reed.

— Vous, Votre Grâce ? s'écria le policier, les yeux écarquillés.

— Moi. M. Reed s'était montré impertinent, et s'était permis des gestes déplacés. Comme mes observations ne suffisaient pas à le ramener à plus de décence, j'ai dû employer... la manière forte.

Bouche bée, les paupières clignotant à toute vitesse, Gorham semblait perdu.

— Si vous supposez, poursuivit Charity d'un ton imperturbable, qu'une altercation avec M. Reed constituait un motif suffisant pour le tuer ensuite, je suis tout aussi suspecte que mon mari. Mais n'oubliez pas non plus qu'un grand nombre de personnes détestaient cordialement cet homme.

— Pourtant, lord Durby n'a-t-il pas exprimé des menaces précises ce soir-là ? insista Gorham.

Charity réfléchit quelques instants avant de délivrer sa réponse.

— Je ne suis plus très sûre de ce que lord Durby a pu dire alors qu'il était sous l'emprise d'une violente colère, affirma-t-elle. On profère beaucoup de folies dans ces moments ; et il est possible, en effet, qu'il ait formulé des menaces...

— Je pense que vous vous rappelez très bien ce qui a été dit, rétorqua le policier d'un ton sévère.

A l'évidence, sa colère était sur le point de le faire exploser.

— Lady Durby, reprit-il en grinçant presque des dents, vous jouez avec le feu. Il n'est pas agréable de vivre sous le même toit qu'un tueur.

— Aucun tueur n'habite dans cette maison, répondit Charity avec calme.

L'inspecteur essaya de sourire amicalement, mais ne parvint à produire qu'un lamentable rictus.

— Vous vivez dans l'ombre de cet homme, déclara-t-il. Il est possible que vous observiez un fait quelconque, que vous saisissiez au passage une parole révélatrice... Si cela arrivait, vous feriez bien de venir nous en avertir le plus vite possible. Pensez à votre propre sécurité. Vous courez un grand danger !

— Mon mari veille sur moi, et je ne vois pas pourquoi je devrais chercher une autre protection que la sienne. Comme je vous l'ai dit au début de cet entretien, le meurtrier de M. Reed n'a aucune raison de s'attaquer à moi. Je suis sûre qu'il s'agit d'un homme impliqué dans les affaires plus ou moins avouables dont la victime était coutumière ; et c'est dans cette direction que vous devriez chercher, au lieu de perdre votre temps ici.

Charity se leva, signifiant que l'entretien était terminé.

— Toutefois, reprit-elle, je vous remercie de votre visite, monsieur Gorham. Peut-être pourrez-vous revenir lorsque vous aurez des renseignements de valeur.

Simon rit de bon cœur lorsque Charity lui rapporta la visite du policier, mais la jeune fille se renfrogna.

— Ce n'est pas amusant ! assura-t-elle. Cet homme ne me demandait pas moins que de vous espionner, afin de découvrir des charges contre vous. Il pense que vous avez assassiné Faraday Reed.

— Je le sais bien, et cela fait assez longtemps que je vous le dis. Mais il ne dispose d'aucune preuve tangible — à part, bien sûr, ce stupide mouchoir, qui ne lui suffit pas pour m'arrêter.

— Que se passera-t-il s'il réussit à trouver un élément plus convaincant ?

— Comme quoi, par exemple ?

— Je ne sais pas, de même que j'ignore de quelle façon le mouchoir a pu être « oublié » sur le lieu du crime. Il n'empêche que je n'aime pas du tout cela. Ce policier me rend nerveuse, à la vérité.

— La prochaine fois, faites-lui dire que vous êtes absente. D'ailleurs, je donnerai à Chaney des instructions en ce sens.

— Ce n'est pas la bonne méthode. Nous ferions mieux de découvrir par nous-mêmes le véritable assassin de Reed. Ainsi pourrons-nous laver votre nom de l'opprobre qui menace.

— Vraiment ? Et comment avez-vous l'intention de procéder, ma chère ? Vous estimeriez-vous plus habile que Scotland Yard, qui n'a rien trouvé ?

Il est évident qu'ils ne trouveront rien s'ils n'ont que des niais comme M. Gorham pour mener l'enquête. Sachez en outre que nous possédons un avantage décisif sur Scotland Yard.

— Lequel, si je puis me permettre de poser la question ?

— Nous savons que vous n'avez pas tué, alors que Gorham s'échine à découvrir la preuve qui vous accablerait.

Pendant qu'il perd son temps, nous pouvons chercher ailleurs...

— Que proposez-vous ? demanda Simon, subjugué par l'entrain de sa jeune épouse. Devons-nous questionner le personnel de Reed ?

— Ce ne serait pas une mauvaise idée ! déclara aussitôt Charity. En fait, nous allons envoyer Chaney en reconnaissance. Les gens de là-bas seront plus enclins à bavarder avec lui qu'avec un policier, ou même avec nous. Un peu d'argent adroitement distribué ne sera pas inutile non plus pour aider les langues à se délier.

— Vous êtes admirable ! s'écria Simon, de plus en plus admiratif. Pourquoi ne m'en suis-je pas rendu compte plus tôt ?

— Je ne sais pas, répliqua Charity avec le plus grand sérieux. Comme je vous l'ai dit, j'ai l'habitude d'obtenir ce que je veux.

— C'est vrai, vous m'aviez mis en garde...

Simon se troubla au souvenir de la nuit mémorable au cours de laquelle il avait en effet reçu cette confidence ; mais l'heure n'était pas aux effusions !

— Vous et moi, poursuivit Charity, pourrions engager la conversation avec les familiers de Reed, afin d'en apprendre un peu plus sur son compte. Comme c'était un parfait gredin, il doit se trouver à Londres plusieurs personnes qui auraient été ravies de tirer sur lui, si elles en avaient eu l'occasion... Sa femme, par exemple... ou peut-être une victime de son chantage.

Simon s'alarma.

— Jamais Venetia n'en serait venue à ces extrémités ! déclara-t-il aussitôt.

— Je ne pensais pas à elle. Je suppose que votre sœur n'a pas été la seule à lui verser l'argent dont il avait si grand besoin.

— Soit. Mais pour découvrir d'autres victimes, il faudrait mettre au jour des secrets gênants que cet homme, pour d'obscures raisons, connaissait aussi. Inutile de vous dire que la tâche ne sera pas aisée... Par où commencer ?

— Il est vrai que l'entreprise semble assez décourageante, admit Charity, un peu décontenancée.

Elle réfléchit quelques secondes, et ne tarda pas à s'animer de nouveau.

— Parlons de Reed et de ses peu recommandables méthodes au cours des soirées où nous nous rendrons, et observons bien notre auditoire. Si l'une ou l'autre des personnes présentes manifeste des signes de nervosité, ce sera l'indice qu'elle a eu aussi affaire au maître chanteur. Nous n'aurons plus qu'à l'interroger discrètement, par la suite.

— J'ai peine à imaginer, cependant, que l'éventuelle victime d'un chantage consente volontiers à s'ouvrir à celui qu'on tient toujours pour l'assassin probable.

Ebranlée, Charity leva les yeux au ciel et aborda un nouvel aspect de l'énigme.

— Nous devons aussi nous pencher sur l'affaire du mouchoir. Qui pouvait se trouver en possession de cet objet, et pourquoi ?

Simon fit quelques pas dans la pièce, les mains derrière le dos.

— Franchement, je n'en ai aucune idée, soupira-t-il enfin. J'ai souvent réfléchi à cette question, sans obtenir de réponse plausible. Est-il possible que j'aie égaré ce mouchoir ? Je n'en ai pas l'impression. Il faut donc qu'on l'ait dérobé chez moi ; et dans ce cas, nous avons une liste de plusieurs centaines de coupables potentiels.

— Disculpons d'emblée vos serviteurs, et portons nos recherches sur un visiteur, un familier... Quelqu'un que nul ne se serait étonné de voir en vos murs.

— J'ai peine à imaginer qui...

— Je sais bien, admit Charity.

S'asseyant sur un sofa, elle ramena ses genoux sous son menton, et poursuivit, les yeux mi-clos :

— Il est dur d'admettre qu'une personne de votre connaissance, un ami peut être, a pu s'emparer de votre mouchoir dans le seul but de faire porter sur vous les soupçons à propos d'un crime. Mais après avoir longuement examiné la question, j'en arrive à me demander s'il ne s'agirait pas de quelqu'un qui, au fond, se moquait parfaitement de Reed.

— Que voulez-vous dire ?

— Que Reed n'a peut-être été qu'un instrument, assassiné au seul motif que votre querelle avec lui était de notoriété publique. De sorte que le mouchoir n'aurait donc été dérobé que pour renforcer la présomption de votre culpabilité.

— Très belle théorie, mon amour, mais je ne connais personne qui me haïsse à ce point — excepté Reed lui-même.

Les sourcils froncés sous l'effet de la réflexion, Charity exposa :

— Alors, la vérité pourrait se nicher entre les extrêmes... Un assassin qui aurait eu intérêt à se débarrasser de Reed, ainsi que de vous, et aurait élaboré cette machination afin d'éliminer deux personnes d'un coup, directement puis indirectement.

— Si je suis déclaré coupable, je serai pendu. Voyons... Qui aurait intérêt à me voir mourir ? Vous, d'abord.

Les yeux écarquillés d'horreur, Charity manqua suffoquer.

— Simon ! s'écria-t-elle. Comment pouvez-vous proférer de telles monstruosités ?

La rejoignant aussitôt, Simon la prit dans ses bras, afin de mieux la rassurer.

— Ce n'était qu'une plaisanterie, murmura-t-il. Je n'avais pas l'intention de vous heurter, bien entendu, mais simplement de vous montrer quelles abîmes de méchanceté nous sommes obligés de côtoyer. Il est vrai que personne d'autre que les membres de ma famille ne bénéficierait de ma mort. Vous recevriez la totalité de mes biens personnels tandis que le comte, mon oncle, recueillerait le titre et les propriétés héréditaires.

— En tout cas, affirma Charity, sur le ton de la dignité offensée, je vous jure que ce n'est pas moi qui ai manigancé une aussi sordide histoire. Dois-je vous rappeler que nous n'étions pas encore mariés au moment de l'assassinat ?

— Soupçonneriez-vous mon oncle, alors ? demanda Simon, incrédule.

— Pourquoi, puisque je ne le connais pas ? Néanmoins, la piste familiale n'est pas dénuée d'intérêt... Votre cousin

Evelyn trouverait aussi avantage à votre disparition : ne serait-il pas l'héritier désigné, si votre oncle recueillait la succession ? En vous mariant, vous l'obligez à abandonner toute espérance de ce côté.

Pensif, Simon examina longuement cette hypothèse.

— Non, je ne puis le croire, déclara-t-il enfin. Réellement, Charity, il est impossible que le meurtrier fasse partie de ma famille. Oncle Ambrose a trop le sens des convenances ; quant au gentil Evelyn, il est incapable de concevoir un plan aussi monstrueux.

Charity soupira.

— Je sais que vous avez raison. Le meurtrier sera sans doute très, très difficile à démasquer... ce qui ne signifie pas que nous devions renoncer !

Elle redressa soudain la tête, pour demander à brûle-pourpoint :

— Et si nous donnions une soirée, pour marquer notre retour à Londres ? Un dîner, plutôt... le premier dîner offert par lady Durby... un dîner intime, naturellement... familial ?

Simon ne put s'empêcher de rire.

— Charity ! s'exclama-t-il. Avez-vous l'intention de faire subir un interrogatoire à ma famille ?

— Oui, reconnut la jeune femme. Mais avec tact et discrétion. Il sera intéressant d'apprendre ce qu'ont fait vos parents la nuit du crime...

— Vous risquez de me faire mettre au ban de la famille !

Malgré cette mise en garde, le visage de Simon ne reflétait aucune animosité ni même de réticence. Après avoir déposé un baiser sur le front de sa jeune épouse, il conclut :

— Faites comme bon vous semble. Organisez ce dîner.

Charity se lança dans son enquête dès le lendemain.

Pour commencer, elle eut une longue et très sérieuse conversation avec Chaney, qui promit de faire tout son possible pour recueillir des renseignements intéressants auprès du personnel de Reed. Puis, les jours suivants, elle multiplia les visites, au cours desquelles elle aborda chaque fois le sujet qui l'intéressait. En ces occasions, elle s'aperçut que si on lui jetait des regards étranges, voire gênés, personne ne lui fournissait d'éléments dignes d'intérêt.

Elle consacra aussi une bonne partie de son temps à la préparation de son dîner, à propos duquel elle consulta abondamment sa mère, Venetia, le cuisinier, la gouvernante, Chaney. Elle surveilla de près l'élaboration du menu et lança ses invitations. Et alors que le grand soir approchait, elle réunit l'ensemble de ses gens et leur demanda de nettoyer la maison de fond en comble.

Quelques jours avant le fameux dîner, elle décida de courir les magasins, pour le simple plaisir de changer d'activité.

Sa première visite fut pour une modiste, chez laquelle elle essaya plusieurs ravissants chapeaux. L'un d'eux, surtout, lui plaisait beaucoup. Il s'agissait d'une adorable petite chose qui ornait la tête plus qu'elle ne la couvrait, et qu'il fallait porter très en avant sur le front. Bien entendu, Charity n'avait nul besoin d'un nouveau chapeau, mais celui-là était si mignon...

— Il vous va à ravir, lady Durby ! s'écria, avec enthousiasme, une voix derrière elle.

Charity sursauta et se retourna vivement, pour découvrir une jeune femme aux cheveux noirs, qui lui souriait. Si elle la reconnut aussitôt, il lui fallut plonger dans les profondeurs de sa mémoire pour se rappeler son nom, qu'elle n'avait entendu qu'une fois, à Hyde Park.

— J'espère ne pas commettre d'impair, lui dit la jeune femme d'un ton dégagé. Nous avons été présentées, mais...

Enfin, avec soulagement, Charity se rappela le nom de son interlocutrice.

— Bien sûr, dit-elle, vous êtes Mme Graves. Nous nous sommes rencontrées dans le parc, où vous faisiez une promenade à cheval, tandis que j'étais en voiture.

— Mais oui ! Comme c'est aimable à vous de vous souvenir de moi !

— C'est M. Reed qui nous a présentées, ajouta Charity.

En même temps, elle se demanda si cette femme avait été une amie intime du défunt.

— Oui... Quel terrible malheur que celui qui l'a frappé,

n'est-ce pas ? déclara Mme Graves avec solennité. Cela dit, il n'était pas un modèle de vertu, et je ne m'étonne pas vraiment qu'il ait connu une telle fin.

— Vous a-t-il donné des soucis ? s'enquit aussitôt Charity.

— Il a donné des soucis à beaucoup de gens, soupira Mme Graves. Dès qu'il a découvert que je ne pourrais pas l'aider socialement ou financièrement, il m'a oubliée sans vergogne. C'est ainsi que j'ai compris quel genre d'homme il était.

— Je vois...

Une ombre passa dans le regard de Mme Graves, qui reprit :

— Hélas ! j'ai découvert aussi que ce genre de comportement était fort répandu, et tout spécialement chez ceux qui se disent « du monde ».

Elle fit l'effort de sourire.

— Mais sans doute n'avez-vous aucune envie d'écouter mes jérémiades, alors que vous nagez dans le bonheur. Bien entendu, j'ai appris la nouvelle de votre mariage avec lord Durby... Quel heureux homme !

— Je vous remercie, répondit Charity, radieuse. Mais mon mari est un homme merveilleux, et c'est moi qui ai beaucoup de chance. Franchement, je n'aurais jamais cru, avant, que le mariage pût être une affaire si amusante.

Mme Graves parut se glacer.

— Je suis désolée ! se hâta de dire Charity. Ai-je prononcé des paroles inconvenantes ?

— Non, bien sûr que non. Votre impression devrait d'ailleurs être celle de toute jeune mariée.

— Pourtant, vous m'avez paru si... Je ne sais comment dire... malheureuse.

— Vous êtes très perspicace. Il n'y va pas de votre faute. C'est simplement que je pensais...

Elle s'arrêta soudain et secoua la tête. Au prix d'un nouvel effort, elle parvint à esquisser un sourire.

— Non, je refuse de vous charger de ce fardeau, reprit-elle. D'ailleurs, je ne devrais même pas m'entretenir de la sorte avec vous. Si l'on nous voyait ensemble, votre réputation en souffrirait.

Elle jeta un rapide coup d'œil autour d'elle, comme pour s'assurer qu'aucune indiscrète personne ne se trouvait dans les parages.

Charity se rapprocha et lui prit le bras. Le front plissé par l'inquiétude, elle lui demanda :

— De quoi voulez-vous parler ? Pourquoi n'aurais-je pas le droit de vous adresser la parole ?

Les yeux de Mme Graves s'emplirent de larmes.

— Vous êtes très gentille, soupira-t-elle, mais vous ne pouvez rien pour moi. Je ne puis... Oh ! C'est trop affreux !

Un sanglot la secoua. Sortant un mouchoir de sa poche, elle le porta à ses yeux, qu'elle tamponna en détournant le visage.

— Venez avec moi ! lui dit Charity d'un ton décidé.

Elle ne pouvait se résoudre à laisser cette pauvre femme sangloter dans la boutique d'une modiste.

— Ma voiture est devant la porte, expliqua-t-elle. Peut-être pourrions-nous faire une promenade. Y consentez-vous ?

La regardant par-dessus son mouchoir, Mme Graves soupira.

— Vous êtes trop gentille.

— Mais non, c'est naturel...

Charity rendit à la modiste le petit chapeau sur lequel elle avait tant médité ; puis elle conduisit sa compagne jusqu'à sa voiture. Elle l'aida à s'installer et prit le siège en face d'elle, après avoir ordonné au cocher de rouler au hasard des rues.

— Merci, dit Mme Graves. Je me sens si honteuse d'avoir fondu en larmes dans un magasin !

— Un magasin qui a dû en voir d'autres ! affirma Charity d'un ton léger. Songez à toutes les jeunes filles qui y pleurnichent pour que leur mère leur offre un nouveau chapeau ; songez aussi à celles qui se lamentent parce que l'objet de leurs désirs ne s'accorde point avec leur robe.

— Vous êtes la plus charmante des amies ! Mais vraiment, personne ne doit savoir que nous nous fréquentons...

— Pourquoi ? s'étonna Charity.

Theodora Graves secoua la tête et sourit.

— Ce ne serait pas convenable, assura-t-elle. Je prie pour

qu'il ne vous arrive pas la même mésaventure qu'à moi. Ma réputation est en ruine, et plus aucune femme du monde ne m'invitera chez elle.

— Pourquoi ? répéta Charity.

Une nouvelle fois, Theodora porta son mouchoir à ses yeux.

— J'ai été trahie par... par un homme, avoua-t-elle enfin, d'une voix tremblante. Un homme que je ne peux plus me résoudre à appeler un « gentleman », malgré sa haute naissance.

Horrifiée, Charity balbutia :

— Voulez-vous dire que...

— Oui ! souffla Mme Graves en portant ses mains à ses joues qui s'empourpraient. Je suis si honteuse... Mon mari venait de mourir. Je sais bien que ce n'est pas une excuse, mais je me sentais si seule, alors, si malheureuse.

— Je comprends, assura Charity, pleine de sympathie.

— Sans doute songerez-vous que je fus bien inconséquente de me jeter dans les bras d'un autre homme alors que le temps du deuil n'était pas écoulé. Ne croyez pas, cependant, que je n'aimais pas Douglas, mon mari. Au contraire, il me manquait trop ; et ce fut pour moi un véritable ravissement que de me sentir protégée, comme s'il n'était pas vraiment parti. A la vérité, je vivais dans un état de confusion réelle, et lorsque cet homme m'affirma qu'il m'aimait, qu'il me trouvait belle, je le crus. Il m'a séduite, voilà tout ! Sans doute suis-je restée très naïve ? Il faut vous dire que je suis originaire d'une toute petite ville, et que j'étais à peine sortie de l'enfance lors de mon mariage... Oui, j'ai cru aux mots d'amour de cet homme et, quant à moi, je l'ai aimé avec sincérité. Je vivais dans le péché, mais qu'il était doux d'être réconfortée, de se sentir un peu moins malheureuse...

— C'est tout à fait naturel, commenta Charity.

— Peut-être. Toutefois, une femme doit avoir une conduite plus respectable, et ne point mettre en jeu sa réputation, même s'il ne s'agit pour elle que de rompre sa solitude. Même si elle croit être amoureuse...

— Ce n'est pas juste !

— La justice n'a rien à faire dans ce domaine, répondit

amèrement Theodora. La justice se moque des femmes, qui souvent restent seules pour assumer les conséquences de leurs actes.

Les yeux de Charity s'agrandirent d'horreur.

— Oh, non ! Vous ne voulez pas dire que...

Theodora hocha lentement la tête, en baissant les yeux comme si sa scandaleuse conduite lui interdisait de croiser le regard de sa compagne.

— Oui, murmura-t-elle. Je ne suis pas encore certaine du pire, mais j'ai grand-peur. C'est pourquoi je suis allée *le* voir en pensant qu'il m'aiderait, qu'il m'indiquerait une solution digne et convenable. Je croyais qu'il m'aimait, et serait donc heureux de m'épouser. Mais il m'a dit...

La voix de Theodora s'étouffa dans un sanglot.

— Il m'a appris, poursuivit-elle, qu'il était fiancé avec une femme de haute naissance, très riche de surcroît ; il s'est même moqué de moi lorsque je lui ai dit que je pensais être l'élue de son cœur. Qu'ai-je entendu, alors ? Que je n'étais pas de son monde, et de trop basse extraction pour espérer mieux qu'un autre baronnet comme Douglas !

— Mais quel est ce monstre ! s'indigna Charity. Pourquoi faut-il que les hommes se conduisent si mal ?

— Je n'aurais jamais cru cela de lui, avoua Theodora dans un soupir. J'ai compris, mais un peu tard, que je m'étais entièrement trompée sur son compte. Tout ce qu'il consentit à faire, ce fut de me jeter quelques billets en me priant « de me faire oublier » — selon ses propres termes.

Très choquée, Charity entrouvrit la bouche. Elle fut incapable de prononcer le moindre mot.

— Je croyais qu'il m'aimait, reprit Mme Graves. Or, pour lui, je n'étais qu'une maîtresse, une femme facile qu'il payait pour son plaisir. Sans délicatesse aucune, il m'a rappelé tout ce qu'il avait déboursé pour moi, a produit un décompte détaillé des vêtements et des bijoux qu'il m'avait offerts. Toujours naïve, j'avais cru, en recevant ces objets, qu'il s'agissait des présents d'un homme amoureux ; dans son esprit, il ne s'agissait que de s'acquitter du prix de mes services.

Elle fondit de nouveau en larmes, et cacha son visage dans ses mains pour sangloter.

Indécise, Charity l'observait tandis que son cœur se gonflait de haine pour l'homme qui avait traité de si indigne façon cette pauvre femme. Quelques mois plus tôt, elle n'eût jamais cru un gentleman capable d'un tel comportement. Longtemps, elle avait nourri cette croyance que la noirceur d'une âme se reflétait sur un visage ou dans un comportement. Faraday Reed, déjà, lui avait fait comprendre qu'il n'en était rien; et l'histoire qu'elle venait d'entendre lui confirmait qu'il était temps de procéder à une déchirante révision de ses certitudes. Les *gentlemen* pouvaient se conduire comme des rustres.

Prise d'une soudaine inspiration, elle vint s'asseoir à côté de la malheureuse.

— Je suis si désolée, et je ne sais comment vous venir en aide, murmura-t-elle d'une voix apaisante. Il est injuste que vous soyez traitée comme une femme perdue, alors que l'homme qui s'est si cruellement joué de vous continue à être reçu partout.

— Je sais bien, soupira Theodora.

Peu à peu, elle se calmait. Se tamponnant une dernière fois les yeux, elle s'adossa à la banquette de cuir, le regard morne, la bouche amère, les traits défaits.

— En tout cas, lança Charity, je ne vous tournerai pas le dos, moi ! Je ne vous considère pas comme une coupable, et je ne manquerai pas de vous inviter à mon premier bal.

— Il ne faut pas faire cela, murmura Mme Graves. Cela serait un tel scandale...

Charity réfléchit quelques secondes.

— Peut-être devrais-je d'abord me confier à mon époux, afin de lui demander conseil. Mais je suis sûre qu'il n'élèvera aucune objection.

— Non ! s'écria alors Theodora, horrifiée. Non, je vous en prie, ne parlez pas de moi à lord Durby !

— Pourquoi pas ? C'est un homme intelligent, sensible de surcroît. Il ne vous jettera pas la pierre, croyez-moi.

— Je vous en supplie, ne parlez pas de moi à votre mari ni à personne d'autre. Tout cela doit rester un secret entre nous ; je ne suis pas sûre que je pourrais vivre encore si ma terrible mésaventure venait à être connue de tous. Vous êtes la seule à qui je me sois confiée.

— Comme vous voudrez, soupira Charity, un peu à contrecœur.

Elle restait persuadée que Simon saurait lui donner de bons conseils, lui qui n'était pas homme à condamner si facilement. Néanmoins, comprenant le désarroi de son amie à l'idée que son histoire pût se répandre dans le monde, elle décida de ne pas alourdir son malheur, même par désir de faire le bien.

— Je ne dirai rien à Durby, promit-elle.

— Me le promettez-vous ? insista Theodora.

— Oui, je vous le promets. Je ne parlerai ni à lord Durby ni à personne d'autre. Je reste votre amie, et croyez que vous pouvez compter sur moi.

— Merci pour ces bonnes paroles. Si la perspective ne vous effraie pas trop, j'aimerais avoir une autre conversation avec vous...

— Que me dites-vous là ? Bien sûr que je serai ravie de vous revoir !

Impulsive comme toujours, Charity prit la main de Theodora.

— Merci, Votre Grâce, murmura celle-ci. C'est très généreux de votre part.

Theodora Graves dut alors baisser la tête, afin de dissimuler le sourire satisfait qu'elle n'avait pas pu réprimer.

20.

Inquiet, Simon faisait les cent pas dans le salon. Il n'avait pas la moindre idée de l'endroit où se trouvait Charity. Pour la quatrième fois, il jeta un coup d'œil en direction de la pendule, et soupira : le dîner devait commencer dans moins d'une heure, et la jeune femme n'était toujours pas rentrée.

Sortie deux heures auparavant, elle avait informé Chaney qu'elle devait acheter des rubans et qu'elle n'en avait que pour quelques minutes.

Pour la première fois de sa vie, Simon faisait l'expérience de l'angoisse. Il essayait de se rassurer en se répétant qu'il ne pouvait rien être arrivé de fâcheux à sa jeune épouse. N'était-elle pas sortie en voiture, avec Botkins pour tenir les rênes ? Cependant, sa raison n'opérait plus lorsqu'il s'agissait de Charity. Si grande était sa crainte de la perdre, que la seule idée de ce malheur suffisait à lui donner des sueurs froides.

Il ne pouvait rien être arrivé de fâcheux à Charity... Voire ! Décidée à démasquer l'assassin de Reed, elle s'adonnait à son enquête avec toute la fougue de son jeune âge et son inconscience coutumière. Elle risquait, sans s'en douter, d'indisposer un adversaire trop coriace et bien plus vicieux qu'elle.

A ce moment de ses pensées moroses, Simon entendit s'ouvrir la porte d'entrée; il se précipita dans le corridor pour découvrir qui arrivait. Soulagé, il vit Charity. Celle-ci évoluait dans le hall, toujours aussi vive, et déclarait à Chaney :

— Je crains d'être désespérément en retard. Savez-vous où se trouve mon époux ?

— Ici, Votre Grâce ! lança Simon en se penchant sur la balustrade.

L'air sévère, il descendit l'escalier, décidé à faire les remontrances qui s'imposaient. Mais au milieu des marches, il s'arrêta brusquement en découvrant la créature grimaçante qui surgissait du capuchon de Charity et s'installait sur son épaule.

— Qu'est-ce encore que cela ? s'enquit-il en pointant un index vindicatif.

Charity eut un rire frais et léger.

— Un singe, Votre Grâce. Ne me dites pas que vous n'en aviez encore jamais vu !

— J'en ai déjà vu, répondit Simon un peu sèchement. Mais jamais dans cette maison.

A ce moment, l'animal émit une série de sons stridents et commença de s'agiter. Jouant un instant avec le ravissant chapeau de sa maîtresse, il passa sur l'autre épaule.

— Churchill, veux-tu bien te calmer ? ordonna Charity en faisant les gros yeux au singe, qui lui tirait les cheveux.

— Churchill ? s'étonna Simon.

— Oui, on lui a donné le nom du duc de Marlborough. C'est absurde, n'est-ce pas ?

Plus curieux que réellement fâché, Simon observait les évolutions du singe.

— Vous ne sauriez mieux dire..., murmura-t-il.

Churchill sauta alors sur le sol et courut vers le portemanteau, au sommet duquel il grimpa pour pratiquer tout son répertoire de grimaces.

— J'imagine que vous aimeriez savoir comment il se fait que je rentre avec un singe, dit tout à coup Charity.

— En effet, je meurs de curiosité.

— Je ne sais pas encore ce que nous ferons de lui. Mais vous devez comprendre que je ne pouvais l'abandonner à son triste sort.

— En quoi consistait donc ce triste sort ?

— Eh bien, Churchill appartenait à un homme... Je pense qu'on devrait interdire la possession d'un animal aux gens incapables de se conduire de façon civilisée !

Non sans humour, Simon tenta de deviner ce qui s'était passé.

— Je suppose que Churchill, maltraité par son maître, vous a suppliée de le libérer, ce que vous avez fait aussitôt...

Charity se précipita vers lui pour déposer un baiser sur sa joue.

— Je savais que vous comprendriez ! déclara-t-elle, ravie.

Le sourire de Simon manquait toutefois de chaleur.

— Ma chère, c'est plutôt que je *vous* connais — ce qui ne signifie pas pour autant que j'approuve tous vos actes. Il me paraît en tout cas difficile de garder cet animal sous notre toit...

Il s'interrompit. D'un bond, Churchill était passé du portemanteau à l'énorme lustre de cristal, auquel il s'efforçait d'imprimer un mouvement de balancier.

— Vous voyez qu'il est dangereux, conclut Simon.

— Churchill, descends ! ordonna Charity.

Comme son autorité restait sans effet, et que sa voix semblait ne pas même avoir été entendue par le singe, elle soupira.

— Il faut admettre qu'il n'est pas très bien élevé, reconnut-elle. Mais je suis sûre que c'est à cause du joueur d'orgue de barbarie, qui le traitait si mal. Une fois qu'il aura appris à nous connaître, il nous obéira.

— A moins que Chanceux ne le croque tout cru, objecta Simon, un frémissement joyeux dans la voix.

Charity sursauta comme si elle venait d'entendre une proposition indécente. Les yeux écarquillés d'horreur, elle demanda :

— Croyez-vous que ce soit possible ?

Avant de répondre, Simon jeta un nouveau coup d'œil au singe, qui se balançait de plus belle.

— J'ai peur que Chanceux, en fait, soit incapable d'aller le cueillir à cette hauteur, reconnut-il. Rien, néanmoins, ne nous empêche d'espérer.

Il se tourna vers un valet posté à l'entrée, et qui faisait semblant de ne rien voir.

— Faites descendre ce singe et enfermez-le quelque part, ordonna-t-il.

— Oui, Votre Grâce, répondit l'homme avec un stoïcisme digne d'éloge.

Il s'avança sous le lustre et leva les yeux.

— Vous aurez peut-être besoin d'aide, ainsi que d'une échelle, ajouta Simon, sans rire.

— Bien sûr, Votre Grâce.

— Merci, Simon, dit alors Charity, ravie. Je savais que vous adopteriez Churchill. Maintenant, il est temps que je me change pour le dîner.

Vive comme l'éclair, elle courut vers l'escalier pour gagner sa chambre, songeant qu'il était ennuyeux d'être en si grand retard précisément ce soir-là.

Elle comptait en effet réellement sur cette soirée pour découvrir l'assassin de Reed. Son enquête, menée avec une constance admirable au cours des semaines précédentes, ne lui avait pas fourni d'éléments probants ; il lui faudrait déployer des trésors d'ingéniosité pour soutirer des confidences utiles à sa belle-famille, sans cesser de veiller au bon déroulement du dîner. Elle aurait besoin de tous ses esprits...

Fort heureusement, Lily, sa femme de chambre, avait tout préparé pour elle : sa robe était étendue sur le lit, au pied duquel se trouvaient les souliers assortis. Sur la coiffeuse, le coffret à bijoux et les flacons de parfums étaient prêts.

— Lily, vous êtes une perle ! déclara Charity.

La femme de chambre s'était précipitée au-devant de sa maîtresse pour la débarrasser de son manteau, avant de s'attaquer à la multitude de boutons qui fermaient la robe dans le dos.

Grâce à cette aide efficace, Charity ne mit pas longtemps à se déshabiller et à faire sa toilette, avant de se laisser emprisonner dans le corset qui ferait paraître plus fine encore sa taille dans la jolie robe de satin bleu choisie pour la circonstance. Puis elle s'assit devant la coiffeuse et livra ses cheveux à Lily ; celle-ci les brossa, les natta, les ordonna et les orna avec les rubans que Charity venait précisément d'acheter.

Les yeux fermés, la jeune femme se concentrait sur le subtil interrogatoire qu'elle se préparait à faire subir aux invités.

Lorsqu'elle fut enfin prête, elle descendit pour rejoindre Simon dans le salon. Le regard qu'il posa sur elle la rassura tout à fait sur la qualité des soins qu'elle venait de recevoir.

— Vous êtes exquise, soupira Simon en se portant à sa rencontre.

Il se pencha pour déposer un baiser sur l'épaule nue de sa jeune épouse, et ajouta :

— Ne croyez-vous pas que nous devrions nous retirer maintenant, et faire dire à nos invités que la soirée est remise à une date ultérieure ?

Parcourue d'un délicieux frisson, Charity se demanda comme souvent si aucune autre femme avait jamais aimé son mari comme elle aimait Simon. Il lui semblait que non.

Par jeu, elle gourmanda Simon.

— Nous ne pouvons faire cela, dit-elle. Ce serait très malpoli.

Mais son regard, plein de coquetterie et d'audace, indiquait clairement que sans ces malencontreuses règles sociales, elle se fût volontiers pliée à ses volontés.

— Je hais les conventions ! murmura Simon. Je préfère rester seul avec vous.

Il se pencha pour lui prendre les lèvres.

— M. et Mme Nathan Westport, aboya Chaney.

Surpris en flagrant délit de tendresse, Simon et Charity sursautèrent et tournèrent les yeux en direction de la porte. Raide comme la justice, le regard vide, le digne majordome faisait de son corps un large paravent, que le jeune cousin et sa femme tentaient maladroitement de contourner pour voir ce qui se passait de si important dans le salon.

— Mon cousin Nathan a le chic pour arriver toujours au plus mauvais moment, murmura Simon.

Lui prenant le bras, Charity gagna en sa compagnie la porte du salon, afin d'accueillir leurs premiers invités.

Elle savait bien ce qui se passerait après le dîner, lorsqu'ils se retrouveraient tous les deux : elle avait lu dans les yeux de Simon une promesse qu'il faisait souvent et tenait toujours... Néanmoins, elle devait avant tout se concentrer sur son but principal : questionner, observer, afin de découvrir l'indice décisif qui, peut-être, la mènerait sur la piste d'un assassin.

Très vite, elle s'aperçut que l'entreprise était plus délicate encore qu'elle ne l'avait prévu : pour tous ses invités, il s'agissait d'une soirée familiale, au cours de laquelle nul n'avait l'intention d'aborder un sujet aussi attristant que la mort violente d'un roué. Il lui faudrait donc faire preuve de la plus extrême ingéniosité pour poser ses questions sans éveiller de curiosité inopportune.

Mais tandis qu'elle bavardait avec entrain, sans se départir de son plus charmant sourire, elle sentait l'envahir un insidieux découragement. Si elle jeta plusieurs fois, comme sans y prendre garde, le nom de Faraday Reed, personne ne lui donna la réponse qui eût permis de se lancer dans une conversation fructueuse ; au contraire, les invités semblaient s'évertuer à évoquer des futilités. Contrariée, et même agacée, Charity en vint à regretter que la famille de son mari, trop policée, ne fût pas capable d'aborder sans vergogne les pires commérages.

Alors que les invités étaient rassemblés dans le salon, elle s'approcha d'un petit groupe composé de lord Ashford, le mari de Venetia, de lord Ambrose, l'oncle de Simon, et du fils de ce dernier, Evelyn.

Ambrose et Evelyn restaient, de toute évidence, les deux personnages les plus éminemment intéressés à la disparition de Simon, puisqu'ils recueilleraient ainsi l'héritage ancestral du comté de Durby. En même temps, Charity avait toutes les peines du monde à imaginer le pompeux vieillard ou le jeune homme plein d'humour dans le rôle du meurtrier.

— Oncle Ambrose, je suis si heureuse que vous ayez pu venir ce soir, déclara-t-elle avec un chaleureux sourire.

— Ce fut, non pas un devoir, mais un plaisir, lui fut-il fort galamment répondu. Je suis toujours ravi de vous revoir, ainsi que Simon. Pour moi, la famille est chose sacrée !

Le vieil homme avait prononcé cette pétition de principe avec un air si solennel que Charity eut toutes les peines du monde à ne pas éclater de rire.

— Je vous comprends, affirma-t-elle.

— Ma chère, lui dit alors Evelyn, je suis ravi de vous voir en si belle forme. Vous resplendissez, vraiment !

Il lui prit la main, afin de la porter à ses lèvres en un geste plein de ferveur.

— Je vous remercie, murmura Charity.

Comme elle cherchait toujours un moyen d'en venir au seul sujet qui lui importait, elle ajouta, un peu abruptement :

— Pour être franche, je suis étonnée que vous me trouviez si éclatante. Les dernières semaines n'ont pas été très faciles pour moi.

— Comment? Avez-vous été malade? demanda aussitôt lord Ashford d'un air soucieux. Venetia ne m'a rien dit de semblable, pourtant.

Ambrose toussota. Ses joues s'empourprèrent.

— Le sujet n'est peut-être pas...

— Oh! murmura Charity.

Elle venait en effet de comprendre que le vieillard imaginait une grossesse; déjà! Rougissant à son tour, elle s'empressa d'apporter le démenti qui s'imposait.

— Il ne s'agit pas de cela. Je voulais seulement dire que les temps sont difficiles à cause de la menace qui pèse sur Simon.

— Quelle menace? s'enquit Ambrose.

Sa confusion semblait sincère.

— Lady Charity fait allusion aux conséquences de la mort de M. Reed, expliqua Evelyn.

— Reed? Qui... Ah, oui, je vois! Cet individu peu recommandable! Eh bien, laissez-moi vous dire ceci : le monde ne se portera pas plus mal maintenant que Reed n'en fait plus partie... au contraire! D'abord, il n'appartenait à aucune famille digne de ce nom. A ce qu'on m'a confié, il sortait d'un obscur village du Berkshire...

— Ce n'est pas une raison suffisante pour le supprimer, observa Evelyn, très pince-sans-rire.

— Comment? Oh! bien sûr que non. Il n'empêche : je ne m'explique pas l'émoi que suscite sa mort.

— Qu'on le veuille ou non, il s'agit d'un meurtre. Or, un meurtre doit être châtié, quelle que soit la condition sociale ou morale de la victime.

— Et moi, je dis que l'assassin de Reed est un bienfaiteur de l'humanité! répliqua lord Ashford avec rudesse.

Charity jeta un coup d'œil étonné à son beau-frère, qui lui avait toujours paru le plus doux et le plus inoffensif des hommes ; voilà qu'il se révélait brusquement à elle avec un visage dur et des yeux luisant d'un éclat malsain.

Les sourcils hauts et le front plissé, Evelyn garda le silence. Néanmoins, son regard et son sourire en disaient long sur les réflexions que lui inspirait cette sortie inopinée.

— Désolé... Je suis désolé, murmura lord Ashford, conscient de l'effet qu'il avait causé.

Embarrassé, il recula de deux pas, puis ajouta :

— Nous ne devrions peut-être pas parler de meurtre devant vous, Votre Grâce...

— Au contraire ! affirma Evelyn. Ce meurtre est précisément le sujet que notre charmante hôtesse brûle de nous entendre évoquer.

Il se tourna vers Charity, pour s'enquérir d'une voix suave :

— Vous menez votre petite enquête, Votre Grâce ?

Charity leva le menton et pinça les lèvres. Bien qu'Evelyn fût à ses yeux un charmant jeune homme, elle lui eût en cet instant volontiers envoyé un bon coup de pied dans les rotules. Hélas, elle dut se contenter de rire en répondant :

— Ne soyez pas absurde, mon cousin !

Ambrose adressa à son fils un froncement de sourcils sévère.

— Je vous trouve bien impertinent, mon garçon ! le rabroua-t-il. Laissez-moi vous dire que Sa Grâce ne trouve certainement aucun intérêt à ce chacal, mort ou vif. En outre, qui a abordé le premier ce sujet, sinon vous ? Un sujet délicat lorsqu'on se trouve en compagnie d'une dame...

— Bien sûr, reconnut Evelyn sans grande conviction. Cousine Charity, j'implore votre pardon. Cependant, vous aimeriez peut-être savoir où je me trouvais la nuit du crime ? Si, si, je le lis dans vos yeux. Eh bien, je me trouvais avec un groupe d'amis, tous de réputation irréprochable, dans la maison de Cecil Harvey... Toute la nuit, oui ! Et vous, père ? Pouvez-vous rendre compte de votre emploi du temps au moment où le malheureux Faraday Reed se faisait trucider ?

Ce fut au tour de lord Ashford de froncer les sourcils.

— Westport, lança-t-il, vous n'insinuez tout de même pas que lady Durby nous soupçonne d'avoir supprimé ce gredin ?

— Evidemment, non ! se hâta de répondre Ambrose, sans laisser à son fils le temps d'ouvrir la bouche. Evelyn se livre à une de ses facéties habituelles. Quant à lady Durby, elle est trop aimable pour donner libre cours à de telles pensées.

— Merci, mon oncle, lui répondit Charity.

Ashford, cependant, continuait de fixer un regard soucieux sur la jeune femme. Quand Ambrose s'excusa, quelques instants plus tard, il se rapprocha d'elle pour lui demander :

— Est-il possible que vous nous soupçonniez ?

— Non, bien sûr que non. Enfin... pas vraiment, murmura Charity, un peu gênée. Mais vous comprenez que...

— ... si ce n'est pas Durby le coupable, compléta Evelyn, c'est forcément quelqu'un d'autre.

— Le raisonnement est irréfutable, admit le mari de Venetia. Mais dites-moi, chère Charity : pourquoi Ambrose ou Evelyn ?

— Ou vous, mon ami, reprit Evelyn, qui s'amusait de plus en plus.

— Moi ? fit Ashford en se raidissant. Vous n'êtes pas sérieux ?

Prenant un ton de conspirateur, Evelyn expliqua :

— Tout le monde est suspect. Avez-vous remarqué, ma chère cousine, que mon père a refusé de vous communiquer son alibi ?

— Arrêtez, vous vous moquez de moi ! protesta Charity en riant.

— Pas du tout. Laissez-moi vous rassurer, maintenant. Quelqu'un a tué notre homme, et ce *quelqu'un* sera démasqué tôt ou tard. Notre problème, dans cette histoire, est la surabondance de suspects. Des centaines de personnes auraient aimé se débarrasser de Reed.

Evelyn se tourna vers lord Ashford.

— Allons, George ! Cousine Charity a tiré de nous tout ce qu'elle voulait. Laissons-la fondre sur une autre proie.

La jeune femme regarda s'éloigner les deux hommes ; en même temps, elle s'interrogea sur la leçon qu'elle devait tirer de cette scène instructive. Lord Ashford lui avait en effet paru excessivement nerveux lorsque Evelyn, par jeu, s'était montré soupçonneux à son égard.

Mais Ashford! Le mari de Venetia! Il ne pouvait pas avoir...

Non, Charity ne parvenait pas à l'imaginer en train d'assassiner qui que ce fût : il était trop placide, jugeait-elle, pour commettre une action violente. En même temps, elle le savait aussi profondément amoureux de son épouse. Quelle aurait été sa réaction en découvrant le chantage exercé par Reed ou, pire encore, les relations qui avaient donné prise à ce comportement ignoble ? L'amour et la jalousie pouvaient-ils conduire au meurtre un homme aussi tranquille qu'Ashford ? Peut-être. En revanche, cela n'expliquait pas pourquoi il aurait songé à diriger les soupçons du côté de Durby, son beau-frère et son ami.

Perdue dans ses pensées, Charity traversa le salon, à la recherche de Venetia. Comme elle ne l'y trouvait pas, elle sortit dans le hall, où quelques invités s'attardaient. Souriant au passage à son mari, engagé dans une assommante conversation avec un cousin dont la réputation d'éteignoir était bien assise, elle poursuivit sa recherche. Sans succès. Alors qu'elle se préparait à rejoindre le salon, elle fut prise d'une inspiration subite et traversa le hall pour gagner la bibliothèque.

Malgré l'obscurité, elle distingua une forme féminine à demi couchée sur un sofa, à l'autre bout de la pièce. Il lui sembla aussi entendre un sanglot étouffé.

— Qui est là ? demanda-t-elle. Puis-je vous aider ?

Sans attendre la réponse, elle s'avança.

La femme se leva vivement.

— Oh, Charity ! murmura-t-elle.

C'était la voix de Venetia.

— Que se passe-t-il ? lui demanda Charity. Que faites-vous ici, dans le noir ?

S'asseyant à son tour sur le sofa, elle saisit les mains de son amie pour la forcer à reprendre place à côté d'elle. Ses doigts effleurèrent alors un mouchoir humide de larmes.

Quant aux yeux trop brillants de Venetia, ils disaient assez le chagrin qu'elle était venue cacher en ce lieu.

— Pourquoi nous avez-vous fuis ? interrogea Charity.

Un rire lourd de sanglots échappa à sa compagne.

— Il faut bien que je me cache, dit-elle. Je dois ressembler à un épouvantail.

— Que se passe-t-il? Pourquoi pleurez-vous?

— Je ne pleurais pas... Enfin, si, un peu. Mais vous savez comment il en va : parfois, la moindre des contrariétés suffit pour nous porter au bord des larmes.

— En effet, admit Charity. Néanmoins, ce comportement ne vous ressemble pas. Je vous ai toujours vue très calme, très maîtresse de vous, comme Simon.

Venetia hocha la tête et soupira.

— Charity, je ne sais vraiment plus quoi faire. Je pensais que tout irait mieux après la mort de Reed.

Un désagréable frisson parcourut Charity. Que signifiaient les mots qu'elle venait d'entendre? La tête, soudain, lui tournait.

Non, Venetia ne pouvait avoir fait l'aveu implicite du meurtre! C'était impossible! Et quand bien même, elle non plus n'aurait eu l'idée de déposer sur le lieu du crime un mouchoir de son frère : elle l'aimait trop pour commettre une telle bassesse. Là encore, cependant, il fallait garder à la mémoire les ignominies que Reed lui avait fait subir, et qui pouvaient avoir eu raison de sa tête.

— Pourquoi me regardez-vous comme cela? demanda soudain Venetia. Oh! je comprends... Vous vous imaginez que c'est moi qui l'ai tué!

— Quelle idée! s'exclama Charity.

— Pourtant, j'aurais eu des raisons... Mais je ne l'ai pas fait, je vous l'assure. Je n'ai pas eu ce courage. En outre, mon frère m'avait promis qu'il ferait cesser le chantage, et je le croyais. Je dois avouer que j'ai été bien aise lorsque j'ai appris la nouvelle de l'assassinat. C'est peu charitable de ma part, je m'en rends compte, mais je me répète sans cesse que Reed a mérité ce qui lui est arrivé.

— Tout serait pour le mieux, en effet, reconnut cyniquement Charity, si les soupçons ne s'étaient pas portés vers Simon.

Venetia parut alors plus malheureuse encore, et de nouvelles larmes perlèrent à ses yeux.

— Je sais, murmura-t-elle. Et cela a contribué aussi à me

rendre la vie si insupportable, ces derniers temps. Si vous saviez combien je méprise ceux qui croient Simon coupable ! Comme ils le connaissent mal ! Jamais il n'aurait tué de cette façon : il aurait fait mourir Reed à mains nues, et en public, afin que nul n'ignore la chose. Cela lui ressemble si peu d'aller commettre un meurtre en pleine nuit.

Charity approuva d'un hochement de tête. La culpabilité de Venetia, à laquelle elle n'avait jamais vraiment cru, lui apparaissait maintenant impossible.

Elle devait à présent poser la question qui lui brûlait les lèvres.

— Est-ce que... Ashford a-t-il eu connaissance du chantage de Reed ?

Venetia lui jeta un regard effrayé.

— Non ! Avez-vous perdu la raison ? Il ignore même ce qui s'est passé entre Reed et moi. Vous savez d'ailleurs parfaitement que si ce gredin m'extorquait de l'argent, c'était parce qu'il connaissait mon désir de garder secrète cette histoire.

Si Charity ne jugea pas utile de répondre, elle n'était pas pour autant aussi assurée que Venetia de l'ignorance d'Ashford. Les hommes et les femmes passaient leur temps à bavarder sur les uns et les autres, à colporter les petits faits qu'ils étaient tout heureux de glaner pour l'édification de leurs semblables. Qui pouvait donc jurer que personne ne s'était jamais douté de la malheureuse aventure de la toute jeune Venetia ; ou qu'un passant ne l'avait pas vue fuir, dans le parc, tandis que Reed la rattrapait pour l'enlacer ? L'inimitié qui opposait ce dernier à Simon était de notoriété publique. Les spéculations allaient bon train, les anecdotes circulaient et, comme le bon vin, s'enrichissaient en prenant de l'âge... Ashford pouvait donc avoir eu vent de quelque chose, à moins que Reed lui-même ne se fût accordé le plaisir de tout lui révéler.

L'esprit enfiévré de Charity envisageait toutes les possibilités... Simon avait menacé Reed de représailles si Venetia continuait d'être importunée, mais Reed pouvait avoir décidé de contre-attaquer en révélant à Ashford le terrible secret, ainsi qu'il avait promis de le faire à plusieurs reprises. Cette démarche ne témoignait pas d'une intelligence et d'une sensibilité remarquables ; en revanche, elle convenait parfaitement à un esprit retors et bas, plus enclin à satisfaire une haine subite qu'à méditer les conséquences d'un acte grave. Il était possible que Reed ait espéré vendre son silence au mari soucieux de la réputation de sa femme, sans songer que la colère, pour une fois, embraserait une âme d'ordinaire très flegmatique.

Et pourquoi ne pas imaginer qu'Ashford, furieux contre Venetia et Simon, qui l'avaient maintenu dans l'ignorance, oubliait toute raison au point d'imaginer le stratagème du mouchoir ? Certes, mais comment eût-il pu se rendre possesseur de l'objet ? L'hypothèse s'effritait...

De toute façon, il était hautement improbable qu'Ashford, aussi affecté fût-il, ait décidé de tuer pour se venger de l'infidélité de son épouse...

Découragée de ne parvenir à rien de sérieux, Charity se leva brusquement et tendit la main à Venetia.

— Venez, lui dit-elle. Il est temps de rejoindre la société.

Venetia lui adressa un sourire contraint.

— Vous avez raison, répondit-elle. Il n'est pas concevable qu'un hôtesse s'absente aussi longtemps.

— Surtout que le dîner nous attend.

Après avoir pris la main de sa belle-sœur, Venetia se redressa en soupirant. Elle se tamponna une dernière fois le visage, fourra le mouchoir dans sa poche, et demanda :

— Suis-je présentable ? Les autres ne découvriront-ils pas que j'ai pleuré ?

— Bien sûr que non ! Vous êtes très belle, comme toujours. C'est la seule constatation à faire.

Apaisée, Venetia se pencha pour embrasser Charity.

— Merci, lui murmura-t-elle à l'oreille. Vous êtes si bonne. C'est une grande joie pour moi de vous savoir mariée à Simon.

— C'en est une pour moi aussi, chuchota Charity en étouffant un petit rire.

Bras dessus, bras dessous, les deux jeunes femmes regagnèrent le salon.

21.

Tout au long de la soirée, Charity tenta de questionner encore ses invités, mais ses efforts ne furent pas payés de succès. Instruite par la petite scène que lui avait jouée Evelyn, elle craignait d'offenser l'un ou l'autre des parents de Simon; aussi se montra-t-elle plus prudente dans ses approches. Et ce fut sans doute pour cette raison qu'elle n'obtint que des réponses évasives ou sans intérêt.

Bien vîte, le dîner s'annonça pour elle comme une épreuve fastidieuse. Elle avait en effet la malchance d'être placée entre deux des plus ennuyeux invités : un pasteur issu de la branche aînée des Westport et l'épouse d'Ambrose, une femme horripilante nommée Hortense, qui ne s'intéressait qu'à elle et parlait toujours sur un ton méprisant, les dents serrées, en regardant de haut ses interlocuteurs.

Le potage venait d'être servi lorsqu'un aboiement frénétique se fit entendre, suivi d'un bruit assourdissant : à l'évidence, Chanceux causait un nouveau scandale à l'office. Quelque peu crispée, Charity jeta un bref coup d'œil à Simon, placé à l'autre bout de la table, qui lui répondit d'un imperceptible haussement d'épaules. Tous les invités, muets, perçurent alors un hurlement de femme, puis un juron viril, heureusement indiscernable.

A l'entrée de l'office, position stratégique, Chaney surveillait les évolutions des serviteurs. Quoique toujours impassible, son visage avait une couleur cendreuse qui annonçait en général une grave difficulté. Comme il se retournait pour aller constater ce qui se passait derrière lui, il ouvrit la porte et livra le passage à une petite boule de poils plus vive que l'éclair, qui lui fila entre les jambes.

En comprenant la situation, Charity étouffa un gémissement : Churchill avait réussi à se libérer et, à en juger par les aboiements, les cris et bruits divers, Chanceux s'était lancé à sa poursuite.

Plusieurs dames hurlèrent d'effroi lorsqu'elles virent le singe traverser la salle à manger pour venir se jucher sur la desserte, non sans jeter quelques assiettes sur le sol.

Quelques secondes plus tard, Chanceux faisait à son tour une entrée remarquée, ses griffes cliquetant sur le sol de marbre trop glissant pour lui. Perdant le contrôle de ses membres dans un virage trop serré, et surtout trop rapide, il dériva en direction d'une chaise et la heurta avec violence. De nouveaux cris de dames saluèrent cet épisode.

Le visage écrevisse, la perruque de travers et les bas déchirés, un valet arriva sur ces entrefaites. Les mains en avant, il courut vers le chien avec l'intention évidente de le capturer.

— Mais que se passe-t-il, enfin? demanda oncle Ambrose en se levant.

Au même moment, le valet prit soudain conscience du lieu où il se trouvait et s'arrêta net. Jetant un regard effaré à la tablée, il se tourna vers Simon, puis vers Charity.

— Je... je vous demande pardon, balbutia-t-il. Il... Le chien... je ne sais pas comment il a fait pour s'échapper. Je...

— Dennis...

Le rappel à l'ordre de Chaney avait été proféré d'une voix glaciale, si glaciale que Charity éprouva de la pitié pour le valet. Pour lui, le quart d'heure à venir serait des plus difficiles...

Conscient qu'il devait prendre la situation en main, Chaney s'approcha des deux animaux tandis que le malheureux Dennis, piteux, ne savait plus quelle contenance adopter.

Après avoir jeté un regard méprisant au chien, toujours répandu sur le carrelage, le singe lui tourna le dos pour s'admirer dans le grand miroir disposé au-dessus de la desserte. La tête penchée d'un côté, puis de l'autre, il émit une série de cris amusés, puis pratiqua ses grimaces préférées.

Le rire d'Evelyn troubla le silence pesant qui régnait dans la salle à manger.

Chanceux, de son côté, avait enfin réussi à se remettre sur pattes. Plus circonspect, il s'avança en direction de la desserte, au pied de laquelle il lança une série d'aboiements stridents.

Dennis crut alors pouvoir se jeter sur l'animal afin de s'en emparer. Mais il glissa lui aussi et s'étala de tout son long.

Chaney arrivait. Il chercha à attraper Chanceux par son collier. Le chien, qui l'avait vu arriver, fit un brusque saut de côté pour lui échapper, dérapa de nouveau et s'écrasa encore une fois, la truffe sur le sol.

Le singe se retourna alors pour applaudir en s'esclaffant bruyamment. Cela ne servit qu'à augmenter la fureur de Chanceux qui, déchaîné, se mit à sauter en l'air pour essayer de l'atteindre. Quelques nouvelles assiettes firent les frais de ses vaines tentatives.

Comprenant alors qu'il serait plus efficace de s'emparer du singe, puisque le chien suivrait, Chaney s'approcha de la desserte d'un air dégagé. Mais s'il croyait dissimuler ses intentions, il se trompait.

Peu décidé à se laisser prendre, Churchill sauta sur le sol, puis sur la table. Chanceux se lança aussitôt sur ses traces, s'insinua entre deux convives et se dressa sur les pattes de derrière.

— Churchill ! s'exclama Charity. Sont-ce des manières ? Descendez, je vous prie !

Unissant leurs efforts, Chaney et Dennis se jetèrent alors sur le chien, qu'ils entraînèrent vers l'office. Pendant ce temps, Churchill parcourait toute la longueur de la table afin de se réfugier auprès de la maîtresse de maison ; au passage, il déroba une magnifique grappe de raisin dans une coupe.

Cachée derrière sa serviette, Charity avait toutes les peines du monde à contenir son rire. Elle jetait de fréquents coups d'œil à Simon, se demandant s'il n'allait pas finir par prendre ombrage de la scène insensée dont sa maison était le théâtre ; mais s'il affectait un flegme parfait, il semblait s'amuser *in petto*. La petite lueur qui allumait son regard était éloquente.

Plusieurs invités — les dames, mais aussi quelques hommes — avaient repoussé en arrière leur siège et observaient le singe avec une crainte mal dissimulée. Evelyn, quant à lui, riait sans retenue.

Conscient de l'attention dont il était l'objet, Churchill jugea le moment venu de montrer l'étendue de son talent. Après tout, n'était-il pas un animal de spectacle ? Tournant sur lui-même, il souleva le minuscule chapeau placé sur sa tête, et salua l'un après l'autre tous les invités, qui partirent alors d'un franc éclat de rire. Satisfait du succès obtenu, le singe se promena de long en large, le chapeau à la main, comme pour faire la quête.

Les rires ne s'éteignaient plus. Même les convives les plus craintifs se rapprochèrent de la table.

A cet instant, Churchill revint vers Charity. En arrivant au bout de la table, il remarqua un peigne brillant fixé dans les cheveux de tante Hortense. Son œil s'alluma. Avec une stupéfiante vivacité, il sauta sur l'épaule de la digne femme afin de lui arracher l'objet, qu'il brandit triomphalement.

Hortense poussa un cri strident, puis chercha à reprendre possession de son bien ; mais elle n'était naturellement pas assez agile pour l'animal, qui fila sur l'épaule de Charity, et plaça le peigne dans les cheveux de sa maîtresse. La tête penchée sur la droite, il prit le temps de juger de l'effet obtenu.

— Churchill, vous êtes impossible ! s'exclama la jeune femme avec sévérité.

Elle se saisit du peigne et le rendit à Hortense.

Conscient d'avoir subi une véritable remontrance, le singe descendit sur la table et, sans doute pour se consoler, entreprit de goûter au contenu de l'assiette placée devant lui.

— Non ! s'écria Charity.

Elle prit l'assiette, qu'elle souleva très haut, hors de portée.

Churchill, alors, s'empara du verre de sa maîtresse et but une gorgée du vin qu'il contenait.

— Je n'en crois pas mes yeux ! marmonna tante Hortense.

— Hiik ! lui répondit le singe.

Reposant l'assiette, Charity voulut récupérer son verre. Churchill, cependant, manifesta clairement son intention de le garder, et but une nouvelle gorgée.

— Votre Grâce !

Chaney revenait après avoir enfermé le chien en un lieu sûr. Horrifié, il se hâtait en direction de sa maîtresse. Au passage, il gratifia d'un regard sévère les deux serviteurs plaqués contre le mur, qui observaient la scène sans oser intervenir. Eux aussi auraient sans doute droit à de sévères remontrances.

Churchill sentit venir le danger. D'un geste brusque, il rejeta le verre, dont le contenu éclaboussa la robe de tante Hortense. La vénérable personne hurla de surprise et de rage.

Mais Chaney était décidé à en finir. Il réussit ainsi à se saisir du singe, récupéra le verre désormais inutilisable, et quitta très vite la salle à manger.

Autour de la table, on riait, on commentait. Charity, quant à elle, balbutiait des paroles d'excuse.

Evelyn prit la parole pour résumer l'opinion générale.

— Je dirai, chère cousine, que cette soirée est une des plus réjouissantes auxquelles il m'ait été donné d'assister. Avez-vous l'intention de poursuivre dans cette voie ?

Morose et incertaine, Charity gravissait, au bras de Simon, l'escalier conduisant à l'étage et à leur chambre.

— Allons, mon amour, lui dit-il, pourquoi cet air contrit ? Vous n'avez aucune raison de vous faire de soucis.

— Tous vos parents étaient là pour assister au désastre ! gémit la jeune femme. Après ce qui lui est arrivé, Hortense ne voudra plus jamais remettre les pieds dans notre maison, j'en suis sûre !

— L'affaire n'est pas si grave ! répondit Simon d'un ton léger. Hortense a récupéré son peigne de diamants...

— Mais sa robe ? Elle est définitivement perdue.

— Et alors ? Ce sera une bonne chose que nous n'ayons plus sous les yeux ce vêtement particulièrement hideux.

Malgré son envie de rire, Charity conserva un ton sérieux.

— Je vous en prie, dit-elle, ne tournez pas tout à la plaisanterie ! J'ai réellement choqué votre famille.

— Pas tous. J'en ai vu plusieurs qui riaient de bon cœur. Evelyn, en particulier, s'est beaucoup diverti.

— Que ferons-nous si certains refusent désormais de nous fréquenter ?

— Rien. Croyez-moi, mon amour, je n'ai pas le désir de plaire à tout prix. Et si certains raseurs nous jugent indignes d'eux, nous ne nous en porterons pas plus mal.

Simon, qui avait ouvert la porte de la chambre, attira aussitôt Charity à lui, afin de déposer un baiser sur le bout de son nez.

— En outre, ajouta-t-il, je ne vous considère pas comme responsable de l'incident. Churchill et Chanceux n'auraient jamais dû commettre cette intrusion, et si nos gens les avaient mieux gardés...

— C'est pourtant moi qui ai amené ici ces animaux...

Simon retira sa veste, puis la jeta dans un fauteuil.

— Ne pensez-vous pas que je ferais bien de m'instruire un peu en apprenant les usages, et toutes ces sortes de choses ? reprit Charity, réellement chagrinée.

— Ah ! J'ai l'impression d'entendre votre mère ! Il me semble vous l'avoir déjà dit : ce n'est pas elle que je désirais épouser, mais vous ! Oubliez les usages, restez vous-même : c'est le seul souhait que je puisse exprimer.

— Est-ce bien vrai ?

— Mais oui ! Puisque je vous le dis...

Simon prit la main de Charity et la porta à ses lèvres. Il déposa dans la paume, puis sur toute la longueur du bras, une série de baisers qui firent frissonner délicieusement la jeune femme.

— Vous ai-je dit à quel point je vous trouvais ravissante, ce soir ? lui demanda-t-il en l'embrassant dans le cou.

— Je ne crois pas, minauda Charity. Pourriez-vous exprimer le fond de votre pensée ?

— Certainement. Voici...

Alternant les mots et les baisers, Simon déclara :

— Je... vous... trouve... très... belle... très... désirable...

Lorsqu'il atteignit les seins, qui palpitaient à la limite du corsage, il cessa de parler. Souriante, satisfaite, épanouie, Charity lui dit :

— Que j'aime vous entendre parler ainsi !

— Il ne me reste plus qu'à prouver ce que j'avance, murmura Simon.

Sa voix avait déjà changé ; plus basse, un peu tremblante, elle trahissait le désir qui montait en lui.

— Mmm..., fit Charity en lui caressant les cheveux. C'est cela : prouvez-le-moi.

Le visage illuminé par un sourire sensuel, Simon secoua la tête.

— Vous êtes vraiment la femme la plus extraordinaire que je connaisse !

Sa bouche avide chercha les lèvres de Charity, qui les lui donna bien volontiers.

Puis Simon entreprit de défaire les boutons de sa chemise tandis que la jeune femme se débarrassait de ses peignes et de ses épingles à cheveux. Lorsque la lourde masse de sa chevelure se fut écroulée sur ses épaules, elle tourna le dos pour montrer les innombrables boutons qui fermaient sa robe.

— J'ai besoin de votre aide, mon ami.

— Vous savez que je suis toujours disposé à vous rendre service, déclara Simon.

Il s'attaqua aux boutons et, de ses doigts agiles, il eut tôt fait de venir à bout des petites boules de nacre, qu'il dégagea rapidement de leur œillet de soie.

Charity put alors retirer sa robe, qui tomba sur le sol dans un bruissement d'étoffe. Simon soupira lorsqu'il aperçut le corset. Encore des lacets ! songea-t-il. Il les défit très vite, afin de pouvoir rejeter la carapace, puis masser la peau meurtrie par cet instrument de torture.

De l'autre côté de la pièce se trouvait le long miroir sur pied, dans lequel il apercevait le couple qu'il formait avec Charity. Dans sa chemise et ses jupons, celle-ci lui tournait le dos, tandis qu'il se tenait derrière elle, un peu en retrait. Il était troublant de se regarder ainsi, dans la pénombre, comme s'il s'agissait d'autres personnes.

Posant les mains sur les épaules de Charity, il les fit descendre, lentement. Il prit les seins, qu'il soupesa et pressa, puis glissa ses doigts sur les hanches de son épouse. Quand il eut délacé les rubans qui retenaient les jupons, il retira le tout, et donna licence à ses mains, qui parcoururent le ventre et les cuisses encore recouvertes de bas.

— Vous êtes si belle ! murmura-t-il en enfouissant son visage dans les cheveux de Charity.

Celle-ci se laissa aller en arrière, s'abandonnant aux affolantes caresses qui lui étaient prodiguées avec passion.

Bientôt, Simon la dépouilla du reste de ses vêtements, avant qu'elle n'en fasse de même avec lui. Lorsqu'ils furent nus, ils se regardèrent un long moment en silence, presque intimidés. Ils se connaissaient bien, à présent ; et pourtant, ils se découvraient comme si c'était la première fois.

Charity posa ses mains sur le torse de Simon et les fit descendre. Ses doigts s'attardèrent sur les hanches, puis remontèrent pour jouer avec les mamelons dressés ou se perdre dans la fine toison bouclée.

Simon retenait sa respiration sous l'exquise torture tandis qu'un incoercible désir s'emparait de lui. Lorsque, enfin, une main se porta sur sa virilité dressée, il gémit et serra les poings. Il n'en pouvait plus ! Tout son corps, couvert de sueur, tremblait. Et lorsque Charity se pencha pour agacer de la langue les mamelons devenus trop sensibles, il sursauta et attira la jeune femme contre lui. La prenant dans ses bras, il la porta vers le lit.

Charity s'ouvrit aussitôt à lui et passa ses jambes autour de ses reins, pour mieux le retenir. Les corps soudés, les regards fondus, ils partirent pour un long voyage d'éternité et d'infini, au terme duquel ils explosèrent dans le paroxysme de l'amour.

Charity s'éveilla. Elle était blottie contre Simon, dont un bras lui enserrait la poitrine. Avec un sourire, la jeune femme songea qu'il était délicieux de revenir à la vie de cette façon.

Elle resta longtemps ainsi, repassant dans sa mémoire les

événements de la veille, et récapitulant les maigres indices qu'elle avait recueillis au cours du dîner. N'avait-elle pas entrepris une enquête trop difficile pour elle, et impossible à mener à bien. Après avoir parlé avec tant de gens, après avoir posé tant de questions parfois indiscrètes, elle n'avait toujours pas la moindre idée concernant l'identité de l'assassin. De son côté, Chaney n'avait rien tiré de ses bavardages avec le personnel de Reed, hormis l'impression que toutes ces gens avaient détesté leur maître défunt.

Il fallait donc chercher un autre moyen d'élucider le mystère. Mais lequel ? Charity se demanda si elle ne devrait pas engager un homme habitué à ce genre d'exercice, un praticien discret qui pourrait enquêter sur le passé de Reed, afin de dresser une liste des personnes ayant un sérieux motif de le tuer. C'était peut-être une bonne idée, en effet. Sauf qu'elle ignorait où trouver cet auxiliaire efficace.

Avec un soupir, elle se glissa hors du lit, prenant garde de ne pas éveiller Simon. Vêtue de sa robe de chambre, elle se dirigea vers la salle de bains.

Elle ouvrit la porte... et poussa un hurlement strident.

Aussitôt, Simon fut derrière elle.

— Que se passe-t-il ? demanda-t-il en l'enlaçant pour la protéger.

Les mains plaquées sur sa bouche, Charity ne parvenait pas à articuler le moindre son. Elle désigna le sol, les yeux écarquillés d'horreur.

— Churchill ?

Le singe ne répondit pas à l'appel de Simon.

— Que lui est-il arrivé ? demanda ce dernier.

— Je ne sais pas, murmura Charity, dont les yeux s'emplissaient de larmes. Simon... il est mort, n'est-ce pas ?

— J'en ai bien peur.

Simon se pencha sur la petite créature, dont le corps était déjà froid. Puis il l'emporta vers la fenêtre. Là, il tira les rideaux, afin de mieux voir.

— Est-ce Chanceux qui l'a tué ? demanda Charity. Oh ! je n'aurais jamais dû le ramener ici. Si j'avais songé que notre chien lui ferait ce mauvais sort...

— Chanceux n'est pas responsable de cette mort, affirma Simon. Je ne vois aucune trace de morsure.

— Il lui a peut-être brisé le cou en le...

— Je ne le pense pas non plus. Aucun os n'est brisé, je le vois bien. En outre, cet animal était enfermé dans la salle de bains, porte close. Comment Chanceux aurait-il pu l'atteindre ?

— Vous avez raison. Faut-il conclure qu'un de nos serviteurs pourrait avoir perpétré cet acte odieux ?

— Tuer Churchill avant de le déposer dans la salle de bains ? Cela me semble hautement improbable. D'ailleurs...

Elevant le cadavre à la hauteur de son nez, Simon inspira longuement.

— Que faites-vous ? lui demanda Charity.

— Je perçois une odeur... assez vague... Je ne suis sûr de rien, mais...

Simon traversa la salle de bains et ouvrit l'autre porte, qui conduisait à sa propre chambre. Là, il déposa Churchill sur un fauteuil, avant de se vêtir en hâte.

— Simon ? s'étonna la jeune femme. Pourquoi vous habillez-vous si vite ?

— Il faut que je voie le Dr Cargill.

— Le Dr Cargill ?

— Oui, c'est mon médecin.

— Vous sentez-vous mal ?

— Pas du tout. Je veux lui faire examiner Churchill.

Malgré la gravité de l'instant, Charity ne put s'empêcher de rire.

— Il est médecin, pas vétérinaire. Pourquoi voulez-vous... Ah ! j'ai compris : vous pensez que Churchill est atteint d'une maladie contagieuse, qu'il aurait pu nous transmettre !

— Non. En fait, je ne suis sûr de rien. Mais cette mort subite m'intrigue au plus haut point. Il est évident que nos serviteurs l'ont enfermé là pour qu'il ne puisse plus faire d'esclandre. Quant à la cause de sa mort... Je ne vois aucune trace suspecte, pas un de ses os n'est brisé...

— Peut-être a-t-il mangé quelque chose de pas très bon.

— Quelque chose de pas bon du tout, oui : un poison !

— Personne n'aurait l'idée saugrenue d'empoisonner un singe ! protesta Charity.

— Telle est bien mon idée.

— Alors ?

— Alors, il faut vous souvenir que Churchill a bu votre vin, hier soir, avant de répandre le reste du verre sur la robe d'Hortense. Si j'emmène de ce pas ce malheureux animal chez le Dr Cargill, c'est que je soupçonne quelqu'un d'avoir voulu *vous* empoisonner.

22.

Abasourdie, Charity ne songea pas à protester. Elle regarda Simon finir de s'habiller en hâte, puis envelopper le petit singe dans un torchon. Il partit en promettant de revenir au plus vite.

La jeune fille procéda alors à sa toilette, sans cesser de songer à tous les événements inquiétants qui affectaient sa vie depuis qu'elle connaissait Simon. Le dernier en date était le plus extraordinaire. Se pouvait-il, vraiment, que quelqu'un eût formé le projet monstrueux de l'empoisonner ? Elle n'arrivait pas à le croire ; tant et si bien qu'elle ne tarda pas à se persuader que tout cela était absurde, et que Simon se montrait trop protecteur. Il faudrait le mettre en garde contre ce penchant... encore qu'il fût réconfortant de se savoir tant aimée !

Un peu rassérénée dès lors, Charity recouvra son entrain pour en terminer avec ses activités matinales.

L'inquiétude s'empara de nouveau d'elle lorsqu'elle s'assit à la table du petit déjeuner. Et si vraiment on cherchait à la supprimer ? Elle s'interdit d'absorber quoi que ce fût.

Simon rentra un peu plus tard, le visage sombre.

— J'avais raison, déclara-t-il aussitôt en se laissant tomber sur une chaise. L'animal a bien été empoisonné, ce que le Dr Cargill n'a eu aucun mal à établir.

Charity blêmit.

— Cela ne signifie pas que mon vin recelait la drogue

mortelle, remarqua-t-elle. Il est possible que quelqu'un ait empoisonné Churchill avant le dîner. Imaginez qu'un de nos serviteurs, excédé par ses tours et ses farces, ait imaginé ce moyen radical de supprimer un animal qui mettait trop d'animation dans sa vie tranquille et bien réglée. Il suffisait de glisser la substance dans une sucrerie, et...

— Le poison se trouvait dans le vin, affirma Simon. Le médecin a procédé à une autopsie rapide, et l'examen du contenu de l'estomac l'a vite renseigné. Aucun doute ne subsiste : vous étiez la victime désignée.

Très nerveuse, Charity se leva.

— Pourquoi, mais pourquoi ? répéta-t-elle, arpentant la pièce d'un pas nerveux. Pourquoi aurait-on voulu m'éliminer ?

— Peut-être parce que vous avez couru dans tout Londres en posant mille questions à propos de Faraday Reed, répondit Simon d'une voix blanche. Peut-être votre attitude a-t-elle porté ombrage à l'assassin ? Bon sang, Charity ! Vous avez failli être tuée à votre tour !

La jeune femme s'arrêta. Une évidence venait de la foudroyer, idée si monstrueuse qu'elle en avait les jambes coupées.

— Si mon vin a été empoisonné, il faut croire que... que l'un de nos invités a tenté de perpétrer ce forfait... qu'un membre de votre famille...

Elle ne put terminer sa phrase.

— Ce n'est pas sûr, lui dit Simon. On peut fort bien imaginer aussi que le poison a été mis dans votre verre par un de nos serviteurs.

— Les serviteurs ?

— Oui. L'un d'eux a pu être soudoyé dans ce but. Ou... Attendez ! Chaney n'a-t-il pas engagé du personnel supplémentaire, en prévision de notre soirée ?

— En effet ! s'exclama Charity. Oui, vous avez raison. Je me souviens de cet homme très grand et très fort... Je crois même qu'il y en avait un deuxième.

Chaney fut aussitôt appelé, qui confirma avoir engagé deux *extras* pour la soirée de la veille. Ils lui avaient été envoyés par l'agence avec laquelle il traitait depuis longtemps ce genre d'affaires.

— Retournez dans cette officine, ordonna Simon, et tâchez de découvrir l'identité de ces deux hommes. Je veux les questionner. En attendant, lady Durby ne consommera plus aucun aliment qui n'ait été préparé par vous personnellement. Est-ce bien clair ?

— Parfaitement, Votre Grâce.

Pour une fois, Chaney ne put s'empêcher de manifester l'étonnement que lui causait cette requête inusitée.

— On a essayé de tuer ma femme, révéla Simon.

— Oh ! Votre Grâce !

— C'est la triste vérité. Le singe, fort heureusement, a sauvé lady Durby en mourant à sa place.

Brièvement, Simon expliqua ce qui s'était passé, avant de conclure :

— Je ne sais pas si l'assassin utilisera encore le poison. On peut toutefois s'attendre à d'autres tentatives. C'est à vous que je confie la sécurité de mon épouse, Chaney ! Chaque fois que je devrai m'absenter, vous veillerez sur elle.

— Fort bien, Votre Grâce. Patrick ou moi monterons la garde à la porte de lady Durby. Patrick est le fils de ma sœur, ainsi que vous ne l'ignorez pas, et j'ai en lui une confiance absolue.

— Je m'en remets à vous.

— Merci, Votre Grâce. Je me rends à l'agence de ce pas.

Chaney s'inclina et sortit.

— Je me demande si toutes ces précautions sont utiles, remarqua alors Charity.

Simon vint se placer devant elle.

— Utiles ? s'exclama-t-il. Comment pouvez-vous proférer une telle absurdité ? Voulez-vous que j'attende sans rien faire, que je donne à un criminel toute latitude pour...

— Non, bien sûr, il ne s'agit pas de cela, mais...

— Il n'y a pas de *mais* qui tienne, coupa Simon. En fait, je me demande même si je ne devrais pas vous expédier sur-le-champ à Deerfield.

— Ah, non ! protesta Charity. Je ne partirai pas sans vous. Je vous fais en outre observer que ce n'est pas en allant nous cacher à la campagne que nous découvrirons notre ennemi. Restons à Londres, et agissons ! Pour commencer, convoquons ce pauvre Gorham, et racontons-lui les derniers développements de l'affaire ; peut-être comprendra-t-il enfin qu'il ne cherche pas dans la bonne direction.

— Inutile ! soupira Simon. Il s'imaginera que nous avons manigancé toute cette histoire afin de l'égarer.

Les sourcils froncés, il parcourut la pièce de long en large, puis s'arrêta brusquement.

— Il faut que j'aille voir Venetia, lança-t-il tout à trac.

— Venetia ? s'étonna Charity. Pourquoi ? De toute façon, c'est impossible. Elle m'a appris hier soir qu'elle quittait Londres de bonne heure ce matin, afin de se rendre au château d'Ashford.

— Peste !

Simon reprit sa marche méditative, pour décider de la conduite à tenir.

— Je dois l'y rejoindre, décréta-t-il. Je ne serai sans doute pas de retour avant demain soir, mais vous aurez Chaney et Patrick pour veiller sur vous. Promettez-moi que vous ne quitterez la maison sous aucun prétexte. Jurez-le-moi.

— Mais, Simon...

— Je suis sérieux, Charity. Jurez que vous ne mettrez pas le nez dehors en mon absence. Je ne sais pas ce que je deviendrais s'il vous arrivait malheur.

Charity n'en croyait pas ses oreilles. Ne venait-elle pas d'entendre, sous une forme déguisée, une véritable déclaration d'amour ? Son cœur battit plus fort tandis qu'elle se trouvait soudain dans l'état de promettre toutes les folies.

— Oui, Simon, je jure que je ne sortirai pas. Mais n'ayez crainte : avec Patrick et Chaney, je ne risque rien.

— Pour plus de sûreté encore, faites goûter par Chanceux tous les aliments qui vous seront servis.

— Puisque c'est Chaney qui préparera mes repas...

— Deux précautions valent mieux qu'une !

— Pourquoi est-il si important que vous visitiez Venetia ? voulut savoir Charity. Vous ne songez pas sérieusement qu'elle ait pu commettre cette tentative d'assassinat ?

Simon ferma les yeux. Il semblait soudain souffrir.

— Par Dieu ! j'espère bien que non, soupira-t-il. Pourtant... Voyez-vous, il se trouve que je lui ai donné autrefois un de mes mouchoirs. C'était juste avant mon départ pour Deerfield — soit deux semaines avant la mort de Reed. Je suis allé lui faire mes adieux et, la trouvant en pleurs, je lui ai donné mon mouchoir pour sécher ses larmes. Elle a oublié de me le rendre.

Bouleversée par les conclusions qu'il fallait peut-être tirer de récit, Charity ne put que murmurer :

— Oh ! Simon...

Elle se jeta dans les bras de son mari.

— Mon pauvre chéri, dit-elle. Avez-vous été torturé par cette pensée au cours des dernières semaines ? Est-ce pour cette raison que vous sembliez si peu intéressé à la découverte du meurtrier, et que vous faisiez votre possible pour me dissuader d'interroger l'entourage de Reed ?

Simon hocha la tête.

— Oui, mais en partie seulement. En fait, je n'imagine pas que Venetia puisse tuer, même un gredin comme Reed. D'autant que je lui avais promis de prendre l'affaire en main, et qu'elle n'avait donc plus rien à craindre. Cependant... je crois que son angoisse ne l'avait pas quittée. Et puis, il y a ce damné mouchoir ! Jamais je n'ai pu me résoudre à lui demander ce qu'elle en avait fait. Je me refusais à la suspecter, bien sûr, et je ne voulais même pas qu'elle sût que cette idée affreuse avait traversé mon esprit. A tout prendre, je préférais même que cet imbécile d'inspecteur me considérât comme le suspect principal, plutôt que de s'intéresser de trop près à ma sœur !

— Pourquoi ne pas soupçonner George, aussi ? Il a très bien pu entrer en possession du mouchoir par l'intermédiaire de Venetia. Je vous ai dit quelle drôle d'expression il a affichée, hier soir, quand j'ai mentionné le nom de Reed.

Simon soupira.

— George ferait un assassin plus plausible que Venetia, je le sais bien. Pourtant, cette hypothèse me paraît peu intéressante.

Il marcha vers le sofa, s'y assit et invita Charity à le rejoindre.

— Il est temps que j'acquière des certitudes ! lui dit-il. Je me moque bien que Venetia ait tué Reed, cet homme de peu qui le méritait cent fois. Mais si c'est elle qui essaie de vous nuire, je saurai lui faire comprendre qu'elle doit cesser.

Simon s'engouffra dans sa voiture et n'en descendit que lorsque le véhicule s'arrêta devant le château d'Ashford. Il avait roulé tout l'après-midi.

Venetia et son mari prenaient place pour le thé quand il pénétra dans la salle à manger. Le majordome, qui le précédait, eut tout juste le temps de l'annoncer.

En voyant son frère, Venetia se leva, toute pâle, tandis qu'Ashford s'exclamait :

— En voilà une surprise ! Par tous les diables, que faites-vous ici, Durby ?

— Il faut que je vous parle... ou plutôt, il faut que je parle à Venetia.

La jeune femme lui jeta un regard perturbé.

— Simon, balbutia-t-elle, nous nous sommes vus hier soir. Qu'avez-vous de si important à me dire ?

— Il s'agit de Charity.

Le visage soudain soucieux, Venetia demanda :

— Charity ? Que se passe-t-il ? Lui est-il arrivé un malheur ?

— Pourquoi posez-vous cette question ? s'étonna Simon d'un ton glacial. Est-il si évident qu'un malheur doive lui être arrivé ?

La confusion s'empara de Venetia, qui balbutia de plus belle.

— Vous dites que vous êtes venu me parler d'elle... J'ai pensé... Simon, que se passe-t-il ?

— Oui, insista Ashford. Expliquez-vous, à la fin ! Nous ne comprenons rien à ce que vous nous chantez là !

— Hier soir, quelqu'un a essayé d'empoisonner Charity, révéla alors Simon.

— Oh, non ! s'écria Venetia.

Elle s'avança aussitôt vers son frère

— Comment va-t-elle ? demanda-t-elle en lui prenant le bras.

— Que faites-vous ici ? lança Ashford d'un ton sévère. Votre place n'est-elle pas auprès de votre épouse ?

Ignorant la leçon, Simon choisit de répondre d'abord à sa sœur.

— Charity va bien, car elle n'a pas bu le poison. C'est le singe qui en est mort.

— Dieu soit loué ! murmura Venetia dans un souffle.

— Le singe ? s'exclama Ashford. Comment cela peut-il se faire ? Durby, ce sont d'étranges fables que vous nous racontez là. Asseyez-vous et prenez une tasse de thé. Venetia, je vous prie...

— Bien sûr...

Venetia indiqua à son frère le siège à prendre, en face d'elle, puis se rassit elle-même pour servir le thé.

— Je n'y comprends rien, avoua-t-elle. Comment savez-vous que votre singe a été empoisonné, ou que la drogue était destinée à Charity ?

— Ce matin, nous avons trouvé le cadavre de l'animal dans la salle de bains, et nous avons d'abord pensé que sa mort devait être attribuée au chien. En l'absence de toute trace de morsure, cependant, il nous a fallu réviser notre jugement.

— Il pourrait aussi s'être brisé le cou, observa Ashford. Cette histoire d'empoisonnement me paraît hautement improbable.

Un mince sourire aux lèvres, Simon réfuta l'argument.

— J'ai pensé à cette hypothèse aussi, vous le pensez bien. Mais j'ai examiné attentivement la dépouille du singe, et puis affirmer que pas un de ses os n'a été touché. J'ajoute qu'il n'avait trahi aucun signe de maladie, la veille. D'ailleurs, vous l'avez vous-mêmes vu courir. En fait, il y avait cette odeur d'amandes amères...

— Des amandes ? Quelqu'un a empoisonné des amandes ? demanda Ashford. Cette histoire est de plus en plus embrouillée.

— Ne dites pas de sottises ! s'impatienta Simon. Vous savez comme moi qu'il existe un poison dégageant une forte odeur d'amandes amères. Je l'ai tout de suite reconnu.

— Mais quel rapport avec Charity ? intervint Venetia.

— Le singe a bu son vin, lors du dîner. Vous vous en souvenez très bien, je pense.

— Bon sang ! C'est ma foi vrai, murmura Ashford. Mais... pourquoi voudrait-on faire ce mauvais sort à Charity, personne charmante à tous égards ? Ne croyez-vous pas que le singe a bu, plutôt, dans le verre d'Hortense ? Celle-là, je comprendrais qu'on veuille la faire passer de vie à trépas...

— George ! s'exclama Venetia.

Simon partit d'un franc éclat de rire, qui s'éteignit cependant très vite. Les événements étaient dramatiques.

— Je ne sais plus que faire, ni que penser, murmura-t-il.

— Je ne comprends pas les raisons de votre démarche auprès de nous, avoua alors Venetia en fronçant les sourcils. Certes, nous sommes touchés que vous veniez nous informer si vite, mais...

Simon se rembrunit tandis que son regard se troublait.

— Je suis venu vous poser une question, Venetia. Celle-ci : où mon mouchoir se trouve-t-il ?

Sérieusement inquiet sur la santé mentale de son beau-frère, Ashford secoua la tête.

— Votre mouchoir, vraiment ? Est-ce le moment de chercher un mouchoir ? Sauf erreur de ma part, vous devez en avoir des douzaines, et...

Mais Venetia avait tout de suite compris l'enjeu de cette question apparemment futile. Pâle comme la mort, elle se leva avec lenteur.

— Vous voulez... Vous pensez que...

— Vous avez conservé le mouchoir que je vous ai donné, alors qu'un jour, en visite chez vous, je vous ai trouvée en pleurs.

— Mais quelle est cette ridicule histoire de mouchoirs ? s'emporta Ashford, au comble de l'irritation. Venetia, on dirait que vous venez d'apercevoir un fantôme. Que se passe-t-il, à la fin ? Consentirez-vous à m'expliquer ?

— Il serait sans doute plus convenable que je puisse m'entretenir seul avec ma sœur, lui dit Simon, le visage fermé.

— Et moi, je ne suis pas d'accord ! Il est évident que vous la perturbez, et ne suis pas décidé à vous laisser faire.

Bien que je ne comprenne pas grand-chose à vos problèmes, je vous propose d'en discuter calmement, entre hommes, devant un verre de cognac. Venetia, pourquoi ne monteriez-vous pas tandis que nous tirerons cette affaire au clair, Durby et moi ?

— Non, répondit la jeune femme. Ce n'est pas à vous de parler, car c'est moi que mon frère soupçonne de meurtre. N'est-ce pas, Simon ?

Ce dernier exhala un véritable cri d'angoisse.

— Je ne sais pas ! Je n'arrive pas à le croire, mais il a fallu que je vienne vous voir pour que vous me disiez la vérité. Je me refuse à l'admettre... et cependant, il y a ce mouchoir, que je ne peux oublier. Et puis, vous le haïssiez tant...

Bouche bée, les yeux écarquillés, Ashford écouta ce discours en rougissant peu à peu. A la fin, il lança :

— Vous pensez... que Venetia... que ce Reed... Enfer et damnation ! Vous accusez votre propre sœur de meurtre !

— Je n'accuse personne, rétorqua Simon, le regard sombre. Je m'informe, c'est tout. Je dois savoir. Comprenez-moi : la vie de Charity est en jeu.

— En tout cas, ce n'est pas Venetia qui a tué Reed, affirma Ashford. Nous nous trouvions ensemble, cette nuit-là. Je puis le jurer.

La jeune femme sursauta.

— Mais enfin, George, ce...

— Je vous en prie, Venetia. Si je dis que nous étions ensemble, c'est la vérité.

Un tendre sourire aux lèvres, Venetia prit la main de son mari.

— Cher George ! Vous êtes donc prêt à vous parjurer pour moi ?

— Ce mensonge ne tiendrait pas, observa froidement Simon. Tout le monde a vu Venetia à la soirée Bannerfield. Et vous ne l'accompagniez pas.

— Oui, mon ami, rappela Venetia. Vous étiez à votre club, cette nuit-là. Il se trouvera sans doute une douzaine de gentlemen pour en témoigner.

— Je n'y suis pas resté toute la nuit, insista Ashford. Il me semble être sorti vers 3 heures du matin.

— En outre, vous n'êtes pas venu dans mon lit, nous le savons très bien tous les deux.

— Il était fort tard. Je ne voulais pas vous déranger.

— Voilà des mois que vous n'osez plus me déranger, murmura Venetia avec douceur.

Tandis que son mari rougissait violemment, elle ajouta :

— De toute façon, ce n'est pas une question à débattre, pour le moment. Le plus important est de savoir si j'ai tué Faraday Reed.

Ayant jeté un regard significatif à son frère, elle conclut :

— Attendez-moi, tous les deux. Je reviens dans un moment.

Pour les deux hommes, cette attente fut interminable.

D'abord, ils se regardèrent sans savoir que dire. Puis Simon entreprit d'arpenter la pièce, avant d'aller se planter dans l'embrasure d'une fenêtre, pour regarder au-dehors. Il régnait dans la pièce un silence pesant.

Finalement, Ashford prit la parole.

— Venetia n'a pas tué Reed, affirma-t-il. Elle ne peut pas l'avoir fait. S'il en est un de nous deux qui avait de bonnes raisons de commettre ce crime, c'est moi.

— Vous ? s'étonna Simon en pivotant sur lui-même. De quoi parlez-vous ?

— De jalousie, mon cher. N'est-elle pas un levier puissant ? Oui, j'aurais pu subtiliser votre mouchoir dans la commode de Venetia, et l'abandonner près du cadavre, afin de vous faire incriminer. Mon hypothèse est beaucoup plus valable que la vôtre, ne croyez-vous pas ?

Effondré, Simon murmura :

— Mon Dieu ! L'avez-vous tué ?

— C'est en tout cas ce que je prétendrai si vous persistez dans vos accusations envers Venetia.

— George !

La voix de la jeune femme avait retenti dans l'escalier. Les deux hommes se retournèrent pour la voir apparaître, le visage blême, les yeux brillants de larmes.

— Vous accuseriez-vous d'un crime pour me sauver ? demanda-t-elle.

Ashford toussota.

— Eh bien... Il me serait difficile de vous laisser aller en prison, voyez-vous ?

— Oh, George !

Venetia se hâta de terminer son parcours. Le visage ruisselant des larmes qu'elle ne parvenait plus à contenir, elle s'approcha de son mari.

— Vous m'aimez donc tant..., murmura-t-elle.

— Bien sûr, que je vous aime, répondit George en détournant le regard. Vous êtes mon épouse, après tout. Vous... Je... Vous devez savoir que je vous aime depuis notre première rencontre, et que mes sentiments n'ont jamais changé.

La jeune femme passa les bras autour du cou de son époux.

— Mais alors, s'enquit-elle avec tendresse, pourquoi vous êtes-vous montré si distant, au cours des dernières semaines ?

Frappée d'une soudaine pensée, elle recula vivement.

— Croyez-vous aussi que j'ai commis ce crime ?

— Bon Dieu, non ! Pourquoi imaginerais-je cela ? Quel besoin auriez-vous eu de tuer ce rat, puisque vous l'aimiez ? C'est moi qui ai connu d'affreuses nuits d'insomnie tandis que je cherchais le moyen de supprimer mon rival. Permettez-moi de vous dire que je ne l'aurais pas abattu d'un coup de pistolet : à ce procédé trop rapide, j'aurais préféré la strangulation. Mais je ne l'ai pas fait. Sachant que mon acte vous rendrait malheureuse, je ne me suis jamais résolu à agir. Cela dit, j'ai été très heureux d'apprendre la mort de cet individu. Depuis, je vous entends chaque nuit pleurer dans votre lit, et je m'en veux d'avoir éprouvé ce bref moment de bonheur.

Abasourdie, Venetia resta un moment sans pouvoir parler.

— Malheureuse ? répéta-t-elle enfin. Vous pensez que la mort de Faraday Reed m'a rendue malheureuse ? Vous croyez que c'est sur lui que je pleure chaque nuit ? D'où vous viennent ces idées ? Pourquoi ?

L'étonnement de George répondit à celui de sa femme.

— Pourquoi ? Mais parce que vous l'aimiez, pardi !

— Je le haïssais, au contraire ! s'écria Venetia, la bouche

tordue par le dégoût. Comment pouvez-vous penser que je l'aimais, après ce qu'il m'avait fait?

Un long silence ponctua cet échange. George et Venetia s'observaient, tels deux lutteurs avant un combat décisif.

— Vous étiez sa maîtresse! lança soudain Ashford. Je... Un détective vous a suivie, il a assisté à vos rendez-vous, il a vu...

Sa voix tremblait tant qu'il dut s'interrompre un court moment avant de conclure :

— Il a vu Reed qui vous embrassait, dans le parc. Je connaissais tout de votre aventure.

— Mais non! s'écria Venetia en portant les mains à son visage. Non! Oh! George, vous avez pensé que... que je l'aimais, alors que je le haïssais comme nul n'a jamais haï? Il n'y a jamais eu d'aventure. Ce démon exerçait sur moi un ignoble chantage et m'extorquait de l'argent. Ce fameux jour, dans le parc, il m'a attrapée par le bras pour m'imposer un baiser, à mon corps défendant! J'ai lutté pour me libérer, mais il était trop fort pour moi. En plus, il ne cherchait qu'à s'amuser à mes dépens. Connaissant les sentiments que je nourrissais pour lui, il savait aussi qu'il ne m'était pas permis de crier, de peur d'attirer l'attention des passants.

— Il n'était pas votre amant? s'exclama Ashford, de plus en plus perturbé. Venetia, mon amour! Je me suis tant trompé sur vous! Bon Dieu, pourrez-vous jamais me pardonner?

Il enlaça sa femme et la serra contre lui, les yeux fermés, heureux de sentir s'écouler hors de lui — sensation physique intense — toute la douleur accumulée au cours des semaines précédentes.

— Attendez! reprit-il. Vous me dites que ce gredin vous faisait chanter...

Il se tourna vers son beau-frère.

— Etiez-vous au courant?

Simon répondit d'un bref hochement de tête.

— Pourquoi? demanda Ashford. De quel moyen disposait-il?

— Il est évident que je ne puis tenir ces faits hors de votre connaissance plus longtemps, soupira Venetia en s'écartant. Je... Peut-être allez-vous bientôt me haïr autant, et sinon plus, que lorsque vous me croyiez la maîtresse de Reed.

— Moi, vous haïr ? Jamais je ne le pourrais !

— Ne parlez pas trop vite...

La jeune femme ferma les yeux afin de rassembler ses pensées. Lorsqu'elle les rouvrit, elle planta son regard dans celui de George ; alors, d'une voix ferme, elle lui conta les infâmes agissements de Reed, depuis le viol jusqu'au chantage.

Elle parlait, et les larmes montaient à ses yeux tandis que les traits de George se durcissaient. Lorsqu'elle en eut fini de son douloureux récit, il s'écria :

— La fripouille ! J'aurais dû le tuer, finalement ! Quant à vous, ajouta-t-il en se tournant vers Simon, vous auriez mieux fait de le supprimer dans cette auberge !

— Croyez-moi, j'ai maintes fois regretté de n'avoir pas accompli cette œuvre de salubrité publique. La vie aurait été si simple, ensuite... Mais n'oublions pas que la réputation de Venetia était en jeu.

— Un vaurien de ce genre, qui viole une innocente jeune fille, et a ensuite le culot de lui vendre son silence, ne mérite aucune pitié ! maugréa Ashford. Ah ! je voudrais qu'il fût venu tout me raconter ! J'aurais bien su le payer, je vous le promets ! Quant à vous, Venetia, il ne fallait pas lui donner un penny, mais vous confier à moi.

— J'y ai pensé. Seulement, j'avais trop peur de votre réaction. Je craignais que vous ne me haïssiez, que vous ne me chassiez de votre maison.

— Venetia ! Pourquoi vous être mis de telles idées en tête ? Jamais je ne vous aurais chassée ! Même au plus profond de ma détresse, lorsque j'étais sûr que vous aviez une aventure avec Reed, je n'ai pas imaginé une seule seconde me séparer de vous. Simplement, je priais pour que ce ne fût qu'une passade, pour avoir le bonheur de bientôt vous voir revenir à moi.

— Je ne vous ai jamais quitté, murmura Venetia.

— Je le sais, maintenant. Oh ! mon amour...

Reprenant sa femme dans ses bras, Ashford l'accabla de baisers.

— Je me suis toujours éperdument moqué de n'avoir pas été le premier homme de votre vie, lui confia-t-il. Tout ce qui m'importait était que vous m'eussiez choisi, en fin de compte.

— Oh ! George...

Les bras autour du cou de son mari, Venetia se mit à pleurer doucement.

— Vous êtes le meilleur homme du monde, balbutia-t-elle. Je ne vous mérite pas.

— Allons, ne dites pas de sottises ! Vous méritez mieux, c'est tout.

Témoin malgré lui de cette scène touchante, Simon se fit bientôt l'impression d'un intrus. Discrètement, il tourna les talons et s'éloigna à l'autre bout de la pièce. Il se posta de nouveau devant la fenêtre et admira les étoiles, essayant de ne pas entendre les murmures, les soupirs, les baisers.

Sa démarche présente était dénuée de tout fondement, il s'en rendait compte à présent. Le souci qu'il prenait de Charity l'avait empêché de réfléchir sainement. Venetia ne pouvait en effet pas avoir tué, elle était trop douce pour cela ; et après avoir confié ses soucis à son frère elle, s'en était remise à lui pour trouver une solution.

Avec un soupir, il revint vers le couple toujours enlacé. Après avoir toussoté pour attirer l'attention, il déclara :

— Venetia, je suis désolé. Je me suis conduit comme un idiot en venant vous importuner. Admettons que je divague... Je savais que ce ne pouvait être vous la coupable, et pourtant, le doute continuait de me tarauder ; et lorsque j'ai vu le singe dans notre salle de bains, mort, je n'ai pu m'empêcher d'accourir ici pour exiger des explications.

— Ce point étant éclairci, répondit Ashford, le mystère reste entier. Qui a tué Reed ? Il faut que vous trouviez le coupable.

Simon tourna un regard implorant vers sa sœur.

— Me pardonnerez-vous ?

— Oui, je vous pardonne. Bien que vos accusations m'aient causé un choc compréhensible, je comprends vos raisons : vous connaissiez la nature complexe des liens qui me rattachaient à Reed, et vous me saviez en possession de votre mouchoir. A ce propos...

Plongeant la main dans sa poche, elle en retira un carré de tissu blanc soigneusement plié.

— Voici l'objet, lavé et repassé.

Gêné, mais souriant, Simon prit le mouchoir.

— Merci, dit-il. Vous êtes un ange de ne pas m'en vouloir.

— N'y pensons plus. Partagerez-vous notre dîner ?

— Je ne puis. Il faut que je retourne auprès de Charity.

— Il est impensable que vous regagniez Londres en pleine nuit, observa Ashford. En outre, vous avez déjà passé la moitié de la journée sur les chemins. Ni vous ni vos chevaux ne supporteraient pareil effort. Non, restaurez-vous et reposez-vous. Charity ne risque rien, puisqu'elle est sous la garde de votre fidèle majordome. Il sera donc assez tôt de rentrer demain matin.

— Vous avez peut-être raison, murmura Simon. Vous devez comprendre mon angoisse : qui sait si Charity ne médite pas une nouvelle action d'éclat ? Enfin ! Espérons qu'elle attendra le jour pour se jeter dans de nouveaux ennuis...

23.

Charity laissa tomber sa broderie sur ses genoux et soupira. Simon s'était montré si impératif qu'elle n'avait osé quitter une seule fois la maison depuis la veille; pourtant, l'impatience la gagnait insidieusement. Chaque fois qu'elle faisait quelques pas, Chaney ou Patrick la suivaient, comme s'ils craignaient de la voir s'évanouir en fumée.

Pour ne rien arranger, l'odieux inspecteur de Scotland Yard avait reparu, afin de lui poser des questions toutes aussi sottes les unes que les autres. Néanmoins, son comportement avait changé : il s'était montré plus humble, presque timide; et comme Charity le pressait à son tour, il avait fait allusion à « de nouveaux renseignements », non sans jeter à la jeune femme un regard qu'il voulait très significatif.

Charity avait été incapable de démêler s'il disait vrai, ou s'il avait seulement l'intention de l'effrayer en alléguant un prévisible rebondissement, dommageable pour Simon. Elle avait alors évoqué la mort du singe; et ainsi que Simon l'avait prévu, le policier n'avait pas voulu prendre en compte ce nouvel indice.

A présent, Charity attendait avec impatience le retour de son mari, anxieuse d'apprendre le résultat de sa démarche.

Si elle ne pouvait croire que Venetia eût tué Faraday Reed, ou seulement prêté la main à ce crime, elle était moins sûre d'Ashford. Ce dernier, malgré son flegme remarquable, pouvait fort bien avoir été pris d'une rage extrême en apprenant le traitement ignoble que Reed avait infligé à

Venetia. Essayer ensuite de faire porter les soupçons sur Simon n'était peut-être pas d'une très belle âme, mais nul n'est à l'abri des bassesses lorsqu'on prend conscience de la gravité de ses actes et qu'on essaie de sauver sa vie.

Charity s'attardait sur cette question lorsque Chaney se présenta dans la pièce. Il avait à la main un plateau d'argent sur lequel se trouvait une lettre.

— Votre Grâce ? On vient d'apporter ceci pour vous.

Le regard brillant, Charity aussitôt s'empara du papier. Comme elle ne reconnaissait pas l'écriture, elle frissonna en se demandant s'il ne s'agissait pas d'une nouvelle missive anonyme. Puis elle se raisonna : Reed étant mort, la source de ces inquiétants billets était tarie.

Elle reporta son attention sur l'écriture, qu'elle trouva élégante. Le papier dégageait un délicat parfum. Une femme ? Sans doute. En tout cas, il était temps de prendre connaissance du message.

« Chère lady Durby,

» Faites-moi la grâce, je vous prie, de ne pas me trouver importune. Je sais bien que je ne devrais pas m'imposer à vous, mais je n'ai personne d'autre à qui me confier. Ce serait une grande faveur pour moi si vous accédiez à ma prière. Vous êtes si bonne... Après avoir bien hésité, j'ose vous proposer une rencontre. Vous vous souvenez peut-être du sujet dont nous avons débattu lors de notre dernière rencontre ? Il se trouve que mes craintes sont désormais confirmées. Je n'ose plus me montrer et, malgré ma confusion, je n'ignore pas quel scandale vous affecterait si l'on vous apercevait en ma compagnie. C'est pourquoi je vous attends à l'intérieur d'une voiture couverte, dans laquelle nous pourrons parler à notre aise. Encore une prière : ne parlez de moi ni à lord Durby ni à personne d'autre, car alors on vous interdirait de fréquenter la femme déchue que je suis.

» Theodora Graves »

— La malheureuse ! murmura Charity.

Oubliant ses propres soucis, elle songea avec émotion à cette amie abandonnée par un rustre se parant du titre de gentleman — un individu dans le genre de Faraday Reed, il n'en fallait pas douter —, et seule maintenant pour porter un destin trop lourd pour elle.

Sa décision fut prise sans délai.

— Chaney ! appela-t-elle en se levant.

Le majordome apparut instantanément dans l'embrasure de la porte.

— Oui, Votre Grâce ?

— Il faut que je rencontre une amie.

Pour une fois, Chaney perdit son masque inexpressif.

— Votre Grâce ! Sa Grâce vous a expressément recommandé de ne pas sortir de la maison.

Charity fit la grimace.

— L'hôtel Durby n'est tout de même pas une prison !

— Certes non, Votre Grâce, mais lord Durby a dit...

— Lord Durby s'inquiète pour ma sécurité, s'impatienta Charity. C'est très bien, mais vous n'avez vraiment aucun souci à vous faire. Je ne serai pas seule : je dois rencontrer une amie, qui m'attend dans sa voiture. Nous disposerons d'un cocher. Il s'agit d'une simple promenade...

— Votre Grâce ! gémit Chaney.

— Puisque je vous dis de ne pas vous en faire. Je serai vite de retour.

— Lord Durby ne me pardonnera jamais s'il apprend que je vous ai laissée sortir seule, Votre Grâce.

Un long silence s'ensuivit, au cours duquel Charity médita l'argument. Elle n'avait en vérité aucune envie de faire subir à Chaney, qui ne le méritait pas, les conséquences de son escapade.

— Fort bien, dit-elle. Je prendrai un valet avec moi. Cela vous satisfait-il ?

Chaney ne put réprimer un mince sourire de victoire.

— Ce serait parfait, Votre Grâce.

Tandis que sa maîtresse mettait son chapeau et se préparait, le majordome alla trouver Patrick, à qui il expliqua sa mission. Puis il se posta à la porte pour assister au départ. Avant d'ouvrir, il demanda :

— A qui Votre Grâce rend-elle visite — si toutefois il m'est permis de poser la question ?

La jeune femme lui jeta un regard interrogatif.

— Une question à laquelle lord Durby ne vous pardonnerait pas de ne pas savoir répondre ? s'enquit-elle.

— Je le crains, Votre Grâce.

— C'est une veuve. Mme Graves. Mme Theodora Graves.

Le majordome s'inclina et ouvrit la porte. Charity put alors descendre les marches du perron, le regard fixé sur la voiture arrêtée de l'autre côté de la rue.

Si le cocher qui attendait la jeune femme pour l'aider à monter à bord du véhicule s'étonna de la présence de Patrick, il laissa agir ce dernier. Lorsque la portière eut été refermée, les deux hommes s'installèrent sur le siège extérieur.

Le cocher reprit les rênes, et la voiture s'ébranla.

— Je suis heureuse que vous ayez accepté de venir, soupira Theodora, sur un ton plein de commisération. J'avais peur que vous ne me refusiez ce plaisir.

Charity, qui n'avait cessé de l'observer depuis son entrée dans l'habitacle, la trouva grandement affectée par ses ennuis : les joues trop rouges, les yeux trop brillants, cette femme n'était pas dans un état normal. Elle gardait en outre sur les genoux une couverture inutile en cette saison, sous laquelle elle cachait ses mains.

— Vous sentez-vous malade ? demanda-t-elle avec gentillesse.

A son grand étonnement, elle entendit Theodora Graves ricaner, puis déclarer d'un ton rogue :

— Malade, moi ? Non ! En fait, je ne me suis jamais sentie aussi bien qu'en ce moment.

Soudain mal à l'aise, Charity détourna le regard. Elle se demandait si sa malheureuse amie n'avait pas complètement perdu la raison, et s'interrogeait sur l'opportunité de sa visite.

— En quoi pourrais-je vous aider ? s'enquit-elle.

Un nouveau ricanement salua sa proposition.

— Rien, déclara Theodora Graves. Vous n'avez plus rien à faire. En vérité, vous en avez déjà trop fait.

Ses mains surgirent alors de sous la couverture. La droite

tenait un petit pistolet d'argent, qu'elle pointa aussitôt sur la poitrine de Charity.

Plus immobile qu'une statue, Charity fixait du regard le pistolet dirigé vers elle.

Theodora partit d'un nouvel éclat de rire.

— Avez-vous enfin compris? interrogea-t-elle. Je me demande par quelle aberration *il* a décidé de vous épouser, vous, une gamine tout droit sortie de sa campagne; une petite sotte pleine de bonne humeur, toujours prête à sourire niaisement, comme si le monde était une cour de récréation!

A mesure qu'elle parlait, ses traits se durcissaient tandis que sa bouche se tordait en un rictus qui ressemblait de moins en moins à un sourire.

— Je suis sûre qu'il regrette déjà sa folie, conclut-elle. Vos charmes puérils ne sont d'aucune utilité dans un lit. Oui, je suis sûre qu'il regrette de vous avoir prise pour épouse.

— Simon? questionna Charity, au comble de la stupeur. Commettez-vous cet acte insensé à cause de Simon?

— Oui, petite sotte! N'avez-vous pas encore compris que c'était moi qu'il aimait, et que c'est moi qu'il aurait épousée si vous n'étiez pas venue vous jeter entre nous?

Charity examina le visage de Theodora Graves, comme pour y lire la confirmation de ce qu'elle venait d'entendre. Puis elle demanda:

— Dois-je comprendre que Simon est le gentleman dont vous m'aviez parlé?

— Oui! fit Theodora d'une voix sifflante. Il se consumait de passion pour moi, et il a fallu que vous surveniez pour ruiner nos amours.

Malgré la peur insidieuse qui s'insinuait en elle, tel un venin, Charity se montra acerbe.

— Ne soyez pas absurde! Jamais Simon n'aurait traité une femme de la façon que vous m'avez décrite. Il m'a avoué qu'il avait eu de nombreuses maîtresses, et je suis sûre que vous faites partie du nombre. Vos charmes évidents l'ont retenu un temps, ce que je conçois parfaitement; mais, à mon avis, vous fûtes une veuve « disponible », plus vraisemblablement que la pauvre jeune femme trompée pour laquelle vous avez voulu vous faire passer.

— Il m'adorait ! affirma Theodora. Il se traînait littéralement à mes pieds...

Charity coupa court à cet exposé très tendancieux.

— J'en doute sérieusement, dit-elle, car j'imagine mal Simon se traîner aux pieds de qui que ce soit. Le connaissant bien, je ne doute pas qu'il ait été loyal et fort généreux envers vous, en vous offrant vêtements, voiture, serviteurs...

— Evidemment ! s'exclama Theodora avec orgueil.

Impitoyable, Charity poursuivit :

— Je ne doute pas non plus qu'il s'agissait pour lui d'un arrangement amiable, et non d'une histoire d'amour. Il payait les... services que vous lui rendiez, et c'était tout. Il ne vous aimait pas, car il m'a dit n'avoir aimé personne avant moi — hormis sa première femme. Et puis, permettez-moi de vous dire qu'il n'aurait jamais risqué de ternir l'honneur de sa maison en épousant une femme venue de la rue.

La rougeur de Theodora s'accentua. Cette fois, la fureur en était la cause.

— Je ne suis pas une fille de joie, s'écria-t-elle, mais une veuve honorablement connue. Il m'aimait, je vous le répète ! Sans vous, il m'aurait épousée.

— Vous perdez la raison...

— Folle, moi ?

Le visage de la femme avait à présent la coloration des briques ; elle était décomposée. Dans sa main, le pistolet s'agitait dangereusement.

— Ah, je suis folle ? reprit-elle. Croyez-vous, ma petite, qu'une folle mettrait au point un stratagème aussi ingénieux que celui-là — sans compter tous les autres ? C'est vous qui ne savez plus ce que vous dites.

— *Tous les autres* ? s'étonna Charity.

Intolérable de crudité, la lumière se fit soudain dans son esprit.

— Le singe ! murmura-t-elle dans un souffle. C'était donc vous ?

— Cette sale bête ! J'ai enragé quand j'ai appris que Hubbell n'avait pas été capable de vous servir une nouvelle dose de poison.

— Hubbell ?

— Mon cocher... J'avais réussi à le faire engager l'autre soir par votre majordome.

— Je comprends. Et... et M. Reed ?

Retenant son souffle, Charity attendit la réponse. Il se pouvait bien que cette folle eût réellement assassiné l'homme...

— Evidemment ! affirma Theodora. Ce gredin essayait de revenir sur notre accord. Ah, le rat !

— Votre accord ? Quel accord ?

— Je voulais empêcher ce mariage, vous l'avez compris, et Faraday avait accepté de m'aider. Vu la haine qu'il portait à Simon, il ne s'agissait pas pour lui d'une tâche trop ingrate. Il attendait avec impatience le moment de conquérir la petite fiancée...

Malgré elle, Charity sentit le rouge lui monter au visage lorsqu'elle comprit quels desseins on avait conçus à son endroit.

— Conquérir ? répéta-t-elle. Etait-il question de me violer ?

— Pas du tout, rétorqua Theodora Graves avec une grimace de dédain. Ce fat imaginait que vous tomberiez dans ses bras dès lors que vous auriez fait sa connaissance. Mais si cela avait pas été aussi bien, alors, oui, il n'aurait pas hésité à vous forcer. Peu importaient les moyens, pourvu que vous fussiez souillée. Le scandale eût été irréparable.

Prenant pleine conscience de l'indifférence glaciale de cette femme, Charity se mit à trembler. Son horreur et son dégoût furent si grands qu'elle n'eut aucune envie d'en entendre davantage, préférant se retirer dans un silence plein de dignité. Elle comprit cependant que son salut — à tout le moins un répit — résidait dans une conversation ininterrompue : Theodora Graves, en effet, n'hésiterait pas une seconde à tirer lorsqu'elle jugerait le moment venu. En outre, parler n'empêchait pas Charity de songer à un moyen de se sortir de ce traquenard.

Une nouvelle question lui vint à l'esprit.

— Etait-ce vous qui m'adressiez ces mystérieux billets?

— Oui, confirma Theodora avec un air suffisant. Le premier n'ayant pas donné les résultats espérés, Faraday a eu l'idée de m'en faire produire d'autres, qu'il utiliserait comme moyen de capter votre confiance. Malheureusement, il était trop couard pour persévérer bien longtemps dans cette voie...

Pleine de mépris, elle conclut :

— Il a même osé m'avouer qu'il avait peur de Simon!

— Est-ce pour cette raison que vous l'avez tué? demanda Charity.

Fataliste, son interlocutrice haussa les épaules.

— Nous nous sommes querellés. Il devenait très déraisonnable, et il a fini par me menacer. *Moi!*

Bien que plusieurs semaines se fussent écoulées depuis le meurtre, il était clair que la chose étonnait encore Theodora Graves.

— Une rixe s'en est suivie, conclut-elle, et... eh bien, il a fallu que je lui tire dessus, pour me défendre.

— Mais le mouchoir? Comment est-il arrivé là?

De plus en plus satisfaite des ressources de son intelligence, Theodora sourit davantage.

— Après avoir tué Faraday, je m'enfuis, vous l'imaginez. Terriblement effrayée, je me souvins cependant d'un mouchoir que Durby avait oublié lors d'une de ses dernières *visites*. Je me hâtai de le prendre, et retournai chez Reed. Par la fenêtre de la chambre, restée entrouverte, je pus voir le cadavre, que le personnel n'avait pas encore découvert. Ce fut pour moi un jeu d'enfant que de jeter le mouchoir, avant de m'esquiver. Personne ne m'avait vue.

— Puisque vous désiriez épouser Simon, observa alors Charity, pourquoi tenter de le faire accuser à votre place? Je croyais que vous l'aimiez?

— L'aimer? Ai-je proféré semblable affirmation? Il ne s'agissait pas d'amour, non. Je voulais l'épouser, voilà tout.

Le regard plus vague, Theodora parut se remémorer quelques souvenirs plaisants.

— Simon est un amant agréable, poursuivit-elle, bien

plus agréable que tant d'hommes qui se jettent sur vous pour prendre leur plaisir sans se soucier du vôtre. La vie aurait été agréable avec lui. Il est riche, et j'aurais pu obtenir tout ce que bon me semblait. Enfin, je serais devenue une femme honorable, respectée de tous !

— Mais n'est-il pas difficile d'épouser un homme emprisonné pour meurtre ?

D'un bref mouvement d'épaules, Theodora éluda la contestation.

— Ce mouchoir ne constituait pas une preuve suffisante pour l'accabler. La preuve ? Il est encore en liberté, plusieurs semaines après le crime, et la police ne songe pas à l'inquiéter. En outre, mon intention n'était pas de le faire arrêter, mais seulement d'éloigner de moi des soupçons : on ne m'avait que trop vue avec Reed, peu de temps avant le meurtre. Mon idée était aussi que Simon, embarrassé par cette affaire, romprait ses fiançailles.

A cet instant, Theodora Graves fronça les sourcils.

— Pourquoi cette rupture n'a-t-elle pas eu lieu ? s'enquit-elle avec irritation. J'étais pourtant certaine que le scandale effraierait votre famille si *comme il faut*, et que Simon, de son côté, aurait à cœur de ne pas vous impliquer dans ses ennuis.

Plutôt que de répondre, Charity préféra poser une autre question.

— Comprenant que votre plan avait échoué, vous avez songé à m'empoisonner, afin que Simon, redevenu libre, pût enfin vous épouser...

— C'est évident ! Et le succès aurait été au rendez-vous, cette fois, sans cette sale bête, ce vilain singe... Que faisait donc cet animal stupide dans votre maison ?

— Il n'était pas stupide, murmura Charity. Au contraire...

Elle s'interrompit, à court de mots. La tête lui tournait, elle avait l'impression d'avoir été jetée dans un monde complètement fou, aux lois et aux valeurs inversées. Dans ces conditions, que pouvait-elle dire à une femme qui avait décidé de la supprimer, d'éliminer une vie qu'elle considérait comme un obstacle à son bonheur ?

C'était la première fois que Charity se trouvait confrontée

à une personne armée d'un pistolet ; sa peur était plus grande que lors de l'agression de Reed, dans le jardin. Il lui était impossible de se ruer sur Theodora afin de lui arracher son arme, car son adversaire lui tirerait dessus à bout portant. Etait-il plus raisonnable d'ouvrir la portière et de sauter sur la chaussée ? Le risque en valait la peine ; néanmoins, dans ce cas encore, elle avait toutes les chances de recevoir une balle avant de toucher les pavés.

Le jeu était serré... Mais il ne serait pas dit que Charity attendrait passivement la mort.

Son esprit enfiévré cherchait.

Elle se demanda alors si Theodora avait aperçu Patrick. Peut-être que non... Elle aurait donc un allié secret, qui ferait de son mieux pour la sauver au moment crucial. Encore fallait-il pouvoir le prévenir...

— Cela vous ennuierait-il que je lève le rideau ? murmura-t-elle.

Déjà, elle avançait la main vers la lourde tenture qui lui cachait le spectacle de la rue. Elle eût aimé savoir dans quel quartier de la capitale elle se trouvait...

— Me croyez-vous si stupide ?

Le pistolet, dont la gueule se dirigeait peu à peu vers le sol, se redressa d'un coup, de nouveau menaçant.

— J'espérais seulement respirer un peu d'air frais, plaida Charity. Il fait si chaud...

— Impossible ! Il ne faut surtout pas qu'on vous voie dans ma voiture. Et je ne voudrais pas non plus vous donner l'occasion d'appeler à l'aide.

Ces mots inspirèrent une idée à Charity.

— J'ai dit à Chaney qui vous étiez, et je lui ai donné votre nom, affirma-t-elle en souriant. Dès que ma disparition aura été remarquée, c'est vous qu'on cherchera.

— Vous mentez !

— Le croyez-vous vraiment ? susurra Charity en souriant de plus belle. Etes-vous décidée à prendre un tel risque ? On saura très vite que vous m'avez tuée, et vous serez pendue pour ce crime. Ce n'est pas une mort très agréable, à ce qu'on dit : vous deviendrez très laide, avec un visage tout violet, et les yeux qui jaillissent des orbites...

— Taisez-vous ! s'écria Theodora. Taisez-vous !

Voyant la main qui se crispait sur la détente, Charity décida de cesser son jeu dangereux.

Dans l'habitacle un silence pesant s'instaura, rythmé par le bruit des roues sur la chaussée. La voiture tressautait de plus en plus sur les pavés inégaux, le pistolet s'agitait.

La nervosité de Theodora augmentait. Ses paupières papillotaient, ses doigts humides de sueur tremblaient.

Charity, qui observait l'arme avec inquiétude, craignait qu'un choc ou un incident ne décidât de son sort. Elle aussi transpirait, sous l'action conjuguée de la chaleur et de la peur.

— Où allons-nous ? demanda-t-elle, plus pour occuper son esprit à un semblant de conversation que dans le véritable espoir d'obtenir une réponse.

— Dans un endroit que vous ne connaissez pas, lui répondit Theodora avec mépris. C'est un quartier très populaire, un de ceux où les gens de votre espèce ne s'aventurent jamais.

La voiture, qui avait ralenti, tourna plusieurs fois à droite ou à gauche. Peu à peu, une forte odeur d'égout envahissait l'habitacle. A la fin, n'y tenant plus, Charity porta sa main gantée à son nez.

Theodora se mit à rire.

— Ne vous l'avais-je pas dit ? s'exclama-t-elle. Jamais vous n'auriez de vous-même décidé de salir vos jolis petits souliers en marchant par ici. C'est très sale, vous verrez.

— Pourquoi m'amenez-vous ici ?

— Parce que dans ces quartiers, un coup de pistolet peut retentir sans que nul n'y prête attention. Personne ne court à Scotland Yard afin de signaler l'incident ; et si par hasard la police mène son enquête, elle ne trouve aucun témoin. C'est l'endroit rêvé pour les actions... « délicates ».

Ne trouvant rien à répondre, Charity s'enfonça dans un mutisme désespéré.

Soudain, la voiture s'arrêta. Theodora vint alors s'asseoir à côté de Charity et lui prit le coude, sans cesser de la menacer de son arme.

La portière s'ouvrit. Le cocher se tenait au pied de l'escabeau qu'il venait de déplier. Derrière lui, Patrick, qui semblait tout à la fois ennuyé et furieux, examinait les alentours.

Theodora poussa Charity pour la faire sortir de la voiture. Elle la suivait de près, le canon de son pistolet enfoncé dans les reins de sa prisonnière.

Patrick pâlit lorsqu'il vit l'arme. Indécis, il fit un pas en avant, mais le cocher lui barra le passage.

Charity comprit alors que ses faibles espoirs étaient infondés : Theodora connaissait depuis le début la présence du valet. Sans doute même l'avait-elle prévue, ce que laissait supposer la manœuvre parfaite exécutée par le cocher.

D'un coup de poing en plein visage, ce dernier envoya dans le ruisseau le pauvre Patrick.

— Gaffe ! lui dit-il. Essaie pas de faire le mariole, ou vous y passerez tous les deux.

— Il a raison, approuva Theodora.

Charity percevait la respiration oppressée de la femme. Sans avoir besoin de se retourner — ce qu'elle n'aurait d'ailleurs pu faire, à cause du pistolet —, elle savait que le visage de Theodora était rouge d'excitation tandis que ses yeux devaient briller d'une joie malsaine.

— Le seul conseil que je puisse vous donner, expliqua-t-elle, c'est de marcher gentiment devant nous. Ne dites rien à personne, ne faites pas un geste pour attirer l'attention, ou il vous en cuirait. Est-ce compris ?

Incapable de parler, Patrick hocha la tête.

— Allons-y ! ordonna le cocher.

D'une poussée, il ordonna à Patrick de se mettre en marche. Theodora, appuyant plus fort le pistolet dans le dos de Charity, lui transmit le même ordre. Le petit groupe commença sa progression.

Malgré son angoisse, Charity regardait avec curiosité autour d'elle.

Ils se trouvaient dans une petite rue étroite, très sombre en ce milieu de l'après-midi. Mal bâties et jetées les unes sur les autres, les maisons semblaient vaciller sur leurs fondations. Le sol de terre battue était jonché d'immondices, dont se délectaient les chiens, les chats, et quelques gros rats. Un enfant trop maigre, à demi nu, regardait les passants, deux doigts dans la bouche. Derrière lui, une femme en haillons, hébétée d'alcool, marmonnait des mots sans signification.

Un homme aux dents noircies sortit soudain d'une masure pour toiser ces gens qu'il ne connaissait pas. Il cracha sur leur passage un jus de chique épais, afin de marquer son mépris. Un peu plus loin, un gamin tout tordu sur ses béquilles quémanda quelque menue monnaie.

— Le pauvre enfant, murmura Charity, touchée.

— Vous êtes en plus mauvaise posture que cet infirme ! souligna Theodora avec ironie.

— Ne pourrais-je pas lui donner quelques pièces ?

— Est-ce le moment de faire la charité ?

— S'il vous plaît, implora la jeune femme, qui cherchait déjà dans son réticule.

Le regard de Theodora se fit soupçonneux.

— Qu'avez-vous là-dedans ?

— Rassurez-vous, je n'ai pas l'habitude de transporter des armes, moi, répondit froidement Charity. Me permettrez-vous d'accomplir ma bonne action ?

— Comme vous voulez, soupira Theodora. Mais je vous préviens : si je vous vois sortir autre chose que de l'argent, je n'hésiterai pas à tirer.

Charity sortit sa bourse, qu'elle agita devant le garçon en souriant. Celui-ci accourut le plus vite qu'il put et tendit sa main décharnée et sale.

Sans attendre d'ordre, Charity se remit en chemin. Avec satisfaction, elle entendit derrière elle le cri de surprise du garçon qui venait de faire l'inventaire de la bourse. Plusieurs pièces d'or...

A coup sûr, il se souviendrait de la dame qui lui avait fait ce royal cadeau !

24.

Charity joignit les mains. Subrepticement, elle retira de son annulaire gauche la grosse émeraude que lui avait donnée Simon le jour de leurs fiançailles, et la fit passer à son majeur droit, afin de la glisser à côté d'une améthyste, de taille plus modeste, mais taillée en pointe.

Ainsi associées, les deux pierres seraient... précieuses pour infliger une blessure sérieuse en cas de rixe.

Le cocher, qui maintenait Patrick d'une main ferme, s'arrêta devant une petite porte noire, d'aspect sinistre. C'était à n'en pas douter le but de l'expédition.

Ralentissant son pas, Charity feignit d'éprouver une intense panique.

— Non ! Oh ! non..., murmura-t-elle d'une voix languissante. Je vous en prie, madame Graves... Je ne voulais pas vous faire de mal... N'y aurait-il pas un autre moyen de...

— Cessez vos jérémiades ! coupa Theodora. Ah ! Vous voilà moins fière, brusquement !

Elle adressa un signe à son cocher qui, d'un coup de pied, ouvrit la porte et précipita Patrick à l'intérieur. Puis elle poussa Charity pour lui faire prendre le même chemin.

Ils se trouvaient à présent dans une petite pièce sans lumière et sans air, aux murs suintant d'humidité.

Une petite pièce sordide pour desseins ténébreux...

— Pourquoi nous avoir amenés ici ? demanda Charity.

Elle connaissait la réponse sans avoir besoin de l'entendre : pour commettre un double meurtre. Consciente d'arriver au terme de son destin, elle éprouva une peur réelle.

Theodora eut un petit rire moqueur.

— Pourquoi ? répéta-t-elle. Il me semble pourtant que c'est clair ! J'avais d'abord imaginé que mon fidèle Hubbell, ici présent, vous lesterait d'une grosse pierre pour vous jeter dans la Tamise. Or, Simon ne pourra jamais se remarier si vous disparaissez. Votre cadavre est nécessaire à mon bonheur, si j'ose dire. J'ai ensuite pensé que j'allais vous abattre et vous abandonner ; mais la présence de votre valet m'a donné une autre idée, une bien meilleure idée.

En souriant, elle se rapprocha de Charity pour lui confier son projet, comme s'il s'agissait d'une confidence.

— Nous ferons ressembler cette exécution à un règlement de comptes entre amoureux : vous acceptez un rendez-vous dans cet endroit sordide avec le valet dont vous avez fait votre amant... mais voici que vous vous querellez... il vous abat avant de se donner la mort. Admirable, n'est-ce pas ? Je ne vois à ce plan que des avantages : d'abord, votre mort aura une explication plausible, qui enrichira les conversations pendant plusieurs semaines ; ensuite, en découvrant que son épouse si convenable était en fait une petite traînée, Simon éprouvera, non du chagrin, mais de la rage, et il reviendra auprès de moi, la femme que jamais il n'aurait dû quitter.

— Jamais Simon ne fera cela ! s'écria Charity. Si vous croyez le reprendre, vous vous trompez ! Il m'aime, figurez-vous, et pas un instant il ne croira que j'aie pu prendre un amant.

Les sourcils de Theodora se rapprochèrent de façon menaçante.

— Simon ne vous aime pas, répliqua-t-elle avec force. Il ne *peut pas* vous aimer.

Puis elle secoua la tête pour signifier que cet entretien n'avait de toute façon aucune utilité, et qu'il était temps de passer à l'action.

— Vous, retirez tous vos vêtements ! ordonna-t-elle en se tournant vers Patrick.

Le jeune homme rougit et écarquilla les yeux.

— Co... comment ? balbutia-t-il.

— Vous m'avez très bien comprise. Déshabillez-vous, et promptement, si vous ne voulez pas voir votre jolie maîtresse abattue sous vos yeux.

— Mais... mais c'est indécent ! s'exclama Patrick, beaucoup plus affecté qu'il ne l'avait été depuis le début de l'aventure.

Si le moment n'avait pas été aussi tragique pour elle, Charity eût volontiers éclaté de rire devant son expression.

— Lord Durby appréciera sûrement vos pudeurs, commenta Theodora, implacable. Nous les porterons à sa connaissance.

Patrick jeta un regard incertain à Charity, puis à Theodora. Comprenant qu'il n'avait d'autre choix que de s'exécuter, il retira sa veste et ses souliers, avec une lenteur qui trahissait son désarroi. Pour déboutonner sa chemise, il tourna le dos.

— Etes-vous obligée de l'humilier ainsi ? demanda alors Charity.

— C'est essentiel, lui répondit Theodora, fort amusée. Si ce garçon n'est pas retrouvé nu, mon plan ne fonctionnera pas. Vous n'ignorez pas, du moins je l'espère, que les amants se dépouillent de leurs vêtements pour commettre l'adultère.

Les yeux de Charity s'écarquillèrent d'horreur lorsqu'elle prit pleinement conscience de la scène ignoble qu'on voulait lui faire jouer.

Voyant son air effaré, Theodora se mit à rire de plus belle.

— Ha ! Ha ! Je constate avec plaisir que vous perdez votre superbe. Vous avez raison, d'ailleurs, car il n'y a plus rien que vous puissiez faire pour votre salut.

En l'entendant, Charity jugea que sa meilleure chance résidait dans une attitude humble et soumise, qui lui permettrait d'endormir la vigilance de son ennemie.

— Je vous en supplie, gémit-elle, je vous en supplie, ne faites pas cela ! Si vous nous laissez partir, nous ne dirons rien à personne, je vous le promets ! Personne ne saura rien, même pas Simon.

— Et quel serait l'avantage pour moi ? s'enquit Theodora d'un ton méprisant. C'est Simon que je veux, et je ne suis pas décidée à abandonner. Surtout si près du but.

Le pauvre Patrick n'avait plus sur lui que son caleçon et faisait le gros dos.

— Le reste aussi, ordonna Theodora d'une voix aussi froide et coupante que l'acier.

C'en était trop pour le garçon, qui se retourna brusquement et marcha sur Theodora, les poings serrés. Instantanément, le canon du pistolet reprit position sur la tempe de Charity, rappelant ainsi ce qui arriverait en cas de rébellion.

Vaincu, Patrick s'arrêta. Les doigts tremblants, il entreprit de déboutonner son caleçon, non sans jeter à Theodora de fréquents coups d'œil à la fois furieux et implorants.

Charity se détourna, gênée.

— Une jeune femme bien élevée, vraiment ! ironisa Theodora. Quel dommage d'avoir à nous en séparer.

— N'avez-vous donc pas de vergogne ? s'écria Charity.

Réussissant à produire un semblant de sanglot, elle porta ses mains à son visage.

— Oh ! je comprends..., railla Theodora. Je suis de trop basse extraction et de goûts trop vulgaires pour cette aristocrate. Eh bien, tant pis !

Elle se tourna vers son homme de main et ordonna avec autorité :

— Hubbell, attachez-le, maintenant.

Au travers de ses doigts, Charity vit comment Hubbell liait derrière le dos les poignets de Patrick puis, après avoir ordonné à sa victime de se coucher sur le sol, procédait de même avec les chevilles.

— Que... Qu'allez-vous me faire ? demanda-t-elle. Vous n'avez pas l'intention de... je veux dire, j'espère que je n'aurai pas à retirer mes vêtements.

Intérieurement, elle rageait de ne pouvoir donner à sa voix le tremblement qu'elle cherchait à produire.

Un sourire satanique aux lèvres, Theodora expliqua :

— Oh ! mais si, et vous ferez bien plus, ma petite ! Hubbell — c'est la récompense que j'octroie à mon fidèle serviteur — vous déshabillera et donnera à ce tableau la petite touche qui fera vrai. Il est important, en effet, que vous ayez eu un homme juste avant votre mort.

Le sang se retira du visage de Charity, et cette fois elle n'eut pas besoin de feindre l'effroi.

— Non ! Vous n'avez pas l'intention de... Vous ne permettrez pas cela !

— Pourquoi pas ? C'est un acte que j'ai commis moi-même pendant des années. Vous croyez-vous trop délicate pour avoir sur vous un homme suant et soufflant, qui vous prend comme une bête, sans s'occuper de vos désirs, de votre plaisir ? Vous connaîtrez vous aussi cette expérience !

Charity se trouva incapable de répondre.

— C'est très bien, reprit Theodora. Hubbell, elle est à vous, maintenant.

L'homme massif s'avança, le regard brillant, et Theodora recula pour lui laisser le champ libre, sans cesser de menacer Charity de son pistolet.

L'instant décisif était arrivé, comprit Charity. Projetant les mains en avant, elle implora d'une voix plaintive :

— Non, je vous en prie, je vous en prie ! Ne faites pas cela !

Theodora, qui considérait cette scène avec un sourire satisfait, ne s'était pas aperçue que le jeune Patrick, malgré ses liens, rampait vers elle avec l'énergie du désespoir.

Charity, elle, avait pris conscience des enjeux. Mais, ne sachant quelle part elle pouvait prendre dans la partie qui se jouait, elle jugea que le mieux était de gagner du temps.

Alors, elle hurla, hurla encore ; puis, se calmant tout à coup, elle se mit à gémir, avant de lancer de nouveau plusieurs cris stridents. Elle invectiva Theodora, puis l'implora dans les sanglots. Elle donnait le spectacle, pitoyable et effrayant, de l'hystérie.

Pris de court, Hubbell hésita. Il jeta un regard interrogateur à sa maîtresse qui, d'un geste impatient du menton, lui ordonna de procéder. Comme il cherchait à prendre le bras de Charity, celle-ci se refusa à lui et recula en clamant :

— Ne me touchez pas !

— Il suffit ! s'exclama Theodora, hors d'elle. Hubbell, donnez-lui deux claques et qu'on en finisse ! Et d'abord, je ne veux plus rien entendre.

Charity hurla de plus belle.

— Non, non, non !

Soudain, elle tomba sur le sol, comme si l'émotion trop forte l'avait terrassée.

— Allez, Hubbell, reprit Theodora, de plus en plus impatiente. Remettez-moi ça debout. Nous n'allons pas passer la journée ici !

Les yeux mi-clos, Charity vit que Patrick était près d'atteindre Theodora, dont le pistolet était maintenant pointé vers le sol. Il n'était guère possible d'attendre plus longtemps...

Au moment où Hubbell se penchait pour saisir sa victime, celle-ci se leva d'un bond et lui envoya dans le visage son poing armé de bagues. Elle manqua de peu les yeux, mais réussit tout de même à déchirer la joue gauche, de l'orbite au menton. Le sang perla.

Avec un hurlement de douleur et de rage, l'homme recula en se tenant la joue endolorie.

Charity courut vers la porte.

Theodora tira.

Pleinement rassuré au sujet de Venetia, Simon était de fort bonne humeur lorsqu'il descendit de voiture.

Certes, sa jeune épouse était encore en danger, mais il avait l'intention de veiller sur elle jour et nuit, et de ne point la quitter tant que le mystère ne serait pas éclairci. Sa tâche ne serait pas aisée, il n'en doutait pas, et il aurait besoin de toute sa force de persuasion pour obliger Charity à ne pas courir tête baissée vers les dangers. Cela dit, il avait découvert que tout était plaisir lorsqu'il s'agissait d'elle, y compris les disputes. En conséquence, il ne s'inquiétait pas trop de l'avenir.

Pressé de connaître le moment des retrouvailles, il gravit deux à deux les marches du perron. Alors qu'une seule journée s'était écoulée depuis leur séparation, il avait l'impression de ne pas avoir vu Charity depuis des siècles. Il avait un besoin constant de son sourire encore enfantin. A présent, il était pressé de lui raconter son entrevue avec Venetia, de lui dire son bonheur, de rire de ses soupçons injustifiés, d'échafauder avec elle les plans astucieux grâce à quoi ils découvriraient l'assassin... il était pressé, aussi, de la prendre dans ses bras et de l'embrasser. En vérité, il n'avait pensé qu'à cela pendant le trajet de retour : l'embrasser.

La porte fut ouverte avec une telle violence qu'elle claqua contre le mur, et Chaney surgit comme un diable sortant de sa boîte. Paniqué comme jamais Simon ne l'avait vu, il s'écria :

— Votre Grâce ! Ah ! Votre Grâce ! Dieu merci, vous êtes de retour !

Puis il adressa au cocher, qui se préparait à conduire la voiture aux écuries, des signes frénétiques.

— Botkins, attendez ! s'écria-t-il. Ne partez pas ! Nous aurons besoin de vous !

Simon attrapa le bras de son majordome pour l'obliger à l'immobilité.

— Pour l'amour du Ciel, Chaney, que se passe-t-il ?

Une douleur insidieuse lui tordait l'estomac, et il avait déjà acquis la conviction qu'une personne, une seule, pouvait mettre la maisonnée dans un tel émoi : Charity !

— Que lui est-il arrivé ? demanda-t-il.

— Je ne sais pas, murmura le malheureux majordome, soudain effondré. Je ne sais pas...

— Cessez donc de trembler ! s'impatienta Simon. Dites-moi ce qui s'est passé !

Un jeune valet accourut alors, tout rouge et en sueur. Sans se soucier des formes ordinairement de mise lorsqu'il s'agissait de s'adresser à son seigneur et maître, il lança :

— Je l'ai suivie, Votre Grâce ! Pas jusqu'au bout, mais assez longtemps.

— La suivre ? Où se trouve-t-elle, bon sang ?

Furieux, Simon se tourna vers Chaney.

— Comment ? Vous m'aviez promis de veiller sur elle et vous l'avez laissée partir ?

Le pauvre majordome, qui n'en menait pas large, admit ses torts sans barguigner.

— Oui, Votre Grâce, tout est ma faute, et je ne survivrai pas s'il est arrivé malheur à lady Durby. Mais je dois dire qu'elle est partie avec une amie, et...

— Une amie ? Qui ?

Simon prit Chaney aux épaules et le secoua, comme pour lui obtenir plus vite la réponse qu'il attendait.

— Mme Graves.

— Theodora ! rugit Simon, éberlué. Mon épouse est partie avec Theodora Graves ?

Chaney confirma d'un hochement de tête.

— Mais par quel mystère connaît-elle cette femme ? s'exclama Simon.

La tête dans les mains, il réfléchit quelques secondes avant de soupirer :

— Quelle question idiote ! Elle pourrait fort bien connaître le roi de Siam que je ne devrais même pas m'en étonner.

Le majordome, qui avait recouvré un peu de contenance, entreprit alors de relater les faits.

— Lady Durby m'a dit qu'une amie, veuve de son état, l'attendait dehors pour une promenade en voiture. C'était la dame qui m'avait fait remettre une lettre, quelques instants auparavant. Comme je rappelais à lady Durby que vos ordres étaient très explicites, elle m'a répondu que le cocher de son amie pourrait la défendre en cas de besoin, et elle a accepté en outre d'emmener Patrick avec elle.

Simon se sentit un peu rassuré par ce compte rendu. Tout son souci, lui semblait-il, consistait à se demander quelles insanités Theodora allait livrer à son propos. Les dents serrées, il songea que sa jeune femme risquait de rentrer fort échauffée, en lui demandant des comptes sur sa vie passée...

— Lady Durby m'a donné en partant le nom de son amie, poursuivit Chaney. Bien sûr, j'ai... euh, ce nom ne m'était pas inconnu.

— J'imagine, répondit Simon avec froideur.

— Je ne connaissais pas l'objet de cette rencontre, tout comme j'ignorais où lady Durby se rendait. Songeant que, peut-être, vous n'aimeriez pas cela, j'ai chargé le jeune Thomas de suivre la voiture... Ce qui est troublant, Votre Grâce, c'est que ces dames ont pris la direction de Saint-Gilles.

— Saint-Gilles! s'exclama Simon, de nouveau très inquiet.

C'était en effet le faubourg le plus mal famé de Londres.

— Je vous jure que c'est la vérité! déclara Thomas. J'ai pris un fiacre pour suivre la voiture...

— Etes-vous sûr d'avoir suivi la bonne?

— Oui : elle avait ce filet doré autour du toit, ainsi qu'autour des portières.

— C'est en effet la voiture de Mme Graves, murmura Simon.

— Nous avons pris la direction de la banlieue Est, Votre Grâce, et nous sommes entrés dans le faubourg Saint-Gilles. A ce moment, mon cocher n'a pas voulu continuer plus loin, disant qu'il craignait pour sa vie. Il m'a été impossible de le faire changer d'avis, et je ne pouvais parlementer avec lui trop longtemps, sous peine de perdre la trace de l'autre voiture. J'ai couru! Heureusement, dans ces rues étroites et encombrées, les véhicules ne peuvent rouler très vite...

— Où sont-elles allées? demanda Simon d'un ton impatient.

Thomas se rembrunit.

— Je ne sais pas, Votre Grâce. J'ai heurté une femme portant deux seaux d'eau, ce qui a déclenché un attroupement dont j'ai eu toutes les peines du monde à me défaire. Lorsque j'ai pu reprendre ma course, la voiture avait disparu. Dans ce lacis de ruelles toutes plus sombres les unes que les autres, il m'a été impossible de la retrouver.

Au bout d'un moment, découragé, j'ai préféré revenir pour rendre compte à Chaney.

— Doux Jésus ! murmura Simon.

Son esprit tourmenté revoyait le visage convulsé de Theodora, lorsqu'il lui avait appris la nouvelle de son mariage avec Charity. Une idée atroce se forma en lui : cette femme déçue haïssait sa rivale heureuse, au point de chercher à la supprimer. Le poison, se rappela-t-il, était une arme très féminine.

Soudain, tout s'expliquait.

— Venez avec moi ! ordonna-t-il à Thomas. Montrez-moi où vous les avez perdues.

Ils marchèrent vers la voiture. Le jeune homme monta à côté du cocher tandis que Simon prenait place dans l'habitacle.

— Suivez les indications de Thomas, cria-t-il à Botkins, et galopez comme si vous aviez le diable aux trousses !

A ce moment, Chanceux sortit de la maison en aboyant, passa entre les jambes de Chaney et s'engouffra dans la voiture juste au moment où la porte se refermait.

La voiture fila comme le vent dans les belles artères de Londres, et ralentit de plus en plus à mesure qu'elle s'éloignait du centre de la cité. Dans les faubourgs, il fallut aller au pas, d'abord parce que l'étroitesse et l'encombrement des rues ne permettaient plus la vitesse, ensuite parce qu'il fallait sans cesse tourner à droite ou à gauche. Dans l'habitacle, Simon bouillait d'impatience. Lorsque le véhicule s'immobilisa, il ouvrit aussitôt la portière.

Thomas sauta à terre.

— C'est ici que je les ai perdues, Votre Grâce, expliqua-t-il. Je ne saurais dire dans quelle direction elles se sont dirigées.

— Interrogeons les gens.

Tandis que le cocher restait près de la voiture pour la surveiller, les deux hommes commencèrent leur fastidieuse enquête auprès de tous les passants. Beaucoup s'esquivèrent sans répondre, plusieurs leur jetèrent des regards pleins de soupçon ou de haine, mais quelques-uns, en revanche, voulurent bien indiquer qu'ils avaient en effet aperçu dans l'après-midi un beau véhicule. A ceux-là, Simon donnait une pièce et poursuivait son chemin selon les indications données, priant pour qu'on ne l'eût pas trompé par envie, par avarice, ou par méchanceté. Même Chanceux prenait sa part aux recherches en furetant partout, la truffe au raz du sol et la queue en l'air.

L'estomac noué par l'angoisse, il savait maintenant que Theodora avait amené Charity en ces lieux déshérités dans aucun autre but que celui de tuer. Il la haïssait, et il se haïssait pour avoir été son amant, pour n'avoir pas su rompre très vite avec cette femme trop provocante pour être honnête. Pourquoi s'était-il aveuglé si longtemps?

S'il n'intervenait pas à temps, Charity serait tuée, et cela serait sa faute. Ensuite, il ne pourrait plus vivre, il en avait la conviction.

La main dans la poche, crispée sur son pistolet, il marchait.

Soudain, il perçut un mouvement sur sa droite et, tournant vivement la tête, il découvrit un garçon qui se rencognait dans l'obscurité à son approche.

— Venez! lui dit-il. N'ayez pas peur.

Lentement, le garçon sortit de sa cachette et s'avança péniblement sur ses béquilles.

— Qu'est-ce que vous me voulez? demanda-t-il, mi-intimidé, mi-arrogant.

— Une dame, ou plutôt deux. Les avez-vous vues?

— Une dame belle comme un ange?

Un fol espoir brûla l'âme de Simon.

— Oui! s'empressa-t-il de répondre. Elle a des cheveux blonds, et elle est très belle. L'autre a des cheveux noirs.

Le garçon hocha la tête.

— La belle dame m'a donné de l'argent, dit-il. Vous n'allez pas me le reprendre, au moins?

— Non, cet argent vous appartient. Mais je voudrais que vous me disiez où la belle dame est allée. Elle court un grave danger.

— Je sais. L'autre en noir avait un pistolet, et ses yeux étaient comme ceux du diable. Il y avait deux hommes aussi.

Le jeune infirme souleva sa béquille pour indiquer une ruelle particulièrement sombre et étroite.

— Sont partis par là, précisa-t-il.

— Merci.

Simon plongea la main dans sa poche et en tira une poignée de pièces qu'il donna à son informateur. Puis il se hâta de prendre la direction qui venait de lui être indiquée.

Il entendit le bruit d'un coup de feu.

Alors, il se mit à courir, Chanceux aboyant férocement sur ses talons.

Theodora avait manqué son but, mais de peu. Sifflant aux oreilles de Charity, la balle était allée se ficher dans le mur.

La joue en sang, un œil fermé, Hubbell se releva pour courir derrière la fugitive. Il se jeta sur elle juste comme elle atteignait la porte, et l'entraîna avec lui sur le sol, l'écrasant de son poids. Derrière lui, Theodora s'activait pour recharger son arme.

Oubliant tout sentiment de sécurité personnelle, Patrick rassembla alors ses forces et, roulant vivement sur lui-même, heurta les chevilles de la femme, qui partit en arrière et tomba à la renverse. Dans sa chute, elle perdit son pistolet.

Furieuse, elle hurla sa déconvenue et tenta de se redresser pour récupérer son arme. Mais le jeune homme réussit à rouler encore pour se coucher sur elle. Des pieds et des poings, elle voulut se défaire du gêneur, qui ferma les yeux sous l'avalanche de coups et tint bon.

Charity, ayant recouvré ses esprits, luttait pour sa part avec Hubbell. Elle y mettait toutes ses forces, mais sans grande efficacité ; son adversaire l'étranglait, et comme il avait les membres trop longs, elle ne parvenait pas à atteindre les zones vitales.

Confusément, elle entendit qu'on l'appelait du dehors ;

cependant, la gorge comprimée par les mains puissantes de Hubbell, elle ne put émettre le moindre cri. Il lui sembla qu'on frappait ensuite à la porte, qui soudain s'ouvrit à toute volée. La vision déjà brouillée, elle distingua encore une boule de poils qui se précipitait sur son adversaire en aboyant férocement. Sur sa gorge, la pression se relâcha, et elle put enfin respirer.

Satisfait d'avoir libéré sa jeune maîtresse, Chanceux se jeta sur elle pour lui lécher le visage.

Avec un hurlement de rage, Hubbell chercha alors à repousser le chien. N'y parvenant pas, il voulut se relever pour prendre un avantage décisif mais, à ce moment, il se sentit tiré vers le haut par une poigne aussi ferme que la sienne.

Simon lui décocha un violent coup de poing à la mâchoire.

Un autre suivit immédiatement, dans l'estomac, et lorsque l'homme, gémissant de douleur, se pencha pour reprendre sa respiration, Simon l'acheva d'un dernier uppercut au menton, terrible, qui l'envoya rouler sur le sol comme un sac de chiffons.

Pendant ce temps, Thomas venait au secours de Patrick, toujours aux prises avec Theodora. Ayant eu raison de la femme, il entreprit de délivrer son ami, non sans lui demander avec bonne humeur :

— Par tous les diables, que faites-vous avec cette femme, et nu comme au jour de votre naissance ?

— Simon !

Enfin, Charity recouvrait l'usage de la parole. Et son premier mot avait été pour l'homme qu'elle aimait.

Celui-ci s'agenouilla près d'elle et la prit dans ses bras.

— Charity ! Oh, mon Dieu ! Comment allez-vous ? Assurez-moi que vous n'avez rien.

— Simon ! répéta la jeune femme, incapable de dire autre chose.

— Mon amour, mon doux amour, jurez-moi que vous n'avez rien.

Charity secoua la tête d'un air rassurant.

Simon la souleva dans ses bras et se redressa. Jetant un

coup d'œil derrière lui, il aperçut Thomas qui liait les poignets de Theodora pendant que Patrick se hâtait de reprendre une tenue décente.

Theodora leva alors le visage. Son regard, terrible, croisa celui de Simon. Comprenant qu'elle avait perdu la partie, elle se mit à hurler des imprécations et des injures.

Froidement, Simon se détourna.

— Conduisez ces gens à Scotland Yard, ordonna-t-il à ses serviteurs. Moi, j'emmène lady Durby à la maison.

Épilogue

Charity se trouvait bien dans son lit, avec ses oreillers relevés derrière elle. Le Dr Cargill était accouru à la demande de Simon, et un examen de quelques minutes lui avait suffi pour confirmer que la jeune femme ne souffrait d'aucune blessure. Puis Lily et les autres servantes s'étaient agitées autour d'elle, pour lui apporter du thé chaud, lui proposer de multiples douceurs, et lui demander dix mille fois si elle n'avait besoin de rien.

A la fin, Simon avait renvoyé tout ce monde. Il avait envie de se retrouver seul avec son épouse.

S'asseyant dans un fauteuil au chevet du lit, il remit en place une mèche de cheveux, puis demanda :

— Vous sentez-vous mieux ?

— Oui, souffla Charity.

Elle avait encore mal à la gorge, que Hubbell avait serrée si fort, et elle hésitait à parler. Sa voix, cependant, se raffermissait peu à peu. Bientôt, il n'y paraîtrait plus.

Simon lui prit la main, qu'il porta à ses lèvres afin d'en baiser le dos, puis la paume.

— Dieu merci, soupira-t-il, vous êtes vivante ! Si vous saviez comme je m'en veux de n'avoir pas su vous protéger. Par ma faute, vous avez failli être tuée.

— Ne vous accablez pas injustement. N'est-ce pas vous qui m'avez retrouvée ? Ne suis-je pas en vie ? C'est tout ce qui compte.

Alors que Simon déposait sur sa main un nouveau chapelet

de baisers, il sembla à Charity sentir une trace humide et chaude sur sa peau. Des larmes...

Son cœur battit plus fort à cette révélation.

Deux heures auparavant, elle luttait pour sa vie ; et maintenant elle se trouvait, saine et sauve, auprès de l'homme qui était tout pour elle.

— Et Theodora ? demanda-t-elle.

— Patrick et Thomas ont été très heureux de la conduire à Scotland Yard, en compagnie de son cocher.

— Que lui arrivera-t-il ?

— Elle sera pendue, je suppose, ou peut-être envoyée dans un asile de fous. Il faut vraiment qu'elle ait perdu la raison : quel bénéfice espérait-elle trouver à votre mort ?

Charity expliqua alors le plan de Theodora, tel que cette dernière le lui avait exposé.

— Comment a-t-elle pu penser que...

Simon s'interrompit et secoua la tête.

— Je ne l'ai jamais aimée, reprit-il. Je la désirais, c'est la vérité, mais jamais l'amour ne nous a unis. Elle était une maîtresse, rien de plus. Je le jure.

— Je vous crois, murmura Charity.

— Me haïssez-vous ?

— Vous haïr ? Et pourquoi donc ?

— Parce que j'ai eu une maîtresse...

— Ce n'est pas grave, affirma Charity avec douceur. Je me suis laissé dire que les messieurs avaient souvent des relations de ce genre. Et puis, vous ne me connaissiez pas, alors.

— C'est vrai. J'ai rompu avec Theodora aussitôt après avoir demandé votre main. Elle s'est montrée affectée par ma décision, mais j'étais loin d'imaginer qu'elle réagirait de façon aussi violente... Il ne s'agissait que d'un arrangement...

— Tout comme notre mariage...

— Ah, non !

Simon paraissait choqué par cette affirmation.

— C'était pourtant bien ce dont nous étions convenus, rappela Charity. Il n'était question pour vous que d'épouser une femme de bonne famille, à la réputation intacte, qui vous donnerait l'héritier dont vous aviez besoin. A part cela, nous devions mener notre vie comme nous l'entendions, chacun de son côté...

— J'ai su très vite que ce mariage trop raisonnable ne serait pas, et que les sentiments — le désir, l'amour — lui donneraient un autre visage.

Ivre de bonheur, Charity jeta ses bras autour du cou de Simon.

— Oh, Simon ! s'écria-t-elle. Je me moque bien que vous ayez eu cent maîtresses avant moi. Seul notre avenir m'importe. Je veux que vous m'aimiez, et que vous n'ayez plus que moi, maintenant.

— Vous savez bien qu'il en sera toujours ainsi... mais vous ?

— Moi ? Que voulez-vous savoir ?

— M'aimez-vous, ou ce mariage n'est-il toujours, pour vous, qu'un arrangement pratique ?

— Comme vous, j'ai compris que ma décision initiale était inepte. Je vous aime. Je vous aime depuis notre première rencontre, mais je ne l'ai vraiment compris que le jour où vous êtes venu m'annoncer qu'il fallait rompre nos fiançailles. Je vous aime, je vous aime, je vous aime...

Charity entreprit de déposer mille baisers sur le visage de Simon, tout en multipliant les mots d'amour.

Les yeux encore embués, mais ravi, il lui jeta un regard éperdu de tendresse, avant de chercher ses lèvres.

Un long baiser les unit.

Puis Simon s'allongea sur le lit, à côté de Charity.

— Je ne vous laisserai plus jamais seule, promit-il.

Fermant les yeux, Charity laissa échapper un soupir.

— Simon ?

— Oui ?

— Ce petit garçon qui nous a tant aidés... le pauvre infirme...

— Eh bien ?

— Nous ne pouvons pas l'abandonner à son triste sort.

Simon se mit à rire.

— Je m'en doutais ! s'exclama-t-il. Allons ! Je le fais rechercher immédiatement.

Ravie, Charity se blottit contre lui.

— Je savais que vous ne refuseriez pas !

LES HISTORIQUES

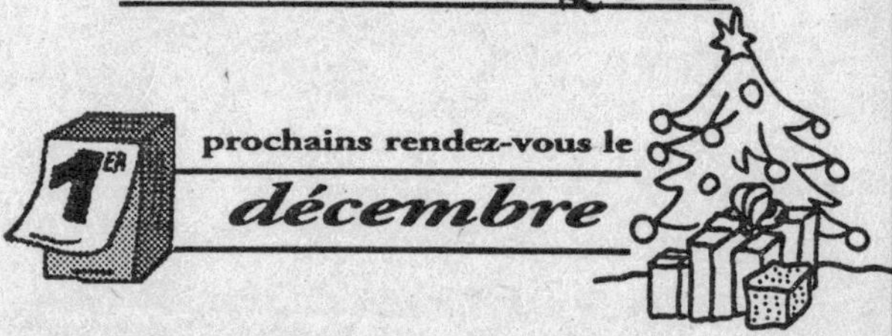

LES AMANTS DES HAUTES-TERRES, *de Suzanne Barclay* • *N° 73*
Elspeth Carmichael a traversé toute l'Ecosse pour venir revendiquer la propriété d'une tour située dans les Hautes-Terres. Mais, une fois arrivée, elle découvre avec consternation qu'un usurpateur s'est rendu maître de son bien : Lucaïs Sutherland, fier guerrier écossais que la jeune fille a naguère dédaigné. Et malheureusement pour Elspeth, il ne lui a pas pardonné...

EDEN, *de Marie Daheim* • *N° 74*
Elevée à la campagne, au sein d'une famille modeste, Eden apprend un jour avec stupéfaction qu'elle est la fille du duc de Marlborough. A peine a-t-elle le temps de s'en réjouir que cet homme fameux, militaire et politicien influent, est emprisonné pour trahison. Eden n'a alors plus qu'une ambition : sauver la vie et l'honneur de son père...

PROVIDENCE, *de Miranda Jarrett* • *N° 75*
Au sein de la société bien pensante de Providence, la réputation d'Amanda Snow est désastreuse. Et alors que son père vient de disparaître, mystérieusement, elle ne peut compter sur l'aide de personne... sauf peut-être sur celle du capitaine Samuel Colburn. Encore faut-il convaincre cet inquiétant personnage de prendre une femme à bord de son navire, l'*Amour fou*...

MAGIE ET PASSION, *de Lynda Trent* • *N° 76*
Au côté de ses villageois, Damaris, maîtresse de Thornbeck, défend avec acharnement le château familial contre les attaques incessantes de son oncle. La chose n'est pas facile car l'homme est aussi cruel que bien entouré. Quand sir Gavin Rutledge, un chevalier de la reine Elisabeth, survient et lui propose de l'aide, Damaris refuse. Mais bien vite, conquise par le courage de l'homme, elle s'en remet à lui. Corps et âme...

VOTRE PROCHAIN RENDEZ-VOUS AVEC LES BEST-SELLERS HARLEQUIN

Le 1er novembre, découvrez trois nouveaux Best-Sellers Harlequin.

LA FEMME DE L'OMBRE, de JoAnn Ross

Mystérieuse agression que celle qui est commise dans le ranch du sénateur Alan Fletcher: tandis qu'on emmène ce dernier à l'hôpital, son épouse Laura est découverte à son tour, sans vie. Une enquête est aussitôt ouverte par le shérif Trace Callaghan, décidé à chercher la vérité dans la multitude de coupables possibles et de mobiles disponibles. Mais c'est l'amour qu'il trouve d'abord, une passion dévorante pour une femme sublime, qui est aussi l'un des principaux suspects...

FATALE VENGEANCE, de Winslow Eliot

Dans une ferme paisible du Nord de l'Etat de New York, un coup de feu éclate... et une jeune fille s'enfuit, démunie et à moitié défigurée, emportant avec elle un secret capable de détruire un empire. Deux ans plus tard, méconnaissable sous sa nouvelle apparence d'Anglaise chic et cultivée, elle revient en force dans le milieu qui l'a autrefois humiliée...

STARS, de Kathryn Harvey

Stars hollywoodiennes, metteurs en scène influents, politiciens en vue, millionnaires désoeuvrés... tous se retrouvent à Star's, luxueux complexe hôtelier des hauteurs de Palm Springs. Là, dans un cadre enchanteur, corps et âmes se vendent au plus offrant — pour un rôle, une rivière de diamants ou quelques minutes de plaisir. Silencieuse spectatrice de l'ombre, la belle et mystérieuse Beverly Burgess, propriétaire de Star's, observe les jeux du destin... tout en cherchant à fuir un passé qui la hante et s'obstine à la rattraper.

Les Historiques

Pour prolonger le plaisir de l'aventure et de l'Histoire...

29,45 francs (au lieu de 31 francs) par volume.

- ❑ *N°30 : CHASSEURS DE PRIMES de DeLoras Scott*
- ❑ *N°31 : LE CYGNE ET LE DRAGON de Marianne Willman*
- ❑ *N°32 : LE SONGE D'ELSA de Kit Gardner*
- ❑ *N°33 : GUERRE ET AMOUR de Theresa Michaels*
- ❑ *N°34 : AU NOM DE LA LIBERTÉ de Patricia Potter*
- ❑ *N°35 : COMPLOT À LA COUR de Ruth Langan*
- ❑ *N°36 : POUR L'AMOUR D'UN CAPITAINE de Miranda Jarrett*
- ❑ *N°37 : LA SUFFRAGETTE de Muriel Jensen*
- ❑ *N°38 : LA FIANCÉE DU MARIN de Bronwyn Williams*
- ❑ *N°39 : LE GOÛT DE L'AVENTURE de Marianne Willman*
- ❑ *N°40 : SCANDALEUSE INGÉNUE de Shirley Parenteau*
- ❑ *N°41 : LA BALLADE DU MISSISSIPPI de Kate Kingsley*
- ❑ *N°42 : LE MARIAGE DU VIKING de Margaret Moore*
- ❑ *N°43 : LES RÊVES DE KATIE LEE de Cassie Edwards*
- ❑ *N°44 : INDOMPTABLE SAMANTHA de Patricia Potter*
- ❑ *N° 45 : FILLE DE PERSONNE de Cheryl St. John*
- ❑ *N° 46 : ANGES ET DÉMONS de Kristin James*
- ❑ *N° 47 : CŒURS DE REBELLES de Nora Roberts*
- ❑ *N° 48 : LA BELLE DE SEATTLE d'Ana Seymour*
- ❑ *N° 49 : MARIÉE MALGRÉ ELLE de Barbara Bretton*
- ❑ *N° 50 : LE SILENCE DES ARMES de Heather Graham Pozzessere*
- ❑ *N° 51 : LES INSURGÉS de Nina Beaumont*
- ❑ *N° 52 : LE MAÎTRE DE PRUDENCE de Bronwyn Williams*
- ❑ *N° 53 : LE GENTLEMAN de Kristin James*
- ❑ *N° 54 : L'ESPIONNE DE LA COURONNE de Laurie Grant*
- ❑ *N° 55 : EN ROUTE VERS LE SUD de Coral Smith Saxe*
- ❑ *N° 56 : DÉSIR ET TRAHISON de Nina Beaumont*
- ❑ *N° 57 : LE REPENTI, de Dorothy Glenn*
- ❑ *N° 58 : AFRICA, de Elisabeth Lane*

❑ *N° 59 : LE LIEN DE FEU, de Patricia Potter*
❑ *N° 60 : LA SORCIÈRE, de Claire Delacroix*
❑ *N° 61 : MARY, de Donna Anders*
❑ *N° 62 : LA ROSE ROUGE, de Marianne Willman*
❑ *N° 63 : LIBRES DE S'AIMER, de Lynda Trent*
❑ *N° 64 : LES MARIÉS DE TOSCANE, de Paula Marshall*
❑ *N° 65 : KETTI, de Donna Anders*
❑ *N° 66 : UN BOHÉMIEN À LA COUR, de Mary Daheim*
❑ *N° 67 : SOUVENIR FATAL, de Deloras Scott*
❑ *N° 68 : D'OR ET DE FEU, de Claire Delacroix*

Ces volumes sont disponibles auprès du Service Lectrices dans la limite des stocks. Si vous souhaitez commander certains titres, cochez les livres choisis et indiquez vos coordonnées ci-dessous. Chaque volume est vendu au prix de 29,45 F auquel s'ajoute 10 F par colis pour la participation aux frais de port et d'emballage. **N'envoyez pas d'argent aujourd'hui, une facture accompagnera votre colis.**

Si vous souhaitez connaître la liste des autres romans *Les Historiques* encore disponibles, écrivez-nous.

Renvoyez votre commande au Service Lectrices Harlequin-60505 CHANTILLY cedex

M. ❑ Mme ❑ Mlle ❑

NOM ____________________

Prénom ____________________

Adresse ____________________

Code Postal |_|_|_|_|_| Ville ____________________

Abonnée : oui ❑ non ❑

Signature indispensable

Conformément à la loi Informatique et Libertés du 6 janvier 1978, vous disposez d'un droit d'accès et de rectification aux données personnelles vous concernant. Par notre intermédiaire, vous pouvez être amené à recevoir des propositions d'autres entreprises. Si vous ne le souhaitez pas, il vous suffit de nous écrire en nous indiquant vos nom, prénom, adresse et si possible votre référence client.
RC Paris. Siret 31867159100010

Offre valable uniquement en France métropolitaine

Composé sur le serveur d'Euronumérique, à Montrouge
par les Éditions Harlequin
Achevé d'imprimer en septembre 1996
sur les presses de l'Imprimerie Bussière
à Saint-Amand-Montrond (Cher)
Dépôt légal : octobre 1996
N° d'imprimeur : 1593 — N° d'éditeur : 6254

Imprimé en France